Schon als Teenager reiste Liza Dalby nach Japan und lernte Japanisch. Sie promovierte an der kalifornischen Stanford University in Ethnologie und lebt heute als Wissenschaftlerin und Autorin in Kalifornien. In ihrem Roman *Pflaumenblüten im Schnee* (rororo 23123) schreibt sie über das Schicksal von Murasaki Shikibu, der ersten Romanautorin, die um die erste Jahrtausendwende mit der *Geschichte vom Prinzen Genji* zu Weltruhm gelangte.

*Liza Dalby*

# Geisha

*Deutsch von*
*Dirk van Gunsteren*

Wunderlich Taschenbuch

*Für Michael und Marie*

Neuausgabe Mai 2004

Veröffentlicht im Rowohlt
Taschenbuch Verlag,
Reinbek bei Hamburg, Juni 1985

Die Originalausgabe erschien unter dem Titel
«Geisha» bei University of California Press,
Berkeley and Los Angeles, California
«Geisha»

Umschlaggestaltung any.way, Wiebke Buckow / Martina Kloke
(Fotos: Photonica / Rieder & Walsh; zefa / Botzek)

Gesamtherstellung Clausen & Bosse, Leck
Printed in Germany
ISBN 3 499 26491 9

# Vorwort: Geisha und Ethnologie

*«Der Schlüssel zum Verständnis des Wesens*
*einer Kultur liegt darin,*
*sie so zu verstehen, wie sie ist,*
*in ihrer ganzen konkreten Beschaffenheit.»*

*Kuki Shuzo: Iki no Kozo (1930)*

Dieses Buch beschäftigt sich in erster Linie mit Geishas. Es wendet sich an alle, deren Neugier durch das Bild der Geisha geweckt wurde; aber dies ist auch ein Buch über die japanische Kultur. Was Geishas tun und was sie darstellen, läßt sich nur im kulturellen Zusammenhang verstehen. Um wirklich etwas über die Welt der Geishas aussagen zu können, war es daher nötig, unter anderem auf die japanischen Gebräuche, die Geschichte des Landes, seine Gesetze und sozialen Gegebenheiten, die psychologischen Hintergründe, das Geschäftsgebaren, die Beziehungen zwischen den Geschlechtern, religiöse Überzeugungen und Eigenheiten in Kleidung, Nahrung, Musik und ästhetischem Empfinden sowie auf die kulturelle Identität der Japaner einzugehen. Allerdings habe ich nicht versucht, auf dem Umweg über die Geisha allgemeine Behauptungen oder Theorien über die Japaner anzustellen. Die Lebensweise einer Geisha mag Einblicke in die japanische Kultur ermöglichen, doch diese Studie erhebt keinen darüber hinausgehenden Anspruch.

Ich betrachte die Welt der Geishas nicht als Mikrokosmos, als Symbol oder als Verkörperung der japanischen Gesellschaft. Ebensowenig aber stellen Geishas eine Randgruppe dar. Sie sind eingebettet in die japanische Kultur – für Japaner sind sie «japanischer» als fast jede andere definierbare Gesellschaftsgruppe. Ihre vielschichtige Identität tritt jedoch erst zutage, wenn man zeigt, inwiefern sie sich von anderen Japanerinnen unterscheiden.

Das Wichtigste: Geishas sind keine Hausfrauen. Der Unterschied ist kategorisch, das eine schließt das andere aus. Wenn eine Geisha heiratet, hört sie auf, eine Geisha zu sein. Vom Standpunkt des japanischen Mannes aus gesehen ergänzen sich die Rollen der Ehefrau und der Geisha. Obwohl viele Frauen im Berufsleben stehen, sind sie *sozial* immer noch an den Haushalt gebunden.[1] Im Gegensatz zu Amerika und Europa empfangen Ehepaare in Japan ihre Gäste selten gemeinsam. Weiterhin spielt die romantische Liebe in der Ehe keine Rolle, nicht einmal als Idealbild. Geishas hält man für sexy, künstlerisch bewandert und unterhaltsam, während Ehefrauen schlicht, langweilig und ernsthaft zu sein haben – wobei man nicht vergessen darf, daß diese Gegensatzpaare kulturell definiert sind, und daß «sexy» für einen Japaner nicht unbedingt dasselbe bedeuten muß wie für einen Amerikaner oder Europäer.

Immer wieder erregen sich Frauen aus dem Westen über das Konzept, das dem Beruf der Geisha zugrunde liegt. «Spielzeuge für Männer!» sagen sie und verdammen damit die bloße Existenz dieses Berufs. Aus der Perspektive eines Außenstehenden, der die japanische Gesellschaft in fast jeder Hinsicht als unglaublich männerdominiert wahrnimmt, scheint diese Aufteilung der weiblichen Natur den Frauen gewiß bitter unrecht zu tun. Warum sollen Frauen nicht mit ihren Männern ausgehen können? Warum dürfen Geishas nicht auch nach der Heirat ihrer Arbeit nachgehen? Warum gibt es überhaupt Geishas? Daß japanische Ehefrauen und Geishas selbst jedoch oft ganz anderer Ansicht über diese Dinge sind, dürfen wir nicht mit der Bemerkung abtun, ihr Bewußtsein sei irregeleitet und falsch.

Ich habe mich in diesem Buch darauf konzentriert, den Standpunkt der Geishas darzustellen. Dieser wird natürlich durch ihr Urteil über Ehefrauen, durch die Vorstellungen, die Ehefrauen von Geishas haben, und durch das Urteil der Geishas über diese Vorstellungen bestimmt. Man wird Geishas kaum als Feministinnen bezeichnen können, ironischerweise aber gehören sie zu den wenigen japanischen Frauen, die aus eigener Kraft wirtschaftliche Unabhängigkeit und eine einflußreiche gesellschaftliche Stellung errungen haben. Sie genießen Freiheiten, die Ehefrauen verwehrt sind, und gehen einem Beruf nach, in dem sie keine Angst haben müssen, mit 35 Jahren entlassen zu werden.[2] Ich kann mich dem kategorischen Vorwurf westlicher Feministinnen, Geishas seien kaum mehr als Leibeigene, nicht anschließen, und ich bin auch nicht der Meinung, ihr Beruf sei entwürdigend und müsse abgeschafft werden, wenn japanische Frauen jemals eine Gleichberechtigung mit Männern erreichen wollten. Der Leser mag sich hierüber seine eigene Meinung bilden. Statt dessen habe ich mich bemüht, auf kulturell einfühlsame Weise zu zeigen, wie Geishas sich selbst innerhalb der japanischen Gesellschaft sehen.

Als Ethnologin habe ich die Vorarbeiten zu diesem Buch als Feldstudie betrieben: Ich ging nach Japan und lebte zusammen mit Geishas. Meine Kenntnis des *Karyukai*, des «Reiches der Blumen und Weiden», wie die Welt der Geishas im Japanischen genannt wird, entstammt verschiedenen Quellen. Ich habe mit Geishas, ehemaligen Geishas, Eigentümerinnen von Geisha-Häusern und Beamten in den Meldeämtern von vierzehn Geisha-Gemeinschaften in verschiedenen Teilen Japans gesprochen.[3] Mit einigen unterhielt ich mich nur einmal, andere besuchte ich mehrmals im Laufe der vierzehn Monate, die meine Feldstudien in Anspruch nahmen. Ausländern mögen alle Geishas gleich erscheinen, aber für Japaner gibt es zwischen Geishas ebenso viele Unterschiede wie zwischen verschiedenen Rosenarten. Um diese Unterschiede herauszuarbeiten, habe ich in den vierzehn Gemeinschaften Fragebögen verteilt, die 100 Geishas ausgefüllt an mich zurückschickten.

Interviews und Fragebögen sind gängige Forschungsmittel. Auch «Beobachtung durch Beteiligung» ist in der Ethnologie gebräuchlich, und mein Eintritt in die Geisha-Gemeinschaft von Pontocho in Kyoto ist so bezeichnet worden. Ich persönlich mag diesen Begriff nicht – es schwingt darin eine gefühlsmäßige Distanz mit, die nur einen falschen Begriff von Objektivität vermittelt. Es wurde mir gestattet, am Leben dieser Frauen teilzunehmen, und dafür bin ich sehr dankbar. Ich habe versucht, eine aufmerksame Beobachterin all dessen zu sein, was sich dort abspielte; schon bald jedoch mußte ich feststellen, daß ich mit Leib und Seele bei der Sache war und den üblichen Abstand des Wissenschaftlers vom Objekt seiner Forschung nicht mehr aufrechterhalten konnte. Ich war vollständig damit beschäftigt, zu lernen, wie man eine Geisha wird. Die Objektivität, die systematische Einordnung meiner Erfahrungen und die Analyse kamen erst viel später.

Und doch ist dies ein persönliches Buch, und ich habe mich entschlossen, lange und ausgesprochen persönliche Passagen stehenzulassen. Insbesondere habe ich ebensoviel über meine eigene Erfahrung als Geisha Ichigiku geschrieben wie über die traditionellen Geishas, die das eigentliche Thema meines Berichtes sein sollten. Ich kann nicht vorgeben, eine unsichtbare Beobachterin gewesen zu sein, die wahrnimmt, ohne gesehen zu werden, und nur wiedergibt, was sich vor ihren Augen abgespielt hat; und es wäre unaufrichtig, wollte ich behaupten, daß meine Gegenwart keinen

Einfluß auf die Dinge hatte, die ich aufzeichnen wollte. Im Gegenteil: Während meiner kurzen Karriere als Geisha wurde Ichigiku so etwas eine eine Berühmtheit in Japan, und ich wurde fast ebensooft interviewt wie ich selbst Interviews durchführte.

Es gibt einige Gründe dafür, warum ich so viel über Ichigiku geschrieben habe. Einer von ihnen hat mit der Art und Weise zu tun, wie man Geisha wird. Für alle neuen Geishas besteht ein Teil ihrer Ausbildung in *minarai*, das heißt lernen durch Beobachtung. Es fiel mir nicht schwer, mich diesem japanischen Konzept zu unterwerfen.[4] Die anderen Geishas fanden es nur vernünftig, daß ich mich dieser Art des Lernens unterzog; tatsächlich schlugen sie es mir sogar selber vor, nachdem sie erkannt hatten, daß es mir Ernst war mit dem Wunsch, ihre Welt zu verstehen. Die Verwandlung der Studentin Liza Crihfield in Ichigiku aus Pontocho vollzog sich nach und nach, und ich habe versucht, diese allmähliche Entwicklung in den Kapiteln nachzuzeichnen, die sich mit Ichigiku beschäftigen. Die Frage, wie man eine Geisha wird, kann ich daher auf Grund von Erfahrungen aus erster Hand beantworten. Ichigikus Werdegang war zwar keineswegs typisch, aber schließlich gibt es ja auch keine typische Geisha.

Die Schwierigkeiten, denen ich als Amerikanerin gegenüberstand, gingen auf tiefe kulturelle Unterschiede zurück, die zu erläutern ich mich bemüht habe. Doch das anfängliche Zögern angesichts des Fremden, Ungewohnten weicht gewöhnlich nach und nach der vertrauten Behaglichkeit der Routine. So kam es, daß mir während meiner Lehrzeit die japanische Betrachtungsweise immer natürlicher erschien. Beim Schreiben dieses Buches habe ich diese beiden kulturellen Standpunkte miteinander verbunden: den der Außenstehenden, die sich mit überaus rätselhaft erscheinenden Gegebenheiten beschäftigt, und den einer Eingeweihten, die auf Dinge eingeht, welche einem Außenstehenden vielleicht gar nicht auffallen, die jedoch in der Welt der Geishas von zentraler Bedeutung sind.

Man könnte sagen, dies sei ein ethnographisches Buch, eine beschreibende Studie der Sitten eines bestimmten Volkes. Es war jedoch nicht meine Absicht, ein Verzeichnis der unter Geishas üblichen Gebräuche in den verschiedenen Regionen Japans zusammenzustellen. Jede Beschreibung braucht einen Bezug, und ich habe versucht, den meinen deutlich zu machen. Für mich ist dieses Buch eine interpretierende ethnographische Beschreibung; es war mein Ziel, die kulturelle Bedeutung von Personen, Objekten und Situationen innerhalb der Geisha-Welt zu erklären. Manchmal bin ich bei Fragen abgeschweift (z. B. beim japanischen Humor), die eigentlich wenig Bezug zur Geisha zu haben scheinen. Ich sehe das Problem darin, daß kein kulturell bedeutsames Thema – sei es eine Person wie die Geisha Sakurako, sei es ein Gegenstand wie eine Teeschale oder ein Vorgang wie die sexuelle Einführung einer Geisha – aus dem Zusammenhang gelöst und nüchtern beschrieben werden kann, als sei sie nicht Teil des «Bedeutungsgeflechtes», das für die Bewohner der «Welt der Blumen und Weiden» einen Teil ihrer Identität ausmacht.

Selbstverständlich muß man gut überlegen, wie weit man bestimmte Fäden dieses Geflechts weiterverfolgt. Da diese Entscheidungen in gewissem Maße willkürlich sind, kommt der Person des Verfassers ein mehr als nebensächliches Interesse zu. Dies ist ein weiterer Grund, warum ich so große Teile dieses Buchs in der ersten Person geschrieben habe. Im Gegensatz zu vielen ethnographischen Berichten, in denen der Verfasser selbst kaum vorkommt und die die Verhältnisse schildern, als seien sie nur dazu da, beobachtet zu werden, wird der Leser dieses Buches niemals im Zweifel darüber gelassen, daß sein Verständnis der Dinge durch Ichigikus Wahrnehmung gefiltert wird. Dies tritt in manchen Kapiteln deutlicher zutage als in anderen (eine Freundin, der ich einen ersten Entwurf des Kapitels «Geishas auf dem Lande» gezeigt hatte, sagte, meine Betrachtungsweise reflektiere sehr stark die Haltung einer Geisha aus Kyoto gegenüber der kulturellen Provinz), doch für mich ist es eine Frage intellektueller Aufrichtigkeit – wenn dieser hochtrabende Ausdruck gestattet ist –, meine eigenen Vorurteile nicht zu kaschieren, zumal ich mir meine Kenntnisse vom Leben einer Geisha auf eine so intensive und eigenartige Weise angeeignet habe.

Man hat mich oft gefragt, welche Art von Frauen in anderen Gesellschaften mit der Geisha vergleichbar ist. Als Studentin der Anthropologie, jener Wissenschaft also, die sich mit dem Vergleich von Kulturen beschäftigt, mußte ich mich mit dieser Frage befassen; in diesem Buch jedoch bin ich dieser Frage nicht nachgegangen. Zum einen habe ich Vorbehalte gegen die Behauptung, es gebe so etwas wie funktionale Äquivalente, zum anderen habe ich keine Theorie entwickelt, nach der die Funktion der Geishas in Japan für interkulturelle Vergleiche geeignet wäre. Der Vergleich kultureller Eigenarten erfordert drastische Simplifizierungen: Kulturelle Muster müssen so lange zerteilt und zerlegt werden, bis man eine kleine Einheit gefunden hat, die man mit anderen vergleichen kann. In diesem Buch habe ich die entgegengesetzte Richtung eingeschlagen und versucht herauszuarbeiten, was an der Geisha kulturell einmalig ist. Zweifellos haben die Geishas einiges gemeinsam mit den Hetären des klassischen Griechenland, den koreanischen *Kisaeng*, den *femmes savantes* des 17. Jahrhunderts in Frankreich und den *Xiaoshu* des kaiserlichen China. Eine Analyse dieser Ähnlichkeiten aber habe ich von Anfang an nicht beabsichtigt; sie würde auch den Rahmen dieses Buchs sprengen.

Einige werden sich fragen, warum ich nicht auch den Aspekt des klischeehaften Bildes, das man von Geishas im Westen hat, einbezogen habe. Die Vorstellung von der exotischen Geisha, die, erfahren in allen Künsten des Kamasutra, dem Vergnügen der Männer dient, war schon bevor Commodore Matthew Perry Japan zur Öffnung zwang ein fester Bestandteil des kulturellen Vorurteils, das der Westen dem Orient gegenüber hatte. Pierre Lotis Madame Chrysantheme und Townsend Harris' Okichi (von denen übrigens beide keine Geishas waren) gelten für viele, die die Funktion der Geisha charakterisieren wollen, als Paradebeispiele für jene Frauen mit den angeblich so losen Sitten. Das mag ein faszinierendes Thema sein, aber es sagt mehr über die westlichen Phantasien als über die Welt der Geishas aus.

Was bedeutet es, eine Geisha zu sein? Darauf gibt es zweifellos viele mögliche Antworten. Ich habe meine eigene gegeben und versucht, jene kulturellen Elemente aufzuzeigen, die dieser Frage notwendigerweise zugrunde liegen.

Bevor ich nach Japan fuhr, um etwas über Geishas zu lernen, hatte ich ernste Zweifel, ob sie mir einen Einblick in das Innere ihrer Welt gestatten würden. Daß ich dieses Buch schreiben konnte, verdanke ich den vielen Geishas, die mir so freundlich ihre Zeit geopfert und von ihren Erfahrungen berichtet haben. Es sind so viele, daß ich nicht jeden Namen nennen kann, aber ich möchte mich an dieser Stelle besonders bedanken bei allen Geishas von Pontocho, bei Sakurako und O-Yumi aus Shimbashi, bei Ennosuke aus Atami und bei Hizuru aus Yoshicho. Unter den vielen Leuten, die mir in Japan bei meinen Studien zur Seite gestanden haben, möchte ich auch den folgenden meinen Dank aussprechen: Senator Tokichi Abiko, Ryozo und Chizuru Kamata, Herrn Y. Nobumoto, Ruriko und Tetsuya Tsukamoto und vor allem meiner Geisha-Mutter, die es mir ermöglichte, selbst festzustellen, wie das Leben einer Geisha ist.

Viele der Beobachtungen, die ich in meiner Zeit als Geisha machte, sind ursprünglich in der Dissertation bearbeitet worden, die ich 1978 am Lehrstuhl für Ethnologie der Stanford University vorgelegt habe. Meine ersten Schritte in die Welt der Wissenschaft, die dieses und andere Werke darstellen, wurden von meinem Doktorvater und Mentor Professor Harumi Befu betreut. Dafür stehe ich tief in seiner Schuld. Während der Jahre meines Studiums der japanischen Kultur habe ich Zuspruch und Unterstützung von Professor Thomas Rohlen von der University of California in Santa Cruz, Professor Hiroshi Sakamoto von der Stanford University und Professor Ezra Vogel von der Harvard University erfahren. Dafür möchte ich ihnen herzlich danken.

Die Umsetzung meiner Gedanken und Erfahrungen in dieses Buch war eine Arbeit ganz anderer Art, die ohne die unermüdliche Hilfe meines Mannes Michael Dalby nicht möglich gewesen wäre. Seine Kenntnis der japanischen Kultur, sein sicheres Stilgefühl und seine Bereitschaft zur Zusammenarbeit haben dieses Buch von Anfang an geprägt.

## *Vierundzwanzig Jahre später*

Das Bild, das ich Mitte der siebziger Jahre von der Geisha und ihrer Stellung in der japanischen Gesellschaft gemalt habe, erweist sich aus heutiger Sicht als Schnappschuß aus einer vergangenen Zeit. Die Geishas sind nach wie vor Bewahrerinnen der Tradition, doch die Tatsache, daß auch sie in einer sich unablässig verändernden Welt leben, wirkt sich selbstverständlich auch auf ihren Beruf aus. Wie könnte es auch anders sein? Die «Mütter», die 1974/75, als ich für kurze Zeit selbst zur Geisha wurde, die Geschicke der Geisha-Gemeinschaften lenkten, waren vor dem Zweiten Weltkrieg erwachsen geworden. Ihre Erfahrungen und Wertvorstellungen entstammten einer Gesellschaft, die sehr viel strenger und undurchlässiger war als die, in der die jungen Geishas aufwuchsen, welche in der Nachkriegszeit von diesen Müttern ausgebildet und beraten wurden. Die Mütter, die ich in diesem Buch beschrieben habe, haben sich inzwischen zur Ruhe gesetzt oder sind gestorben, und die Frauen, die damals gemeinsam mit mir den Beruf der Geisha erlernten, sind heute diejenigen, die über Erfahrung und Autorität verfügen.

Vierundzwanzig Jahre sind vergangen, seit ich in Pontocho als Geisha Ichigiku auftrat. Meine Geisha-Mutter hatte ihr altmodisches Etablissement am Flußufer, die Mitsuba, abreißen und durch ein modernes, fünfstöckiges Gebäude ersetzen lassen, mit einem Restaurant der Oberklasse, einer Bar, Büroräumen und einer im obersten Stockwerk gelegenen privaten Wohnung. Als sie mir davon erzählte, war ich schockiert. Doch sie war nicht sentimental. Sie interessierte sich für alles Neue und nahm regen Anteil am Leben in Pontocho, bis sie 1992 an einem Herzschlag starb.

Bereits vor einem Vierteljahrhundert deutete sich an, daß auch das Leben der Geishas von der allgemeinen Modernisierung erfaßt werden würde, und diese Tendenz hat sich weiter verstärkt. 1989 mußte der japanische Premierminister Uno Sosuke zurücktreten, weil seine Geliebte, eine Geisha, ihm öffentlich vorwarf, geizig und arrogant zu sein. Zum erstenmal in der politischen Geschichte Japans zeigte sich, daß die Verbindung eines verheirateten Politikers mit einer Geisha – lange etwas Selbstverständliches – ein Makel sein kann. Die japanischen Frauen sind nicht mehr so nachsichtig, wie sie es in dieser Hinsicht lange Zeit waren.

1995 strengte eine unzufriedene Geisha-Schülerin aus Kyoto einen Zivilprozeß gegen die Mutter ihres Hauses an, und zwar mit der Begründung, sie sei ausgebeutet worden. Nachdem man sich auf einen außergerichtlichen Vergleich geeinigt hatte, gründete sie eine eigene Agentur für selbständige «Maikos». Allein die Tatsache, daß ihr das gelang, zeigt, wie sehr sich die Verhältnisse gewandelt haben.

Doch der Boden für den Auftritt dieser streitsüchtigen «Teufels-Maiko» (wie die japanische Presse sie nannte) war bereits zu meiner Zeit als Geisha bereitet worden. Schon damals waren die Maikos von Kyoto eine Touristenattraktion, und viele Mädchen wurden nur deshalb aufgenommen, weil man ohne sie die Nachfrage nach diesen puppenartigen Symbolen des alten Japan nicht hätte stillen können. Die meisten dieser Mädchen spielten ein paar Jahre lang Maiko, ohne je die Absicht zu haben, den Beruf der Geisha mit der erforderlichen Entschlossenheit und Disziplin richtig zu erlernen. Für meine Freundinnen war Premierminister Unos Geliebte eine Hochstaplerin, und die unverschämte Maiko betrachteten sie als eine Verirrung. Dennoch muß man feststellen, daß ein solches Verhalten vor nicht allzu langer Zeit noch undenkbar gewesen wäre. Diese öffentlichen Skandale haben in der Mauer um die abgeschirmte Welt der Geishas Risse entstehen lassen.

Im Lauf ihrer Geschichte war die «Welt der Blumen und Weiden» schon immer dem Auf und Ab der japanischen Wirtschaft unterworfen. Wenn die Kunden Geld haben, sind Geishas gefragt, und ihre Zahl nimmt zu; wenn die Wirtschaftskraft nachläßt, werden Feiern abgesagt, und viele Geishas setzen sich zur Ruhe. Als die aufgeblähte japanische Wirtschaft in den neunziger Jahren ihre Talfahrt antrat, nahm die Zahl der Geishas ab. Dennoch halte ich es für unwahrscheinlich, daß es im Japan des 21. Jahrhunderts keine Geishas mehr geben wird. An ihrer selbstgewählten Funktion als Bewahrerinnen der Traditionen, einer Funktion, die diesen Berufsstand definiert, hat sich nichts geändert. Solange die Japaner sich ihres kulturellen Erbes bewußt sind, werden die Geishas den Skandalen der modernen Zeit vermutlich trotzen können. Daß ihre Zahl weiter zurückgehen wird, ist jedoch vielleicht unvermeidlich.

*Liza Dalby*
Berkeley, Kalifornien
Februar 1998

# 1.

# Schwestern

*«Sogar die Pflaumen erröten*
*voller Reife*
*wenn es im späten Frühjahr regnet.»*

*Anfang eines Kouta*

## Der Tod einer Geisha

In Kyoto ist der April ein wunderschöner Monat. Am Flußufer blühen die Kirschbäume und überziehen die bewaldeten Bergflanken mit einem zartrosafarbenen Schleier. Abends kommen Japaner in den Maruyama Park, um unter den blütenübergossenen Zweigen einer alten Trauerweide Bier und Sake zu trinken. Von Scheinwerfern angestrahlt erhebt sich dieser riesige Baum mit fast überirdischer Erhabenheit über die lärmenden Zecher.

Der April ist auch einer der geschäftigsten Monate in den Geisha-Vierteln von Kyoto. Jeden Nachmittag füllt sich das Pontocho-Theater mit Zuschauern, die die Vorführung des Kamo-Tanzes durch die Geishas sehen wollen. Abends sind die Teehäuser und Restaurants, in denen die Geishas arbeiten, bis auf den letzten Platz mit Gästen besetzt, die aus Tokio und anderen Städten nach Kyoto gekommen sind, um die Kirschblüte zu erleben und den Tanz der Geishas zu sehen.

Nachts gehen Studenten und junge Pärchen am breiten Steinufer des Kamo spazieren. Nur die Lichter der Teehäuser, die auf dem Uferdamm stehen, spiegeln sich im Wasser wider. Der Fluß ist immer bezaubernd, aber im Duft einer Frühlingsnacht ist er geradezu unwiderstehlich schön. Die Geishas und ihre wohlhabenden Gäste betrachten die vielen Liebespärchen am langsam dahinfließenden Strom. Pontocho hat viele seiner Reize dieser Lage zu verdanken, aber während die Kunden der Geishas für das Privileg der Aussicht auf den Fluß und die anregende Gesellschaft, in der sie sich befinden, tief in die Tasche greifen müssen, brauchen die Studenten und Liebespärchen dort unten für ihren Spaziergang nichts zu bezahlen.

In manchen Teehäusern gibt es in dem Festraum, der auf den Fluß hinausgeht, ein Fernglas, und hin und wieder ermuntert eine Geisha einen älteren Gast, damit nach Pärchen Ausschau zu halten, die sich im dunklen Schatten unter den Brücken lieben. Eine junge Geisha mag ihren Blick über die grauhaarigen Köpfe ihrer Gäste schweifen lassen, die Luft der Frühlingsnacht einziehen und sich wünschen, daß auch sie mit einem jungen Mann dort unten am Fluß wäre.

1978 zog in einer jener lauen Nächte, die für den späten April so typisch sind, ein leichter Rauchgeruch über das Westufer des Kamo. Niemand bemerkte, daß er aus einem der kleinen Holzhäuser des Viertels aufstieg, wo die Geishas von Pontocho leben und arbeiten. Um vier Uhr morgens hatte ein loderndes Feuer mehrere Häuser zerstört. Entsetzte Geishas in baumwollenen Schlafkimonos standen in der kühlen Brise, die vom Fluß heraufwehte, und gossen eimerweise Wasser auf die Dächer ihrer Häuser, um ein Ausbreiten des Feuers, der in Japan am meisten gefürchteten Naturkatastrophe, zu verhindern. Als es dämmerte, waren ein Dutzend Häuser nur noch schwelende Ruinen, und eine junge Geisha war tot.

Ihrer Mutter und zwei Geisha-Schwestern war es gelungen, der Flammenhölle zu entrinnen, bevor der beißende Rauch sie erstickte, und in dem Durcheinander der engen Gasse hatte niemand bemerkt, daß die junge Frau noch immer im Haus war. Als mir drei Monate später diese Geschichte erzählt wurde, sagte mir eine ältere Geisha, daß sie immer noch Alpträume habe, in denen eine klagende Stimme leise *«Okasan»* (Mutter) rufe – obwohl sie nicht sicher sei, ob sie das wirklich gehört oder es sich nur eingebildet habe.

## Die Geisha-Familie

Die Inhaberinnen der Teehäuser werden von den Geishas *Okasan* genannt, und untereinander sprechen sie die Frauen, die schon früher als sie selber in die Welt der Geishas eingeführt wurden, mit *Onesan* (Ältere Schwester) an. Beides sind allgemeine, respektvolle Anreden. Wenn eine Geisha jedoch von einer bestimmten Älteren Schwester spricht, dann meint sie jene, mit der sie einst in einer Zeremonie, die sie beide zu Schwestern gemacht hat, «den Knoten geknüpft hat».

Während meiner Zeit in der Welt der Blumen und Weiden übernahm eine Geisha mit dem Namen Ichiume die Rolle meiner Älteren Schwester. Ichiume war damals 22, ich war 25 Jahre alt. Da das wirkliche Alter nicht so wichtig ist wie die Erfahrung, stellte die Tatsache, daß sie drei Jahre jünger war als ich, für die Art der Familienbande innerhalb der Geisha-Welt kein Problem dar. Als wir uns begegneten, war Ichiume vier Jahre lang eine *Maiko*, eine Geisha-Schülerin gewesen und arbeitete seit eineinhalb Jahren als vollwertige Geisha.

Als Ichiumes Jüngere Schwester erhielt ich den Namen Ichigiku. Ichiume hatte noch nie zuvor eine Jüngere Schwester gehabt, aber sie tat ihr Bestes, mir die komplizierte Etikette der Geisha-Gesellschaft beizubringen – soweit sie selber sie beherrschte. «Die Blinde führt eine Blinde», seufzte einmal eine der Mütter, nachdem sie uns beide ausgescholten hatte, weil wir zu spät zu einer Verabredung erschienen waren. Wahrscheinlich war Ichiume überhaupt nur deshalb die Aufgabe übertragen worden, die Schwester dieser amerikanischen Geisha zu sein, weil sie irgendwie als Spaßvogel galt. Aber das Ergebnis war schließlich besser, als die Mütter zu hoffen gewagt hatten. Als es Zeit für mich wurde, Japan zu verlassen, erklärten sie sogar, ich hätte einen guten Einfluß auf Ichiume gehabt. Eine Jüngere Schwester zu haben, selbst eine so seltsame wie mich, war für Ichiume ein Schritt hin zur Übernahme größerer Verantwortung als Mitglied der Geisha-Gesellschaft.

Nachdem ich ein Jahr als Ichigiku in Pontocho gelebt hatte, kehrte ich in die Vereinigten Staaten zurück, um meine Arbeit über Geishas zu schreiben. Meine Geisha-Familie fehlte mir, und ich schrieb viele Briefe und telefonierte oft. Gelegentlich bekam ich einen Brief von meiner Okasan, dem Ichiume ein paar Zeilen beigefügt hatte. Es tat mir sehr leid, daß ich nicht bei der Zeremonie dabei war, die etwa sechs Monate später stattfand und in der Ichiume die Verbindung der Schwesternschaft mit einer neuen, würdigeren Jüngeren Schwester knüpfte.

Damals feierten die Geishas von Pontocho die Aufnahme der neuen Schülerin in ihre Reihen mit einem glanzvollen Fest. Okasan schickte mir Fotos, auf denen ein neues, auf distanzierte Weise elegantes Gesicht zu sehen war, das ich als das der etwas biederen Midori erkannte, einer Oberschülerin, die sich durch das Studium des klassischen Tanzes auf ihr Debüt als Maiko vorbereitet hatte.

Eine Maiko zu sein, den langen, bestickten Kimono und die hohen Holzsandalen mit den Glöckchen zu tragen, war Midoris romantischer Traum gewesen. Vielen Leuten erscheint ein solches Leben altmodisch, eingeengt und langweilig – selbst einige Maikos sind insgeheim dieser Meinung. Midori aber war begeistert. Die Mütter in den Teehäusern von Pontocho waren sehr stolz auf sie und setzten große Hoffnungen in ihre Zukunft als Geisha. Ich hatte oft mit ihnen über Midori gesprochen.

Die Zahl der Maikos ist in den letzten Jahren in besorgniserregender Weise zurückgegangen. Einige Jahre bevor ich nach Pontocho kam, hatte es dort sogar überhaupt keine mehr gegeben, aber während meines Aufenthalts im Jahre 1975 entschlossen sich vier Mädchen dazu, sich zur Geisha ausbilden zu lassen. Midori, die als Geisha den Namen Ichitomi führte, war die fünfte. Sogar in Kyoto braucht eine Frau nicht unbedingt eine Maiko gewesen zu sein, bevor sie als voll ausgebildete Geisha gelten kann, aber diejenigen, die diesen traditionellen Weg in den Beruf beschreiten, genießen später als echte Geishas aus Kyoto ein höheres Ansehen.

Midoris leibliche Mutter war eine ehemalige Geisha aus dem in der Nähe gelegenen Viertel Miyagawa-cho, das zu den sechs anerkannten Geisha-Gemeinschaften (*Hanamachi*) in Kyoto gehört. Ich wunderte mich: Warum war Midori nicht dort Geisha geworden? Diese Frage konnte ich nicht direkt stellen, aber meine Okasan, die selber eine ehemalige Geisha war, ein elegantes Teehaus führte und zu den tonangebenden Leuten in Pontocho zählte, konnte mich bei passender Gelegenheit, etwa beim Nachmittagstee oder bei einem kleinen Imbiß nach einem Fest in ihrem Haus, dem «Mitsuba», darüber aufklären.

«Schließlich hast du ja ein wissenschaftliches Interesse an dieser Sache, Kikuko», sagte sie und sprach mich mit meinem normalen und vertrauten japanischen Namen an. «Darum will ich dir von Miyagawa-cho erzählen. Es gibt so etwas wie eine ‹doppelte Registrierung›, und die haben viele Geishas in solchen Vierteln. Wenn man will, kann man sie Geishas nennen, aber sie tun für ihre Gäste schon noch etwas mehr als nur tanzen.» [1]

«Wollte Midori darum nicht dort arbeiten?» fragte ich.

«Eigentlich war das die Idee ihrer Mutter», antwortete

meine Okasan. «Und wenn du mich fragst, war das eine weise Entscheidung. Als ich noch ein Mädchen war, mußte man in Pontocho geboren sein, um hier Geisha werden zu können, aber heutzutage kann man kaum noch darauf bestehen. Die Gäste wollen eine junge Maiko bei den Festen dabeihaben. Schließlich sind wir hier nicht irgendwo. Erst wenn eine Maiko einem Sake einschenkt, hat man das Gefühl, wirklich in Kyoto zu sein. Vor allem die Gäste aus Tokio bestehen darauf. Leider gibt es aber nicht genug Maikos, um die Nachfrage zu befriedigen. Wenn also jemand wie Midori in Kyoto arbeiten will, warum sollte sie dann in Miyagawa bleiben, wenn sie ebensogut in Pontocho in die Gesellschaft eingeführt werden kann? Hier wird sie eine bessere Ausbildung genießen und bessere Gäste haben.»

Also verließ Midori während ihres letzten Schuljahres das Haus ihrer Mutter in Miyagawa-cho und zog in einem Haus namens «Hatsuyuki» in Pontocho ein. Mit sechzehn Jahren war sie der erklärte Liebling der beiden anderen Geishas, die dort lebten. Ichiume war fast genauso alt wie sie, die andere Geisha, Ichihiro, war knapp zwanzig Jahre älter als die beiden. Die Inhaberin des «Hatsuyuki», eine fünfundfünfzigjährige Frau, die selbst einmal Geisha gewesen war, wurde von Midori Okasan genannt. Wie bei den meisten Müttern der Teehäuser in Pontocho stammen die Kenntnisse, die diese Frau von Etikette, Ausdrucksweise, weiblicher Haltung, klassischem Tanz und Musik hatte – jenen Dingen also, die eine Geisha beherrschen muß –, aus eigener Erfahrung. Sie war eine Geisha von etwas über zwanzig Jahren, als sie einen Gönner fand; wie gewöhnlich in solchen Beziehungen war er weit älter als sie. Sie wurde seine Geliebte, gab ihren Beruf auf und führte ein relativ sorgloses Leben. Als er jedoch starb, ließ er sie mit einem kleinen Sohn und gerade genug Geld zurück, um ein bescheidenes Teehaus in Pontocho kaufen zu können. Dort hatte sie als Geisha gearbeitet, und dort kannte sie immer noch die tonangebenden Leute. Sie begann diesen zweiten Abschnitt ihres Lebens in der Geisha-Welt als Inhaberin des «Hatsuyuki», baute sich langsam einen festen Kundenstamm auf und übernahm schließlich auch die Ausbildung von Geishas. Ich ging gern dorthin – in dieser geschäftigen Frauenfamilie fühlte ich mich immer wie zu Hause. Der Sohn und einzige Blutsverwandte der Inhaberin trat nie groß in Erscheinung. Erst als ich fragte, wer denn der junge Mann sei, der ganz selbstverständlich in der ersten Etage herumlief, wurde ich ihm vorgestellt.

## Söhne und Liebhaber

In der Welt der Geishas wird die Nacht von den Männern beansprucht, der Tag aber gehört den Frauen. Der Sohn der Inhaberin des «Hatsuyuki» war einer der ganz wenigen Männer, die in diesem Viertel *lebten*, und er verbrachte so viel Zeit als irgend möglich mit seinen Freunden, fern der, wie ihm schien, erdrückend weiblichen Atmosphäre, die tagsüber in Pontocho herrscht.

Die Stunden zwischen sechs Uhr abends und dem frühen Morgen sind hier die Hauptgeschäftszeit. Das Vergnügungsviertel Pontocho, langgezogen und «schmal wie das Bett eines Aals», wird von den rosa Neonlichtern der Bars erleuchtet, zwischen denen die in dezenteren Farben gehaltenen Schilder der Teehäuser hängen. Die Stimmen der Gäste, vermischt mit den Klängen der Shamisen-Musik, dringen auf die Straße. In den engen Gassen drängen sich Männer, die in den frühen Morgenstunden, wenn sie mit unsicheren Schritten aus einer Bar kommen, um ein Taxi zu suchen, oft von einer Geisha oder einem Barmädchen gestützt werden müssen. Die Gäste (und jeder, der während der Geschäftszeit einen Blick auf diese Szene wirft) meinen, Pontocho sei eine Welt für sich, die nur zum Vergnügen der Männer existiert.

Und das ist natürlich auch der Zweck der Sache: Genau das sollen sie ja denken. Nur wenige der Besucher, die am Abend hierherkommen, bekommen das Geisha-Viertel bei Tageslicht zu Gesicht, wenn die Gäste nach Hause gegangen sind. Selbst die Gönner der Geishas haben gewöhnlich nur eine leise Ahnung, wie die Wirklichkeit in dieser Gemeinschaft aussieht, deren Mitglieder durch eine verwandtschaftsähnliche Struktur miteinander verbunden sind. Die «Mütter» der Teehäuser, in denen die Geishas arbeiten, sind echte Geschäftsfrauen und Unternehmerinnen. Die Geishas, ihre «Töchter», bezeichnen sich sowohl im privaten als auch im beruflichen Leben als Ältere oder Jüngere Schwestern. In Pontocho gibt es nur wenige Stellen, die mit Männern besetzt werden müssen. So gibt es nur einen einzigen Friseur, der die Perücken herrichtet, einige Kimono-Schneider und ein paar Verwaltungsangestellte in der Meldebehörde. Insgesamt aber spielen Männer, die keine Gäste sind, im täglichen Leben der Geisha-Viertel eine völlig nebensächliche Rolle.

Japanische Männer sind es gewöhnt, von Frauen bedient zu werden. Diese Regel bestimmt das Verhältnis zwischen den Geschlechtern, und japanische Männer finden daran auch gar nichts Ungewöhnliches. Die von der Idee der Männlichkeit geprägte japanische Kultur neigt dazu, von Frauen Unterordnung (und sei es auch nur pro forma) zu erwarten, und vieles trägt zu einer Ideologie bei, die Männer als die Quelle der Autorität sieht. Man kann sich daher vorstellen, welchen Angriffen die Egos der Männer ausgesetzt sind, die in der Welt der Geishas leben – jene feinen Nuancen der kultivierten Gastlichkeit, die die Geishas beherrschen, sind nicht für sie bestimmt.

Die Verhätschelung des männlichen Egos, in den Augen der Geishas das A und O ihres Berufs, erstreckt sich jedoch nicht auf die eigene Familie. Für die Männer in den Geisha-Familien dominieren ihre Mütter, Schwestern, Töchter oder Ehefrauen auf Grund ihrer Arbeit und ihrer sozial anerkannten Autorität.[2] Wenn es so etwas wie ein Stigma gibt, das

Kind einer Geisha (und das bedeutet: unehelich) zu sein, dann wird es von Söhnen viel stärker empfunden als von Töchtern. In fast allen Fällen, die mir bekannt sind, dokumentieren die Söhne ihre Ablehnung durch einen unsteten und ausschweifenden Lebenswandel. Während Mädchen sich ohne weiteres in eine solche Gemeinschaft tüchtiger und selbständiger Frauen einordnen, haben Jungen damit endlose Schwierigkeiten. In der ganzen japanischen Gesellschaft ist dies vielleicht der einzige Ort, wo man sich über die Geburt einer Tochter mehr freut als über die eines Sohnes.

Die Okasan des «Hatsuyuki» aber war völlig vernarrt in ihren nichtsnutzigen Sohn. Sie hegte die stolze Hoffnung, daß er einmal eine vernünftige und tüchtige Frau heiraten würde, eine, die in der Welt der Blumen und Weiden zu Hause und in der Lage sein würde, ihr Haus weiterzuführen, wenn sie selbst sich vom Geschäft zurückzog. Eine Geisha beispielsweise, die bereit wäre, Gäste in ihrer neuen Rolle als Inhaberin eines Teehauses zu bewirten, wäre die ideale Wahl gewesen. Sollte ihre Schwiegertochter dieser Aufgabe nicht gewachsen sein, dann würde ihr Sohn das Geschäft wahrscheinlich nicht übernehmen können. Da er ein Mann war, konnte er, selbst wenn er es wollte, kein Teehaus führen. Damals hatte ich den Eindruck, daß die Okasan des «Hatsuyuki» falsche Hoffnungen in ihren schlafmützigen Sohn setzte. Meiner Meinung nach tat sie besser daran, sich an ihre Töchter zu halten – sogar die undisziplinierte, schalkhafte Ichiume schien mir eine bessere Wahl zu sein als er.

Bei den Gästen war Ichiume wegen ihrer Offenheit und Naivität beliebt. Ihr natürliches Lachen und die verwickelten Geschichten, die sie erzählen konnte, brachen immer wieder das Eis steifer Zurückhaltung am Anfang der Parties. Sie wirkte kindlich, und ihre scheinbar grenzenlose Leichtgläubigkeit verleitete die Gäste dazu, sie immer weiter aufs Eis zu führen, bis sich schließlich die plötzliche Erkenntnis, daß man sie auf den Arm genommen hatte, auf ihrem Gesicht

*Ichiume*

abmalte. Dann schmollte sie, während alle anderen lachten. Wenn sie aber der Meinung war, etwas sei nicht in Ordnung, konnte sie wirklich halsstarrig sein und ihre Mutter und die Schwestern, die sie von hinten am Ärmel zupften, völlig ignorieren. Sie war nicht berechnend. Es gab allerdings auch einige, die sie für nicht besonders intelligent hielten.

Mehrere Monate nachdem ich Japan verlassen hatte, erzählte mir meine Okasan am Telefon, daß Ichiume, seit sie die Ältere Schwester von Midori war, wesentlich gesetzter geworden sei. Die Verantwortung, für jemand anderen ein Vorbild zu sein, habe sich vorteilhaft auf sie ausgewirkt, sagte sie. Die Okasan deutete auch an, daß Ichiume jetzt endlich eine Beziehung mit einem Mann hatte. Ich erinnerte mich, daß eine der älteren Geishas einmal gesagt hatte, das Problem mit Ichiume sei, daß sie immer noch Jungfrau war. Ihre Flatterhaftigkeit, ihre Anfälle von Albernheit und ihre manchmal unangenehme Intensität würden sich legen, wenn sie erst sexuell ausgeglichener wäre. Ichiume und Midori waren bei dieser Bemerkung errötet, die ältere Geisha hatte sie jedoch trotzdem ganz sachlich wiederholt. Aber nun war eine gewisse Zeit vergangen, und meine Okasan berichtete, daß Ichiume aufblühte und dabei war, sich selbst zu finden.

Die meisten Geishas spezialisieren sich auf eine der Künste, die sie während ihrer Ausbildung erlernen müssen. Ichiume hatte sich auf den klassischen japanischen Tanz verlegt. Bei den Frühlingstänzen der Geishas von Pontocho tanzte sie als Solo einen Ausschnitt aus der berühmten Dojoji-Legende. Meine Okasan schickte mir ein Bild von der Generalprobe, auf dem Ichiume die Hutbänder der breitkrempigen roten und goldenen Hüte hielt, die das Erkennungszeichen der Dojoji sind. Es war ihr erster öffentlicher Auftritt als voll ausgebildete Tänzerin, und alle älteren Geishas und Mütter würden sie mit aufmerksamen Augen betrachten. Ihre ersten Kritiken waren wohlwollend. Offenbar war meine Ältere Schwester Ichiume eine der jungen Geishas, die dazu ausersehen waren, eine Mutter und Führungsfigur der Gemeinschaft zu werden.

Der Mai ist, ebenso wie der Oktober, ein Monat emsiger Betriebsamkeit in Pontocho. Zweimal im Jahr, wenn die Kirschen rosa blühen, und später noch einmal, wenn die Ahornblätter sich rot färben, geben die Geishas von Pontocho drei Wochen lang öffentliche Darbietungen in der Festhalle. Dann werden die Kamogawa Odori, die «Tänze vom Kamo-Fluß» gezeigt, die seit 1872 halbjährlich aufgeführt werden. Nur einmal, während des Zweiten Weltkriegs, wurde diese Tradition unterbrochen. In diesen Monaten herrscht eine aufgeregte Atmosphäre, und fast jede Frau in Pontocho nimmt an den Tänzen teil. Geishas, deren Spezialität der Gesang oder das Spiel auf dem Shamisen ist, machen die Musik für die Tänzerinnen. Die jungen Maikos führen stets eine einfache Tanznummer vor, in der sie, an Stelle der theatralischeren Rollen, die erfahrenen Geishas vorbehalten sind, hauptsächlich sich selbst spielen. Aber wegen ihrer charakteristischen und extravaganten Aufmachung sind es gewöhnlich die Maikos, die auf den Plakaten für die Tänze werben.

Als ehemalige Geishas sind die Mütter der Teehäuser die schärfsten Kritiker dieser Vorstellungen. Tag für Tag kommen sie in die Festhalle, um ihren Töchtern gute Ratschläge zu geben und miteinander zu plaudern. Sogar die Mütter, die sich zur Ruhe gesetzt haben, jene winzigen, zerbrechlich wirkenden Damen, die sich in gedeckte Blau- und Grautöne kleiden und in den Hinterzimmern der nun von ihren Töchtern geleiteten Teehäuser ein zurückgezogenes Leben führen, lassen sich von den Tänzen nach draußen locken. Während der Proben schlurfen sie zwischen der ersten Reihe und den Garderoben hin und her und gehen am späten Nachmittag erst in letzter Minute wieder zurück an ihre Arbeit im Haushalt, wo sie beispielsweise die Türschwelle des Teehauses polieren, bevor die ersten Gäste eintreffen. Auch Kinder sind

*Werbeplakat für die Kamogawa-Tänze im Jahre 1976.*
*Die vier Maikos von Pontocho halten den Saum*
*ihres Kimonos in einer klassischen Pose*

*Männer in Frauenrollen, Frauen in Männerrollen.*
*Der Kabuki-Spieler Bando Tamasoburo als Geisha*

*Eine Geisha in der Rolle eines Samurai*

hinter der Bühne – kleine Mädchen, die mit großen Augen die Reihen der Schminktische betrachten, an denen sich ihre Mütter in prunkvolle Prinzessinnen, großspurige Samurais, Priester und Dämonen verwandeln.

Immer enthält das Programm ein dramatisches, Kabukiartiges Stück, das tatsächlich aus dem Repertoire des Kabuki stammen könnte. Wenn es von Geishas aufgeführt wird, werden alle männlichen Rollen natürlich von Frauen gespielt. Für ein Publikum, das gewohnt ist, dieselben Stücke im Kabuki-Theater zu sehen, wo männliche Schauspieler die Rolle von Frauen übernehmen, ist dies eine interessante Umkehrung.

Jede Geisha, die ich kennengelernt habe, ist außerordentlich interessiert am Kabuki-Theater und kennt alle Schauspieler. Diese enge Verbindung zwischen Geishas und Kabuki-Spielern existiert schon seit einigen hundert Jahren, seit den Ursprüngen der beiden Berufe, die vieles gemeinsam haben: Zunächst einmal sind beide der Unterhaltung gewidmet. Und seltsamerweise hat sich das Ansehen beider Berufe im Lauf der Jahrhunderte auf ähnliche Weise gewandelt. Kabuki-Spieler galten einst als niedrige Menschen und genossen einen recht fragwürdigen Ruf – und im 19. Jahrhundert konnten sich auch arme Studenten einen Besuch der Geisha-Viertel leisten. Nach und nach aber ist die Ausübung dieser Künste zu einer sehr viel kultivierteren Angelegenheit geworden, für die man zumindest etwas Geld und einen gewissen Geschmack für das Besondere braucht. Kabuki und die Geisha, die volkstümliche Unterhaltung der Menschen des 19. Jahrhunderts, sind nach und nach zu geheiligten Symbolen der japanischen Kulturtradition geworden.

Die Tatsache, daß sie so viel gemeinsam haben, könnte die außerordentlich zahlreichen Ehen zwischen Geishas und Kabuki-Spielern erklären. Bis vor kurzem waren die Liebesaffären zwischen ihnen das Hauptthema der Regenbogenpresse und des Klatsches auf der Straße; inzwischen jedoch haben Filmstars und Popsänger ihren Platz eingenommen. Fachsimpeleien zwischen Geishas und Schauspielern drehen sich meist um Tanz. Sie haben dieselben Tanzlehrer, schöpfen aus demselben Repertoire und legen denselben Wert auf die Vermittlung von Gefühlen. Kabuki-Spieler gehen jedoch kaum jemals in ein Teehaus. Onoue Kuroemon, ein alter Schauspieler, begründet das so: «Das ist langweilig – wir reden nur über die Arbeit. Ich würde auf keinen Fall zu einer Geisha gehen, um mich zu entspannen.»

Vor elf Uhr morgens gehören die Straßen von Pontocho gewöhnlich zu den ruhigsten in Kyoto. Weil sie nachts arbeiten, schlafen die meisten Geishas gerne aus. Aber während der Monate, in denen die Tänze stattfinden, gibt es keine Pause zwischen den Tagen, die mit Proben und Unterrichtsstunden ausgefüllt sind, und den Abenden, wenn die Gäste bewirtet werden wollen. Im April und September schleppen sich also die müden Geishas pflichtbewußt schon um zehn Uhr morgens, einer nachtschlafenen Zeit, zu den Proben in der Festhalle. Einige wenige verkürzen ihre nächtliche Arbeitszeit, um ihre Kräfte zu schonen, aber die meisten betrachten es als Ehrensache, sich während dieser anstrengenden Wochen künstlerischer Darbietungen und lärmender Festlichkeit keine Müdigkeit anmerken zu lassen.

Am Abend des 27. April war Ichiume mit einigen Freundinnen ausgegangen, um zu feiern. Wie mir später erzählt wurde, hatten diese sie zu ihrem eigenen Besten nach Hause geschickt. Der Alkohol zeigte seine Wirkung; die Aufführungen sollten bald beginnen, und sie brauchte ihren Schlaf. Als das Feuer gegen drei Uhr morgens ausbrach, schlief sie tief und fest. Sie muß noch durch die Rufe «Feuer!» oder durch die Hitze geweckt worden sein und sich benommen aufgerafft haben, denn man fand ihre Leiche in der Nähe der Treppe. In der Zeitung stand, sie sei an Rauchvergiftung gestorben.

# 2.

# Kyoto

*«Einsam reise ich*
*aus Kyoto ab.*
*Am Zugfenster sitzend*
*verberge ich meine Tränen.*
*Oh, bitte, bitte –*
*wenn mir doch jemand*
*eine Tasse Tee reichte.»*

*Kouta des Romanciers Izumi Kyoka (um 1920)*

## Gerald Ford und die Maiko

Ichiumes Beerdigung fand eine Woche nach dem Feuer statt, und eine weitere Woche später wurde ein Gedenkgottesdienst abgehalten. Außer zahlreichen mit schwarzen und weißen Bändern umwundenen Blumensträußen traf auch ein Telegramm des ehemaligen amerikanischen Präsidenten ein.

Gerald Ford hatte im November 1974 als erster amerikanischer Präsident Japan einen Besuch abgestattet, und die Japaner hatten eine hochoffizielle Angelegenheit daraus gemacht. Es gab eine Audienz beim Kaiser, Diners mit dem Ministerpräsidenten, und überall, wo er sich in der Öffentlichkeit zeigte, standen Tausende von fähnchenschwenkenden Schulkindern. Fords Abstecher nach Kyoto, der berühmten Hochburg traditioneller japanischer Kultur, wäre ohne ein Bankett, bei dem Geishas aufwarteten, nicht vollständig gewesen. Ford und seine Begleiter wurden also in einem Konvoi schwarzer Limousinen am Heian-Schrein und dem Zoo von Kyoto vorbei zu einem Restaurant namens *Tsuruya* in den Hügeln im östlichen Teil der Stadt gefahren. Auch Königin Elizabeth hatte bei ihrem Japan-Besuch einige Jahre zuvor das *Tsuruya* besucht.

Die Geishas, die bei dem Bankett für Präsident Ford bedienten, kamen aus drei der sechs Geisha-Vierteln von Kyoto: Gion, Pontocho und Kamishichiken. Obwohl manche in dieser Reihenfolge der Aufzählung eine Rangordnung sehen, gelten alle drei als erstklassig. Wenn die Stadt Kyoto oder das traditionelle Japan insgesamt offiziell repräsentiert werden sollen, werden diplomatischerweise Geishas aus allen drei Distrikten ausgesucht. Alle Geishas aus diesen angeseheneren Gemeinden sind miteinander und den jeweiligen Müttern bekannt. Zu ihren Kolleginnen aus den drei «unteren» Gemeinschaften wahren sie jedoch wesentlich mehr Abstand.

Am Abend des Banketts wurden sie aber, ungeachtet der Tatsache, daß sie ausgesuchte Geishas waren, von Sicherheitsbeamten durchsucht, bevor sie das *Tsuruya* betreten durften. Reporter mit Fernsehkameras liefen auf den Tatami-Matten umher und wetteiferten miteinander, die besten Bilder davon zu machen, wie der Präsident mit Stäbchen zu essen versuchte oder wie ihm Sake von einer Geisha-Schülerin eingeschenkt wurde.

Zu jener Zeit hielt ich mich in Kalifornien auf und war mit den Vorbereitungen der Forschungsarbeit für meine Dissertation über die Geisha als soziale Institution Japans beschäftigt. Die Zeitungsbilder, auf denen zu sehen war, wie der Präsident seinen Auslandsaufenthalt in Gesellschaft von zwei sehr formell aussehenden Maikos genoß, interessierten mich daher besonders. Fast genau ein Jahr später saß ich mit meiner Okasan in einem der Privaträume ihres Teehauses und fragte sie, ob sie sich an Fords Besuch in Japan erinnere.

«Bevor ich nach Japan kam», sagte ich, «sah ich in den

Nachrichten Präsident Ford mit zwei Maikos aus Kyoto. Weißt du, wo dieses Bankett stattgefunden hat, Okasan?»

«Natürlich. Ich war auch dort – es war das *Tsuruya*. Eine der Maikos war deine Ältere Schwester Ichiume.»

«Tatsächlich? Dann habe ich Ichiume also schon gesehen, bevor ich überhaupt von Pontocho gehört habe. Ihr Foto war in allen Zeitungen Amerikas.»

Ich ging in mein Zimmer und suchte aus meiner Sammlung diverser Zeitungsartikel über Geishas, die ich mitgebracht hatte, einen Illustriertenausschnitt heraus. Kein Zweifel: Die pausbäckige Maiko mit dem leicht befremdeten Gesichtsausdruck war Ichiume. Als ich sie das nächste Mal traf, fragte ich sie nach dem Eindruck, den sie von dem Bankett und von Präsident Ford hatte. Sie antwortete, daß sie ihm nur einmal Sake eingeschenkt und dann einer anderen Maiko Platz gemacht habe. «Es war sehr heiß bei all diesen Scheinwerfern», sagte sie.

Bei offiziellen Veranstaltungen sagen Maikos gewöhnlich nicht viel. Als Geisha-Schülerinnen befinden sie sich noch in der Ausbildung, und die meisten haben noch nicht genug Erfahrung, um sich in der Gesellschaft von Ausländern oder hohen Würdenträgern unbefangen verhalten zu können. Aber eine Maiko soll gar nicht geistreich sein; sie braucht nur wohlerzogen dazusitzen und auszusehen wie eine schöne, bemalte Puppe. Es ist zwar nur zu ihrem Vorteil, wenn sie nicht nur hübsch, sondern auch intelligent ist, aber man erwartet von ihr nicht, daß sie auch eine Unterhaltung führt. Das überläßt man den älteren Geishas – die zwar vielleicht ihr Haar färben müssen, um ihm seine glänzende Schwärze zu geben, dafür aber aus jahrelanger Erfahrung wissen, wie man die Atmosphäre durch Plauderei auflockert.

Zu festlichen Anlässen werden meist sowohl jüngere als auch ältere Geishas geschickt. Die jüngeren, besonders die Maikos mit ihrer charakteristischen Kleidung, sollen für Atmosphäre sorgen, während die älteren Geishas gewöhnlich mehr für die Unterhaltung da sind. Jeder Gast hat jedoch bestimmte Vorlieben, und daher schwankt bei privaten Feiern das Verhältnis von Geishas und Maikos stark. Manche Männer bemerken die individuellen Eigenarten der Maikos gar nicht («... mit diesem weiß angemalten Gesicht sehen sie für mich alle gleich aus ...») und lassen statt dessen Geishas kommen, die sie kennen und deren Gesellschaft sie vorziehen. Andere Gäste aber schwelgen in der Nostalgie einer romantisch verklärten Vergangenheit und lieben es, mit diesen Frauen zusammenzusein, die aussehen, als stammten sie aus einem Farbholzschnitt. Aber auch in diesem Fall sind wenigstens einige ältere Geishas dabei; ausschließlich Maikos auf eine Feier zu schicken wäre unvorstellbar. Abgesehen davon, daß sie immerfort beaufsichtigt werden müssen, sind die Gesprächsthemen einer Gruppe von Siebzehnjährigen wahrscheinlich nur für andere Siebzehnjährige interessant.

Aber sobald Ausländer an einem Bankett teilnehmen, sind jeder noch so sorgfältigen Planung Grenzen gesetzt. Die Mischform der «Geisha-Party» führt zu einem Zusammenstoß zweier Erwartungshaltungen, von denen die eine bestimmt wird durch den Japan-Besuch des Touristen, die andere durch die Tatsache, daß Geishas als der Inbegriff japanischer Tradition gelten und daher ein unerläßlicher Programmpunkt jeder Japan-Reise zu sein scheinen, obwohl Europäer und Amerikaner solche Geisha-Parties im allgemeinen eher verwirrend als unterhaltsam finden.

Das bemalte Gesicht und die prächtige Kleidung der Maikos beispielsweise erregt ebenso die Neugier von Amerikanern wie der Anblick von Geishas, wenn sie mit Perücken und festlich geschminkt den Raum betreten. Aber diese anfängliche Faszination des «Unnatürlichen» weicht bald einer gewissen Abneigung. Die häufigste Bemerkung, die ich von Amerikanern über Geishas gehört habe, ist, daß sie «für meinen Geschmack zuviel Make-up aufgelegt haben». Ausländer finden die Tänze der Geishas graziös und exotisch, aber kaum erotisch, und die Musik klingt in ihren Ohren lediglich fremd. Die Tatsache, daß die Gesellschaft einer Geisha mittleren Alters charmant und bei Japanern sehr begehrt ist, bedeutet einem Amerikaner, der kein Japanisch kann, überhaupt nichts. Sollte sie versuchen, ihn auf eine Art zu unterhalten, die auf seine mangelnde Beherrschung der Sprache eingeht, dann wird er gutmütig lächelnd bei ihren Stein-Schere-Papier-Spielen mitmachen, danach aber über diese kindischen Japaner den Kopf schütteln.

## Der Ehrenplatz

Die Person, die in einem japanischen Bankettsaal den Ehrenplatz einnimmt, ist für die anderen Gäste von einer vom Boden bis zur Decke reichenden Nische in ihrem Rücken, der Tokonoma, eingerahmt. Eine der Jahreszeit entsprechende Bildrolle und eine Vase mit sorgfältig angeordneten Blumen in der Tokonoma setzen für den ganzen Raum einen ästhetischen Akzent. Zwar kann der Ehrengast von seinem Platz direkt vor der Nische die Wirkung dieses Arrangements nicht würdigen, aber er hat immerhin die Gewißheit, daß er sich im Mittelpunkt der Komposition befindet.

Bei jedem Fest, an dem Geishas teilnehmen, widmen sie dem Inhaber dieses Ehrenplatzes die größte Aufmerksamkeit. Die Gäste haben bereits ihre Plätze eingenommen, wenn sie, bei großen Banketts elegant zu fünft oder sechst nebeneinander gehend, den Raum betreten. Die erste Gruppe begibt sich dann sofort zu den durch die Sitzordnung geehrten Gästen. Wenn alle Geishas dasind und rechts und links von den Gästen Platz genommen haben, wird der erste Trinkspruch ausgebracht. Damit ist das Fest offiziell eröffnet. Während des ganzen Abends tauschen die Geishas die Plätze, die Verteilung ist jedoch niemals ganz gleichmäßig.

Jede Geisha muß eine gewisse Zeit am Kopfende des Tischs verbringen – wann immer dort also ein Platz frei wird, steht eine von ihnen auf, um die Lücke zu füllen. Die älteren wissen sehr genau, wann es Zeit für einen Wechsel ist. Die Maikos allerdings haben zunächst noch wenig Gefühl für diese Feinheiten und warten lieber auf einen Wink ihrer Älteren Schwestern.

Ichiume war nur eine in der Reihe der Maikos, die darauf warteten, Präsident Ford, dessen Platz natürlich vor der Tokonoma war, eine Schale Sake einschenken zu dürfen. Als die meisten Fotos gemacht wurden, saß sie zufällig neben ihm. Keine der Geishas kannte die Zeitungsberichte, die in den Vereinigten Staaten erschienen waren, und als ich ihnen das Bild zeigte, neckten einige Ichiume, indem sie sie «Fords Freundin» nannten. Diese flüchtige Verbindung zwischen Ichiume und Gerald Ford, die durch einige zufällige Fotos zustande gekommen war, ließ mich einen Brief an den Präsidenten schreiben, indem ich ihn darum bat, rechtzeitig zur Beerdigung ein Beileidstelegramm zu schicken.

## Bonchi

Als ich nach dem Abschluß meiner Studien über Geishas nach Japan zurückkehrte, empfing mich meine Okasan, die Inhaberin des «Mitsuba», zusammen mit ihrem Sohn Tsunehiko am Flughafen von Osaka. Ein Jahr lang war ich fort gewesen. Als wir draußen vor dem Flughafengebäude auf Tsunehiko warteten, der den Wagen holte, war die erste Frage, die sie mir stellte, ob ich irgend etwas mit dem Telegramm von Präsident Ford zu tun hatte. Ichiumes Mutter habe sich gedacht, daß ich ihn darum gebeten habe, sagte sie – wen kannte sie auch sonst in Amerika? Sie lag immer noch im Krankenhaus. Der schwere Schock, ihre Tochter, ihr Haus und ihren Lebensunterhalt zu verlieren, hatte ihre Gesundheit und ihr Herz stark mitgenommen. Ich würde erschrekken, wie alt sie plötzlich geworden sei, sagte meine Okasan.

Als wir aus dem klimatisierten Flughafengebäude traten, fiel mir in der feuchtwarmen Luft des japanischen Sommers das Atmen schwer. Während der Sommermonate, wenn sich die Männer den Schweiß vom Nacken wischen und die Frauen ihre Stirnen mit lose gewebten Taschentüchern betupfen, ist der häufigste Satz, den man in Kyoto hört: *«Mushiatsui ne?»* («Wieder mal schwül heute, was?») Wir warteten und waren dankbar für eine leichte Brise, die von der Bucht von Osaka herüberwehte, bis Tsunehiko schließlich vorfuhr.

Es war schon dunkel. Erst im letzten Moment sah ich, daß Tsunehiko einen nagelneuen Toyota Crown fuhr, das Flaggschiff dieser Marke, der mit allem Komfort ausgestattet war, den man bei solchen Wagen gewöhnt ist, und der einige Sonderausstattungen besaß, die ich noch gar nicht kannte. Tsunehiko trat eine gerade erst angezündete Zigarette aus und hob mein Gepäck in den Kofferraum. «Willkommen in Kyoto – *Mushiatsui ne?*» keuchte er und stellte, sobald er sich ans Steuer gesetzt hatte, die Klimaanlage auf volle Leistung.

Die Fahrt vom Flughafen von Osaka nach Kyoto dauert 50 Minuten – jedenfalls wenn man Tsunehikos Fahrstil hat. Zu der Extraausstattung des Wagens gehörte auch ein Summer, der ertönte, sobald man schneller als 80 Kilometer fuhr, die landesweit vorgeschriebene Höchstgeschwindigkeit. Bei unserer Unterhaltung auf dem Heimweg mußten wir die längste Zeit den Summer übertönen. Die meisten Neuigkeiten, die sich während des Jahres meiner Abwesenheit zugetragen hatten und von denen meine Okasan mir jetzt berichtete, bestanden aus Todesfällen. Außer Ichiume war auch Kikugoros Gönner gestorben; Kikugoro war eine Geisha im mittleren Alter und lebte in Atami. Ich hatte bei ihr gelebt, als ich das etwas zwielichtige, aber florierende Geisha-Gewerbe dieses Ausflugsortes untersucht hatte. Als Geisha hatte sie den Künstlernamen eines berühmten Kabuki-Spielers angenommen. Sie war eine alte Freundin meiner Okasan. Ihr verstorbener Gönner, ein Geschäftsmann aus Tokio, war lange Zeit ein willkommener Gast im «Mitsuba» gewesen. Durch ihn hatten sich meine Okasan und Kikugoro kennengelernt. Ich hatte ihn als herzlichen, großzügigen Mann in Erinnerung, und es tat mir leid zu hören, daß er gestorben war.

Als wir uns Kyoto näherten, sah ich ein vertrautes Wahrzeichen der Stadt: die Pagode des Nishi Hoganji-Tempels, die sich hinter dem hochaufragenden *Kyoto Tower Hotel* erhob. Kleine Lichter funkelten knapp unterhalb des Gipfels des Hiei-Berges. An Kyoto hat mir immer schon die übersichtliche Anlage und die Begrenztheit der Stadt gefallen. In jedem Touristenführer steht, wie sie im Jahre 794 auf freiem Feld errichtet wurde. Ihr Grundriß ist ein regelmäßiges Muster breiter Straßen, die im rechten Winkel aufeinandertreffen – im Gegensatz zu dem verwirrenden Labyrinth der Straßen in den meisten später gegründeten japanischen Städten. Die Stadtplaner nahmen sich die Hauptstadt der chinesischen Tang-Dynastie, Changan, zum Vorbild. Die Stadt wurde während einer 100 Jahre anhaltenden Phase erbaut, in der die Japaner von Bewunderung für die großartige zeitgenössische Kultur des Tang-Reiches erfüllt waren, und Kammu, nach der traditionellen Zählweise der 50. Kaiser Japans, beschloß, seinen gesamten Hof von Nara (einer kleineren, aber ebenfalls nach dem Vorbild Changans erbauten Stadt) etwa 50 Kilometer weiter nördlich in das Becken von Kyoto zu verlegen, das von abgerundeten Bergen umgeben ist. Der kaiserliche Palast wurde am Westufer des Kamo erbaut. Genau wie in Changan liegt der Ausgangspunkt des Straßennetzes im nördlichen Teil des Zentrums der Stadt.

Kyotos Lage in einem flachen, von Bergen eingefaßten Becken hat hier dem allgemeinen Drang zur Ausbreitung, der die japanischen Städte nach dem Krieg erfaßt hat, enge Grenzen gesetzt. Darüber hinaus gibt es in Kyoto keine

Schwerindustrie (diese hat sich in Osaka und anderen in der Nähe gelegenen Städten konzentriert), so daß ein Wohnungsbau in größerem Umfang nicht notwendig war. Kyotos hauptsächliche Einnahmequelle ist Kyoto.

Eine Stadtverordnung verbietet die Errichtung von Häusern, die über zehn Stockwerke hoch sind. Dadurch soll erreicht werden, daß die Aussicht auf die berühmten Tempelpagoden, seit über tausend Jahren die höchsten Gebäude weit und breit, unverbaut bleibt. Das häßliche *Kyoto Tower Hotel* stammt aus der Zeit vor dieser Bestimmung, aber vielleicht hat es als Beispiel dafür gedient, welchen Schaden eine aggressive, moderne Architektur einem Stadtbild zufügen kann und dadurch überhaupt erst den Anstoß zu dieser Verordnung gegeben.

«Weil Kyoto in einem von Bergen umgebenen Becken liegt», ist ein beliebter Satz, mit dem die Menschen in Kyoto praktisch alles erklären. Weil es in einem Becken liegt, ist Kyoto stets unzugänglicher gewesen als Tokio. («Wir sind soundso, im Gegensatz zu den Leuten aus Tokio, aber die sind ein Kapitel für sich», lautet ein anderer Satz, den man in Kyoto häufig zu hören bekommt.) Weil Kyoto in einem Kessel liegt, staut sich hier die schwüle Hitze des Sommers und setzt sich wie ein Nebel am Boden fest. Und aus diesem Grund ist die Winterkälte besonders feucht und durchdringend.

Die Tatsache, daß der Stadt kein Raum zur Ausdehnung zur Verfügung steht und sie sich daher auf ihre reiche, hochgeschätzte Tradition besonnen hat, verleiht ihr, mehr als jeder anderen Stadt, in der ich gelebt habe, die Atmosphäre eines geschlossenen Ganzen. Kyoto ist wie ein feines seidenes Taschentuch mit ordentlich von Hand gerollten Kanten und nicht ein zerschlissener, ausgefranster Schal wie Tokio.

Vom südlichen Ende der alten Stadt (also etwa dem Bahnhof) bis zum Botanischen Garten an ihrem nördlichen Rand nimmt man am besten ein Taxi. Die hübschen aber klapprigen alten Straßenbahnwagen wurden in den siebziger Jahren verschrottet, ihre Schienen sind jedoch noch da und folgen einer rechteckigen Route, die die Grenzen der eigentlichen Stadt markieren. Beim Überschreiten dieser Schienen hatte ich immer das Gefühl, als würde ich die Stadt verlassen, obwohl offiziell natürlich auch ein Teil des Umlandes zu Kyoto gehört.

Wenn man, obwohl die Stadt so klein und ihre Straßen so gerade sind, die Orientierung verloren hat, kann der Hiei, der an der nordöstlichen Ecke des Beckens aufragt und praktisch von jedem Punkt der Stadt aus zu sehen ist, als Richtmarke dienen. Menschen mit einem schlechten Orientierungssinn nennt man im Japanischen «hoko onchi» (richtungstaub). Für Leute wie mich, die schon nach einer einzigen Kurve nicht mehr wissen, wo sie sind und deren «Richtungsgehör» sie ständig im Stich läßt, ist Kyoto die ideale Stadt. Die in der Ferne funkelnden Lichter am Gipfel des Hiei hatten etwas Beruhigendes und Vertrautes.

## Wiedersehen mit Pontocho

Vor dem *Mitsuba Ryokan*, jenem traditionellen japanischen Gasthaus, das seiner Mutter gehört und von ihr geführt wird, setzte Tsunehiko uns ab. Obwohl das *Mitsuba* eigentlich ein *Ryokan*, also ein Wirtshaus mit Fremdenzimmern, ist, machen Übernachtungen nur einen kleinen Teil des Umsatzes aus. Das meiste Geld verdient die Okasan mit der Vermietung eines großen und mehrerer kleiner Festräume für Gesellschaften, an denen Geishas teilnehmen. Das *Mitsuba* ist eines von einer begrenzten Anzahl von Häusern in diesem Viertel, denen die Behörden eine Lizenz für die Bewirtung durch Geishas erteilt haben. Die seltenen Gäste, die über Nacht bleiben, sind fast immer persönliche Bekannte der Inhaberin.

Obwohl die Gäste natürlich bezahlen, vermietet die Wirtin des *Mitsuba* ihre Zimmer nicht, um etwas zu verdienen, sondern eher, um ihren Freunden einen Gefallen zu tun. Tatsächlich sehen die Mädchen Gäste, die über Nacht bleiben, nicht besonders gern, weil sie dann Betten machen und Frühstück servieren müssen und ihre Fernsehgeräte nicht so laut stellen dürfen wie sie wollen. Abends, wenn die Feste gefeiert werden, müssen sie hart arbeiten, und sie mögen es nicht besonders, wenn ihr gewohnter Tagesablauf durch Gäste gestört wird, die länger bleiben.

Zur Straße hin hat das *Mitsuba* einen ziegelgedeckten Lattenzaun mit einem Schiebetor, das immer geschlossen ist. Wenn das unauffällige Schild nicht wäre, auf dem in eleganter schwarzer Schrift auf erleuchtetem weißem Grund *Mi-tsu-ba* steht, könnte man es für ein Privathaus halten. Ein Fremder wird hier kaum nach einem Zimmer fragen.

Unter dem Ziegeldach des Tors ist gerade so viel Platz, daß man einen Regenschirm absetzen kann, wenn man die Post aus dem Briefkasten nimmt. Der Weg zum Haupteingang des Hauses führt durch einen kunstvoll angelegten kleinen Garten, in dem ein unscheinbarer hölzerner Schrein steht. Nach der Rückkehr von einer Reise bleiben die Bewohner des Hauses einige Sekunden bei diesem Schrein stehen und klatschen dreimal in die Hände, um seinem Geist Reverenz zu erweisen. Die Wirtschafterin des *Mitsuba*, eine verschrobene alte Frau, besprengt jeden Morgen die Trittsteine im Garten und füllt dann die groben Porzellanschalen im Schrein mit Wasser. Im Frühling und im Herbst kommt ein Gärtner und stutzt die wuchernden Büsche zurück. Wie nötig diese Arbeit ist, sieht man dem Garten allerdings meist schon Wochen vorher an. Er macht dann einen etwas verwilderten Eindruck, worüber die alte Dienerin vor sich hinzuschimpfen pflegte, wenn sie die Blätter zusammenkehrte.

Diese Frau, die jeder nur mit *Obasan* (Tantchen) anredete,

lebte in einem der kleinen, muffigen Dienstmädchenzimmer in einem Anbau des Hauses. Gelegentlich erwähnte sie ihre Enkelkinder, und einmal im Monat fuhr sie nach Hause, erzählte mir aber nie, wo das war. Sie aß und schlief im *Mitsuba*, kümmerte sich um die Wäsche, putzte und kochte einfache Gerichte für die Mädchen. Außerdem führte sie einmal täglich den Malteser Wanko spazieren.

Als ich dort lebte, stand ich an den Tagen, an denen ich Wäsche zu waschen hatte, in aller Frühe auf und warf die winzige, altmodische Waschmaschine an, die gleich vor ihrem Zimmer stand. Wenn ich nicht sofort nach dem Durchlauf zur Stelle war, um meine Wäsche aus der Maschine zu nehmen, hatte sich «Tantchen» der Sache schon angenommen und war dabei, sie auf die Leine zu hängen – nicht ohne einige bissige Bemerkungen zu machen, wenn ich dann herbeigeeilt kam. Einmal, im Sommer, hielt sie mit spitzen Fingern einen Nylon-Slip von mir hoch. «Wie kannst du diese Dinger nur tragen? Das ist doch viel zu warm.» Sie selbst schwor auf stocksteif gestärkte Unterhosen aus Baumwolle. «Und *du*? Wie kannst du *so etwas* tragen?» fragte ich zurück. Sie sah mich mit zusammengekniffenen Augen an. «Was weißt du schon? Wenn sie gestärkt sind, stehen sie vom Körper ab. Das ist viel angenehmer.» Sie hatte eine schlechte Meinung von allem, was anders gemacht wurde als in Kyoto üblich – jedenfalls, wenn sie überhaupt eine Meinung hatte. Für die meisten Dinge zeigte sie nämlich einfach kein Interesse.

Direkt vor den Steinplatten, die am Eingang des *Mitsuba* liegen, ist in etwa einem Meter Höhe eine Lichtschranke angebracht, die mit einer Klingel in der Küche verbunden ist. Wenn sie ertönt, kommt Wanko angeschossen und schlittert wild bellend auf dem glattpolierten Holz des Vestibüls hin und her. Am Abend meiner Ankunft fand im *Mitsuba* kein Bankett statt (die Sommermonate sind meistens ziemlich ruhig), so daß Wanko nicht angebunden war und wie ein aufgeregtes weißes Wollknäuel in der Eingangshalle umhersprang. Tantchen steckte ihren Kopf aus der Küche, rief mir einen flüchtigen Willkommensgruß zu und erinnerte mich, als ich den Hund auf den Arm nahm, völlig unnötigerweise daran, daß Wanko bei großen Aufregungen die Beherrschung über ihre Blase verlor.

Während der zwei Wochen dieses Aufenthalts bewohnte ich ein viereinhalb Matten großes Zimmer, in dem einmal im Monat ein Kouta-Lehrer seinen Schülerinnen in diesem Teil der Stadt Unterricht erteilte. Weil er so klein und durch seine Lage vor dem Wind, der vom Fluß herüberwehte, gut geschützt war, ließ sich der knapp neun Quadratmeter große Raum im Winter ohne weiteres mit einem Kerosinofen heizen. Früher war er dadurch im Sommer weniger angenehm gewesen, inzwischen war jedoch eine Klimaanlage eingebaut worden, die das Zimmer innerhalb von fünf Minuten in einen Kühlschrank verwandeln konnte. Ich stellte mein Gepäck in eine Ecke und ging in das große Gästebad, um mich nach meiner vierundzwanzigstündigen Reise frisch zu machen.

In allen Gästezimmern des *Mitsuba* befindet sich zwischen der ersten und der zweiten Schiebetür ein winziges Waschbekken. Einige haben sogar eine Toilette, aber es gibt nur ein einziges Bad. In Japan bringt man nur in besonders kleinen Wohnungen Toilette und Bad im selben Raum unter. Die Toilette ist so klein wie nur eben möglich, während das luxuriös ausgestattete Bad so viel Raum einnimmt, wie es die Verhältnisse zulassen. Meistens gibt es eine Dusche, unter der man sich wäscht, bevor man ins Bad steigt, aber daß man wie bei uns eine Dusche *an Stelle* einer Badewanne einbaut, ist in einer japanischen Wohnung und besonders in einem traditionellen Gasthaus unvorstellbar. Man nimmt möglichst jeden Tag ein Bad, und zwar so heiß wie gerade noch erträglich.

Als ich ins Wasser stieg, war es nur noch lauwarm. Die Dienstmädchen hatten es am Nachmittag für sich selbst eingelassen, und für einen offiziellen Gast hätten sie es sicher noch einmal aufgeheizt, aber da ich in ihren Augen kein Gast war, mußte ich so damit vorliebnehmen wie es war. Nachdem ich gebadet hatte, klopfte ich an Okasans Tür. Sie schlug vor, einen Spaziergang durch Pontocho zu machen, damit ich einen Blick auf die verkohlten Ruinen des «Hatsuyuki» werfen konnte. Die Straßen waren voller Menschen, obwohl es fast Mitternacht war. Während wir so gingen, hatte ich den Eindruck, als habe Okasan Sorgen. Aufs Geratewohl fragte ich sie, wann sie Tsunehikos neuen Wagen gekauft hätten. Sie seufzte.

«Wenn du Tsunehikos Vater in Tokio siehst, erzähl ihm bitte nichts davon, ja?» Ich hatte nicht vor, ihn zu besuchen, willigte aber leicht verwundert ein.

«Er hat gesagt, er würde ihm ein Auto schenken, aber er wußte nicht, daß Tsunehiko sich einen so teuren Wagen aussuchen würde. Ich muß es ihm natürlich erzählen, aber erst in einem günstigen Moment. Darum wäre es besser, wenn du das Auto nicht erwähnen würdest.»

«Ich verstehe.»

Ihr Gönner hatte Tsunehiko, ihr einziges Kind, als Sohn anerkannt und war 22 Jahre lang für seinen Unterhalt aufgekommen. Der junge Mann kaufte sich englische Anzüge, seidene Krawatten und importierte Zigaretten, aber ich glaube nicht, daß sein Vater immer genau wußte, was Tsunehiko mit seinem Geld anfing. Seine Mutter gab jeder seiner Launen nach und mußte ihn seinem Vater gegenüber oft in Schutz nehmen. Sie hatte es sich angewöhnt, das Benehmen ihres Sohnes auch vor sich selbst zu rechtfertigen.

«Weißt du, es mag natürlich nach reiner Verschwendungssucht aussehen, aber für das Geschäft brauchen wir tatsächlich so einen Wagen. Manchmal müssen wir Gäste vom Bahnhof abholen oder sie nach Hause fahren, und dann macht so ein Auto einen guten Eindruck. Tsunehikos Vater sollte es als Investition betrachten und froh sein, daß sein Sohn sich so um das Geschäft kümmert.»

Es fiel mir schwer, mir vorzustellen, daß Tsunehiko die Gäste seiner Mutter bereitwillig irgendwohin fuhr. Trotzdem versprach ich ihr noch einmal, nichts von dem Wagen zu sagen. Ich bemerkte, daß Tsunehiko sich seit meinem letzten Aufenthalt irgendwie verändert hatte. Er hatte abgenommen und sich das Haar in eine Dauerwelle legen lassen. Ein goldenes Halskettchen, getönte Brillengläser und ein Hawaiihemd rundeten sein neues Erscheinungsbild ab. Nun, das scheine jetzt Mode zu sein, sagte Okasan, und obwohl sie selbst nicht viel davon hielt, fand sie es gut, daß er mit der Zeit ging. Sein Vater sah die Dinge etwas anders.

«Aber es stimmt schon – ich mache mir etwas Sorgen um Tsunehiko», gab sie schließlich zu. «Er hat eine Freundin. Du weißt, daß ich in diesen Dingen sehr tolerant bin, Kikuko – ich würde nicht einmal etwas sagen, wenn er eine Ausländerin heiraten wollte –, aber er verbringt seine ganze Zeit mit einer Barhostess, die zwölf Jahre älter ist als er. Ich habe überhaupt nichts dagegen, daß sie in einer Bar arbeitet, aber sie hat nicht das Format, das *Mitsuba* zu führen, wenn ich mich zur Ruhe setze, und sie ist fast zu alt für Kinder. Aber an so etwas verschwendet Tsunehiko keinen Gedanken.»

Ich hatte Mitleid mit ihr und sagte, daß er sich bestimmt fangen und alles wieder in Ordnung kommen würde, aber insgeheim fragte ich mich, wie weit er mit seiner Trotzhaltung eigentlich noch gehen wollte. Es mußte ihn schon sehr große Mühe gekostet haben, eine Frau zu finden, die seiner Mutter so vollständig mißfiel. Okasans einzige schwache Stelle (die eines Tages vielleicht zum Konkurs des *Mitsuba* führen wird) ist ihre liebevolle Hingabe an ihren verantwortungslosen, verzogenen Sohn.

Wir standen vor einer eingestürzten Mauer und einigen verkohlten Balken – das war alles, was vom «Hatsuyuki» noch übrig war. Im Schatten stand ein Betrunkener und pinkelte an die Außenmauer der Ruine. Pontocho war wie eine Reihe weißer Zähne, zwischen denen ein häßliches schwarzes Loch klafft. Wir gingen weiter. In derselben Straße gab es eine winzige Bar, in der ich gelegentlich mit Gästen gewesen war. Wir gingen hinein, um zu sehen, wer alles da war.

## Ein letzter Cognac

Jeden Sommer ist eine Wand dieser Bar, des *Sawada*, ganz mit zahlreichen *Uchiwa* bedeckt, flache, runde Fächer, die die Geishas mit dem Aufdruck ihres Namens haben versehen lassen. Die roten Schriftzeichen auf den weißen Fächern ergeben ein interessantes Muster, und nachdem wir uns gesetzt hatten, suchte ich auf ihnen nach vertrauten und neuen Namen. Die anderen Gäste waren hauptsächlich Geishas, die sich nach ihrer Arbeit ausruhten. Auf einem Barhocker saß eine Maiko, an die ich mich nicht erinnern konnte. Sie wurde mir als Sumino vorgestellt und war die Jüngere Schwester der Geisha Sumika, die ich kannte. Okasan sagte mir, daß ich dieser Maiko schon einmal im *Mitsuba* begegnet sei, und zwar im letzten Jahr auf einer Party für den Kabuki-Spieler Tamasaburo. Obwohl mir ihr Gesicht nichts sagte, erinnerte ich mich an ein kicherndes junges Mädchen in einem rosa Kimono, das beim Servieren geholfen hatte. Damals hatte man mir gesagt, sie sei eine zukünftige Maiko.

«Was darf es sein, Okasan?» fragte die Frau hinter der Theke. Wir baten um die Flasche Rémy Martin VSOP, auf der Ichiumes Name stand. In dieser eleganten kleinen Bar standen Cognacflaschen mit Namensschildchen in den Regalen. Rémy Martin hat in Japan Johnny Walker Black Label als *das* Statusgetränk schlechthin verdrängt, so daß Bars wie das *Sawada* ihn immer auf Lager haben. Da ich Ichiumes Jüngere Schwester gewesen war, schien es nur passend, daß wir Cognac von der Flasche tranken, auf die sie und ihr Gönner ihre Namen geschrieben hatten. Okasan, die wegen ihrer

Herzkrankheit nicht viel trinken durfte, verdünnte ihren Drink mit Wasser.

Ich begrüßte alte Freundinnen, die hereinkamen, und hörte weitere Neuigkeiten, die sich während des letzten Jahres ereignet hatten. Okasan drehte sich auf ihrem Barhocker zu mir und flüsterte mir zu: «Das habe ich dir noch gar nicht erzählt: Ichiteru ist schwanger.» Ich wußte nicht, ob das eine gute oder eine schlechte Nachricht war. «Glückwünsche oder Beileid?» flüsterte ich zurück.

«Oh, sie ist sehr glücklich», antwortete sie. Die Bar hatte sich inzwischen mit Geishas gefüllt, die sich angeregt miteinander unterhielten. Plötzlich öffnete sich die Tür. Der Mann, der gerade eintreten wollte, blieb stehen und stutzte. Die Blicke aller Frauen wandten sich ihm zu – sehr verlegen verbeugte er sich und ging wieder hinaus. Wir alle lachten.

Schließlich kamen wir auf das Feuer zu sprechen. Ich fragte nach Midori, Ichiumes Jüngerer Schwester. Ein leises Gemurmel ging durch den Raum. «Sie hat aufgehört», sagte eine. «Alle ihre Kimonos sind verbrannt», fügte meine Okasan hinzu. «Ihr blieb gar nichts anderes übrig.» Ich fragte, wo sie sei, und hörte, daß sie sich in ihrem Elternhaus «erholte». Jemand hatte kürzlich mit ihr telefoniert. Offenbar hatte sie angerufen, um Gerüchten zu widersprechen, daß sie vorhabe, in Gion, einem mit Pontocho konkurrierenden Geisha-Viertel auf der anderen Seite des Flusses zu arbeiten. Zwar hatte man in Pontocho allgemein Mitleid mit ihr, aber es war auch sehr deutlich, daß sie dort nie mehr würde arbeiten können. Den verschiedenen Bemerkungen, die ich mitbekam, entnahm ich, daß sie früher hätte Hilfe holen sollen, statt zu versuchen, das Feuer selber zu löschen.

Auf unserem Heimweg erzählte mir Okasan, daß die Maiko spät nachts noch heimlich eine Zigarette geraucht und dabei den Aschenbecher umgeworfen hatte. Davon hatte nichts in den Zeitungen gestanden, und auch der Polizei hatte man nichts davon erzählt. In solchen Dingen hält man in

Pontocho zusammen. Aber ich dachte an die siebzehnjährige Midori, die von der Gemeinschaft, in der sie nicht einmal ein Jahr gearbeitet hatte, ausgeschlossen war und jetzt mit der Erinnerung an ihre Ältere Schwester leben mußte, mit der sie eine Verbindung eingegangen war, die man für stärker als jede Blutsverwandtschaft hielt. Es war drei Uhr morgens, und mit einemmal war mir kalt.

# 3.

# Starke Bande

*«Eine Schale Sake –*
*der Anfang*
*einer Beziehung ...»*

*Anfangszeilen eines Kouta*

## Namen

Amerikaner und Europäer haben nur einen «richtigen» Namen. Natürlich mag der eine oder andere von uns auch einen Spitznamen haben, und zwar entweder einen ganz gebräuchlichen («Willi» für «Wilhelm») oder aber einen von der Sorte, die man möglichst bald wieder ablegt und vergißt, wie «Dicky» oder «Fuzzy». Und manchmal tritt ein bestimmter Name tatsächlich an die Stelle des «wirklichen» Namens. So kannten viele Amerikaner beispielweise John Wayne – dessen *eigentlicher* Name übrigens Marion Michael Morrison war – als «Duke». Trotz dieser Ausnahmen aber ist die Namensgebung in unserer Kultur letztlich eine recht schlichte Angelegenheit.

Im Gegensatz dazu kann in Japan ein und dieselbe Person, je nachdem, welcher Tätigkeit sie nachgeht, mehrere, ja sogar viele verschiedene Namen haben. Jemand kann als Kalligraph unter dem Namen Shumpo bekannt sein, als Tänzer

Kikufumi und als Shamisen-Spieler Yacha heißen. Man hat seinen eigenen Namen als Töpfer oder Meister der Teezeremonie, und dementsprechend haben auch Geishas ihren eigenen Geisha-Namen.

Am nächsten kommt dieser Sitte noch die Verwendung von Künstlernamen bei uns im Westen, aber auch hier gibt es einige bezeichnende Unterschiede zu der japanischen Gewohnheit, viele verschiedene Namen zu führen. Zunächst einmal sind Künstlernamen oft Pseudonyme, die bewußt gewählt wurden, um die tatsächliche Identität zu verbergen. In Japan aber ist der Besitz vieler Namen nicht nur kein Geheimnis, sondern sogar Gegenstand allgemeinen Interesses, und jemand, der einen bestimmten Namen annimmt, kann unter diesem in der Öffentlichkeit so bekannt werden, daß sein «richtiger» Geburtsname oft völlig dahinter verschwindet.

Außerdem gilt ein Künstlername im Westen als Symbol der Unabhängigkeit und des Individualismus. Er wird willkürlich erfunden und kann ohne lange Überlegung geändert oder abgelegt werden. In Japan dagegen werden Künstlernamen, Töpfernamen, die Namen von Kabuki-Spielern und so weiter nicht einfach angenommen, sondern meist in einer Zeremonie verliehen. Dahinter steht der Gedanke, daß dieser neue Name seinen Träger in dessen bestimmten Tätigkeitsbereich begleitet, bis er entweder stirbt oder diesen Namen «transzendiert», so daß ihm ein neuer gegeben werden muß. Die mit einem solchen Namenswechsel verbundene Ehre – oder auch die Schande, wenn nämlich jemand den Erwartungen, die in dem Namen zum Ausdruck kommen, nicht gerecht wird – ist etwas, auf das der einzelne in Japan keinen Einfluß nehmen kann.

Jeder führt Namen, die seinem jeweiligen Lebensabschnitt entsprechen, und für Buddhisten gibt es sogar Namen, die erst nach dem Tod verliehen werden.[1] Namen können auch öffentlich und mit großem Pomp vererbt werden. Dies ist beispielsweise bei Kabukispielern der Fall, von denen man nicht nur den Künstlernamen kennt, sondern auch weiß, als wievielte sie diesen Namen tragen. Wenn im Theater, aber auch auf der Straße, über Rokudaime gesprochen wird, benutzt man den Ausdruck «die sechste Generation» buchstäblich als seinen Namen. Jedermann weiß, daß sich das auf Kikugoro VI. bezieht, den berühmten Schauspieler aus der Onoue-Linie, über den man in der Öffentlichkeit in diesen zunächst anscheinend völlig unverständlichen Kürzeln spricht.

Schließlich trägt auch die japanische Schrift, die bekanntlich eine der schönsten und kompliziertesten der Welt ist, ihren Anteil zu den Feinheiten bei, die in der Namensgebung zum Ausdruck kommen. Der Grund hierfür liegt darin, daß die Aussprache einzelner Schriftzeichen (von denen in den meisten Namen drei bis fünf verwendet werden) trotz wiederholter Versuche einer Reform der Rechtschreibung immer noch nicht standardisiert ist. Eine der Folgen der dadurch gegebenen Variationsmöglichkeiten ist das hohe Feingefühl der Japaner für die Wahl der Zeichen, mit denen ein Name oder Namensteil geschrieben wird. Um die Verbindung oder Kontinuität zwischen den Trägern zum Ausdruck zu bringen, kann dasselbe Schriftzeichen in einer ganzen Reihe von Namen verwendet werden. Wenn man eine Geisha fragt, wie sie heißt, gehören daher ihre persönlichen Fähigkeiten, der Lebensabschnitt, in dem sie sich befindet, die Schreibweise und ein Gefühl für die Bewertung des Namens in der Öffentlichkeit zu den kulturellen Voraussetzungen, die man dabei berücksichtigen muß.

## Ichigiku, die Jüngere Schwester von Ichiume

Von den 65 Geishas in Pontocho haben zehn einen Geisha-Namen, dessen erster Bestandteil die Silben *Ichi* sind.[2] Dies ist kein Zufall, ebensowenig wie die Tatsache, daß mein eigener, willkürlich für mich ausgesuchter Geisha-Name «Ichigiku» ist. Die Verwendung der Vorsilben Ichi in ihrem Namen deutet auf die Verbindungen hin, die innerhalb einer bestimmten Gruppe von Geishas bestehen. Der Wortbestandteil *Ichi* kann, wie eine Familientradition, bis zu einer Frau, nämlich der ursprünglichen Ichiko, zurückverfolgt werden, die im Jahre 1916 ein Teehaus mit dem Namen «Dai-Ichi» gründete.

Tatsächlich ist innerhalb dieser Linie der Name «Ichiko» am angesehensten. Er wird weitergegeben, wenn seine Inhaberin sich zur Ruhe setzt oder stirbt, und die Geisha, die ihn jetzt trägt, ist eigentlich Ichiko III. Eine Bedeutung des Wortes (nicht des Namens) «Ichiko» ist «Schamanin». In der frühen Entwicklungsstufe der japanischen Religion enthüllte die Schamanin den Willen der Götter, nachdem sie sich durch Tanzen in Trance versetzt hatte. Der Name Ichiko, den auch heute noch etwas Geheimnisvolles umgibt, kann nur von einer Tänzerin geführt werden.

Das von Ichiko gegründete «Dai-Ichi» war der Ableger eines älteren Teehauses, des «Daimonjiya». Sie übernahm das erste Schriftzeichen, *Dai* (groß), aus dem Namen des Mutterhauses und fügte das Zeichen *Ichi* aus ihrem eigenen Namen hinzu.[3] Zufälligerweise kann «Dai-Ichi», wenn es mit anderen Zeichen geschrieben wird, auch «die Erste» oder «Nummer eins» bedeuten, und Ichiko machte sich diese Tatsache bei der Benennung ihres Hauses zunutze. Und tatsächlich könnte man sagen, daß das «Dai-Ichi» das beste Teehaus in Pontocho ist. Viele Geishas, unter anderem auch ich, wurden dort ausgebildet.

Als Geisha hatte Ichiko dreizehn Jüngere Schwestern; vielleicht waren es sogar noch mehr. Niemand zeichnet diese «Stammbäume» wirklich auf. Sie lassen sich nur mit Hilfe der Erinnerungen alter Geishas rekonstruieren, von denen sich die meisten schon lange zur Ruhe gesetzt haben, obwohl manche immer noch als kokette alte Damen auf Parties erscheinen. Niemand kann sich an eine Geisha erinnern, die so viele Jüngere Schwestern hatte wie die fast legendäre Ichiko. Heutzutage kann eine Geisha froh sein, wenn sie eine einzige Jüngere Schwester hat.

Wenn ich in Japan bin, nenne ich mich gewöhnlich Kikuko («Kiku» bedeutet «Chrysantheme», und «-ko» ist eine gebräuchliche weibliche Wortendung). Diesen Namen erhielt ich, als ich als Teenager in Japan lebte. Nachdem beschlossen worden war, daß Ichiume meine Ältere Schwester sein sollte, stand auch der erste Teil meines Geisha-Namens fest. Er würde mit Ichi beginnen, und da zu der Zeit niemand den Namen Ichigiku (Ichi + Kiku) führte, nannte man mich als Geisha Ichigiku (die dritte übrigens), Jüngere Schwester von Ichiume.

## Wahlverwandtschaften

Das schwesterliche Verhältnis untereinander ist ein wesentliches Element der Geisha-Gemeinschaft in Kyoto. Aber was bedeutet dieses Schwester-Sein? Zunächst einmal ist man nie nur «Schwester», ein Wort, mit dem bei uns eine gewisse Gleichstellung verbunden ist, sondern immer Ältere oder Jüngere Schwester. In diesem Ausdruck kommt die Hierarchie zum Ausdruck, die für Japaner in einer solchen Beziehung im Vordergrund steht. Eine Anfängerin wird in diesem familienartigen Beziehungsnetz die Jüngere Schwester einer erfahreneren Geisha. Die beiden bilden ein – wenn auch ungleiches – Paar.

Geishas übernehmen nicht nur untereinander die Rolle von Schwestern, sie nennen auch die Frauen, die die Teehäuser führen, «Mutter». Auch die Eltern-Kind-Beziehung ist in Japan hierarchisch bestimmt. Beide sind keineswegs gleichgestellt: Den Eltern stehen berechtigte Erwartungen zu, während die Kinder gewisse Verpflichtungen haben. In den familiären Bezeichnungen schwingen nicht unbedingt jene sentimentalen Vorstellungen mit, die in der westlichen Kultur als natürlich angesehen werden. Statt dessen kommen in den Begriffen «Ältere Schwester» und «Jüngere Schwester», «Mutter» und «Tochter» die ungleichen, aber sich gegenseitig ergänzenden Kategorien zum Ausdruck, die die Grundlage der Geisha-Gesellschaft sind.

Geishas sind keineswegs die einzigen Japaner, die in einer familienartig organisierten sozialen Gruppe leben, aber am ausgeprägtesten ist diese Struktur in traditionellen Berufen: Man findet sie zum Beispiel unter Schreinern, Bergleuten, Sumo-Ringern und Gangstern. In einem charakteristischen Punkt aber unterscheiden sich die Geishas von all diesen Gruppen.

Bei den meisten Formen dieser sogenannten rituellen Familien ist der «Oyabun» («der, der die Rolle des Elternteils übernimmt») der Dreh- und Angelpunkt der gesamten Organisation. Er (fast immer handelt es sich um einen Mann) hat eine Gefolgschaft von mehreren «Kobun» («die, die die Rolle der Kinder übernehmen»). Solche Gruppen haben einen starken Zusammenhalt, sind hierarchisch aufgebaut und in gewissem Maß autoritär. Die Rollenverteilung innerhalb der Bruderschaft stellt hier nur eine Fortsetzung der Beziehung zwischen Eltern und Kind dar.

Genau hier, in der Vorrangstellung der Schwesternschaft, liegt bei den Geishas der Unterschied. Obwohl sie als Inhaberinnen der Teehäuser einflußreiche Personen im Alltag der Geishas sind, entspricht die Position der Mütter nicht der einzigartigen, allmächtigen Stellung des Oyabun. Die pyramidenförmige Autoritätsstruktur anderer Gruppen, die nach dem Vorbild einer Familie aufgebaut sind, sucht man in Geisha-Gemeinschaften vergeblich. Bei Geishas stehen Mütter, Töchter und Schwestern in eigenständigen Beziehungen zueinander, die nicht Teil eines umfassenden Ganzen sind, sondern individuell eingegangen werden. Wie in meinem und Ichiumes Fall haben zwei Schwestern oft verschiedene Mütter.

Obwohl die Hierarchie das beherrschende Element in der Beziehung zwischen Schwestern ist, sind Geishas heutzutage der Meinung, daß ihr Verhältnis zueinander auch durch Einfühlungsvermögen, Loyalität und Freundschaft bestimmt sein sollte. Eine Onesan erwartet Respekt von ihrer Jüngeren Schwester, eine Tyrannin aber darf sie nicht sein. Im Idealfall ist die Ältere Schwester sowohl Mentorin als auch Freundin. Blutsverwandte kann man sich nicht aussuchen, aber zwischen zwei Geishas, die einander zur Schwester wählen, besteht etwas, das die Japaner *En* nennen: eine geistige Übereinstimmung oder Wahlverwandtschaft. Ganz gleich, welche Überlegungen bei dieser Wahl außerdem eine Rolle spielen mögen – ein gutes Einvernehmen zwischen den beiden Frauen wird heute für unentbehrlich gehalten.

Die Situation einer jungen Frau, die den Beruf einer Geisha ergreift, hat Ähnlichkeit mit der einer Braut, die ihr Elternhaus verläßt, um mit ihrem Mann zusammenzuziehen. Selbstverständlich hinkt dieser Vergleich in mancher Beziehung, aber im großen und ganzen entspricht die Ältere Schwester dem Bräutigam und die Jüngere Schwester der Braut. Die neue Geisha verläßt ihr Elternhaus und nennt die Besitzerin ihres neuen Heims «Mutter». In der Beziehung zu einer ihr vorher unbekannten Person, die nun ihre Verwandte, ihre «Ältere Schwester», ist, nimmt sie eine untergeordnete Stellung ein. Und schließlich erwartet man von ihr, daß ihre Hingabe an die neue Gruppe stärker ist als die Bindung an ihre alte Familie.

Die Ähnlichkeiten zwischen einer neuen Geisha und einer Braut sind nicht zufällig, und in der Zeremonie, durch die das Band der Schwesternschaft geknüpft wird, kommt dies ganz deutlich zum Ausdruck.

## Dreimal aus drei Schalen

Wenn die Braut und der Bräutigam je drei Schlucke Sake aus drei Lackschalen trinken, ist der feierliche Höhepunkt der traditionellen japanischen Heiratszeremonie gekommen. Dieses Überreichen der Schalen nennt man *Sansan-Kudo*, «dreimal drei, neunmal»; dieser Ausdruck kann auch an Stelle des Wortes «Hochzeit» gebraucht werden. Obwohl die meisten Leute bei Sansan-Kudo nur an die Eheschließung zwischen Mann und Frau denken, geht die Bedeutung und die Anwendung dieser Zeremonie darüber hinaus. Durch das Trinken der rituellen Schalen Sake wird eine dauerhafte und heilige Verbindung zwischen zwei Menschen geknüpft, die bei uns, ebenso wie bei den Japanern, im allgemeinen aus verschiedenen Familien stammen. Danach sind sie miteinander verwandt. Dies ist natürlich im wesentlichen der Sinn

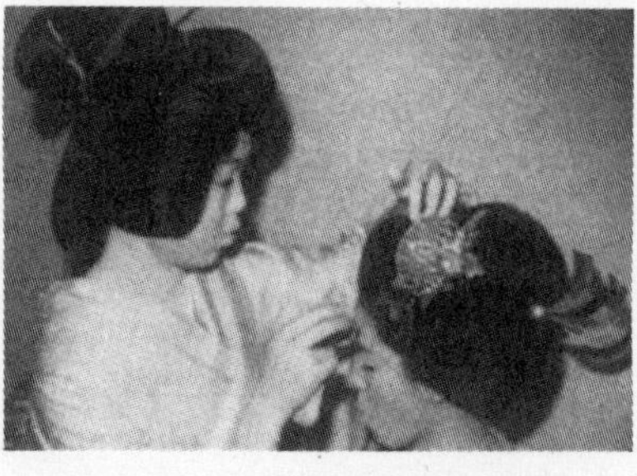

*Ichiume (links) frisiert ihre neue Jüngere Schwester*

einer Eheschließung, aber eine solche Verbindung kann auch in der Geisha-Welt zwischen einer Älteren und einer Jüngeren Schwester hergestellt werden.

Wenn in Kyoto eine neue Maiko oder Geisha in die Gemeinschaft aufgenommen wird, werden sie und ihre zukünftige Ältere Schwester durch das Ritual des Sansan-Kudo zu Geschwistern. Eine Heirat bedeutet in Japan «die Verknüpfung zweier Schicksale», und Geishas gebrauchen denselben Ausdruck, *En musubi*, wenn sie über das besondere Band der Schwesternschaft sprechen. En bezeichnet eine Verbindung zwischen Leuten, und zwar eine, die im Gegensatz zur «natürlichen» auf künstliche Weise zustande gekommen ist. Dahinter steht die buddhistische Bedeutung des Wortes *Karma*; wenn Japaner sagen, daß zwei Menschen ein En haben, denken sie normalerweise jedoch nicht an die metaphysischen Gründe dafür. Ein En mit jemandem zu haben, bedeutet, daß eine Art besonderer geistiger Übereinstimmung besteht. «Die Verknüpfung des En» (En musubi) geht einen Schritt weiter, denn damit wird eine Verbindung geschaffen, die nicht so ohne weiteres wieder aufgegeben werden kann. Falls ein solches Paar sich trennen will, kann das Band nicht einfach gelöst werden. In einem solchen Fall spricht man davon, daß das Band «zerschnitten» wird (En O Kiru).

Wie man sieht, ist En musubi eine ernst zu nehmende Angelegenheit. Daher verzichteten Ichiume und ich auf die Zeremonie der schwesterlichen Verbindung. Jeder wußte, warum ich Geisha werden wollte, und es war klar, daß mein Aufenthalt in der Geisha-Gemeinschaft nicht von langer Dauer sein würde. De facto war Ichiume zwar meine Ältere Schwester, aber es wäre eine Farce gewesen, wenn wir das Ritual des Sake-Trinkens vollzogen hätten. Während meiner Zeit in Pontocho wurde keine neue Geisha aufgenommen, so daß ich nur einmal, in einer anderen Gemeinschaft, bei dieser Zeremonie dabeisein konnte.

Im frühen Juni war ich als einziger Gast zu einer solchen

friedlichen, privaten Feier in das Geisha-Viertel Kamishichiken eingeladen worden, das etwas abgelegen im nordwestlichen Teil Kyotos liegt. Weil die Stadtmitte so weit entfernt ist, gibt es in Kamishichiken keine Bars, die mit ihren grellen Neonlichtern den bescheidenen alten Teehäusern Konkurrenz machen. Man fühlt sich dort um ein Jahrhundert zurückversetzt. Viele behaupten, die Geishas von Kamishichiken seien zurückhaltender als die von Gion oder Pontocho.

Ich war also dabei, als die Geisha Katsukiyo mit einer neuen Geisha, die den Namen Katsufuku erhalten sollte, das Gelöbnis der Schwesternschaft ablegte. Katsufuku war mit ihren 22 Jahren zu alt für eine Maiko und wurde daher gleich als Geisha in die Gemeinschaft eingeführt. Später erfuhr ich, daß ihr Vater Polizeibeamter war. Zunächst war er dagegen gewesen, daß seine Tochter Geisha wurde, aber schließlich gab er ihr widerwillig seine Erlaubnis. Es war nicht weit von Katsufukus Elternhaus nach Kamishichiken, und so hatte sie bei gemeinsamen Tanzstunden mit den Geishas dieses Viertels Freundschaft geschlossen. Durch sie war sie auf die Idee gekommen, selber Geisha zu werden.

Die Zeremonie sollte in einem Teehaus stattfinden, in dem Katsufuku seit einem Monat ein kleines Zimmer im ersten Stock bewohnte.[4] Nur zwei andere Frauen waren noch dabei: die Besitzerin des Teehauses (von Katsufuku «Mutter» genannt) und eine junge Geisha Mitte Zwanzig mit dem Namen Katsuhana, die stellvertretend für alle anderen Geishas teilnahm, deren Name mit dem Schriftzeichen *Katsu* beginnt. Später wurde Katsufuku den Gästen auf Parties vorgestellt, mit denen man ihren Eintritt in die Gemeinschaft feierte, die eigentliche Zeremonie aber wurde in zurückgezogener, feierlicher Atmosphäre und nur im Beisein anderer Geishas vollzogen.

Bis auf drei große, flache Kissen war der Raum völlig leer. Als Ältere Schwester saß Katsukiyo auf dem Kissen vor der Nische. Sie trug einen hellblauen Sommerkimono aus Seide und einen Obi aus dunklerem Stoff, in den sie einen kleinen Fächer gesteckt hatte. Ihr Haar war zu einer schlichten, bauschigen Frisur hochgesteckt. Sie mochte etwa 40 Jahre alt sein. Katsufuku trug eine kunstvolle Perücke und einen leichten, feierlichen Kimono, dessen Kragen weit ausgeschnitten war und dessen Saum auf dem Boden schleifte. Ihr Gesicht war porzellanweiß gepudert und geschminkt. Sie saß ihrer zukünftigen Schwester gegenüber. Das dritte Kissen lag am Rand des Raums und war für die Okasan bestimmt.

Gesammelt und mit gefalteten Händen setzten sich die drei Frauen und schlugen einige Augenblicke lang die Augen nieder. Dann betrat ein Dienstmädchen mit einem Tablett den Raum. Ohne ein Wort zu sagen, setzte sie es ab, hob mit beiden Händen einen kleinen, lackierten Ständer mit drei Schalen hoch und stellte ihn vor Katsukiyo, die die kleinste Schale nahm und sie zwischen den Fingerspitzen hielt, während das Mädchen aus einem silbernen Kessel etwas Sake einschenkte. Katsukiyo trank ihre Schale in drei Schlucken aus, wischte den Rand mit einem Tuch ab und stellte sie zurück. Daraufhin brachte das Mädchen den Ständer zu Katsufuku.

Diese wiederholte die Bewegungen, und ich bemerkte, daß sie die Augen schloß, als sie die Schale hob. Obwohl es heller Tag war, herrschte hier drinnen Halbdunkel, und ihre Silhouette vor dem schwarzen Wandschirm zeigte das Profil der klassischen japanischen Schönheit. Es schien unmöglich, daß die ungepuderten, braungebrannten Hände, mit denen sie ihre Schale zum Mund führte, zu diesem alabasterfarbenen Gesicht gehörten.

Die Schalen wurden wieder Katsukiyo überreicht, die drei Schlucke aus der mittleren trank. So wie der Bräutigam, als zukünftiger Herr des Hauses, vor der Braut trinkt, macht hier die Ältere Schwester den Anfang, da sie die Ranghöhere ist. Nach ihr erhielt Katsufuku die mittlere Schale, und schließlich wurde die größte Schale auf dieselbe Weise hin- und hergereicht.

Katsukiyo machte ihren Platz vor der Nische für Katsuhana frei und setzte sich neben ihre neue Jüngere Schwester. Da sie nun Geschwister waren, tranken sie noch einmal drei Schalen Sake mit der Okasan und mit Katsuhana.[5] Die ganze Zeremonie dauerte nicht einmal fünfzehn Minuten. Dadurch, daß sie drei Schalen Reiswein mit den anderen Frauen getrunken hatte, war Katsufuku in diese Geisha-Gemeinschaft aufgenommen. Danach wurde ich von den Geishas und der Okasan eingeladen, zum Essen zu bleiben, bei dem es *Sekihan* (roten Reis) gab, der in Japan zu festlichen Gelegenheiten gereicht wird. Wir gingen nach oben in einen hellen, luftigen Raum, und das Mädchen brachte mit kaltem Reis und Delikatessen gefüllte Lackschachteln. Helles Tageslicht fiel durch die offenen Fenster, das den Blick auf die Azaleen und den Granatapfelbaum im Garten unten freigab. Jetzt, da die Förmlichkeiten vorbei waren, war die Atmosphäre entspannter, und an Stelle des rituellen Sake tranken wir Bier.

## Hiki Iwai – der Austritt

Der Eintritt in die Schwesternschaft ist eine feierliche Handlung, und so ist es nur logisch, daß auch der Austritt mit einer Zeremonie verbunden ist. Früher wurde ein *Hiki Iwai*, eine «Austrittsfeier», in den Bordellvierteln veranstaltet, wenn es einer Kurtisane (aus eigener Anstrengung oder durch die Großzügigkeit eines Gönners) schließlich gelungen war, all ihre Schulden zu bezahlen, und sie zurück ins bürgerliche Leben ging. Heute benutzt man diesen Ausdruck, wenn eine Geisha, aus welchen Gründen auch immer, ihren Beruf aufgibt. Der Anlaß hierfür sind meist Heirat, eine andere Arbeitsstelle oder der Wunsch, mit dem Gönner zusammen zu leben.

Wie löst man eine Verbindung, die durch neun Schlucke

Reiswein geknüpft wurde? Mit gekochtem Reis. Gemäß der Geisha-Etikette muß eine Frau, die die Gemeinschaft verläßt, ihrer Älteren Schwester, ihrer Okasan, ihren Lehrern und allen, denen sie für Unterricht und Gefälligkeiten Dankbarkeit schuldet, eine kleine Schachtel mit gekochtem Reis überreichen.[6] Dadurch löst sie ihre Beziehung zur Welt der Geishas.[7] Anders als bei der Ehe (deren Bande nicht gelöst, sondern nur durchtrennt werden können) erkennen Geishas die Möglichkeit an, daß die eine oder andere Schwester nicht für immer bei ihnen bleiben möchte, und akzeptieren diese Tatsache taktvoll und auf zeremonielle Weise.

## Lernen durch Beobachtung

Die Ältere Schwester soll ein Beispiel geben und ist dafür verantwortlich, ihrer Jüngeren Schwester die Feinheiten des angemessenen Betragens einer Geisha beizubringen. Obwohl jede ältere Geisha das neue Mitglied der Gemeinschaft über Umgangsformen belehren darf, dient beim Minarai hauptsächlich die Ältere Schwester als Vorbild. In Pontocho gehört eine neue Maiko immer zu einem bestimmten Teehaus. Ihr *Minarai-jaya*, das «Teehaus, in dem sie durch Zuschauen lernt», ist dasselbe Haus, in dem auch ihre Ältere Schwester ausgebildet wurde. Dies ist eins der vielen Dinge, die mit der Wahl einer Onesan verbunden sind. Fast jede Geisha der Ichi-Linie in Pontocho hat ihren Beruf im «Dai-Ichi» erlernt.[8]

«Lernen durch Beobachtung» bedeutete ursprünglich, daß sich eine Frau einfach durch das Zusammensein mit anderen Geishas an dieses Leben gewöhnte. Zehn- bis zwölfjährige Mädchen, die als Bedienstete (*Shikomi*) in den Teehäusern arbeiteten, sollten sich durch Zusehen auf ihren späteren Beruf als Geishas vorbereiten.[9] Dabei wurde es ihnen oft nicht leichtgemacht, aber man war der Meinung, daß das ihren Charakter bildete und sie bessere Geishas werden ließ. Schwere Arbeit von früh bis spät und strenger Shamisen- und Tanzunterricht waren die Regel. Gequält wurden die Mädchen, wenigstens in den meisten Häusern, nicht.

Heute hat sich das gründlich geändert. Die Mütter der Teehäuser wissen ganz genau, wie schwierig es ist, junge Mädchen zu finden, die den ernsthaften Wunsch haben, Maiko oder Geisha zu werden. Also geben sie sich die größte Mühe, die ersten Erfahrungen ihrer Schülerinnen so angenehm wie möglich zu gestalten. Ein Mädchen, das sich auf ihr Debüt als Maiko vorbereitet, muß keine Beschwerlichkeiten mehr auf sich nehmen. Im Gegenteil: Sie wird von allen verwöhnt – von den Müttern ebenso wie von den Gästen und den Älteren Schwestern. Schon vor ihrem formellen Eintritt in die Gemeinschaft darf sie sich wie eine Maiko anziehen und wird auf Parties geschickt, von denen die Mütter glauben, sie seien interessant für sie, weil beispielsweise ein Filmstar oder ein berühmter Kabuki-Spieler daran teilnimmt. Die Mütter tun das in der Hoffnung, daß vor dem Glanz des Starruhms die letzten Bedenken bezüglich der Berufswahl verblassen. Sie sagen sich, daß das Mädchen später noch genug unangenehme Gäste und langweilige Parties erleben wird; daher sollte man ihm zunächst besser die angenehmen Seiten des Geisha-Lebens zeigen.

Ichitaro ist nach der alten Methode ausgebildet worden und findet die heutige Verhätschelung der Maikos skandalös. Sie ist jetzt 80 Jahre alt und hat sich von der Leitung des Teehauses «Nakagawa» in Pontocho zurückgezogen. Sie war eine der Jüngeren Schwestern der ersten Ichiko. Ihrer Meinung nach pflegen die Geishas heutzutage keine gehobenen Umgangsformen mehr, ihre künstlerischen Fertigkeiten sind kaum der Rede wert, sie sind kaum noch in der Lage, sich wirklich höflich auszudrücken, und die jungen Geishas haben kein Verantwortungsgefühl und erweisen den Älteren

*Maiko. Aquarell von Okumura Togyu, 1954*

nicht mehr die ihnen gebührende Ehrerbietung. «Sie denken nur noch an sich selbst», beklagte sie sich bei mir und klopfte, wie um ihre Worte zu unterstreichen, ihre lange Pfeife im Aschenbecher aus. Die jungen Geishas halten sie insgeheim für eine harmlose alte Grantlerin, ja sogar für eine Kuriosität mit ihrer altmodischen *Kiseru*-Pfeife und ihren Nörgeleien. Leiden für die Kunst ist heute nicht mehr so gefragt wie früher einmal.

Wenn eine Japanerin mittleren Alters einen kleinen, kreisrunden kahlen Fleck auf ihrem Scheitel hat, war sie in ihrer Jugend höchstwahrscheinlich eine Maiko. Meine Okasan, die Besitzerin des *Mitsuba*, hat so eine kahle Stelle, die sie «meinen Maiko-Orden» nennt. Sie entsteht dadurch, daß jahrelang eine bestimmte Strähne fest zusammengebunden wird, die dann Grundlage für den Aufbau der Frisur einer Maiko ist. Nach und nach gehen die Haare an dieser Stelle aus und wachsen nicht mehr nach. Bei meiner Okasan verbirgt ihre Frisur die kahle Stelle so vollständig, daß nur ihr Friseur sie zu sehen bekommt. Jedesmal wenn sie einen Friseursalon in einer anderen Stadt aufsucht, macht dieses Mal einen großen Eindruck auf die Angestellten. Es dokumentiert die Mühsale, denen sie sich bei ihrer Ausbildung unterziehen mußte. Nur einmal, sagt sie, fühlte sie sich dadurch in Verlegenheit gebracht, und zwar, als sie auf einer Europareise nicht wußte, wie sie der französischen Friseuse die Entstehung dieser kahlen Stelle erklären sollte. Es kränkte sie, daß diese Frau wahrscheinlich dachte, sie habe Haarausfall.

In Zukunft werden nur wenige ehemalige Maikos einen solchen «Orden» vorzuweisen haben. Da Maikos heute nicht mehr mit zwölf oder dreizehn, sondern erst als Siebzehnjährige mit ihrer Arbeit beginnen, brauchen sie vermutlich nicht um ihre Haare zu fürchten. Für die alte Ichitaro ist dies ein weiterer Beweis für die Verweichlichung der Geishas, in den Augen der meisten Japaner aber sind Maikos und Geishas auch heute noch einer strengen Disziplin unterworfen.

# 4.
# Das alte Pontocho

*«Eine Mondnacht in Pontocho:*
*Auf den Bambusjalousien der kühlen Veranden*
*tanzen lockend die Schatten der Papierlaternen.»*

*Aus einem Kouta*

## Brücken und Wasserwege

Pontocho liegt auf dem Westufer des Kamo. Im Norden und Süden markieren die beiden großen Brücken Sanjo und Shijo, mit denen die dritte und die vierte Avenue über den breiten, aber seichten Fluß führen, die Grenzen des Viertels. Der Fluß Takase, der in Wirklichkeit ein kleiner Kanal ist, fließt westlich von Pontocho, und auch hier führen die kleinen Straßen und Gassen zu Brücken. Man kann kaum zehn Schritte aus Pontocho hinaus tun, ohne eine Brücke zu überschreiten.

Die merkwürdige Aussprache «Pon» für das erste der drei Zeichen, mit denen man das Wort Pontocho schreibt, ist eine örtliche Besonderheit. Auch Japaner begehen manchmal den Fehler, den Namen dieses Viertels als «Sentocho» auszusprechen. Ohne das Wort geschrieben zu sehen, würde man es in diesem Fall als «Straße der Bootsleute» verstehen. Und das ist nicht einmal so weit hergeholt, denn Pontochos Geschäfte

*Liza Dalbys Okasan als Maiko*
*(etwa 1930)*

haben immer schon irgendwie mit dem Wasser zu tun gehabt. Bevor es ein Vergnügungsviertel wurde, lebten hier Köhler und Kahnführer, die die Holzkohle in flachen Booten nach Osaka transportierten.

Es war immer schon gefährlich, den Kamo mit Schiffen zu befahren, und darum wurde parallel zum Fluß der Takase-Kanal für den Frachtverkehr gebaut. Während des 17. Jahrhunderts zeigten die Fronten der Häuser und Schuppen zwischen der dritten und der vierten Avenue alle zum Takase-Kanal, wo die Lastkähne beladen wurden. Die Leute, die hier lebten und arbeiteten, hatten diese Lage aus praktischen Erwägungen gewählt und nahmen in Kauf, daß ihre Häuser der herrlichen Aussicht auf den Kamo und die Hügelkette im Osten den Rücken kehrten.

Während der Takase ausschließlich praktischen Zwecken diente, befriedigte der Kamo hauptsächlich ästhetische Bedürfnisse. Lange Bahnen frisch gefärbter Seide wurden in ihm ausgespült. Die Muster, die die leuchtenden Kimonostoffe im klaren Wasser machten, waren ein beliebtes Thema für Dichter und Maler. Eine vertraute Erscheinung am Fluß waren auch die kleinen Regenpfeifer (*Chidori*), die früher mit durchdringenden Rufen dicht über den flachen Wellen des Kamo hin- und herflogen. Der Chidori wurde das Wappen der Geishas von Pontocho, und ihre öffentlichen Tanzvorführungen heißen die «Tänze vom Kamo-Fluß».

Bei der Verwandlung der Straße der Bootsleute in die Straße der Geishas wurden die Häuser umgebaut, so daß sie nun wieder dem Kamo zugewendet waren. Die Welt der öffentlichen Unterhaltung wird in Japan mit dem allgemeinen Wort *Mizu Shobai* (wörtlich: «das Wassergeschäft») bezeichnet, und im frühen 18. Jahrhundert war das Viertel Pontocho für ein «Wassergeschäft» bekannt, das sich recht deutlich von dem der Schiffer unterschied. Der Frachtverkehr auf dem Takase wurde durch das Geschäft der Geishas, deren Teehäuser auf den Kamo gingen, immer mehr verdrängt.

*Eine sechzehnjährige zukünftige Maiko auf einer Veranda in Pontocho (1978)*

Alle Häuser im östlichen Teil Pontochos haben auf ihrer Rückseite eine große Veranda, von denen aus man das breite Flußufer übersehen kann. Wenn es warm genug ist, um draußen zu sitzen, werden dort Reihen von Papierlaternen aufgehängt. Der Sommer ist traditionell die schönste Zeit für Pontocho. Bunte Laternen schaukeln in der leichten Brise, die vom Fluß herüberweht, und in der Abenddämmerung sieht die Hügelkette im Osten wie eine Tuschzeichnung aus, auf der die weiter entfernt liegenden Berge in immer blasseren Grautönen gemalt sind. Jedes Teehaus in Pontocho hat eine Klimaanlage angeschafft, auf die mehr Verlaß ist als auf den Flußwind, so daß die Veranden nicht mehr so oft wie früher benutzt werden. Aber solange die Sommerhitze noch nicht unerträglich feucht und drückend ist, werden die Laternen aufgehängt und Fußmatten ausgelegt, und dann finden auch heute noch Gesellschaften dort draußen statt.

Seine Lage am Ufer eines klaren, malerischen Flusses mit einer Aussicht auf die Hügel, die, von einem blassen Rosa im Frühling über ein sattes, sommerliches Grün bis zum leuchtenden Rot der Ahornblätter im Herbst, in immer neue Farben getaucht sind, machte Pontocho zu einem idealen Standort für ein Vergnügungsviertel. Darüber hinaus befindet sich in der Nähe der große Gion-Schrein. Das Geisha-Viertel Gion liegt in der Nachbarschaft dieses Heiligtums und hat seinen Namen von ihm; aber von Pontocho aus ist es dorthin nur ein kurzer Fußweg über die Shijo-Brücke. Japanische Heiligtümer, und vor allem so bedeutende wie Gion, sind ein Anziehungspunkt für Pilger, und diese frommen Besucher kehren von ihren Fahrten meistens erst dann nach Hause zurück, wenn sie von den eher weltlichen Amüsements, die in der Nähe geboten werden, gekostet haben. Viele Viertel, die später für ihre Geishas berühmt wurden, waren ursprünglich in der Nähe von Heiligtümern gelegene Orte, wo in Teehäusern schöne Mädchen den Reisenden Speise und Getränke servierten.

## Legale Prostitution

In der Edo-Zeit (1600–1867) glaubte man, die Unterhaltung, und insbesondere die Unterhaltung durch Frauen, müsse streng durch die Behörden beaufsichtigt werden. Die Prostitution war legal – allerdings nur, wenn sie amtlich genehmigt und überwacht wurde. Illegale, also unregistrierte und nebenberufliche Damen der Nacht stellten für die Behörden ein Dauerproblem dar. Trotzdem nahmen diese Frauen hier, wie fast überall, das Risiko auf sich, weiterhin ihrer Arbeit nachzugehen. Mit willkürlichen Säuberungsaktionen versuchte man immer wieder, diesem Zustand ein Ende zu bereiten, und je nachdem, welche Moralvorstellungen gerade vorherrschten, wurden einzelne Frauen, die keine Konzession besaßen, manchmal aber auch viele Prostituierte aus Gegenden, in denen die Genehmigung zur Prostitution plötzlich widerrufen worden war, festgenommen und nach Shimabara, dem einzigen großen Sperrbezirk von Kyoto, gebracht.

Shimabara und Yoshiwara, sein Gegenstück in der Stadt Edo, waren bis 1957 die Viertel am Stadtrand, auf die die Prostitution sich zu beschränken hatte und in denen sie, unter Beachtung einer fein abgestuften Hierarchie, ausgeübt wurde. Die Beschränkung ist wörtlich zu verstehen: Diese Viertel wurden nämlich nicht nur behördlicherseits überwacht, sondern waren auch von hohen Mauern umgeben. Auf diese Weise versuchte das Shogunat den Verfall der öffentlichen Moral zu verhindern. Außer Prostituierten (die sich registrieren lassen mußten) durften auch andere Gesellschafterinnen in bestimmten Vergnügungsvierteln arbeiten. Zu ihnen gehörten auch die Geishas, denen der sexuelle Verkehr mit ihren Kunden allerdings offiziell verboten war.

Sobald die ersten Frauen diesen Beruf ergriffen, stellte sich die Frage, wo die Trennungslinie zwischen Geishas und Prostituierten zu ziehen sei. Die Behördenerlasse waren in diesem Punkt nie ganz eindeutig, obwohl Geishas keine Prostituierte im eigentlichen Sinne waren. «Erstens: Macht sie die Beine breit? Zweitens: Wie ist ihre Stimme?» lautet ein kurzes Gedicht über die Geishas eines verrufenen Viertels. Dennoch gehörte Sex nicht zu den Diensten, die Geishas anboten, und die Kenntnis der «48 Positionen» war kein Bestandteil ihres Repertoires.

Die professionellen Prostituierten hießen *Yujo*. Als Einführung in die *Toko no higi*, die «Geheimnisse des Schlafzimmers», wurde einer jungen Yujo mit Hilfe eines entsprechend geformten Stabes beigebracht, wie sie einen Mann am besten befriedigte. Sie lernte auch, wie sie ihn am schnellsten den Höhepunkt erreichen lassen und selbst einen überzeugenden Orgasmus spielen konnte – schließlich mußte sie ihre Kräfte sparsam einsetzen. Yujos waren stolz darauf, Meisterinnen der Technik zu sein.

Für Japaner des 17. und 18. Jahrhunderts diente der Verkehr mit ihren Frauen nur der Fortpflanzung, Sex mit Yujo aber dem Vergnügen. «Ein eingesperrter Vogel [die Yujo], der in der Nacht singt, verkauft sich gut», war ein geläufiger Satz. Dagegen galt das «nächtliche Krähen» der Hühner im eigenen Haus als ungehörig.

Yujos mußten wissen, daß gedörrte Wassermolche, Aale und Lotoswurzeln Anregungsmittel waren und daß man zur Erhöhung der Lust getrocknete Seeschneckenringe über den Penis schieben konnte. Gemessen an dem jedoch, was man heute im Westen über Sex weiß, sind die Berufsgeheimnisse der Yujos nicht sonderlich bemerkenswert. Eine ihrer Techniken für das Vorspiel, die man für ungemein exotisch hielt, bestand in der Berührung mit den Lippen und hieß *Seppun*. Bei uns sagt man Küssen dazu.

Relativ wenige der Stunden aber, die Männer in Yoshiwara verbrachten, waren dem Sex gewidmet. Die meiste Zeit wurde darauf verwendet, Feste zu feiern – man saß gesellig beisammen, hörte Gedichte, es wurde gesungen und getanzt, gegessen und getrunken. Die Faszination Shimabaras und

*Eine Yujo*

Yoshiwaras lag in der Romantik, der Eleganz und dem Reiz, den dieser einzige Ort in der Feudalgesellschaft ausstrahlte, an dem Geld, Charme und Witz wichtiger waren als die Zugehörigkeit zu einer der streng voneinander geschiedenen Klassen.

## Männliche Geishas

Im 17. Jahrhundert erschienen zum erstenmal Geishas auf den Parties der Yujos und ihrer Freier. Diese Geishas waren Männer. Man nannte sie auch Spaßmacher (*Hokan*) oder Trommler (*Taiko-mochi*), und mit ihrem munteren, gewagten Geplauder brachten sie die Yujos und ihre Kunden zum Lachen. Als Komödianten und Musikanten waren diese Männer auf allen Festen gern gesehen. 1751 setzte eine Trommlerin (*Onna taiko-mochi*) mit ihrem Erscheinen die Kunden eines Bordells in Shimabara in Erstaunen. Man nannte diese Frau eine *Geiko*, ein Wort, das man in Kyoto immer noch an Stelle von «Geisha» gebraucht. Einige Jahre später gab es auch in Edo Unterhalterinnen, die man als weibliche Geisha (*Onna-Geisha*) bezeichnete. 1780 gab es bereits mehr weibliche als männliche Geishas.

Auch nachdem der Reiz des Neuen abgeklungen war, blieben weibliche Geishas in der Halbwelt sehr gefragt. 1750 existierten die Sperrbezirke bereits seit 150 Jahren, und die Yujos waren in ihrer Kunst nicht mehr so bewandert wie einst. Die Freuden, die in den Vergnügungsvierteln geboten wurden, waren etwas schal geworden. Die neuen weiblichen Geishas eroberten sie im Sturm. Sie sangen keine altmodischen Balladen, sondern populäre Lieder; sie konnten die Viertel ungehindert betreten und verlassen und waren, im Gegensatz zu den eingesperrten und behüteten Yujos, in jeder Hinsicht weltlich. In der offiziellen Hierarchie jener Gemeinschaften standanden Geishas, männliche wie weibliche, ganz unten, aber für die angesehenen Yujos, deren Gäste ihre Aufmerksamkeit den unverbraucht wirkenden Geishas mit ihren Shamisen zuwandten, kann dies nur ein kleiner Trost gewesen sein.

Den Geishas in den Sperrbezirken war es nicht erlaubt, mit den Kunden der Yujos zu schlafen. 1779 wurden sie als eigenständiger Beruf anerkannt, und es wurde eine Meldebehörde geschaffen, die Verhaltensregeln aufstellen und ihre Einhaltung überwachen sollte. Geishas war es verboten, auffallende Kimonos, Kämme oder juwelenbesetzte Haarspangen zu tragen. Sie durften sich nicht neben die Gäste setzen oder auf andere Weise versuchen, den Yujos ihren angestammten Platz streitig zu machen. Wenn eine Yujo eine Geisha beschuldigte, ihr einen Freier weggenommen zu haben, untersuchte die Meldebehörde den Fall, und wenn die Geisha für schuldig befunden wurde, konnte sie für einen bestimmten Zeitraum, oder auch für immer, gesperrt werden.

Natürlich gab es Geishas, die «ihr Kissen teilten» – das Problem «Geishas und Prostitution» ist immer schon kompliziert gewesen. Jedenfalls waren die japanischen Behörden offenbar dieser Meinung und gaben sich beachtliche Mühe, eine Trennungslinie zwischen diesen beiden Berufsgruppen zu ziehen. Die häufige Umformulierung der Gesetze läßt auf Schwierigkeiten bei ihrer Durchsetzung schließen. Gleichzeitig läßt aber die Tatsache, daß die Prostitution 1957 verboten wurde, während die Tätigkeit der Geishas nicht eingeschränkt wurde, darauf schließen, daß Geishas auch heute nicht als Prostituierte gelten.

## Pontochos Anfänge

In der Edo-Zeit brauchte man nicht nur für die Ausübung der Prostitution, sondern für alles, was den Anschein hatte, mit Lust verbunden zu sein, eine Konzession. Die langsame Entwicklung Pontochos zu einem Vergnügungsviertel hat mit der Verbindung von Tee, Frauen und Gesang zu tun. 1712 erlaubten die Behörden die Errichtung von Teehäusern (*Chaya*), womit eigentlich Bars in Shinkawaramachi, also Pontocho, gemeint waren. Dort durften Serviererinnen die Kunden bedienen. Damit war der Grundstein für Pontochos neue «Geschäfte am Wasser» gelegt. Zur selben Zeit wurde auch anderen Vierteln, darunter Gion und Kamishichiken, diese Erlaubnis erteilt. 100 Jahre später waren diese Viertel berühmt für ihre Geishas.

In den siebziger Jahren des 18. Jahrhunderts gründeten florierende Teehäuser von Pontocho Zweigunternehmen im nördlich angrenzenden Nijo Shinchi. Vielleicht sollte diese Expansion auch illegale Prostitution vor den wachsamen Augen der Behörden in Pontocho verbergen. Sie hatte zu jener Zeit auf beiden Seiten des Flusses derart zugenommen, daß die Bordells von Shimabara sich bei den Behörden beschwerten, sie hätten Geschäftseinbußen wegen dieser Konkurrenz.

Trotz der Beschränkungen durch die Obrigkeit gedieh Pontocho: Die Kombination von Yujos, Geishas und der wachsenden Zahl von sogenannten Amateur-Prostituierten (*Hakujin*) machten es zu einem Männerparadies. Diese «Amateurinnen» sind ursprünglich angeblich die Frauen und Töchter der Schiffer gewesen, die in dieser Gegend lebten. Während die Männer ihre Schiffe nach Osaka fuhren, suchten sich die Frauen selber ein paar Kunden. Da sie ansonsten meistens damit beschäftigt waren, Holzkohle zu brennen oder Feuerholz zu bündeln, mußten sie ihre schmutzverschmierten Gesichter dick überpudern, um einen Freier zu finden. Diese Frauen betrieben die Prostitution wahrschein-

*Nachtschwalben. In der Edo-Zeit schlugen Prostituierte nachts ihr Lager am Flußufer auf*

lich nur nebenbei und standen auf der sozialen Rangleiter ganz unten. Das Wort «Hakujin», das es nur in Pontocho gibt, taucht bis in die ersten Jahre unseres Jahrhunderts immer wieder in Meldeverzeichnissen und Ankündigungen von Tanzveranstaltungen auf.

Etwa in der Zeit von 1800 bis 1840 schufen Pontocho und andere Viertel dieser Art für die Menschen in Kyoto einen Lebensstil, der zwar ohne Zweifel ausschweifend war, aber auch einen fruchtbaren Nährboden für zahlreiche neue Stile in Literatur, Musik und Kunst darstellte. Dasselbe geschah auch in anderen Städten – das strahlendste Beispiel hierfür ist Edo, die kaiserliche Hauptstadt.

*Eine Prostituierte mit einem Mädchen, das ihr als Zofe dient*

Takizawa Bakin, ein Schriftsteller des frühen 19. Jahrhunderts, beschrieb die lockere Atmosphäre der Freizügigkeit, die in den Vergnügungsvierteln am Kamo herrschte, die winzigen Hütten, die jede Nacht am breiten Flußufer wie Pilze aus dem Boden schossen und morgens, wenn das Nachtgeschäft ihrer Bewohnerinnen beendet war, wieder verschwanden. Über Pontocho im besonderen schrieb Bakin, daß Frauen in den Gasthäusern monatsweise «gemietet» werden konnten. Für den doppelten Preis eines Zimmers versorgte sie den Mann mit Speisen und Getränken, nähte und «teilte das Kissen». Sie besaßen jedoch keine Lizenz, und Bakin merkt an, daß diese liederlichen Frauenzimmer, im Gegensatz zu den höhergestellten Prostituierten, die Unterwäsche aus Seidencrêpe trugen, unter ihren Kleidern gar nichts anhatten! «Man wird ihrer Gesellschaft bald überdrüssig», fügt er hinzu.

Diese ungenierte sexuelle Freizügigkeit bewog schließlich die Regierung, dem munteren Treiben ein Ende zu setzen. Um die öffentliche Moral in den Griff zu bekommen, trat 1842 eine Reihe von Verordnungen in Kraft, unter dem Na-

*Zwei Geishas*

men Tempo-Reform bekannt. Anstößige Literatur wurde einer strengen Zensur unterworfen, und die Tätigkeit der Yujos wurde kurz und bündig für illegal erklärt: «Alle Prostituierte sind gehalten, einer schicklichen Arbeit nachzugehen.» Die öffentliche Moral, so schien es, war auf ihrem Tiefpunkt angelangt. Zwar stellten die brotlos gewordenen Bordellbesitzer in den darauffolgenden zehn Jahren immer wieder Anträge auf Wiedererteilung ihrer Lizenzen, jedoch ohne Erfolg.

Die vierziger Jahre des 19. Jahrhunderts wären für Pontochos Wirtschaften und Teehäuser schwere Zeiten gewesen, wenn nicht ein Dienstmädchen namens Haizen einen guten Einfall gehabt hätte. *Haizen* bedeutet «Tischservice». Damals wurden von den Teehäusern Männer angestellt, die sich bei Banketten um die Bedienung der Gäste zu kümmern hatten. Ein Dienstmädchen beschloß, diese Tätigkeit zu erlernen, und setzte damit eine rege Nachfrage nach weiblicher Bedienung in Gang. Wenn Gäste nach «Haizen» riefen, erschienen nun also Frauen und leisteten ihnen während des Essens – und vielleicht auch noch länger – Gesellschaft. So gelang es Pontocho, auch weiterhin Gäste anzuziehen.

## Gönner und Politiker

1851 gaben die Behörden schließlich nach und gestatteten die Wiedereröffnung der vier Vergnügungsviertel, die schon früher eine Lizenz besessen hatten. Der Erlaß ließ keinen Zweifel daran, daß jede Person, die außerhalb dieser Bezirke ihrem Beruf nachging, streng bestraft werden würde. Die willkürliche Ausgabe und Widerrufung von Konzessionen scheint darauf hinzudeuten, daß die Behörden hin und hergerissen waren zwischen den Ansprüchen der offiziellen Moral, nach der die Vergnügungsviertel ganz und gar hätten verboten werden müssen, und einer liberaleren Auffassung von den menschlichen Bedürfnissen, die in Bahnen geleitet und besteuert werden konnten (wozu man sich dann auch entschloß).

Vielleicht noch wichtiger als die Aufrechterhaltung der öffentlichen Moral war jedoch der Wunsch der Behörden, über den Aufenthaltsort und die Bewegungen verdächtiger Subjekte unterrichtet zu sein. Es war bekannt, daß die Vergnügungsviertel nicht nur Kriminellen, sondern in den fünfziger und sechziger Jahren in zunehmendem Maß auch politischen Dissidenten als Schlupfwinkel dienten. Es wird oft darauf hingewiesen, daß der Sturz der Tokugawa-Shogune, der zur Wiederherstellung der Macht des Kaisers führte, hauptsächlich von rebellischen Samurais in den Teehäusern von Gion geplant wurde.

Einige dieser schließlich erfolgreichen Verschwörer heirateten dann die Geishas aus Gion, die als Geliebte treu zu ihnen gehalten hatten.[1] Später brachten sie sie nach Edo, das in Tokio («Hauptstadt im Osten») umbenannt worden war, wo sie als Ehefrauen der neuen Herrscher zu den Spitzen der Gesellschaft gehörten. Die Geishas aus Pontocho standen damals, so scheint es, auf der Seite derer, die das Shogunat unterstützten. Diese Tatsache sagt vermutlich weniger über die politischen Neigungen in Pontocho aus, als über die Vorliebe bestimmter politischer Fraktionen für gewisse Geisha-Viertel. Auch heute noch werden im Beisein von Geishas politische Unterredungen geführt, und deswegen ist es unwahrscheinlich, daß Politiker verschiedener Parteien Kunden in ein und demselben Teehaus sind. Jeder Geisha ist es zwar theoretisch durch ein ungeschriebenes Gesetz verboten, aus dem, was sie hört, Kapital zu schlagen – aber warum soll man ein Risiko eingehen?

Jedenfalls wurde die zögernde Erteilung von Lizenzen für Freudenhäuser, mit der man 1851 begonnen hatte, im Jahre 1855 erneut teilweise widerrufen. Alle Einwohnerinnen von

Pontocho mußten sich zu einem nahe gelegenen Tempel begeben und erfuhren, der Magistrat habe, obwohl es ihm leid tat, die Geishas behelligen zu müssen, verfügt, daß die Prostituierten ihre Sachen zu packen und sich auf ihren Umzug nach Shimabara vorzubereiten hätten, wohin sie gehörten. Wieder einmal blieb diesen Frauen nur die Wahl zwischen zwei Möglichkeiten: Nach Shimabara zu gehen oder unterzutauchen. Vier Jahre später durften im Viertel Nijo Shinchi die Etablissements wieder ihre Tore öffnen, und auch in Pontocho nahmen Teehäuser wieder den Betrieb auf. Aus dieser Zeit stammt auch das «Daimonji-ya», das Mutterhaus des in den ersten Jahren des 20. Jahrhunderts gegründeten «Dai-Ichi».

## Das goldene Zeitalter

In gewisser Hinsicht waren die sechziger Jahre des 19. Jahrhunderts das goldene Zeitalter der Geishas. Die lockere Atmosphäre der Teehäuser, in die sie gerufen wurden, unterschied sich deutlich von der eines Bordells in Shimabara. Verglichen mit den Geishas, die sich nach der letzten Mode kleideten (und diese überhaupt oft erst kreierten), wirkten die Yujos jetzt etwas altmodisch. Während man davon ausging, daß Prostituierte es nur auf das Geld abgesehen hatten, standen Geishas in dem Ruf, gefühlvoll, loyal und für liebenswürdiges Betragen empfänglich zu sein.[2] Stil stand in jenen Tagen hoch im Kurs – und die Geishas besaßen ihn. In Kyoto hatten sie außerdem ihren Mut und ihre Standhaftigkeit bewiesen, indem sie ihre verfolgten Liebhaber versteckten und damit ihr Leben aufs Spiel setzten. Sie waren kühne Heldinnen (besonders nachdem ihre Seite gesiegt hatte), eine elegante, romantische Verkörperung des Idealbildes, das später mit dem Ausdruck «Meiji Geisha» beschworen wurde.

1870, im dritten Jahr der Regentschaft des neu eingesetzten Kaisers Meiji, wurde Pontocho zu einem eigenständigen Stadtteil erklärt. Der Kaiser und seine neue Regierung zogen in die neue Hauptstadt Tokio um, und in Kyoto, das während der vorangegangenen Jahre der Brennpunkt der politischen Aktivitäten gewesen war, wurde es mit einemmal still. Der gesellschaftliche Schwung der alten Kaiserstadt war insgesamt dahin, und in den Vergnügungsvierteln machte sich das besonders deutlich bemerkbar. Um die nachlassende Anziehungskraft Kyotos wiederzubeleben, schlug der Bürgermeister 1875 vor, ein Frühlingsfest zu veranstalten, das Touristen aus ganz Japan und sogar aus dem Ausland in die Stadt bringen sollte. Als Hauptattraktionen waren öffentliche Tänze der Geishas aus drei der bekanntesten Viertel der Stadt vorgesehen. Die bekanntesten dieser Tänze sind die Miyako Odori, die, weil sie zur Zeit der Kirschblüte aufgeführt werden, in den englischsprachigen Prospekten der Uraufführung die «Tänze zu Ehren der Kirschen» genannt wurden. Pontochos Beitrag waren die Kamogawa Odori, die «Tänze vom Fluß Kamo». Die Geishas von Kamishichiken zeigten die Kitano Odori. Alle drei Viertel haben an der Tradition festgehalten, jährlich (und Gion und Pontocho seit 1952 sogar zweimal jährlich) unter dem immer gleichbleibenden Titel öffentliche Tanzvorstellungen zu geben.

Dies war der Anfang einer neuen, etwas veränderten Funktion der Geishas: Sie dienten jetzt der öffentlichen Unterhaltung, sorgten für Lokalkolorit, waren Stars. Als die Kamogawa Odori zum erstenmal aufgeführt wurden, gab es nicht einmal ein geeignetes Gebäude dafür. Im Theater eines Märchenerzählers wurde die Bühne aufgebaut, und der Hof eines buddhistischen Tempels nebenan diente den Tänzerinnen als provisorische Garderobe. Die 112 Geishas von Pontocho teilten sich in vier Gruppen, die an abwechselnden Tagen auftraten; wer nicht auf der Bühne stand, unterhielt die Gäste auf den Gesellschaften in den Teehäusern. Das Ganze war ein großer Erfolg, und das verheißungsvolle Motto «Wohlstand für Kyoto» jenes ersten Festes, das im März 1872 in Pontocho stattfand, schien sich zu erfüllen.

## «Befreiung»

Die Geishas und ihre Bewunderer waren daher völlig überrascht, als die Meiji-Regierung im Oktober desselben Jahres die «Proklamation der Emanzipation von Geishas und Prostituierten» bekanntgab. Obwohl sie im Ton den Verordnungen ähnelte, die die Feudalregierung dreißig Jahre früher erlassen hatte (auch diesmal wurden die Frauen «ermuntert», sich eine schicklichere Arbeit zu suchen), war die Absicht, die sich hinter den so vertraut klingenden Formulierungen verbarg, eine andere als die der Tempo-Reformen.

Die junge Meiji-Regierung mußte nicht nur mit den zahlreichen Problemen einer gerade erst geeinten Nation fertig werden, sondern auch mit den Schwierigkeiten, die sich aus der Position als unabhängiges Land in der Gemeinschaft der Völker ergaben. Man war sich nur zu bewußt, daß man im Ausland, insbesondere in den Nationen des Westens, das Geschehen in Japan mit sehr aufmerksamen Augen betrachtete, und gab sich große Mühe, einen zeitgemäßen, leistungsfähigen und vor allem zivilisierten Eindruck zu machen. Die Tatsache, daß es in Japan ein System legaler Prostitution gab, erregte in dieser von viktorianischen Moralvorstellungen geprägten Zeit Befremden, und es wurden Zweifel geäußert, ob ein Land, in dem solche Praktiken geduldet wurden, wirklich zivilisiert sein könne. Wenn man heute die streng geregelte Welt der japanischen Vergnügungsviertel des 19. Jahrhunderts betrachtet, mag man dort eine Art von verfeinerter Kultur finden, wie es sie in der Geschichte selten gegeben hat. Aber «Zivilisation» hatte damals eine andere Bedeutung als heute, und Japan war bereit und willens, alle kulturellen Traditionen abzuändern, die in den Augen des Westens nicht in das Bild eines zivilisierten Landes paßten.

Obwohl die Meiji-Regierung auf internationaler Ebene stolz auf ihre neuen Gesetze hinweisen konnte, wußten viele Frauen, die von der Verordnung betroffen waren, nicht, was sie tun sollten. In Petitionen baten viele von ihnen die Behörden um die Erlaubnis, ihrer Arbeit wieder nachgehen zu dürfen. Die Folge der «Befreiung» von Geishas und Prostituierten war nicht, daß das bis dahin geltende System abgeschafft war, sondern vielmehr, daß zahlreiche Frauen, die bisher eine legale Arbeit gehabt hatten, nunmehr erwerbslos waren. Ein Lichtblick war nur die Möglichkeit, sich bei den Behörden über Mißhandlungen beschweren zu können.

Alle Schulden, die Geishas oder Prostituierte bei ihren Häusern hatten, wurden für null und nichtig erklärt. Außerdem wurden die Verträge für Schülerinnen auf sieben Jahre beschränkt und konnten nur mit Zustimmung beider Parteien verlängert werden. Die städtischen Behörden waren befugt, allen Frauen, die als Geishas oder Yujos arbeiteten, Lizenzen zu erteilen und sie zu registrieren. Da die Geishas jedoch, im Gegensatz zu vielen Prostituierten, nur selten in Abhängigkeit lebten, waren die Entschädigung und der begrenzte Schutz, die das neue Gesetz boten, für sie ohne große Bedeutung. Geishas, die weiter in ihrem Beruf arbeiten wollten, gingen ins Rathaus und ließen sich registrieren. Unter dem Motto «Hinwendung zum Praktischen» wurde eine landesweite, von der Regierung unterstützte und finanzierte Kampagne durchgeführt, die darauf abzielte, Japan zu einer modernen Industrienation zu machen. Auf das Leben der Geishas von Pontocho hatte diese neue Nüchternheit einen nachhaltig dämpfenden Einfluß.

## Vorschriften

Nach dem Emanzipationsgesetz durften Geishas in ihr Elternhaus zurückkehren. Die meisten in Pontocho aber wollten gar nicht nach Hause, und so änderte der Stadtrat 1874 den Erlaß und erlaubte ihnen zu arbeiten. Allerdings wurde eine monatliche Steuer auf ihr Einkommen erhoben, mit der die Handarbeitswerkstätten für Frauen (*Nyokoba*) finanziert wurden. Dort sollten sie praktische Fertigkeiten lernen, damit sie, wenn sie wollten, in der Lage waren, auch andere Arbeit zu finden. Die regelmäßige Anwesenheit beim Unterricht war die Voraussetzung für die Erlaubnis, als Geisha arbeiten zu dürfen.

Die Beschreibungen dieser Werkstätten klingen eher nach einer Fabrik als nach einer Schule. Auf jeden Fall ist es einigermaßen schwer, sich einen Raum voller fleißig spinnender Geishas vorzustellen. Das Nyokoba war in acht Klassen unterteilt, von denen die meisten mit der Herstellung von Kleidungsstücken zu tun hatten: Es gab Unterricht im Nähen, Weben, Spinnen, Stricken und Sticken, es wurde gelehrt, wie man Seidenraupen züchtet und wie man die feinen Fäden ihrer Kokons abspult. Beim Lernen dieser Fertigkeiten stellten die Frauen brauchbare Gegenstände her, und die Einkünfte aus dem Verkauf dieser Dinge flossen zurück in das Unternehmen. Auch Lesen, Buchführung, Tanz und Musik wurden unterrichtet. Früher hatten sich die Frauen in den Vergnügungsvierteln die Wartezeit auf einen Gast mit dem Mahlen von Tee vertrieben. Nun sollten sie sich statt dessen gewinnträchtigeren Tätigkeiten wie zum Beispiel dem Weben zuwenden. Anstatt die Frauen mit Befriedigung durch redliche Arbeit zu erfüllen, hatte die Einführung der Handarbeitswerkstätten wahrscheinlich den gegenteiligen Effekt und ließ das Leben der Geishas nur um so interessanter erscheinen. Der Versuch, aus Geishas «praktisch orientierte Menschen» zu machen, dauerte sieben Jahre. 1881 gab der

Gouverneur von Kyoto bekannt, daß der Unterricht im Nyokoba von nun an freiwillig sei. Sofort mußten alle Stunden, mit Ausnahme des Musik- und des Tanzunterrichtes, mangels Beteiligung gestrichen werden.

## Vereinheitlichung

Das Ende der Eingriffe in die Welt der Geishas durch die Regierung war damit jedoch noch nicht erreicht. Wir haben gesehen, daß die verschiedenen Kategorien von Vergnügungsvierteln von Anfang an einer Kontrolle von außen unterworfen waren. Tatsächlich wurde der Charakter dieser Viertel zum großen Teil dadurch geprägt, daß sie etwas Besonderes waren und sich von anderen Gebieten der Stadt abhoben. Aber innerhalb der von den Behörden gesteckten Grenzen ließ sich dort mehr als irgendwo sonst in dieser Feudalgesellschaft Spontaneität, Freiheit und Spiel verwirklichen. Und gerade weil diese Viertel so sorgsam abgegrenzt waren, stellten sie (im räumlichen wie im sozialen Sinn) eine sichere Zone für Phantasie, Frivolität und die Zurschaustellung von Luxus dar.

Eines der Hauptanliegen der verschiedenen Reformen, die in der Feudalzeit durchgeführt wurden, bestand darin, durch periodische Säuberungsmaßnahmen in den Brutstätten des Lasters die Klassentrennung aufrechtzuerhalten. Der Gedanke, daß der Charakter der Vergnügungsviertel verändert, ja sogar zum Wohl des Staates genutzt werden könnte, war den Shogunatsbeamten fremd.

Dies war der grundlegende Unterschied zwischen den früheren Formen der Reglementierung durch die Behörden und den Maßnahmen, die die Meiji-Regierung ergriff. Anstatt die Dinge dem Zufall, der Tradition oder den Entscheidungen einer privilegierten Klasse zu überlassen, steckte man sich jetzt ganz rational Ziele, zu deren Erreichung systematisch die Mittel eingesetzt wurden, von denen man sich den meisten Erfolg versprach. Dieser Prozeß der «Rationalisierung» erfaßte viele Bereiche der Gesellschaft, und die Welt der Geishas bildete dabei keine Ausnahme. Nur ein Beispiel dafür ist die Einführung einer einheitlichen Bezahlung der Geishas.

1886 wurde festgelegt, wieviel Geld die Geishas von Pontocho für ihre Dienste verlangen durften. Dies war vorher immer zwischen den Inhaberinnen der Teehäuser und den Kunden vereinbart worden; die Preise richteten sich nach der Beliebtheit der jeweiligen Geisha und waren in gewissem Maß auch davon abhängig, wie dick die Brieftaschen der Kunden waren. Da es als schlechter Stil angesehen wurde zu feilschen, schwankten die Beträge, die man für das Engagement einer Geisha bezahlen mußte, ganz erheblich. Das änderte sich mit der Vereinheitlichung der Tarife: Von nun an wurden nicht nur allen Kunden dieselben Preise berechnet, sondern es erhielten auch alle Geishas (ganz gleich wie schön, erfahren oder beliebt sie waren) denselben Lohn für ihre Arbeitszeit. Dieses System ist auch heute noch in Kraft.

Diese Regelung mag auf den ersten Blick nur vernünftig, wenn nicht sogar unerheblich erscheinen, und doch änderten sich durch sie die Verhältnisse grundlegend. Sie war der erste Schritt zu einer mehr geschäftsmäßigen Atmosphäre innerhalb der Geisha-Welt. Ebenfalls 1886 trat eine Reihe von Verordnungen in Kraft, die darauf abzielten, jene «fünf Berufszweige», von denen ein Viertel wie Pontocho lebte, zu überwachen und zu besteuern. Diese waren die Geisha-Häuser, die Prostituierten, die Vermittler, die diese mit ihren Kunden zusammenbrachten, die Festsäle und die Bordelle. Die beiden letzteren waren verpflichtet, über alle Gäste Buch zu führen, das heißt ihren Namen, ihr Alter, ihre Adresse sowie den Betrag, den sie ausgaben, zu notieren. Diese Informationen mußten den Behörden am nächsten Morgen um neun Uhr vorgelegt werden. Außerdem mußte jeder Gast gemeldet werden, der länger als 24 Stunden blieb.

Hatten die Beamten der Meiji-Zeit viktorianische Grundsätze übernommen, nach denen es hauptsächlich um die Ausmerzung moralischer Verderbtheit in der Gesellschaft ging? Es scheint nicht so. Aus der populären Literatur, aus Tagebüchern und Memoiren jener Zeit geht hervor, daß diese Männer sich ebenso leidenschaftlich vergnügten wie sie hart arbeiteten, und daß sie keine Vorurteile gegen Geishas und Prostituierte hatten. Als verwerflich – wenn nicht moralisch, so doch sozial – galten Verschwendungssucht, Müßiggang und Verantwortungslosigkeit. Solange jemand nicht zu oft in die Vergnügungsviertel ging, hatte man allgemein Verständnis für ihn. Drohte jedoch eine Sucht daraus zu werden (was durch die neuen Bestimmungen nicht verborgen bleiben und vielleicht gerade dadurch verhindert werden konnte), dann hielt man eine Rüge für angebracht.

Anstatt die Vergnügungsviertel als Quelle eines schlechten Einflusses auf die Gesellschaft zu betrachten, erkannte sie die Meiji-Regierung als legitime Stätten der Entspannung und Erholung von der Eintönigkeit des täglichen Lebens an. Ferner konnten diese Viertel durch ihre Steuern der ganzen Gesellschaft dienen. Und durch das System der Überwachung und die systematische Zusammenstellung von Akten konnten die Behörden möglicherweise nützliche Informationen über die Aktivitäten der Bürger bekommen.

Diese Art der Einflußnahme unterschied sich erheblich von den einschränkenden Maßnahmen der alten Regierung. Die Shogune waren bestrebt gewesen, die Erscheinung einer streng getrennten Klassengesellschaft mit der offiziellen Doktrin in Einklang zu bringen. Tatsächlich hielt man die Erscheinung für überaus wichtig, und zwar im wörtlichen Sinn: Die Kleiderordnung der Feudalzeit ging bis in die Details. Für jede Klasse innerhalb des sozialen Gefüges schrieb sie Art, Material und Schnitt der Kleidungsstücke vor, regelte das Aussehen der Frisuren und der Kopfbedeckungen und bestimmte, welche Geräte im Haus benutzt werden durften. Zum Beispiel war es *Chonin* (Stadtbewohnern wie Kaufleute oder Handwerker, die nicht zur Klasse der Samurai gehörten) verboten, wattierte seidene Kleidungsstücke zu tragen. Die Kleider ihrer Frauen durften weder aus bunt gefärbter Seide noch kunstvoll bestickt sein. Bauern durften nicht nur keine Seide, sondern überhaupt keine gestreiften, gemusterten oder bunt gefärbten Stoffe tragen, und die Samurais selber mußten zurückhaltender gekleidet sein als ihr Lehnsherr, der *Daimyo*. Es gab detaillierte Bestimmungen über die Kimonos und die Frisuren der Geishas. Diese waren im allgemeinen einfach und schlicht, im Gegensatz zu dem prunkvolleren Stil, an dem die Prostituierten zu erkennen waren.

Die Beamten der Edo-Zeit regelten die Kleiderordnung bis in die letzten Einzelheiten, und gleichzeitig versuchten sie, durch groß angelegte Säuberungsaktionen das ganze System der Vergnügungsviertel zu diskriminieren. Dennoch machten sie keinen Versuch, den grundsätzlichen Charakter dieser Viertel zu verändern. Im Gegensatz dazu bewirkte die Meiji-Regierung, bewußt oder unbewußt, kleine aber wesentliche Veränderungen in der Art und Weise, wie das System in die Gesellschaft eingebettet war. In der Meiji-Zeit (1868–1911) liegen die Ursprünge der modernen Geisha-Welt.

## Das Paradox der Moderne

Die neunziger Jahre des vorigen Jahrhunderts waren für die Geishas ein Jahrzehnt der Popularität und des Wohlstands. Die Geschichten der Romanciers Osaki Koyo und Izumi Kyoka machten die Geishas in den Augen des Publikums zu kühnen, romantischen Heldinnen. Obwohl sie noch gar nicht so lange vergangen war, rief die Edo-Zeit bereits nostalgische Erinnerungen wach, und die Geishas konnten, als Frauen «echt japanischer Gesinnung», der öffentlichen Bewunderung sicher sein. Einige von ihnen wurden Stars, deren Bilder von begeisterten Verehrern gesammelt wurden. Sie wurden von Teenagern gerade so angebetet wie Filmschauspielerinnen von nachfolgenden Generationen. 1898 gab es fast 25 000 Geishas in Japan.

Das Hanamachi Shimbashi in Tokio war eine der Gemeinschaften, die aufblühten. Viele seiner Kunden gehörten zu den Verfechtern einer militaristischen Politik, die in zunehmendem Maß Einfluß in der Regierung bekamen. Als 1895 nach dem Sieg im Chinesisch-Japanischen Krieg ein Freudentaumel das ganze Land erfaßte, feierte die militärische Führung dieses Ereignis natürlich in den Teehäusern und Geisha-Restaurants. Es ist nicht verwunderlich, daß die Geishas glühende Patriotinnen waren. In den Memoiren des Politikers Katsura Taro, der 1902 Premierminister wurde, wird eine Gesellschaft erwähnt, auf der eine junge Geisha aus Shimbashi einen selbsterfundenen Tanz vorführte, dessen Thema die Fahne mit der aufgehenden Sonne war. Diese Geisha hieß Okoi und wurde später seine Geliebte, aber was ihn bei dieser ersten Begegnung am meisten beeindruckte war ihre patriotische Gesinnung.

Nachdem sie die Chinesen erfolgreich geschlagen hatten, erklärten die Japaner 1904 siegessicher Rußland den Krieg. Auch er fand die breite Unterstützung der Bevölkerung, und die meisten versuchten, auf die eine oder andere Art einen Beitrag zu den militärischen Anstrengungen zu leisten. Die Geishas bildeten da keine Ausnahme. Wenige Wochen nach der Kriegserklärung organisierten sie sich in der Nationalen Vereinigung der Geisha-Häuser, deren Ziel darin bestand, die verschiedenen Tätigkeiten zur Unterstützung des Krieges in einem Hilfswerk der Geishas zu koordinieren. Und so kam

*Eine Yujo im Tokioter Vergnügungsviertel Yoshiwara (ca. 1890)*

*Eine Geisha aus Nagasaki, ca. 1890. Der Regenschirm westlicher Machart, den sie in der Hand hält, war damals der letzte Schrei*

es, daß alle Geishas des Landes mit einer noblen, patriotischen Geste für die Dauer des Krieges auf das Tragen der traditionell vorgeschriebenen drei Kimonos verzichteten. Sie beschränkten sich auf zwei – die äußeren beiden, versteht sich.

## Zusammenschluß

Die in diesem Krieg entstandene Organisation der Geishas, die ursprünglich nur der Stärkung der «Heimatfront» dienen sollte, war der erste Anfang der Nationalen Vereinigung der Geisha-Häuser. Die Vereinigung wurde hauptsächlich von Geishas und Besitzern von Geisha-Häusern in Shimbashi und Yanagibashi unterstützt, die damals die beiden angesehensten und fortschrittlichsten Hanamachis in Tokio waren. Bis auf eines traten nach und nach alle 25 etablierten Geisha-Viertel von Tokio der Vereinigung bei, und man bemühte sich, auch Mitglieder von außerhalb Tokios zu werben.[3]

Die Vereinigung stellte Verhaltensregeln auf, setzte Normen für den gesamten Berufsstand fest und hatte, mit allgemeiner Zustimmung, die Befugnis, Übertretungen zu ahnden. Jedes Viertel, das Mitglied war, wurde durch ein bis fünf Personen vertreten, die entweder Geishas oder Besitzer von Geisha-Häusern waren. Sobald bestimmte Probleme anstanden, wurde eine Versammlung einberufen. Die Vorstandsmitglieder arbeiteten eine Satzung mit zwölf Artikeln aus. Die wichtigsten von ihnen besagten, daß für die Aufnahme einer neuen Geisha die Zustimmung des Vorstandes erforderlich sei, daß der Vorstand jede Geisha ausschließen konnte, die sich ungebührlich betragen hatte, und daß er die schriftliche Niederlegung aller Einzelheiten solcher Vorkommnisse anordnen durfte, damit offizielle, interne Akten angelegt werden konnten. Durch diese Berichte sollte verhindert werden, daß sich eine Geisha, die sich einen Fehltritt hatte zuschulden kommen lassen, in einem anderen angeschlossenen Hanamachi um Arbeit bewarb. Bei aller Strenge, die in dieser Satzung zum Ausdruck kam, versprach jedoch der letzte Paragraph jeder ausgeschlossenen Geisha, die aufrichtig bereute, Milde und Wiederaufnahme in die Gemeinschaft.

Im wesentlichen war die Nationale Vereinigung der Geisha-Häuser eine Zunftorganisation, in der Normen und Verhaltensregeln von ihren Mitgliedern aufgestellt wurden. Seit der Edo-Zeit waren solche Vereinigungen in Japan so ausgedehnt und mächtig, daß sie Schwarze Listen mit unerwünschten Personen aufstellen konnten, die daraufhin keine Arbeit mehr fanden. Die Geisha-Welt hatte sich während der zwei Jahrhunderte ihrer Existenz nach den von außen, durch die Behörden festgesetzten Regeln richten müssen. Dies war nun ihr erster Versuch, sich selber Statuten zu geben.

Auch während der ersten zwei Jahrzehnte des 20. Jahrhunderts mußten sich die Geishas von den örtlichen Behörden ihre Lizenzen ausstellen lassen, und es wurden immer noch Steuern auf ihre Einkünfte erhoben, aber wenigstens hatte sich eine einflußreiche Gruppe gebildet, die die eigenen Interessen dieses Berufsstandes vertrat. In gewisser Hinsicht waren die Geishas nun also in der Lage, selbst zu bestimmen, was eine Geisha war und wer in ihre Reihen aufgenommen werden durfte.

In den zwanziger Jahren jedoch begann die Stärke der Vereinigung nachzulassen, und zwar zum Teil durch die stark angestiegene Zahl der Geishas. 1905 gab es etwa 2300 Geishas in Tokio; 1920 waren es fast 10000. Abgesehen von dieser beispiellosen Zuwachsrate hatte die Vereinigung Schwierigkeiten mit den verschiedenen frühen «Modernisierungsversuchen» in den Hanamachis. Die Identität einer idealen Geisha, das Wesen ihrer Kunst (*Gei*) und der Art und Weise, wie sie sich in der sich rasch wandelnden japanischen Gesellschaft der zwanziger Jahre ihren Gästen gegenüber verhalten sollte, warf grundsätzliche Probleme auf, die nicht mehr vom Vorstand einer Vereinigung der Geisha-Häuser gelöst werden konnten. Im Gegenteil: Jedes der verschiedenen Hanamachis versuchte, seine eigenen Antworten auf die Fragen zu finden, vor die es sich durch die Modernisierung gestellt sah. In Ermangelung eines gemeinsamen Zieles, wie es die Unterstützung des Krieges gewesen war, löste sich der einstmalige Zusammenhalt der Organisation auf.

*Eine heutige Geisha in großer Garderobe*

# Neue Moden

Auf dem neuesten Stand der Mode zu sein, galt Anfang des Jahrhunderts als höchst erstrebenswert. Und «Modernität» bedeutete fast immer die Übernahme (und oft die kreative Abwandlung) westlicher Dinge. «Nach westlicher Art» wurde gleichgesetzt mit «modern», während dem Begriff «nach japanischer Art» etwas Altmodisches anhaftete. Damit standen die Geishas, seit langem gewohnt, die ersten zu sein, die neue Trends in Mode, Kunst und Lebensstil aufgriffen, vor einem interessanten Problem.

Gegen Ende der Edo-Zeit waren es die Geishas und Kabuki-Spieler gewesen, die neue Moden einführten. In einem Roman von Ryutei Tanehiko aus den dreißiger Jahren des 19. Jahrhunderts mit dem Titel *‹Geisha tora no maki›* (*‹Geishas: Der Tigerband›*) wird erwähnt, daß das neuartige Wabenmuster des Kimonos einer Geisha sofort von den Frauen des Ortes kopiert wurde.[4] In den Städten wurden die Schlager von Geishas gesungen, die oft deren Leben zum Thema hatten. Die bekannten Farbholzschnitte jener Zeit (die, wie die Graphiken Toulouse-Lautrecs, beliebte, plakatartige Darstellungen des zeitgenössischen Lebens waren), zeigten oft Geishas und Szenen aus den Vergnügungsvierteln.

Während die Prostituierten in der Abgeschlossenheit der Sperrbezirke weiterhin an einem relativ starren Kleidungs- und Lebensstil festhielten, wetteiferten die Geishas – im Rahmen der traditionellen japanischen Mode – miteinander in Neuheit und Chic. Das änderte sich allerdings, als die Damen der Gesellschaft die Möglichkeit bekamen, sich westlich zu kleiden. Die Geishas befanden sich sicherlich auf dem letzten Stand der Mode, wenn sie sich die Haare schneiden und eine Dauerwelle machen ließen, aber es gab sicher einige Japaner, für die sie damit aufhörten, eine Geisha zu sein.

Etwa zehn Jahre lang versuchten die Geishas ihre Stellung als Trendsetterinnen zu bewahren, wenn sich die Mode auch

*Farbholzschnitt einer Geisha von Eishosai Choki (ca. 1900). Links oben ein Kouta: «Trennung, Schmerz, Wiedersehen. Man wartet, man trifft sich wieder – so ist das Leben.»*

ständig radikal änderte. Diese Zeit der Experimente, die zwanziger und frühen dreißiger Jahre, führte sie schließlich zu der Erkenntnis, daß sie, wenn sie sich modern gaben, Gefahr liefen, eben das zu verlieren, was sie als Geishas von der Masse abhob. In dieser Zeit also erfuhr die gesellschaftliche Bedeutung ihres Berufsstandes einen entscheidenden Wandel: Geishas hörten auf, die neueste Mode zu bestimmen, und wurden zu Bewahrerinnen der Tradition. Diese Funktion hat wesentlich dazu beigetragen, daß es auch heute noch Geishas gibt.

# 5. Erneuerung

*«Die Gesellschaft von Geishas ist ein Vergnügen für alte Männer. Junge Männer von Welt finden Geishas heutzutage unendlich langweilig.»*

*Hagiwara Sakutaro: ‹Shin Geisha Ron› (1927)*

*«Es ist heute unbestritten, daß Geishas ein unerläßlicher Bestandteil des gesellschaftlichen Lebens sind.»*

*Hayashida Kametaro: ‹Geisha no Kenkyu› (1929)*

## Rivalitäten

Am nördlichen Ende von Pontocho steht auf der Ostseite der Hauptstraße ein großes gelbes Backsteingebäude, das «Kaburenjo» genannt wird. Es wurde mit Mitteln gebaut, die zu gleichen Teilen aus genau festgelegten Abzügen vom Lohn der Geishas und aus Beiträgen der Teehäuser stammte, in denen ihre Engagements stattfanden. Im Erdgeschoß befindet sich ein Zuschauerraum mit einer Bühne, Garderoben und Unterrichtsräume sind im ersten Stock. Im Keller sind die Büros der Geisha-Vereinigung untergebracht. Ursprünglich wurde das Kaburenjo gebaut, damit die Geishas einen geeigneten Platz für die Aufführung der Kamogawa-Tänze hatten, aber da es das bei weitem geräumigste Gebäude im eng bebauten Pontocho war, entwickelte es sich bald zum Mittelpunkt des Gemeinschaftslebens. Hier wurde der Unterricht im Shamisen- und Trommelspiel, Gesang und Tanz abgehalten, und als Japan 1915 von einer Welle der Begeisterung für

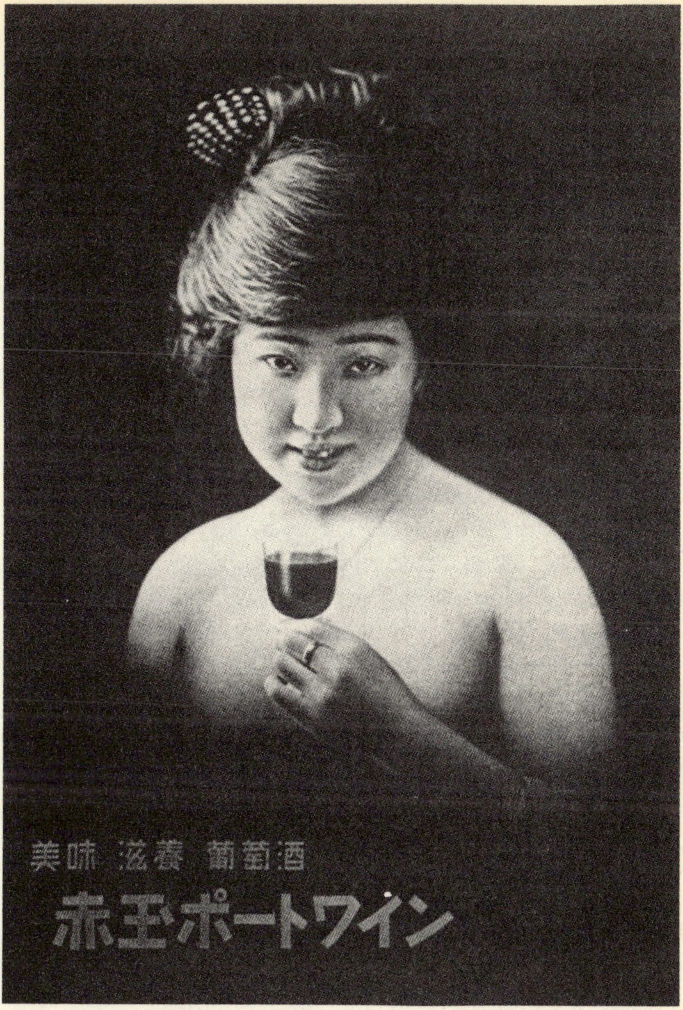


*1912 warben Geishas auf Plakaten für japanisches Bier. Die Schönheit auf dem Werbeplakat für Akadama-Portwein aus dem Jahre 1922 hat mit der erotischen Ausstrahlung der Geishas jedoch gar nichts zu tun*

westliche Gesellschaftstänze (*Dansu*) überrollt wurde, war das Kaburenjo von Pontocho der erste Ort im Land, an dem Geishas auch hierin unterrichtet wurden. In Pontocho war man stolz darauf, über *Dansu Geishas* zu verfügen, die als besondere künstlerische Fähigkeit westliche Tänze beherrschten. Bei den Gästen, die ebenso modern eingestellt waren, fanden sie großen Anklang, wenn sie mit im Takt wippenden traditionellen Shimada-Frisuren den Tango tanzten.

Immer schon war Pontocho unter den ersten Geisha-Vierteln, die es wagten, neue Trends zu übernehmen. Auch heute noch wird dieser Ruf immer wieder in den unvermeidlichen Vergleichen angesprochen, die zwischen Pontocho und Gion auf der anderen Seite des Flusses gezogen werden. Beide Viertel gelten als erstklassig (wobei Gion vielleicht noch einen kleinen Vorsprung hat), und wahrscheinlich ist es ihre Ähnlichkeit, die einen Vergleich der beiden so angebracht erscheinen läßt. Gions Miyako Odori werden jedes Jahr praktisch unverändert in einem einzigartigen, traditionellen Tanzstil aufgeführt. Nichts anderes erwartet man auch, und so haben diese Tänze fast den Charakter eines Rituals angenommen. In Pontochos Kamogawa Odori dagegen wird stets ein neues Programm präsentiert. Die Geishas führen kabukiartige Stücke ebenso auf wie klassische Solotänze. Einmal hörte ich, wie eine Geisha aus Gion abfällige Bemerkungen über die Kamogawa-Tänze machte. Alle, die Gion den Vorzug geben, äußern sich in ähnlicher Weise über das abwechslungsreichere Pontocho, während es andere dort aus eben denselben Gründen interessanter finden als in Gion. Schon in den zwanziger Jahren gingen Gäste, die sehen wollten, was es in Kyoto Neues gab, nach Pontocho.

Damals waren die Geishas und die immer noch legalen, aber immer mehr aus der Mode gekommenen Prostituierten keineswegs die einzige Art weiblicher Gesellschaft, die Männern zur Verfügung stand. Es war die Zeit des Aufstiegs der Cafémädchen (*Jokyu*), der direkten Vorläuferinnen der heutigen Barhostessen. Zum erstenmal hatten die Geishas eine wirkliche Konkurrenz. Der Hauptgrund für die Beliebtheit dieser Cafémädchen war wohl ihre Modernheit. Es umgab sie nichts Feudales oder Altmodisches wie die Geishas mit ihrer langen Geschichte, und zahllose junge Mädchen vom Land und aus den Städten wurden Jokyu, weil sie ein paar Jahre lang dieses verlockende, von keinen Traditionen eingeengte Leben führen wollten.[1]

Es waren Japans goldene zwanziger Jahre, und die Cafémädchen standen mitten im Geschehen. Um den Anschluß nicht zu verlieren, erweiterten die Geishas ihr Repertoire, aber von den dreißiger Jahren an wurden die Shamisens immer mehr von Saxophonen übertönt.

## Cocteau in Kyoto

Pontocho ging mit dem Versuch der Modernisierung weiter als die meisten anderen Geisha-Gemeinschaften. 1930 wurde die ganze oberste Etage des Kaburenjo in einen Ballsaal umgebaut, in dem die Geishas nicht nur mit ihren Kunden tanzten, sondern auch Revuenummern nach Art des Folies-Bergère einstudierten, die sie dann zusammen mit traditionellen Tänzen aufführten. Inzwischen verloren die Teehäuser, in denen die Geishas ursprünglich ja immer gearbeitet hatten, so viel Geld und Kunden, daß sie nicht in der Lage waren, den Stil ihres Hauses dem sich wandelnden Geschmack der neuen Zeit anzupassen. Oft versuchten sie, den Schwierigkeiten zu begegnen, indem sie einen Tanzsaal anbauten – so wie heute die meisten Etablissements über eine Cocktailbar verfügen –, um die zahlenden Kunden im Haus zu behalten. Weil viele potentielle junge Gäste sich mit der Etikette des Besuches in einem Teehaus nicht auskannten, wurde vor dem Kaburenjo ein Schild aufgestellt, auf dem stand: «Gäste, die zum erstenmal kommen, können bei der Anmeldung eine Einführung erhalten.»

Ein junger Mann konnte sich im Ballsaal des Kaburenjo einer Geisha vorstellen lassen und dann den Rest des Abends auf japanische Art in einem der Teehäuser verbringen.

Vielleicht der Höhepunkt der Neuerungen, die Pontocho auf künstlerischem Gebiet einführte, waren die Kamogawa-Tänze von 1936, in denen ein Programm mit dem Titel «Tanz auf der Tokaido-Straße» präsentiert wurde. In ihm waren Revue-Nummern enthalten, die unter anderem begeisterte Kritiken des französischen Schriftstellers und Regisseurs Jean Cocteau ernteten, der sich damals gerade in Japan aufhielt. Charlie Chaplin, der sich diese ungewöhnliche Aufführung ebenfalls ansah, äußerte sich eher lakonisch – «interessant», ist alles, was er dazu bemerkt haben soll. Zweifellos war diese Geisha-Revue «interessant», aber in den späten dreißiger Jahren hatte sich die Neuheit abgenutzt. Auch in Tokio hatte man mit so originellen Attraktionen wie Geishas, die Violine spielten oder halbnackt als griechische Göttinnen posierten, herumexperimentiert und versucht, mit Sonderangeboten (zum Beispiel Neujahrsbanketten zu ermäßigten Preisen) Kunden anzulocken.

## Geishas sind der Nabel der Gesellschaft

«Warum haben wir einen Bauchnabel?» fragte der Journalist Tanaka Iwao 1935 und fuhr fort: «Warum haben wir Wimpern? Diese Teile unseres Körpers erfüllen allem Anschein nach keine nützliche Funktion – aber könnten wir ohne sie leben? Die Wimpern verhindern, daß Staub in unsere Augen gerät, und durch den Nabel sind wir im Bauch der Mutter ernährt worden. Nach Meinung der Ärzte ist der Nabel der Mittelpunkt des Leibes, das Zentrum unserer Kraft. Wie sollten wir unsere Energie konzentrieren, wenn wir keinen Nabel hätten? Meiner Meinung nach sind die Geishas der Nabel der Gesellschaft, und jeder, der sagt, daß sie heute keinen Zweck mehr erfüllen, kann ebensogut versuchen, sich seines Nabels zu entledigen.»

Die Probleme, vor die die japanische Gesellschaft sich in den zwanziger oder frühen dreißiger Jahren durch die Modernisierung und Orientierung am Westen gestellt sah, wurden in geraffter Form in der Welt der Geishas widergespiegelt. Zeitgenössische Intellektuelle, Kritiker und Journalisten benützten die Geishas oft als Beispiel, wenn sie verdeutlichen wollten, was ihrer Meinung nach mit Japan und seinen traditionellen Werten geschah. Über das Schicksal der Geishas in der modernen Welt wurden heftige Debatten geführt, und allgemein schien man der Meinung zu sein, daß das Ende der Geishas auch das Ende der überlieferten Kultur sein werde.

Nach Meinung derer, die bedingungslos nach Fortschritt strebten, waren die Geishas ein Anachronismus. Sie waren dafür, diesen Berufsstand einfach eines natürlichen Todes sterben zu lassen. Einige vertraten eine gemäßigtere Ansicht und sagten, die Geishas sollten unter allen Umständen mit der Zeit gehen und sich nach den neuen Verhältnissen richten. Und schließlich gab es noch einige von Sehnsucht nach der Vergangenheit erfüllte Schriftsteller, die davon überzeugt waren, daß Japan einen großen Verlust erleiden werde, wenn die Geishas sich anpassen oder verschwinden würden. Ihrer Meinung nach sollte die Gesellschaft ihnen einen Platz zur Verfügung stellen, wo sie sein konnten wie sie waren.

Es gab nur wenige japanische Intellektuelle, die sich nicht öffentlich zu diesem Problem äußerten, ob sie sie nun als Überbleibsel einer feudalen Gesellschaft verurteilten oder sie als Institution zu erhalten suchten.

## Das Geisha-Buch

1935 erschien in Tokio das *‹Geisha-Buch›*. Es enthielt Beiträge von Geschäftsleuten, Restaurantbesitzern, Dichtern, Politikern, Schauspielern und zahlreichen literarischen Debütanten und gibt die Probleme der Geisha-Welt jener Zeit sehr plastisch wieder. Man hat den Eindruck, daß sein Herausgeber von jedem, der sich jemals eine Meinung über Geishas gebildet hatte, einen Beitrag erbat – mit Ausnahme der Geishas selber. Die 74200 Geishas, die es 1935 in Japan gab, sollten statt dessen anscheinend als Publikum dieser Sammlung von Meinungen und Ratschlägen herhalten.

Die Geishas wurden angehalten, das Buch sorgfältig zu lesen und es als «Spiegelbild der vorherrschenden Meinung» anzusehen. So wären sie dann nämlich in der Lage, das Bild, das die Öffentlichkeit von ihnen hatte, ebenso leicht zu korrigieren wie den Sitz ihres Kimonos. Man schickte Fragebögen an Dutzende von Prominenten und bat sie um ihre Meinung über die Vorzüge und Fehler der Geishas. Es ist wohl kaum erstaunlich, daß das Ergebnis verwirrend ausfiel. Unter «Fehler der Geishas» lesen wir, sie seien «beschränkt und uninteressiert» und unterschieden sich mittlerweile nicht mehr von Prostituierten und Jokyu. Die Geishas seien «modern» geworden, hätten die «althergebrachten Sitten vergessen» und ihre «guten Umgangsformen verloren». Der Schriftsteller Kojima Masagiro wirft ihnen vor, keine Bücher zu lesen. Im Kapitel «Vorzüge der Geishas» jedoch steht, Geishas seien «viel belesener als früher», es sei «heutzutage viel angenehmer, mit ihnen zu schlafen», sie richteten sich «nach den überlieferten Regeln der Pflicht und des Anstandes» und seien «Bewahrerinnen wertvoller Traditionen». Was der eine ihnen als Fehler ankreidete, fand der andere lobenswert, und man kann sich die Verwirrung der bemitleidenswerten Geishas vorstellen, die dieses Kapitel lasen, um ihr Image in der Öffentlichkeit zu verbessern.

Dennoch war es offenbar die Absicht dieses Buches, der angeschlagenen Welt der Geishas neue Impulse zu geben. Mehrere Beiträge zeichnen ein aufmunterndes und optimistisches Bild und bringen die Meinung zum Ausdruck, daß Geisha ein wunderbarer Beruf für Frauen sei. In Kapitel 6 («Warum sich die Geishas in einer Sackgasse befinden») schreibt der Restaurantbesitzer Sakaguchi Sukesaburo aus Osaka: «Männer, und erst recht Frauen, haben es in der heutigen wirtschaftlichen Situation schwer, ihren Lebensunterhalt zu verdienen. Auch wenn sie eine der besten Mädchenschulen besucht hat, kann eine junge Frau kaum damit rechnen, eine ordentliche Arbeit zu bekommen. Und wenn sie eine Stelle findet, kann sie sich damit kaum über Wasser halten – von einer kleinen Unterstützung für ihre Eltern ganz zu schweigen. Und als Schauspielerin, Jokyu oder Tänzerin läuft sie, selbst mit den besten Vorsätzen, Gefahr, unter die Räder zu kommen. Das ist traurig aber wahr. Je mehr Vertreterinnen dieser ‹neuen Berufe› mir begegnen, desto mehr fühle ich mich in der schlechten Meinung, die ich von ihnen habe, bestätigt.

Wenn man dies alles bedenkt, habt ihr Geishas wirklich einen herrlichen Beruf. Ihr lernt künstlerische Fähigkeiten – Tanz, Gesang, Shamisen-Spiel – und habt danach Leute, die euch zuhören. Wenn ihr Amateure wärt, müßtet ihr riesige Summen ausgeben, um ein solches Publikum anzuziehen. Als Geishas aber habt ihr es nicht nur umsonst, sondern werdet obendrein auch noch für eure Auftritte bezahlt.

Wenn ihr eure Künste erst einmal beherrscht, sind sie euer wertvollstes Eigentum. Kein Feuer, kein Erdbeben kann ihnen etwas anhaben, und sie ermöglichen es euch für den Rest eures Lebens, eine gute Arbeit zu finden. Diesen Schatz solltet ihr durch ständiges Üben pflegen!

Das, was ihr als Geishas tatsächlich tun müßt, kann man

nicht mit der harten Arbeit in anderen Berufen vergleichen. Meistens leistet ihr prominenten Leuten Gesellschaft, mit denen ihr sonst nie zusammentreffen würdet. Und auch hier werdet ihr für die Gelegenheit, alle möglichen interessanten Dinge kennenzulernen, auch noch bezahlt.

Wer meint, der Beruf der Geisha sei nicht hoch zu achten, der irrt sich. Man braucht sich ja nur das Wort ‹Geisha› anzusehen: ‹Eine Frau, die ihren Lebensunterhalt mit Kunst verdient›. Denkt daran, ihr Geishas, und seid stolz darauf.»

## Die Schule der Gesellschaft

Geishas, deren Selbstbewußtsein durch diese Zeilen gehoben worden war, wurden weiter ermutigt durch die Feststellung, daß ihr Beruf schon immer eine wichtige gesellschaftliche Funktion gehabt hatte. Kawamura Tokutaro, der Direktor der Vereinigung der Geisha-Häuser von Shimbashi, wies darauf hin, daß die Geishas von allen berufstätigen Frauen in Japan das meiste Wissen und die größten künstlerischen Fähigkeiten besäßen und darum auf der sozialen Rangleiter ganz oben stehen sollten.

«Gehören denn die Geishas, wie auch der Fujiyama, die Kirschblüten und der Harakiri der Samurais, für einen Europäer nicht zu den ersten Symbolen Japans? Und sollten die Geishas nicht auch, wie diese, als eine besondere Zierde unseres Landes bewundert und respektiert werden?»

Kawamuras Meinung nach war die Welt der Blumen und Weiden nicht nur traditionell der einzige Ort öffentlicher Geselligkeit in Japan, sondern diente auch der Erziehung der Gesellschaft. Geishas waren die Wegbereiterinnen neuer Moden und wußten besser als jeder andere, was in der Gesellschaft vor sich ging:

«Eine Geisha, die das Haus einer angesehenen Familie be-

*Farbholzschnitt von Yanagawa Shigenobu (1787 – 1832)*

trat, war in der Edo-Zeit kein ungewöhnlicher Anblick. Wenn ein reicher Kaufmann Gäste hatte, war es ganz selbstverständlich, daß er Geishas kommen ließ, die sich um sie kümmerten. Auch Samurai-Familien taten das, und Geishas verkehrten völlig ungezwungen mit den Damen dieser Häuser. Dadurch wußten die Geishas mehr über die Gesellschaft als die meisten Gäste, die sie unterhielten.

In einer Zeit, in der es keine Zeitungen oder Illustrierten gab, waren die Teehäuser die Zentren der sozialen Begegnung. Eltern brachten ihre Söhne hierhin, und zwar nicht, damit sie in das Liebesleben eingeführt wurden, sondern damit die Geishas ihnen Lebensart beibrachten. Und auf dem Land waren die Geishas wohl das einzige Kultivierte, das die Bauern jemals zu sehen bekamen.»

Man bestärkte die Geishas in der Meinung, daß sie eine Art Auftrag innerhalb der Gesellschaft hätten. Ihre Rolle als Vermittlerinnen von Stil, Kenntnissen und Fertigkeiten im Umgang mit anderen, die sie im Japan der Feudalzeit innegehabt hatten, war das Ziel, an dem sie sich auch in den dreißiger Jahren dieses Jahrhunderts orientieren sollten. Danach hätten

Geishas also dem entsprechen müssen, was man sich damals unter weltgewandten Damen vorstellte. Also legte man ihnen nahe, modernere Künste zu erlernen, westliche Kleider zu tragen, ihr Haar schneiden zu lassen und Zeitungen zu lesen, um über alles auf dem laufenden zu sein. Es gab einige, die der Meinung waren, daß der Beruf der Geishas nur so den Wandel der Zeiten überstehen könne.

## Moderne Geishas

In den zwanziger und dreißiger Jahren hielt man Tradition bei den Geishas nicht unbedingt für das Wichtigste. Sie waren so sehr Teil der damaligen Gesellschaft, daß man ihre Funktion und ihr Erscheinungsbild ernsthaft diskutierte. Die Vorstellung einer Geisha, die in einem paillettenbesetzten Kleid zu Discomusik tanzt, kommt uns heute lächerlich vor, in den dreißiger Jahren aber war dieser Gedanke für viele gar nicht so abwegig.

Der Dichter Hagiwara Sakutaro drückt sich in dieser Hinsicht klar aus. Sein Essay ‹*Shin Geisha Ron*› (‹*Über die neue Geisha*›) aus dem Jahre 1927 war im ‹*Geisha-Buch*› abgedruckt:

«Die Gesellschaft von Geishas ist ein Vergnügen für alte Männer. Junge Männer von Welt finden die Geishas heutzutage langweilig und gehen lieber in die Cafés als in die Teehäuser. Der Grund dafür liegt auf der Hand. Ihnen gefällt ein Pagenschnitt besser als der früher einmal modische *Tsubushi Shimada*. Sie hören lieber westliche Musik als das Shamisen. Die jungen Leute verstehen auch die Kabuki-Stücke nicht mehr – sie gehen lieber ins Kino. Die Geishas gehören zu diesen altmodischen Dingen, für die die Jugend einfach kein Interesse mehr aufbringt.

In der Edo-Zeit war die Situation natürlich anders. Damals

waren die Geishas die Vorreiter neuer Trends in der Mode, in der Musik und in der Literatur. In diesen Dingen bestimmten die Geishas den vorherrschenden Stil. Damals waren sie tatsächlich die ‹Blüte der Kultur›.

Heute jedoch sind sie zum Paradebeispiel dafür geworden, was es bedeutet, der Zeit hinterherzuhinken. Wer hat den Pagenschnitt eingeführt? Nicht die Geishas; heute bestimmen Studentinnen und Schauspielerinnen die Mode. Die einstige Blüte der Kultur ist verwelkt und wird achtlos weggeworfen.»

Mit drastischen Worten erklärt Hagiwara den Geishas, wo es bei ihnen im argen liegt. Langweilig und altmodisch – kein Wunder, daß junge Leute kein Interesse an ihnen haben. Letzten Endes aber ist das Problem der Geishas, daß sie nicht mehr in der Lage sind, die Funktion zu erfüllen, die der Zweck ihres Berufs ist: Unterhaltungspartnerinnen der Männer zu sein und sich um ihr Wohlbefinden zu kümmern. Er fährt fort:

«Unsere Frauen sind mit dem Haushalt und den Kindern beschäftigt. Unsere Gespräche mit ihnen sind ruhig und ernst und drehen sich meist um häusliche Dinge. Aber außerhalb des Hauses brauchen Männer eine völlig andere Art von Partnerin: eine Frau, mit der wir über die Welt, über die Kunst, über Ideen sprechen können. Wir brauchen eine Frau, die unterhaltsam, intelligent und gebildet ist. Und das sollte eine Geisha sein.

Aber werden die Geishas diesem Anspruch heutzutage noch gerecht? Wohl kaum. Die meisten von ihnen sind ungebildet und haben kaum etwas gelesen. Wie können sie einen Mann unterhalten, der nur halbwegs gebildet ist? Wenn ich jemanden sagen höre, er gehe zu einer Geisha, kann das heute nur noch eines bedeuten ... Geishas regen nicht mehr den Geist, sondern nur noch den Körper an.

Es ist schlimm, daß man Geishas als Edelnutten bezeichnet, aber genau das ist eben aus ihnen geworden. An Japans

Feudalzeit habe ich eine Menge auszusetzen, aber in diesem Fall glaube ich, daß die Geishas damals besser waren als heute – jedenfalls boten sie nicht so schnell ihren Körper an. Sie brachten neue Formen der Schönheit hervor, und sie waren ihren Gästen in Erziehung, Geschmack und Witz ebenbürtig. Sie waren wirklich ‹Gefährtinnen des anderen Geschlechts›. Diese Art von Partnerin aber sucht man unter modernen Geishas vergeblich.»

Die Geisha-Welt, die Sakutaro so schonungslos beschreibt, schien durch und durch verdorben zu sein – dennoch wollte er die Geishas nicht ein für allemal abschaffen. Im Gegenteil: Seiner Meinung nach war das Problem gelöst, wenn die Geishas die ursprüngliche Bedeutung ihres Berufs erkennen und diese Erkenntnisse dann in die Praxis umsetzen würden. In erster Linie hieß das Erziehung, gefolgt von Modernisierung:

«Alle Geishas sollten eine Ausbildung haben, die der einer höheren Mädchenschule entspricht. Aus diesem Grundwissen ergibt sich ganz automatisch ein Verständnis der Kultur unserer neuen Zeit ...

So wie früher die Geishas der Edo-Zeit die modebewußtesten Frauen waren und in Geschmacksfragen die Avantgarde bildeten, so sollten auch die Geishas unserer Tage die progressivsten und elegantesten Frauen unserer Gesellschaft sein. Sie sollten von jetzt an westliche Kleidung tragen, aber vor allem müssen sie ihre Shamisens in die Ecke stellen und Klavier oder Mandoline spielen lernen. Es wird nicht lange dauern, bis die Teehäuser in Bistros umgebaut werden.

Solange die ganze Gesellschaft die westliche Lebensweise übernimmt, schaufeln sich Geishas, die an ihrem altmodischen Stil festhalten, ihr eigenes Grab. Die einzigen wirklichen Geishas in Japan sind zur Zeit die Tanz-Geishas von Osaka. Sie tragen keine Kimonos, sondern Kleider, und obendrein haben die meisten von ihnen eine höhere Ausbildung genossen. Man kann sie mit Fug und Recht als geistige

Gefährtinnen ihrer Kunden bezeichnen. Ihnen ist es gelungen, das Ideal, das die Geishas in der Edo-Zeit verkörperten, an die Bedingungen der modernen Zeit anzupassen.»

## Berufstätige Frauen

Für jeden Kritiker, der die Geishas aufrief, sich entweder der modernen Zeit anzupassen oder zu verschwinden, gab es jedoch einen anderen, der sic warnte, die Übernahme neumodischer Sitten werde ihr Untergang sein. An der Frage, ob sich die Geishas *Shokugyo Fujin*, berufstätige Frauen, nennen sollten, schieden sich die Geister. In diesem Wort schwingen Begriffe wie «organisierte Arbeit», «Karriere», «Geschäft» und «Berufsdenken» mit. Im Japan der zwanziger und dreißiger Jahre galt es als sehr modern und irgendwie auch gewagt, wenn sich eine Frau als Shokugyo Fujin bezeichnete.

Einer solchen geschäftsmäßigen Auffassung der eigenen Arbeit stand der traditionelle Gedanke des *Ninjo*, des menschlichen Gefühls gegenüber. Verfechter der «neuen Geisha» forderten, sie sollten sich als Shokugyo Fujin fühlen, während andere der Meinung waren, daß sie als berufstätige Frauen ihre romantische Ausstrahlung verlieren würden. Wenn eine Fabrikarbeiterin sich als berufstätige Frau bezeichnete, war das in Ordnung, aber bei einer Geisha lag der Fall anders. Viele Bereiche der japanischen Gesellschaft wurden immer nüchterner, aber es gab Leute, die dagegen waren, daß dies auch bei Geisha-Parties so sein sollte. «Die Zeiten ändern sich. Wenn ich sehe, wie wenig die Frauen heute den mutigen und eleganten Geishas ähneln, die es früher gegeben haben soll, habe ich das Gefühl, etwas verpaßt zu haben», schrieb der Schauspieler Ichikawa Kyuzo. «Und auch dieses ‹Berufsdenken› der Geishas macht mich wehmütig.»

Auch Kunden, die am Geisha-System, so wie es war, im Grunde nichts auszusetzen hatten, erteilten den Geishas gute Ratschläge. Eines der letzten Kapitel im *‹Geisha-Buch›*, eine schulmeisterliche Lektion mit der Überschrift «Die tägliche Arbeit einer Geisha», gibt Richtlinien für das schickliche Benehmen «vom Aufstehen am Morgen bis zur Arbeit am Abend». Die Detailliertheit dieser Ratschläge läßt uns heute lächeln, in jener Zeit aber waren sie durchaus ernst gemeint. «Wie man mit einer professionellen Einstellung seinen Weg geht», wäre ein passender Untertitel für diese Lektion gewesen. Wo gab es da noch Raum für Ninjo, für Romantik, menschliche Schwächen und Spontaneität – all die Dinge, die Geishas für Schriftsteller wie Nagai Kafu in den ersten zwanzig Jahren unseres Jahrhunderts so menschlich gemacht hatten? Einer berechnenden Geisha, die sich an die folgenden Ratschläge hielt, wurden Gefühle gründlich ausgetrieben.

«Erstens. Du solltest um spätestens zehn Uhr morgens aufstehen, dich ordentlich anziehen, dein Zimmer aufräumen und dich waschen (wobei du deinen Zähnen besondere Aufmerksamkeit schenken solltest). Kämme dein Haar, sprich ein Gebet am Altar der Hausgötter, begrüße die anderen Hausbewohner (besonders den Herrn oder die Herrin) und frühstücke. Vergiß nie, daß du nur durch deine Eltern und die Leute, die dich erzogen haben, bist, was du bist, und daß du ihnen gegenüber eine große Dankesschuld abzutragen hast.

Zweitens. Es gehört zu deiner Arbeit, lange aufzubleiben und mit den Gästen zu trinken. Daher ist es sehr wichtig, daß du, wenigstens am Morgen, ernst und gesammelt bleibst.

Drittens. Ich kann gar nicht eindringlich genug darauf hinweisen, wie wichtig das Zähneputzen ist. Du darfst dich nie schämen müssen, wenn du einen Gast anlächelst.

Viertens. Wenn du nicht selbst lernen willst, wirst du nie

Fortschritte machen. Leider erwacht das Interesse meistens erst nach dem zwanzigsten Lebensjahr – und dann ist es zu spät. Im Idealfall sollte man mit acht Jahren den ersten Unterricht bekommen. Kinder wollen spielen, also muß man sie mit Strenge dazu zwingen, zum Unterricht zu gehen. Nur so lernen sie schickliches Betragen. Je strenger deine Lehrer sind, desto dankbarer mußt du ihnen sein.

Fünftens. Wenn du zum Friseur gehst, klatsche nicht mit anderen Geishas über deine Gäste oder deine Oberen. Iß keine Kleinigkeiten, die auf der Straße angeboten werden. Schlampige Geishas, die ihre Zeit mit solchen Dingen verschwenden, werden es nie zu etwas bringen. Übe dich während deiner Wartezeit lieber im Singen oder im Gedichtrezitieren.

Sechstens. Wenn du frei hast, richte dein Haar bitte nicht zu einer jener neuen, modernen Frisuren her, die Schauspielerinnen jetzt tragen. Man wird dich für eine Jokyu oder Gottweiß-was halten. Wenigstens deine Frisur sollte immer die einer Geisha sein.

Siebtens. Gegen Körperschweiß kannst du im Sommer zwar nichts tun, aber du solltest dein Haar so pflegen, daß es nicht riecht. Übler Geruch ist die Schande einer jeden Geisha.

Achtens. Bis um drei Uhr nachmittags solltest du dein tägliches Bad genommen haben.

Neuntens. Nach dem Bad legst du dein Make-up auf und wartest auf ein Engagement. Achte darauf, daß unter deinen Fingernägeln und an deinen Ohrläppchen keine Schminke ist. Wenn man nach dir verlangt und du noch nicht fertig bist, wird dein schlechtes Make-up dich verraten.»

Diesen klugen Ratschlägen zufolge sollte eine Geisha den Tag also mit respektvoller Beflissenheit verbringen, auf ihr äußeres Erscheinungsbild achten und die ihr zugewiesenen Hausarbeiten methodisch erledigen. Die aufgeführten neun hilfreichen Tips soll sie beherzigen, bevor sie ihre Arbeit überhaupt erst beginnt. Die übrigen 25 Punkte beschäftigen sich mit ihrer Einstellung und ihrem Betragen bei der Ausübung ihres Berufs. Sie wird ermahnt, jedes Engagement anzunehmen und nicht zu warten, bis sie weiß, wer außerdem noch daran teilnimmt. Auf dem Weg dorthin soll sie nicht ungezwungen mit ihrem *Hakoy* (dem Diener, der ihr Shamisen trägt) sprechen – es könnte sie ja jemand dabei sehen und einen schlechten Eindruck von ihr bekommen. Einer der Passanten auf der Straße könnte ja ein zukünftiger Kunde sein.

Wenn sie in dem Haus, wo das Bankett stattfindet, angekommen ist, soll sie zunächst die Inhaberin mit Ehrerbietung begrüßen und sie fragen, um was für eine Art von Fest es sich handelt. Wer ist der Gastgeber, und wen hat er eingeladen? Anschließend soll sie die Gäste, die auf den unteren Plätzen sitzen, mit besonderer Aufmerksamkeit bedienen, denn sie sind gewöhnlich diejenigen, die bezahlen und die ihr auch später noch als Kunden von Nutzen sein können.[2]

«Sei pünktlich, zahle deine Rechnungen, bettle nicht um Vergünstigungen, sei respektvoll, lebe nicht über deine Verhältnisse, kaufe japanische Waren» – so würde es eine ernste und gewissenhafte Geisha weit bringen. Das war im Jahre 1935, zwei Jahre bevor die japanische Führung ihr Volk auf den Krieg einstimmte. Und doch ist hier der Grundtenor der neuen Morallehre, die bald in den Schulen eingeführt wurde, und der Antifrivolitätskampagne, mit der die ganze Nation überzogen wurde, schon deutlich herauszuhören.

## Die Geishas im Krieg

Die Begeisterung für Dinge aus dem Westen, die das öffentliche Leben Japans Anfang der dreißiger Jahre beherrschte, kühlte angesichts des leidenschaftlichen Nationalismus, der das Land einige Jahre später erfaßte, ziemlich ab. Englisch war auf einmal die Sprache des Feindes, und sogar seit langem übernommene Lehnwörter wurden offiziell aus dem japanischen Wortschatz getilgt. «Japans einmalige Kultur muß gefördert werden», stand in einer Schrift des Pressebüros der Armee von 1937. Die Stimmen derer, die 1935 noch die Geishas gedrängt hatten, sich zu modernisieren, waren zwei Jahre später verstummt. Und da die Geishas so deutlich sichtbare Symbole für «Japans einmalige Kultur» waren, standen sie in der unberechenbaren Gunst der Öffentlichkeit wieder ganz oben.

Bis kurz vor Ende des Krieges standen Geishas für die Unterhaltung von Gästen zur Verfügung. Als 1944 die Schließung von Teehäusern, Geisha-Häusern und Bars angeordnet wurde, gab es allein in Tokio fast 9000 von ihnen. Dann wurden sie zum Arbeitsdienst in den Fabriken herangezogen, aber viele schafften es irgendwie, ihre Namen auf die Gehaltslisten der Firmen ihrer Gönner zu schmuggeln. Am 15. August 1945 gab der Tenno seinen kriegsmüden Untertanen die Niederlage bekannt, und am 2. September wurde die Kapitulationsurkunde an Bord der U.S.S. Missouri in der Bucht von Tokio unterzeichnet. Am 25. Oktober durften die Bars, Teehäuser und Geisha-Häuser wieder geöffnet werden.

## Beschränkungen

Die Geishas der Nachkriegszeit haben den Anspruch aufgegeben, zur Avantgarde zu gehören. Die Frage, ob Geishas wirklich moderne, westliche Kunstformen aufnehmen sollten, ist beantwortet, und die Antwort ist: Nein. Das Bild der Geisha entstand in Japans Feudalzeit, und dieses Bild ist es, dem sie entsprechen müssen, wenn sie Geishas bleiben wollen. Eine festlich und formal gekleidete Geisha sieht 1975 nicht viel anders aus als 1875 – aber diese Tatsache beweist auch, daß sich die gesellschaftliche Bedeutung der Geisha sehr gewandelt hat. Sie ist nicht mehr eine Neuerin, sondern eine Bewahrerin.

In Kyoto gibt es eine alt aufgemachte, sorgfältig im Stil der zwanziger Jahre möblierte Bar mit einer Musiktruhe, die ausschließlich Platten aus jener Zeit spielt. Die Gäste werden von Frauen im Kimono bedient, die wie die Jokyu jener Tage Baumwollschürzen umgebunden haben. Die Cafémädchen der zwanziger Jahre werden in dieser Bar nachgespielt, aber man kann kaum behaupten, daß damit eine Tradition aufrechterhalten wird. Die wirklichen Nachfolgerinnen der Jokyu sind die Barhostessen, von denen es mindestens zwanzigmal mehr gibt als Geishas. Sie haben die Rolle der Vorkämpferinnen für modernen Stil und neuzeitliche Mode übernommen, die die Geishas in den späten dreißiger Jahren abgegeben haben. Hätten die Geishas ihre damaligen Versuche, weiterhin ein Bestandteil der gesellschaftlichen und künstlerischen Avantgarde zu sein, beibehalten, dann könnte man sie heute nicht mehr von Hostessen unterscheiden, und es gäbe vielleicht irgendwo eine Bar, die versuchte, die Atmosphäre der alten Teehäuser zu erzeugen, und in der die Bedienung aus Frauen bestünde, die sich als Geishas verkleidet haben.

Seit über 50 Jahren gelten Geishas für Außenstehende als Symbole japanischer Tradition. Aber auch ihnen selber ist klargeworden, daß hierin ihre Hoffnung liegt; die Erhaltung einer einmaligen Tradition ist der gesellschaftliche Beitrag, den die Geishas leisten, und der ist nicht sehr gefährdet durch neue Formen der Kunst oder der Unterhaltung. «Solange es Tatami in Japan gibt», heißt es in einem Artikel des *‹Geisha-Buches›*, «gibt es hier auch einen Platz für Geishas.»

An den Abenden im frühen Mai hängen rechts und links der engen Hauptstraße von Pontocho rote Papierlaternen, die mit dem Bild fliegender Regenpfeifer verziert sind. Die Laternen werden aufgehängt, wenn die Aufführung der

Tänze begonnen hat. Geishas und Maikos auf dem Weg zu verschiedenen Parties gehen durch die Gassen und achten nicht auf die Touristen mit ihren Kameras. Die Gäste in den Teehäusern sind meist Geschäftsmänner, meist wohlhabend, und verfügen meist über ein Spesenkonto. Einige aber zahlen aus ihrer eigenen Tasche und kommen lieber allein als mit einem Geschäftspartner, den sie beeindrucken wollen. Sie sind hier, weil sie die Atmosphäre im Geisha-Viertel wirklich genießen.

Den Touristen würde es nicht im Traum einfallen, tatsächlich eines der Teehäuser zu betreten; ihnen genügt es, daß man immer noch weißgeschminkte Maikos auf der Straße sehen kann, und das Wissen, daß das alte Japan noch lebt, und sei es auch nur in dieser kleinen Enklave, erfüllt sie mit Erleichterung und einer vagen Zufriedenheit. Die Reichen und Kultivierten, die die Dienste der Geishas tatsächlich in Anspruch nehmen und auf deren Geld die Hanamachis angewiesen sind, sitzen in den Teehäusern und genießen den Blick auf den Kamo, obwohl sie ebensogut in eine teure, moderne Bar hätten gehen können. Genaugenommen ist ihnen diese Entscheidung auch gar nicht so schwergefallen, denn sehr wahrscheinlich werden sie später in eine solche Bar gehen – in Begleitung einer Geisha.

# 6.
# Ein neuer Anfang

*«Ein einziges Staubkorn noch.*
*Das verheißt Gutes, jetzt,*
*da alles neu beginnt.»*

Das Gefühl eines neuen Anfangs, das die Japaner in der Zeit um den Jahreswechsel überkommt, hat eine fast religiöse Dimension. Am 1. Januar ist es am deutlichsten spürbar, aber die Festzeit mit ihren Feiern beginnt schon früher und geht bis in den Januar hinein. Am Anfang des Monats nimmt man sich Urlaub, um Freunde und Verwandte zu besuchen, und die verschiedenen «ersten Dinge» des Jahres werden gebührend gefeiert: Der erste Sonnenaufgang, das erste Bad, der «erste Spiegel» (das Auflegen von Make-up), sogar die ersten Spatzen, die man auf den Dächern zwitschern hört. Man ißt kalte Leckereien, die schon in den geschäftigen letzten Tagen des Dezember zubereitet wurden, damit die Frauen ein paar Tage lang nicht zu kochen brauchen.

Die Stille, die sich Anfang Januar über die Geisha-Viertel legt, ist etwas unheimlich, da sie unvermittelt auf das hektische Treiben folgt, das seinen Höhepunkt am 31. Dezember erreicht, wenn sich die Bars und Teehäuser mit Leuten füllen, die «Abschiedsparties» für das alte Jahr feiern. Die Ruhe hält jedoch nicht lange an, denn die Festlichkeiten beginnen bereits nach dem 3. Januar wieder, wenn die «ersten Parties» des neuen Jahres gegeben werden.

Um das Gefühl der Reinheit und der Erneuerung an den ersten Tagen des neuen Jahres voll genießen zu können, unternehmen die Japaner in der letzten Woche des alten Jahres ungeheure Anstrengungen, unerledigte Dinge zum Abschluß zu bringen. Die Frauen machen einen gründlichen Hausputz, man gibt sich alle Mühe, alte Schulden endlich zu bezahlen, und die Kaufhäuser erzielen höchste Umsätze, da jedermann *Oseibo*, Geschenke zum Jahreswechsel, kauft.

In den Geisha-Vierteln von Kyoto fängt das alles schon Wochen vorher an. Der 13. Dezember wird *Koto hajime* genannt, das heißt wörtlich: die Zeit, wenn die Dinge neu beginnen. An diesem Tag besucht jede Geisha ihre Lehrer und die Inhaberinnen der Teehäuser, um ihnen ihre Aufwartung zu machen.

## Begrüßungen und Glückwünsche

Kyoto ist bekannt dafür, daß man dort den Feiertagen des Jahres große Aufmerksamkeit schenkt, und die strenge Beachtung der Formalitäten ist unter Geishas besonders ausgeprägt. So gehört es zum Beispiel zum guten Ton, daß eine Geisha dem Teehaus, in dem sie in der vorangegangenen Nacht gearbeitet hat, am nächsten Morgen einen kurzen Besuch abstattet. Dazu öffnet sie die Schiebetür, die auf die Straße geht, ein Stück und sagt «Danke für gestern, Okasan. Bitte denke auch in Zukunft an mich.»

Die sozialen Verpflichtungen am Anfang eines jeden Monats ähneln den Feierlichkeiten, die zu Beginn des Jahres stattfinden, und für die Geishas ist es eine selbstverständliche Pflicht, an diesem Tag den Müttern der Teehäuser ihre Aufwartung zu machen. Je bedeutender und feierlicher ein Anlaß ist, desto weiter geht man im allgemeinen bei seinem Besuch in das Haus hinein; am 1. des Monats empfängt die Inhaberin des Teehauses die Geishas also meistens im Vestibül.

Noch wichtiger sind die Ereignisse, die stattfinden, wenn sich die Stellung einer Geisha innerhalb der Gemeinschaft verändert. Wenn sie zum erstenmal als Maiko in Erscheinung tritt, wenn sie in die Ränge der Geishas aufgenommen wird, wenn sie sich selbständig macht und wenn sie sich von der Welt der Geishas zurückzieht, muß sie das feierlich in allen Teehäusern bekanntgeben. Diese Zeremonien sind nur für die Geisha-Gemeinschaft bestimmt, die Gäste sind davon ausgeschlossen. In jedem der 60 Teehäuser von Pontocho versammeln sich alle Bewohner in der Eingangshalle, nehmen in feierlicher Haltung Platz und begrüßen die neue Geisha oder Maiko.

Der wichtigste Empfang des ganzen Jahres jedoch ist der am 13. Dezember. Den ganzen Nachmittag über nehmen die Inhaberinnen der Teehäuser die guten Wünsche der Geishas ihres Viertels entgegen. Bei der Begrüßung verbeugen sich die Geishas äußerst feierlich; wenn dann aber Tee angeboten wird, lockert sich meist die Atmosphäre, und man bleibt noch auf ein kleines Schwätzchen.[1] Zufällig fand meine eigene Einführung als Geisha in Pontocho am 13. Dezember statt, an jenem Tag also, an dem «die Dinge beginnen».

## Mein Debüt als Geisha

Seit drei Monaten lebte ich in Kyoto. Ich hatte das Glück gehabt, der Inhaberin des *Mitsuba* vorgestellt zu werden, und das hatte mich bewogen, von Tokio, wo ich meine Stu-

*Liza Dalby (Mitte) mit einer Gruppe von Müttern und älteren Geishas in Pontocho*

dien begonnen hatte, in die alte Hauptstadt zu ziehen. Dort, so versicherte mir jeder, gebe es die authentischsten Geishas. (Zwar sind die Geisha-Gemeinschaften von Tokio ebenso alt wie die von Kyoto, aber in den Augen der meisten Japaner sind die Geishas von Kyoto, und besonders die wie Puppen herausgeputzten Maikos, irgendwie traditioneller.) Ich wohnte im *Mitsuba*, in dem zwei- oder dreimal pro Woche Bankette mit Geishas stattfanden. Dort lernte ich die Geishas von Pontocho kennen, wenn sie abends zur Arbeit erschienen oder während des Tages der Inhaberin einen Besuch abstatteten.

Nach und nach begann ich, die Mutter des *Mitsuba* bei ihren eigenen Besuchen der anderen Häuser in Pontocho zu begleiten. Dort war sie geboren und aufgewachsen, war als Maiko eingeführt worden, hatte einen Gönner gefunden und war nun, als Besitzerin eines Teehauses, zusammen mit den anderen Okasans eine der tonangebenden Frauen des Viertels. Sie hatte keine eigene Tochter, und zu ihrem Haus gehörten keine Geishas oder Maikos. Bevor ich im *Mitsuba* einzog, hatte sie ihre Freundinnen und Kolleginnen immer allein besucht.

Nach einigen Monaten hatte man sich daran gewöhnt, uns zusammen zu sehen, und wenn ich später für meine Forschungsarbeiten ein Interview mit einer Geisha machen wollte, ließ ich mich als «Kikuko vom *Mitsuba*» anmelden. So schien es mir ganz selbstverständlich, daß ich, wie die anderen Geishas, meine Wirtin mit «Okasan» anredete.

Am 13. Dezember klopfte Okasan an meine Tür und sagte: «Heute ist Koto hajime. Möchtest du mitkommen, wenn ich heute nachmittag zum ‹Dai-Ichi› gehe?» Als Geisha hatte sie den Namen Ichiraku getragen, und wie alle anderen Geishas, deren Namen mit «Ichi» beginnen, war sie im «Dai-Ichi» ausgebildet worden. Auch wenn sie jetzt eine der Mütter war, stattete sie daher immer noch der Okasan des «Dai-Ichi» einen Höflichkeitsbesuch ab.

Als wir eintrafen, standen schon mehrere Paar Sandalen und Schuhe in der Vorhalle des «Dai-Ichi». Eines der Dienstmädchen, eine zierliche alte Frau, eilte herbei, um uns zu begrüßen. Bevor wir den Holzboden des Hauses betraten, zogen wir unsere Schuhe aus und überließen es der Dienerin, sie in eine Reihe mit den anderen zu stellen. Auf einem dreistökkigen Regal in der Vorhalle waren mit Puder bestreute Reiskuchen angeordnet. Die Namen der Geishas, die sie gebakken hatten, waren mit Tusche auf Papierstreifen geschrieben, die von jedem Kuchen herabhingen. Je jünger die Geisha war und je kürzer sie zur Gemeinschaft gehörte, desto weiter unten stand ihr Geschenk. Die Okasan des «Dai-Ichi», eine korpulente Frau mit einem spitzen Kinn, empfing ihre Besucher in ihrem privaten Zimmer, einem großen Raum im Erdgeschoß. Zusammengekauert und steif saßen mehrere Geishas mit untergeschlagenen Beinen an einer Wand.

Meine Okasan kniete nieder, verbeugte sich bis auf den Boden, richtete sich gleich wieder auf und nickte den jüngeren Geishas zu. Sie lächelten, denn sie alle hatten die Okasan des *Mitsuba* wirklich gern. Auf jeder Gesellschaft verbreitete sie Wärme und Humor. Man konnte sich gut vorstellen, wie beliebt sie als Geisha gewesen sein mußte.

Die Mutter des «Dai-Ichi» saß an einem niedrigen Tisch und rauchte ununterbrochen importierte Zigaretten. Erst vor sechs Monaten hatte sie dieses Haus übernommen. Sie hatte eine schroffe Art und sprach etwas zu laut, aber vielleicht wollte sie damit nur ihre neue Stellung als Herrin des Hauses unterstreichen. Der Raum, in dem wir saßen, wurde von einem großen *Butsudan*, einem buddhistischen Hausschrein aus Mahagoni, beherrscht, dessen Türen weit geöffnet waren und vor dem als Opfergaben kleine Schalen mit Speisen und Blumen standen. In der Mitte des Schreines hing ein schwarzweißes Erinnerungsfoto mit einem Trauerflor.

Die grauhaarige Frau auf dem Bild war die frühere Okasan des «Dai-Ichi». Sie war ein angesehenes Mitglied der Gesellschaft von Kyoto gewesen, und die Geishas von Pontocho hatten sie geradezu verehrt. Als sie im vergangenen Juni im Alter von 82 Jahren nach einem Essen mit Freunden im besten französischen Restaurant von Kyoto an einem Herzanfall gestorben war, hatten alle Geishas von Pontocho schwarze Trauerkleidung angelegt. Jeder sagte, mit ihr sei eine Ära zu Ende gegangen. Ich habe diese berühmte Okasan nie kennengelernt, aber ihre Gegenwart war jetzt, ein halbes Jahr nach ihrem Tod, immer noch deutlich zu spüren.

Es war höchst ungewöhnlich, mit guten Wünschen für das kommende Jahr und Reiskuchen, die Wohlstand und langes Leben symbolisieren sollen, ein Haus zu besuchen, in dem eigentlich immer noch getrauert wurde. Die Geishas von Pontocho hatten jedoch beschlossen, wie jedes Jahr dort Koto hajime zu feiern, denn, so sagten sie, der alten Okasan wäre es sicher lieber gewesen, daß man ihrer mit einem fröhlichen Beisammensein als mit einem stillen Zeremoniell gedachte. Tatsächlich hatte es den Anschein, als sei die verstorbene Mutter und nicht ihre nervöse Nachfolgerin an diesem

Nachmittag die Gastgeberin. In den Augen vieler Geishas hatte die große alte Frau von Pontocho den einzigen Fehler in ihrem langen Leben bei der Wahl ihrer Nachfolgerin begangen.

Vielleicht war sich die neue Okasan dieser Einstellung, die die anderen Geishas ihr gegenüber hatten, nicht bewußt; jedenfalls versuchte sie, dem «Dai-Ichi» ihren eigenen Stil zu geben und stieß damit viele Frauen der Gemeinschaft weiter vor den Kopf. Aber ganz gleich, ob die Geishas sie mochten oder ablehnten – immerhin war sie die Inhaberin eines der größten und angesehensten Teehäuser von Pontocho. Da ich bald als Geisha an meinem ersten Bankett teilnehmen sollte, brachte meine Okasan das Gespräch geschickt auf dieses Thema, um für den Fall, daß dabei etwas schiefgehen sollte, jeder Kritik aus dem Haupthaus vorzubeugen.

Während der ersten zwei Monate in Kyoto hatte ich, wie in Tokio, meine Studien mit Hilfe von Interviews betrieben. Ich hatte auch weiterhin Shamisen-Stunden genommen, allerdings bei einer neuen Lehrerin, der Frau, die auch die Geishas von Pontocho unterrichtete. Eines Tages Ende November hatte die Okasan des *Mitsuba* zu mir gesagt: «Wenn du es nicht selber ausprobierst, wirst du das Leben einer Geisha nie verstehen. Ich glaube, ich habe einen Kimono, der dir passen könnte, und Ichiume könnte deine Ältere Schwester sein. Na, was hältst du davon?»

Je länger ich in Pontocho war, desto mehr hatte mich das Leben der Geishas fasziniert. Nicht nur ihre auffallende Erscheinung, sondern auch ihre Disziplin beeindruckten mich, und so verbarg ich meine Freude, als sie mir diesen Vorschlag machte. Okasan sprach mit einigen Leuten, die mir etwas zum Anziehen besorgen konnten. Das würde etwa eine Woche dauern. «Noch etwas, Kikuko», sagte sie. «Auf einem Bankett wird man dich kaum bitten, *Nagauta* (lange Lieder) zu spielen. Wenn einer der Gäste singen will, dann meistens nur Koutas. Du kannst ja ein paar Stunden bei dem Kouta-

Lehrer nehmen, der einmal im Monat ins *Mitsuba* kommt. Und da du ja schon Shamisen spielen kannst, werden Koutas dir sicher leichtfallen.» Diese neue Musikrichtung fiel mir zwar gar nicht leicht, aber dennoch war ich nach einigen Unterrichtsstunden entschlossen, Koutas zu meiner Spezialität zu machen.

Mit dem für sie so typischen Enthusiasmus schilderte die Besitzerin des *Mitsuba* der Okasan des «Dai-Ichi» unseren Plan: «Kikuko hier spielt besser Shamisen als jede der jungen Geishas. Außerdem hat sie begonnen, Kouta-Gesangsstunden zu nehmen, und kann beim Spielen singen – das ist wirklich etwas ganz Außergewöhnliches.» Ich hatte da meine Bedenken, aber Okasan setzte unbeirrt ihre Bemühungen fort, die Besitzerin des «Dai-Ichi» für das Experiment mit der amerikanischen Geisha zu begeistern. Schließlich zeigte sie einen Hauch von Interesse. «Aber was soll sie denn anziehen?» fragte sie etwas zögernd. Das war eine Anspielung auf meine Körpergröße von einem Meter fünfundsiebzig.

Meine Okasan wertete das als günstiges Zeichen und ging in die Details. «Wir haben ein paar gebrauchte, aber gut erhaltene Kimonos und Obis von Ichimitsu und Hisaroku», sagte sie. «Die beiden sind fast genauso groß wie Kikuko.» Dann hob sie eine Strähne meines langen dunklen Haares hoch und demonstrierte, wie man es im Schönheitssalon in eine glatte Hochfrisur legen lassen konnte, wie sie die Geishas tragen. «Außerdem», fügte sie hinzu, «spricht sie nicht nur fließend japanisch, sondern auch englisch – das ist praktisch, wenn Gäste aus dem Ausland da sind.» Die andere Okasan mußte zugeben, daß das vermutlich nicht von der Hand zu weisen war. Sie begann sich für die Idee zu erwärmen. «Na gut. Und was ist mit ihrem Namen?» Sie wandte sich an mich. «Heißt du wirklich Kikuko? Das klingt etwas altmodisch.»

«Nein», antwortete ich, «mein Name ist Liza.»

«Riza!» rief sie aus. «Das ist sehr gut – ziemlich exotisch.»

Eine der berühmtesten Tänzerinnen von Pontocho war

eine Geisha Mitte Vierzig namens Raiha. Es wurde der Vorschlag gemacht, ich solle mich Raiza, die Jüngere Schwester von Raiha, nennen. Aber meine Okasan wies daraufhin, daß ich eine engere Beziehung zu den Geishas der Ichi-Linie hätte, die alle im «Dai-Ichi» ausgebildet worden waren. Und da es ja momentan keine Geisha gab, die so hieß (die letzte Inhaberin dieses Namens war vor einigen Jahren gestorben), wäre es da nicht besser, wenn ich mich «Ichigiku» nannte? Ich selber jedenfalls war davon überzeugt. Wenn ich eine Geisha werden sollte, wollte ich auch einen neuen Namen haben, und «Raiza» klang in meinen Ohren nicht gerade wie ein Geisha-Name. Außerdem sollte Ichiume meine Ältere Schwester werden.

Also wurde ich Ichigiku genannt. Es war meiner Okasan gelungen, die Inhaberin des «Dai-Ichi» für ihren Plan zu gewinnen. Am nächsten Abend sollte ich meinen ersten Auftritt haben: Ich würde zusammen mit einer Gruppe von Geishas aus Pontocho und einigen Müttern an einem Bankett teilnehmen, das in einem Landhaus außerhalb Kyotos stattfand. Die Mutter des «Dai-Ichi» würde auch dabeisein und auf diese Weise Gelegenheit haben, die Reaktion der Gäste zu erleben. Es bestand die Gefahr, daß ich durch irgendeine Unbedachtsamkeit alle Beteiligten in große Verlegenheit brachte, und so war es wohl kein Wunder, daß ich am frühen Nachmittag des nächsten Tages, als meine Okasan den Frauen im Friseursalon die Anweisungen für meine Frisur gegeben hatte, sehr nervös zu werden begann.

## Mein erstes Bankett

Amerikanische Mädchen, die in den späten sechziger Jahren volljährig geworden sind, haben relativ wenig Erfahrung mit Friseursalons. Wir trugen unsere Haare lang und benutzten – «natürlich» – nur Kräutershampoos. Bis zum Tag meines Debüts als Geisha hatte ich mir meine Haare noch nie «machen» lassen. Zunächst wurden sie gewaschen und auf Lokkenwickler gerollt, dann kam ich unter eine Trockenhaube. Nachdem die Lockenwickler herausgenommen worden waren, wurde mein Haar zu einer Hochfrisur gekämmt, die auf dem Hinterkopf mit weichen Nylonkissen unterlegt wurde, um ihr Fülle zu geben. Das Endergebnis wurde über und über mit Haarspray besprüht, damit jedes Haar an seinem Platz blieb. Als ich in das *Mitsuba* zurückkehrte, um mich anziehen zu lassen, hatte ich das Gefühl, einen seltsamen neuen Hut zu tragen. Okasan und die Dienstmädchen, denen mein Naturlook ohnehin nie besonders gefallen hatte, waren sehr angetan.

Wie schon bei den ersten Gelegenheiten, zu denen ich einen Kimono getragen hatte, zog ich ein frisches Paar weißer Zehensocken (*Tabi*) an – und zwar wählte ich mit Absicht welche, die eine Nummer zu klein waren, damit sie ganz glatt anlagen. Geishas, besonders die Tänzerinnen, verschleißen Tabis so schnell wie Ballerinas ihre Ballettschuhe. Sie lassen sie sich maßschneidern und bestellen sie gleich im Dutzend. Ihrer Meinung nach sieht nichts schlampiger aus als Tabis, die Falten werfen oder einen Grauschleier haben.

Geishas tragen keine Schlüpfer.[2] Für betrunkene Gäste ist dies natürlich ein geradezu unerschöpfliches Thema. Da der Kimono an den Hüften ziemlich eng sitzen muß, glauben die Geishas, daß sich das Gummiband wulstförmig abzeichnen würde. Außerdem ist es schon schwierig genug, mit einem Kimono auf die Toilette zu gehen, selbst wenn man dann nicht auch noch mit einem Slip zu kämpfen hat. Also trägt man statt dessen das traditionelle *Koshimaki*, ein etwa ein Meter breites und zwei Meter langes dünnes Tuch aus Seide oder Nylon, das einfach um den Körper gewickelt wird.

Ich legte mein Koshimaki und ein Unterhemd aus Baumwollgaze an, das über der Brust zusammengeschnürt wird, und ließ mir danach beim Richten von Ärmeln und Kragen des gelben Unterkleides und des blaßrosa Kimonos aus Damast helfen, die ich von Hisaroku bekommen hatte. Okasan und eines der Mädchen banden mir einen mit goldenen und silbernen Chrysanthemen bestickten Brokat-Obi um, der von einem fest gewebten roten Band gehalten wurde. Etwas atemlos ging ich zusammen mit Okasan hinüber zum «Dai-Ichi», wo wir uns mit den anderen Geishas treffen wollten.

Auch wenn Geishas für eine Gesellschaft außerhalb von Pontocho engagiert werden, verlangt eine Regelung der Geisha-Vereinigung von Pontocho, daß der Auftrag über eines der örtlichen Teehäuser abgewickelt wird. An diesem Abend entsandte das «Dai-Ichi» eine Gruppe von sechs Geishas, darunter auch Ichiume und mich – Ichigiku. Wir sollten dort auf die Wagen warten, die uns nach Sekison bringen sollten, einem in erlesenem traditionellen Stil errichteten Landhaus, das sich der Schriftsteller Junichiro Tanizaki bauen ließ. In den zwanziger Jahren führte er dort einen literarischen Salon.

Sekison gehört jetzt dem Sumitomo-Konzern und steht den Direktoren und Geschäftsfreunden der Firma zur Verfügung. An jenem Abend hatte der Direktor von Sumitomo in Osaka den Festsaal für sich reservieren lassen. Die Abenddämmerung brach herein, als wir die lange, kiesbestreute Auffahrt hinauffuhren, und Laternen aus Stein warfen ein flackerndes Licht auf das Moos unter den windgebeugten Kiefern. Es war sechs Uhr abends, die Zeit also, da der Arbeitstag einer Geisha beginnt.

Die zehn Gäste, ausnahmslos Männer, waren bereits ein-

*Eine Gruppe von Geishas und Maikos vor dem «Dai-Ichi»,*
*Januar 1976*

getroffen. Sie saßen in einem Raum mit Blick auf den Garten, tranken Scotch und besprachen Geschäftliches. Wir wurden in einen kleinen Salon geführt, in dem Sofas und ein Fernsehgerät standen. Dort sollten wir warten, bis wir gerufen würden. Momizuru hatte ihr Shamisen dabei, und die jüngeren Frauen hatten ihre Tanzfächer mitgebracht. Sie sprachen kurz darüber, welche Stücke sie spielen wollten, falls die Gäste danach verlangten. Momizuru konnte fast alles spielen, also hing die Auswahl davon ab, welche Tänze Ichiume und Ichiteru, die bis vor einem Jahr noch Maikos gewesen waren, beherrschten. Sie rasselten schnell ihr noch recht begrenztes Repertoire herunter, und man entschied sich für zwei Stücke: ‹*Matsu no Midori*› (Die grünen Kiefern) und ein Duett aus ‹*Ishibashi*› (Die Steinbrücke). Die einzige Maiko in unserer Gruppe, Ichiwaka, würde das beliebte ‹*Gion Kouta*› tanzen, ein Volkslied über Kyoto und Maikos.

Momizuru stimmte die drei Saiten ihres Shamisens und probte die Stücke noch einmal kurz mit den beiden jüngeren

Geishas. Dabei spielte sie nicht mit dem Elfenbeinplektrum, das bei Auftritten verwendet wird, sondern zupfte nur leise mit den Fingerspitzen. Dann wandte sie sich an mich und fragte, ob ich auch schon irgend etwas darbieten könne. Ich antwortete, daß ich vielleicht ‹*Mizu no Debana*› singen könnte, eines der beiden Koutas, die ich in meinen Unterrichtsstunden gelernt hatte. Die Geishas hatten schon gehört, daß ich angeblich Shamisen spielen konnte und Kouta-Unterricht nahm, konnten das aber nicht so recht glauben. Als Momizuru mir ihr Shamisen reichte, damit ich noch etwas üben könnte, lag dahinter sicher auch die Neugier zu erfahren, ob das, was sie über mich gehört hatten, wirklich wahr war.

Als ich das Instrument auf *Honchoshi* umstimmte, ging ein erstauntes Raunen durch die Gruppe der Geishas. «Du kannst ja wirklich spielen!» rief eine von ihnen. Japaner sind jedesmal höchst erstaunt, wenn ein Ausländer auch nur die elementarsten Grundbegriffe von etwas beherrscht, das typisch für Japan ist. «Ich habe angefangen, Nagauta zu lernen, als ich sechzehn war», antwortete ich, und das schien eine befriedigende Erklärung dafür zu sein, daß ich wußte, wie man ein Shamisen stimmt.

Obwohl die Spieltechnik für Koutas relativ einfach ist im Vergleich zu den Nagautas, die ich bereits beherrschte, hatte ich bis dahin noch nie Gesangsstunden gehabt. Die Melodieführung, die für die Geishas kein Problem darzustellen schien, fiel mir sehr schwer. Ich mußte stundenlang mit Hilfe eines Kassettenrecorders üben, meine Stimme zwischen die Noten gleiten zu lassen, die außerhalb der Tonarten lagen, an die mein klaviertrainiertes Gehör gewöhnt war. Koutas werden im allgemeinen viel freier interpretiert als Nagauta, aber diese Zwanglosigkeit täuscht. Ich jedenfalls mußte sie mir erst durch harte Arbeit aneignen.

Es verging eine Stunde, bevor wir in den Festraum gerufen wurden. Den Geishas war das Proben bald zu langweilig geworden, und so hatten sie begonnen, sich den neuesten Klatsch zu erzählen. Als schließlich eine Dienerin kam, um uns zu holen, schärfte mir die Mutter des «Dai-Ichi» noch einmal ein, mich an Ichiume zu halten und zu tun, was sie mir sagte. Bevor wir den Raum betraten, gaben Dienerinnen jeder von uns ein Porzellanfläschchen mit warmem Sake.

Ichiume ging als erste. In der Mitte des unteren Teils des Festsaales blieb sie stehen, kniete nieder und verbeugte sich mit auf den Boden gelegten Händen. Dann hob sie die Sakeflasche so vorsichtig auf, als enthalte sie heiliges Wasser und setzte sich an die Seite eines Gastes. Als sie aufstand, gab mir die Besitzerin des «Dai-Ichi» ein Zeichen, und nachdem ich mir gemerkt hatte, wo Ichiume Platz genommen hatte, konzentrierte ich mich auf die Mitte des Zimmers und trat ein. Man hatte den Gästen vorher gesagt, daß eine Ausländerin dabeisein würde, und nun sahen sie alle erst mich, dann einander und dann die Mutter an. Ich verbeugte mich und sagte: «Ich bin noch eine Anfängerin und bitte um Ihre Nachsicht.» Sie lächelten und kratzten sich am Kopf.

Ichiume schenkte dem Mann, neben dem sie saß, Sake ein – also tat ich dasselbe bei dem Gast zu meiner Rechten. Sie tranken ihre kleinen Schalen mit einem Schluck aus und boten sie uns an. «Trinkt sie Sake?» fragte «mein» Kunde, der nicht wußte, wie er mich anreden sollte, die Mutter. Ich hielt ihm die Schale hin und antwortete direkt: «Haben Sie schon einmal von einer Geisha gehört, die keinen Sake mag?»

Eine Geisha, die keinen Alkohol trinkt, ist ein Widerspruch in sich.[3] In den Augen der anderen Geishas hatte ich meine zweite Probe bestanden und wurde langsam in einer anerkannten Rolle innerhalb der Geisha-Gemeinschaft akzeptiert: Ich lernte durch Zuschauen. Sobald ich demonstriert hatte, daß ich in der Lage war, das Verhalten meiner Älteren Schwestern zu beobachten und zu imitieren, begannen die Gäste, die Mütter und die anderen Geishas, mich als Ichiguku zu behandeln. Und als ich erst meine anfängliche

Nervosität überwunden hatte, fühlte ich mich auch wohl dabei.

Ich stellte fest, daß die geheimnisvolle Ausbildung, die neue Geishas auf den Abendgesellschaften erhalten, eigentlich nur darin besteht, sich die Erfahrung und die Fähigkeit anzueignen, die sie brauchen, um sich mit Männern – und zwar meist älteren Männern – unterhalten und mit ihnen scherzen zu können.

Junge Japanerinnen können das im allgemeinen nicht. Mädchen werden keineswegs dazu erzogen, im Umgang mit älteren Männern offen und unbefangen zu sein. Daher besteht ein Großteil der «Ausbildung» einer jungen Geisha darin, ihr diese Zurückhaltung überwinden zu helfen. Maikos sind meistens schüchtern, und von Siebzehnjährigen erwartet man auch nichts anderes. Aber während sie schweigend dasitzen, sind sie wachsame Beobachterinnen, und wenn sie Geishas geworden sind, haben sie sich eine bemerkenswerte Schlagfertigkeit angeeignet. Das steigert sich noch mit zunehmendem Alter. Oft sind die anregendsten Gesprächspartnerinnen Geishas von 50 oder sogar 60 Jahren.

Meine eigene College-Erziehung als Tochter einer amerikanischen Mittelklassefamilie hatte mich also unerwartet gut auf diesen Aspekt des Geisha-Lebens vorbereitet. In Amerika erwartet man in meiner Generation keine Zurückhaltung von Frauen. Man hat uns nicht eingeschärft, in Gegenwart von Männern den Mund zu halten und sittsame Bescheidenheit ist gesellschaftlich nicht besonders angesehen. Maikos und Geishas kostet es viel Mühe, bis sie eine flüssige Konversation mit ihren Gästen führen können, aber der amerikanischen Geisha fiel das Geplauder so leicht, als habe sie nie etwas anderes getan.

# Die Entjungferung

Irgendwann im Verlaufe meines ersten Abends als Geisha mußte die Okasan des «Dai-Ichi» einem neugierigen Gast den Grund für meine Anwesenheit erklären. «Sie ist nach Japan gekommen, um etwas über Geishas zu lernen. Außer ‹Fujiyama, Kirschblüten, Geishas› wissen Ausländer nichts über uns, und sie möchte also Geishas studieren. Sie nimmt sogar Shamisen- und Gesangsunterricht.»

Sie beugte sich zu mir herüber und fragte: «Wie heißt das noch einmal, was du bist, Kikuko?»

«Eine Ethnologin», flüsterte ich zurück.

«Sie ist eine Ethnologin, die an der Schule des Lebens in Pontocho ihren ‹Dr. Geisha› machen will!»

Die Gäste lachten. Einer bemerkte, es sei höchste Zeit, daß jemand die Geishas studiere, und die Okasan faßte das als persönliches Kompliment auf und bedankte sich bei ihm. Da meine Anwesenheit nun zur allgemeinen Zufriedenheit erklärt worden war, machten sich einige Gäste mit gespielter Besorgnis daran, mir alles mögliche über Geishas zu erklären. «Weißt du, was *Mizu-age* ist?» fragte der Direktor des Konzerns, der heute abend der Gastgeber war. Die jungen Geishas kicherten, die älteren setzten ein schockiertes Gesicht auf. «Nur aus Büchern», antwortete ich. Ich wußte, daß dieses Wort in der Sprache der Vergnügungsviertel die erste sexuelle Erfahrung einer Frau bezeichnete.

Erfreut über die Gelegenheit, sein Wissen über dieses Thema anzubringen, fragte er: «Willst du mehr darüber erfahren?» Da wir eine gute Geschichte witterten, baten wir ihn, uns mehr davon zu erzählen. «Na gut», begann er, «ich weiß zwar nicht, wie das heute gemacht wird, aber früher dauerte Mizu-age sieben Tage. Die Okasan des Hauses, in dem das Mädchen wohnte und arbeitete, wählte den Mann aus, der diese ehrenvolle Aufgabe übernehmen sollte. Wohlgemerkt, damit war eine große Verantwortung verbunden.

Es durfte kein junger Mann sein – junge Männer sind zu grob. Nein, dazu brauchte man einen älteren Mann, der vermögend und aufrichtig war.»

«So wie Sie», warf Ichiume ein.

«Ganz recht», fuhr er fort, «ich bin der ideale Mann für Mizu-age. Wenn irgendeine von euch mich braucht, soll sie es mich nur wissen lassen.» Die Geishas brachen in lautes Gelächter aus.

«Dieser Mann also war eine Art Drohne. Wenn er seine Aufgabe erfüllt hatte, war seine Beziehung zu der betreffenden Dame beendet.» Die jüngeren Männer der Gruppe, die die exotischeren Bräuche aus der Welt der Geishas nicht kannten, waren fasziniert. Einer von ihnen fragte: «Aber wieso dauerte das dann sieben Tage?»

«Die Okasan oder eine der erfahreneren Geishas richtete ein Zimmer her. Sie legte drei Eier auf die Bettdecke und zog sich in den benachbarten Raum zurück. Hin und wieder hustete sie oder machte irgendein Geräusch, damit das Mädchen wußte, daß jemand in der Nähe war.»

«Wie peinlich», rief Ichiteru, die eine modernere Vorstellung von Privatsphäre hatte.

«Der Mann sagte der Maiko, sie solle sich auf das Bett legen. Dann zerbrach er die Eier, aß die Dotter und verstrich das Eiweiß auf der Innenseite ihrer Schenkel. ‹Das ist Mizu-age. Gute Nacht, meine Liebe›, sagte er und machte das Licht aus. Am nächsten Abend war der Raum ganz genauso hergerichtet, und wieder zerbrach er die Eier, aß die Dotter und verstrich das Eiweiß auf den Oberschenkeln des Mädchens. ‹Das ist Mizu-age. Und nun schlaf gut.› Und so geschah es jede Nacht. Jedesmal jedoch drangen seine Finger ein wenig tiefer. Am Ende der Woche hatte sich die Maiko an dieses kleine Ritual gewöhnt und war ganz entspannt. Und dann konnte er, gestärkt durch die vielen Eidotter, Mizu-age ohne weiteres vollziehen.»

Die älteren Frauen lachten laut. «Ich hatte mein Mizu-age,

als ich sechzehn war», erinnerte sich die Mutter des «Dai-Ichi». «Einige Jahre später unterhielt ich mich mit ein paar Freundinnen darüber, und wir waren erstaunt, wie ähnlich diese Erfahrung bei uns allen gewesen war. Da stellten wir fest, daß es bei uns allen derselbe Mann gewesen war!»

«Und wie geht das jetzt vor sich?» fragte ich. Ich sah eine Chance, mehr über den Umgang mit Sex in der Welt der Geishas herauszufinden – ein Thema, über das Geishas verständlicherweise nicht besonders gerne reden.

«Heute ist alles anders», sagte die Okasan. «Es gibt keine Mizu-age-Zeremonie mehr, weder mit noch ohne Eier. Alle Maikos haben ein Gymnasium besucht. Sie sind nicht mehr so unerfahren wie wir damals – stimmt's, Ichiume? Meistens suchen sie sich selbst Freunde oder Gönner, wenn sie soweit sind. Das ist nicht dasselbe wie Mizu-age.»

Während die jüngeren aufmerksam zuhörten, hatte ich das Gefühl, daß das Gesprächsthema den älteren Geishas etwas peinlich war. Heute können Geishas, und Frauen im allgemeinen, freier über ihre Sexualität bestimmen. Ältere Geishas sagen ganz automatisch, wie wunderbar es ist, daß ihre Töchter kein Mizu-age mehr über sich ergehen lassen müssen. Das bedeutet allerdings auch, daß ihre eigenen Erfahrungen keineswegs mehr eine nützliche Richtschnur sind, an der jüngere Frauen sich orientieren können, sondern als «feudalistisch» abgetan werden – ein Wort, mit dem in Japan nicht nur politische Verhältnisse, sondern auch überholte, unzivilisierte oder einfach altmodische Gebräuche bezeichnet werden. Oft hatte ich das Gefühl, daß ältere Geishas freier über Sex sprachen, wenn keine jüngeren Frauen dabei waren.

## Die Liebe einer Geisha

Früher wurde Sex in der Geisha-Welt zweifellos unkomplizierter gehandhabt als heute. Eine Maiko war eine Jungfrau, und zu ihrer Einführung als Geisha gehörte auch ihre erste sexuelle Erfahrung. Gewöhnliche Mädchen hörten auf, Kimonos mit weiten, herabhängenden Ärmeln zu tragen, sobald sie heirateten; Maikos taten dasselbe, wenn sie Geishas wurden. Für beide gehörte sexuelle Erfahrung zum Erwachsenwerden. Eine unberührte Geisha wäre so seltsam gewesen wie eine unberührte Ehefrau. Heute aber hat die Freiheit der Wahl die einstmals klare Einteilung in Kategorien durcheinandergebracht. Ich kenne eine Maiko, die sich davonschlich, um sich mit ihrem Freund in einem jener Hotels zu treffen, die besonders günstige Tagestarife anbieten. Andererseits waren Ichiume und Ichiteru noch Jungfrauen, als sie Geishas wurden.

Geishas wissen im allgemeinen mehr über Sex als Hausfrauen, aber wer glaubt, daß zu ihrem Beruf verfeinerte Kenntnisse der Erotik gehören, wird enttäuscht sein. Auch in der Zeit der legalen Prostitution waren Geishas nicht in erster Linie Eingeweihte der Liebeskunst. In der Vorstellung von einer romantischen Liaison mit einer Geisha war immer schon mehr enthalten als Sex.

Wenn ein Mann mit einer Geisha schlafen will, sollte er sich das gut überlegen, denn er wird sich nicht so leicht wieder aus der Beziehung zurückziehen können, wenn die Leidenschaft abkühlt. Darum vermeiden es einige der Kunden, die gerne nach Pontocho kommen, mit irgendeiner der Geishas zu intim zu werden. Sie wissen, daß vorwurfsvolle Blicke ihnen den Aufenthalt in ihren Lieblings-Teehäusern verderben werden, wenn die Verbindung in die Brüche geht. Männer, die trotzdem eine Geisha zu ihrer Geliebten machen, müssen wissen, worauf sie sich einlassen, und man erwartet von ihnen, daß sie ihre Gönnerschaft durch ständige großzügige Geschenke unter Beweis stellen. Eine Geisha ist nicht unbedingt von leidenschaftlicher Liebe zu ihrem *Danna*, ihrem Patron, erfüllt, aber wenn er ein netter Mensch ist und gut für sie sorgt, ist sie im allgemeinen zufrieden. Bei einem *Boifurendo*, einem Liebhaber, liegen die Dinge anders. Ein Liebhaber schenkt seiner Geisha kein Parfum und keine Opalringe – er macht ihr das Leben schöner. Eine Geisha mag sich sogar einen Liebhaber halten, so wie sie selbst von ihrem Gönner ausgehalten wird. Der Traum einer Geisha ist, einen reichen, gutaussehenden Danna zu finden, den sie liebt; aber wie jeder, der träumt, gibt sie sich dann meistens doch mit weniger zufrieden.

Auf dem Fragebogen, den ich in etwa zwölf Geisha-Gemeinschaften verteilte, befaßte sich eine Frage damit, warum Geishas einen Gönner brauchten. Fast die Hälfte meinte: «Ich brauche jemanden, der mir nah ist.» Ein Drittel fand: «Ob ich einen Gönner habe oder nicht, macht keinen Unterschied», und ein Viertel kreuzte an: «Ich brauche Geld zum Leben.» Einige gaben zu: «Damit ich Geld für Luxusartikel habe», und einige glaubten, daß ihr Danna ihnen zu «einem besseren Ansehen in der Geisha-Gemeinschaft» verhelfe. Bei der Auswertung eines der Fragebögen wurde mir jedoch klar, daß ich einen möglichen Grund vergessen hatte. Quer über die Spalten stand in schwarzen Buchstaben: «Ich brauche ihn, weil ich ihn liebe.»

## Speisen und Getränke

Geishas sind keine Kellnerinnen; das Essen und die Getränke werden von Dienerinnen serviert. Wenn die Speisen allerdings auf dem Tisch stehen, kann es sein, daß eine Geisha geschickt die Gräten einer Forelle entfernt oder das Obst schält. Bei meinem ersten Bankett bewunderte ich die kunstvoll zubereiteten Gerichte, die die Dienerinnen nacheinander hereinbrachten: Nach einer Vorspeise aus rohem Fisch in dünnen Scheiben sowie Makrelen und Thunfischen, die auf Nestern aus Seetang angerichtet waren, wurde eine klare Suppe in unterschiedlich lackierten Schalen gereicht. In Schüsseln aus Steingut und Porzellan, die wie Fächer, Kürbisse oder Körbe geformt waren, wurden kleine Leckerbissen serviert: sechs auf Kiefernnadeln gespießte, geröstete Gingko-Nüsse oder kleine Stücke Tofu, der mit süßer Bohnenpaste bestrichen war. Eine viereckige Schale mit gekochten Yamswurzeln wurde aufgetragen, zusammen mit einer länglichen Platte, auf der eine in Salz gebackene Forelle lag. Der Fisch wurde beim Kochen durch einen Bambusspieß so festgehalten, daß es aussah, als schwimme er stromaufwärts im Wasser. Unter seinem Schwanz lag ein Stück eingelegter roter Ingwer. Schließlich reichte man, während die leeren Schüsseln abserviert wurden, noch kleine goldgeränderte Schalen mit winzigen weißen, in Essig eingelegten Fischchen mit stecknadelkopfgroßen schwarzen Augen.

Geishas bekommen bei einem Festmahl nie etwas vorgesetzt, also essen sie entweder früh oder aber sehr spät. Oft sah ich Maikos in voller Abendgarderobe, die, eine Serviette umgebunden, noch schnell ein billiges Currygericht mit Reis hinunterschlangen, bevor sie in großen Limousinen zu einem der besten Restaurants der Stadt gebracht wurden. Wenn die Küchen der Welt verglichen werden, heißt es oft, das japanische Essen sei eher eine Freude für die Augen als für den Gaumen. Wenn ich also von den Delikatessen schon nichts probieren durfte, so kam ich doch wenigstens in den Genuß, die herrlich arrangierte Zusammenstellung der Speisen betrachten zu können.

Schließlich wurde der letzte Gang, nämlich Miso-Suppe, eingelegte Gemüse und Schüsseln mit dampfendem weißen Reis hereingetragen. Das japanische Essen wird in zwei Kategorien unterteilt: «Reis» und «alles andere». Ein Japaner hat immer noch Platz für Reis, ganz gleich, wieviel er von den zahlreichen Gängen vorher gegessen hat. Viele finden sogar, ohne wenigstens eine kleine Schale Reis fehle der Mahlzeit etwas. Für den Fall, daß jemand noch mehr davon verlangte, warteten die Dienstmädchen etwas, bevor sie blaßgrünen Tee einschenkten.

Der Tee bildet den traditionellen Abschluß eines großen Essens. Inzwischen hat sich allerdings die westliche Sitte eingebürgert, einen Nachtisch in Form von Obst zu reichen, und zwar möglichst solches, das in der entsprechenden Jahreszeit schwer zu bekommen ist. Je exotischer (und teurer), desto besser. An jenem Abend wurden blaßgelbe Melonenstücke auf Glastellern mit kleinen silbernen Gäbelchen serviert. Solche Melonen kosteten in den Obstgeschäften fast 30 Dollar das Stück.

Das Bankett neigte sich seinem Ende zu, und man besprach, wo man den Rest des Abends verbringen wollte. Als der Gastgeber aufstand, erhoben sich auch alle anderen vom Tisch. Es war neun Uhr. Draußen warteten die Wagen, die die Gäste zurück nach Osaka bringen sollten. Die Geishas halfen denen, die schon etwas unsicher auf den Beinen waren, in die Mäntel. Wir begleiteten unsere Kunden bis in die Vorhalle, knieten nieder, während sie in ihre Schuhe stiegen, und verbeugten uns, als sie davonfuhren.

Vorher war ich zu aufgeregt gewesen, um zu essen, aber der Anblick all dieser Delikatessen hatte mich hungrig gemacht. Wir wurden wieder in den Salon geführt, in dem wir vorher schon gewartet hatten, und jede von uns erhielt ein Tablett, auf dem Portionen mit kaltem Reis, Fisch und anderen Kleinigkeiten standen, die die hervorragenden Köche des Sekison für uns zubereitet hatten. Ichiume beschwerte sich, daß wir erst so spät etwas zu essen bekamen – schließlich hatte man uns vorher eine Stunde warten lassen. Sie wollte so schnell wie möglich zurück nach Pontocho, wo in einem der Teehäuser noch mehr Gäste warteten.

Außer für eine Mahlzeit hatte der Gastgeber auch für einige Mietwagen gesorgt (immerhin etwas vornehmer als Taxis), die uns zu unseren verschiedenen Zielen in Pontocho bringen sollten. Auf dem Weg fiel mir plötzlich ein, daß wir gar nicht dazu gekommen waren, unsere sorgfältig einstudierten Musikstücke vorzutragen. Ich fragte Momizuru, die Shamisen-Spielerin, ob dies ungewöhnlich sei. «Ganz und gar nicht», antwortete sie. «Manchmal haben die Gäste einfach kein Interesse daran. Aber für alle Fälle muß man immer darauf vorbereitet sein.» Am *Mitsuba* ließ ich mich absetzen. Als ich ausstieg, verabschiedete sie sich von mir: «Also, gute Nacht. Du hast es wirklich gut gemacht heute abend – es war sehr interessant.»

Ich war bester Laune. Momizurus Lob, der warme Sake, ein Briefumschlag aus teurem Papier mit einer Prämie, den mir die Okasan des «Dai-Ichi» gegeben hatte – das alles war mir zu Kopf gestiegen. Ich schob den Umschlag in die Falten meines Kimono, wie ich es die anderen Geishas hatte tun sehen, und machte mich auf die Suche nach der Okasan des *Mitsuba*. Im großen Saal des oberen Stockwerks fand eine Gesellschaft statt, an der sie teilnahm. Ich bat eines der Dienstmädchen, ihr zu sagen, daß ich wieder zu Hause sei. Sofort ließ sie mir ausrichten, ich möge doch bitte nach oben kommen.

## Die neue Geisha von Pontocho

Mein Selbstvertrauen war inzwischen etwas gewachsen. Ich öffnete die papierbespannte Schiebetür mit den Fingerspitzen, betrat den Raum und verbeugte mich. Mit übermütig funkelnden Augen stellte die Okasan mich vor: «Das ist Ichigiku, die neue Geisha von Pontocho – und die erste, die zum ‹Mitsuba› gehört. Ausgebildet wird sie im ‹Dai-Ichi›.»

«Oh, Mitsuba-San», sagte einer der Gäste, «ich wußte gar nicht, daß zu Ihrem Haus auch eine Geisha gehört. Ich gratuliere! Sie heißt Ichigiku, sagt Ihr?»

«Die Jüngere Schwester von Ichiume», antwortete die Okasan. Sie konnte sich das Lachen kaum noch verkneifen.

Ein anderer sah mich etwas nachdenklich an. «Ist sie nicht ein bißchen groß? Mit Maiko-Sandalen muß sie recht merkwürdig ausgesehen haben.» [4]

Meine Okasan konnte sich nicht länger beherrschen. Drei der Geishas wußten, was gespielt wurde, und brachen in lautes Gelächter aus. «Ichigiku ist keine Japanerin», brachte die Okasan schließlich heraus. «Sie kommt aus Amerika.» Der Kimono, mein dunkles, sorgsam frisiertes Haar und mein blaß geschminktes Gesicht hatten alle getäuscht. Obwohl ich nicht sonderlich japanisch aussehe, war es erstaunlich, wie oft ich mit der richtigen Kleidung und den entsprechenden Gesten einen Raum mit Gästen betreten konnte, die mich noch nicht kannten, ohne daß sie, abgesehen von meiner Größe, irgend etwas Besonderes bemerkt hätten. Wenn ich mich erst einmal gesetzt und meine langen Beine untergeschlagen hatte, fiel ich nicht mehr weiter auf. Im Sitzen war ich nicht größer als japanische Frauen, die mir sonst nur bis zur Schulter gingen.

«Wollen Sie uns auf den Arm nehmen?» fragte einer der Gäste die Okasan.

«Nein, das ist kein Witz. Sie möchte etwas über Geishas lernen, und jetzt sammelt sie Erfahrungen», antwortete sie. Einer bemerkte, daß meine äußere Erscheinung echt wirke. Er habe aber gewisse Zweifel, ob ich auch eine der Künste beherrschte. Es blieb mir nichts weiter übrig, als das Shamisen zu holen. Ich begleitete die Okasan bei einem Kouta und spielte und sang danach das Stück, das ich für das Bankett früher am Abend eingeübt hatte. Die Gäste applaudierten begeistert. Sie genossen, wenn schon nicht die künstlerische Darbietung, so doch die Neuartigkeit der Situation.

Gegen elf Uhr beschloß die ganze Gruppe, etwa zwölf Personen, gemeinsam in eine Bar zu gehen, die etwa zwei Häuserblocks entfernt lag. Als wir Arm in Arm mit unseren Gästen lärmend die Straße hinuntergingen, nahmen wir fast den ganzen schmalen Bürgersteig für uns in Anspruch. Unser Ziel, die Bar *Satomi*, gehörte einer ehemaligen Geisha desselben Namens. Sie war genauso alt wie die Okasan des *Mitsuba*, und die beiden Frauen waren seit ihrer Kindheit in Pontocho eng miteinander befreundet. Wir hatten sie angerufen, um sie auf unser Kommen vorzubereiten. Drei oder vier schon reichlich angetrunkene Gäste schreckten hoch, als wir in das Lokal platzten. Zum erstenmal sah ich an diesem Abend meine Okasan, wie sie früher, als Geisha, gewesen sein mußte. Mit glänzenden Augen flirtete sie charmant mit den Gästen.

Um etwa halb zwei brachten sie und ich einen unserer Kunden noch in sein Hotel und gingen dann selber nach Hause. Das Haupttor des *Mitsuba* wurde um Mitternacht von den Dienstmädchen verriegelt, aber eine kleine Seitentür war für uns offengelassen worden. Die Okasan lud mich noch zu einer Schale Ochazuke auf ihrem Zimmer ein. Dampf stieg in der kalten Küche auf, als sie den Tee über den Reis goß, der beim Essen übriggeblieben war. Wir stellten unsere Schalen auf einem kleinen Tisch ab, in den ein Rechaud eingebaut war, und schoben unsere Beine unter die Bettdecke.

«Was hast du bei dem Bankett heute abend gelernt?» fragte sie mich.

«Ich weiß jetzt, was Mizu-age ist», antwortete ich.

Sie sah auf. «Und – warst du überrascht?»

«Nein, es klang gar nicht so schlimm. Viele amerikanische Mädchen haben ihr Mizu-age auf den Rücksitzen der Autos ihrer Freunde, und oft weiß keiner von beiden, was sie da eigentlich tun. Da scheint es mir besser, wenn wenigstens einer der Partner eine gewisse Erfahrung besitzt.»

Sie blinzelte. «Die Maikos tun alle so prüde, wenn das

*Liza Dalbys Okasan als Maiko in den dreißiger Jahren*

Thema Sex zur Sprache kommt. Ich verstehe das gar nicht. Heutzutage dürfen die jungen Leute ja miteinander schlafen – was übrigens ziemlich unverantwortlich ist, wenn du mich fragst –, aber man braucht Mizu-age nur zu erwähnen, und schon werden sie rot. Wenn du diese neue Maiko Ichiwaka das nächste Mal siehst, dann sag ihr doch bitte, daß du es gar nicht so schrecklich fandest, darüber zu reden.»

«Ja, Mutter», antwortete ich.

# 7.
# Generationen

*«Der Frühlingswind flüstert –*
*herein mit dem Glück!*
*Die Pflaumenblüten duften –*
*weg mit den Teufeln!*
*Regnet es?*
*Schneit es?*
*Es ist mir gleich –*
*heute und morgen*
*werden wir*
*Ingwersake trinken.»*

*Text eines Kouta*

## Setsubun: Das Frühlingsfest

Zu Neujahr, das jetzt am 1. Januar, also mitten im Winter, gefeiert wird, drücken die guten Wünsche, mit denen man sich begrüßt, meistens die Freude über den Beginn des Frühlings aus, denn vor der Umstellung des Mondkalenders auf den gregorianischen Kalender fing das neue Jahr tatsächlich mit dem Frühling an. Auch wenn es Anfang Februar immer noch kalt war, begann um diese Zeit der dreimonatige Frühling. Diese Jahreszeit, deren Höhepunkt etwa sechs Wochen später, zur Tag- und Nachtgleiche, gefeiert wurde, war der Anfang des Lebens- und Arbeitszyklus der bäuerlichen Gesellschaft. Heute ist *Risshun*, der erste Frühlingstag, auf den 4. Februar verlegt. Weil nach dem alten Kalender das neue Jahr an diesem Tag anfing, nennt man ihn auch das alte Neujahr (*Kyu Shogatsu*). In ländlichen Gegenden Japans wird er, wie in vielen anderen asiatischen Ländern, immer noch gefeiert.

Der Tag vor dem Frühlingsanfang nach dem alten Kalender wird Setsubun genannt, die «Trennung» zwischen Winter und Frühling. Am 3. Februar streuen die Leute überall in Japan geröstete Sojabohnen vor ihre Türen und rufen dazu: «Teufel raus, Glück herein!» Ursprünglich wurde das nur in den privaten Haushalten gemacht, aber heute gehört das Ausstreuen von Bohnen auch zu dem Fest, das zu Setsubun in den Tempeln gefeiert wird. Einer von denen, die besonders berühmt sind für ihre Setsubun-Feste, ist der Gion-Schrein im Herzen von Kyoto.

Entlang der Wege auf dem Tempelgelände verkaufen umherziehende Händler Luftballons, billiges Spielzeug und Kleinigkeiten zum Essen. Junge Geishas aus Pontocho und drei anderen Hanamachis in diesem Teil Kyotos führen auf einer großen Freilichtbühne Tänze vor, die den Göttern geweiht sind. Nach jeder Vorstellung werfen die Tänzerinnen die als Glücksbringer begehrten Sojabohnen ins Publikum.

Man kann diese religiösen Tänze nur verstehen, wenn man weiß, daß Setsubun ursprünglich der letzte Tag des alten Jahres war. Die Bohnen sollten jene bösen Geister vertreiben, die Krankheit und Unglück bringen, und mit den Tänzen wurde der Schutzgott des neuen Jahres geehrt.

In der Zeit zwischen den Jahren ist die Existenz einer Geisterwelt spürbarer als sonst. Früher bereitete man sich am Abend des Setsubun durch Fasten und andere Praktiken der Selbstreinigung auf das neue Jahr vor. In einigen Teilen Japans wurden Arbeitsgeräte, die normalerweise draußen standen, ins Haus gebracht, damit ein umherschweifender Geist sie nicht mit einem Zeichen markierte, das ihre Zerstörung durch Feuer heraufbeschwor. Vor den Türen hingen als Talismane Holunderzweige, auf die man Sardinenköpfe gesteckt hatte, und auf die Türschwellen und Fensterbänke legte man Reiskuchen, damit die Dämonen weiterzogen.

Setsubun war ein Tag, der aus dem Alltagsleben herausgehoben war. Wie in vielen anderen Kulturen auch, wird die

*Eine Maiko wirft nach den Setsubun-Tänzen Sojabohnen ins Publikum. Foto: Hamaoka Noboru*

normale Ordnung auf den Kopf gestellt: Hoch wird niedrig, alt wird jung, Frauen treten als Männer auf und umgekehrt.

Umherreisende Gaukler spielten beim Jahreswechsel eine wichtige Rolle. Ohne festen Wohnsitz zogen sie von Stadt zu Stadt, wo sie, wie Zigeuner, von den ordentlichen Bürgern gleichermaßen verachtet und bewundert wurden. Mit Masken verkleidet führten sie Tänze und Moralstücke auf, und wenn das neue Jahr heranrückte, waren sie in den Dörfern und Städten gern gesehen, da es in ihrer Macht stand, die bösen Geister zu verjagen, die sich im alten Jahr dort eingenistet hatten. Man schrieb den Gauklern diese Fähigkeit zu, weil sie nie an einem Ort blieben, sondern immer weiterzogen und so die Dämonen mit sich nahmen.

Die Sitte, sich an Setsubun zu kostümieren, ist heute fast vergessen – außer in der Geisha-Welt. Am Abend des 3. Februar feiern die Geishas und ihre Kunden ausgelassene Feste, auf denen sie sich als europäische Frauen, als Schulmädchen der Meiji-Zeit oder Romanheldinnen verkleiden.

## Die Drei Großen von Pontocho

Besonders die älteren Geishas nehmen althergebrachte Gebräuche, Omen und die Einhaltung religiöser Festtage sehr ernst. An Setsubun unternehmen sie eine Pilgerfahrt zu vier Tempeln in der Umgebung von Kyoto. Dieses *Shiho Mairi* ist eine weitere Sitte, die darauf abzielt, das neue Jahr «richtig» zu beginnen, indem man heilige Stätten aufsucht, die in den vier Windrichtungen liegen. Auf einer solchen Pilgerfahrt begleitete ich meine Okasan und ihre beiden besten Freundinnen: die Barbesitzerin Satomi und Korika, der ein Teehaus gehört.

Diese drei Frauen werden manchmal «die Drei Großen von Pontocho» genannt. Alle drei sind im Jahr des Drachen geboren; als ich mich in Kyoto aufhielt, waren sie also 56 Jahre alt. Ihre Mütter waren Geishas gewesen, und sie selber wurden mit dreizehn Jahren Maikos. Als sie etwas über zwanzig Jahre alt waren, trennten sich ihre Wege, und fast zwei Jahrzehnte lang hatten sie kaum Kontakt miteinander. Im reiferen Alter brachten die Umstände und ihr Karma sie wieder nach Pontocho. Diese drei Frauen haben die gleiche Vergangenheit und die gleichen Kunden. Außerdem sind meine Okasan und Satomi die Besitzerinnen eines kleinen Restaurants namens *Rokudan*, in dem man die gutbürgerliche Küche Kyotos probieren kann.

In Japan ist es selten, daß drei Frauen einander fast genau gleichgestellt sind: Da keine von ihnen die Ältere oder Jün-

*Die «Großen Drei» von Pontocho. Satomi, Korika und Michiko als junge Geishas in den dreißiger Jahren*

gere Schwester einer anderen ist, können sie sich mit ihren Vor- oder Spitznamen ansprechen. Um die hierarchische Gliederung der Beziehungen hervorzuheben, werden unter Geishas die Verwandtschaftsbezeichnungen fast immer lieber benutzt als die Namen. Im Vergleich dazu hat die Gleichstellung, die in der Freundschaft zwischen diesen «Drei Großen» zum Ausdruck kommt, etwas Erfrischendes, und ich freute mich darauf, sie zu den Tempeln begleiten zu dürfen. An jedem Schrein holten wir uns bei dem Priester ein Zettelchen mit einem glückverheißenden Spruch, um ihn zu Hause aufzuhängen, und danach liefen wir zwischen den zahlreichen Verkaufsständen auf dem Gelände umher und probierten den Ingwersake.

Vor dem Yoshida-Tempel zupfte Korika meine Okasan am Ärmel. «Sieh mal, Mi-chan, dort macht einer Süßigkeiten wie früher.» Sie zeigte auf einen Holzkarren, hinter dem ein alter Mann stand und geschickt kleine Tiere aus Gerstenzucker formte. Wir gingen hin und sahen ihm zu. Auf kleinen Stäbchen entstanden ein braun glänzender, klebriger Octopus, eine Schlange, ein Affe und viele andere kunstvolle Figuren aus Zucker. Satomi kaufte einen Drachen, weil dieses Tier das Jahr regierte, in dem die drei geboren waren, und meine Okasan erstand ein Schwein. «Schweine sind dickköpfig – genau wie ich.» Ich bat den Mann um einen Tiger, das Zeichen, unter dem ich geboren bin, und im Handumdrehen hatte er aus einem formlosen Klumpen Zuckersirup die Gestalt eines springenden Tigers gezupft.

«Ich wußte gar nicht, daß es noch jemanden gibt, der so etwas kann», sagte Korika.

«In Kyoto gibt es nur noch zwei», antwortete der Mann, «und der andere ist noch älter als ich. Junge Leute wollen das heutzutage nicht mehr lernen. Ich hatte einmal einen Lehrling, aber er hat aufgehört. Man verdient nicht gerade viel Geld damit, wissen Sie.»

«Sie sollten eigentlich ein lebendes Nationalheiligtum sein», bemerkte meine Okasan gutgelaunt.

«Vielen Dank», sagte er. «Das Problem mit meinen Kunstwerken ist nur, daß sie aufgegessen werden.» [1]

In unserem Mietwagen machten wir uns gemächlich auf den Weg zum nächsten Tempel, dem Kitano Tenmangu auf der anderen Seite der Stadt. Hier begannen sich die kleinen, runden Knospen der Pflaumenbäume gerade zu rosa, weißen und dunkelroten Blüten zu öffnen. Studenten (oder deren Mütter) suchen diesen Tempel auf, der dem Schutzgott des Lernens geweiht ist, und beten um Erfolg bei der entscheidenden Aufnahmeprüfung für die Universitäten. Sie kaufen kleine Zettel mit geheimnisvollen Segenswünschen und binden sie an die Zweige der Pflaumenbäume auf dem Tempelgelände, um die Aufmerksamkeit der Gottheit darauf zu lenken. Zu Beginn des Frühjahrs flattern an den Ästen mehr Papierzettel als Blüten.

Auf dem Weg zu unserem dritten Ziel, dem Akiba Jinja, drohten wir in einen Verkehrsstau zu geraten, und die drei Okasans beschlossen, diesen Tempel und den Mibu-Schrein, der den Abschluß der Pilgerfahrt bildet, auszulassen. Wir mußten nach Hause, um unsere Kostüme für den Abend vorzubereiten, also wendeten wir und fuhren zurück nach Pontocho.

«Erinnert ihr euch noch an das Jahr, als ich Carmen war?» fragte meine Okasan die anderen beiden. Man war der einhelligen Meinung, daß das der Höhepunkt des damaligen Setsubun-Festes gewesen war. In einem spanischen Rock und einer Nelke zwischen den Lippen («Ich weiß, eine Rose wäre stilechter gewesen, aber die Dornen ...») hatte sie einen Flamenco-artigen Tanz aufgeführt. Als sie zum Abschluß mit den Füßen aufstampfte, riß die Leidenschaft sie so mit, daß sie den Stiel der Nelke durchbiß. Die Gäste waren begeistert.

Heute aber wollte sie die meiste Sorgfalt auf mein Kostüm verwenden, und deshalb würde ihre eigene Verkleidung eher einfach sein: eine Perücke im Pagenschnitt und ein heller Kimono mit langen, weiten Ärmeln, wie ihn kleine Mädchen tragen. Satomi hatte beschlossen, ihr Haar schulterlang zu tragen und sich im Nacken eine Welle legen zu lassen. Dazu wollte sie einen dunkelroten Rock über einen großgemusterten Kimono ziehen. So sahen um die Jahrhundertwende die Schulmädchen aus. Korika verkleidete sich dieses Jahr gar nicht. Sie wollte zu Hause in ihrem Teehaus bleiben und sich von dort aus den Umzug durch das Geisha-Viertel ansehen.

## Korika

Ein Hauch von Traurigkeit umgibt Korika. Sie hat ein langes Gesicht, das typische Gesicht einer Schönheit aus Kyoto. Manchmal, wenn sie sich unbeobachtet fühlt, hat ihre ganze Haltung etwas Melancholisches. Dann beachtet sie die angeregte Unterhaltung um sie herum nicht mehr, und ihr Blick schweift in die Ferne. Ihre Freundinnen nennen sie «Amateur-Geschäftsführerin», weil sie zwanzig Jahre woanders gelebt hat, bevor sie in die Geisha-Welt zurückkehrte und ein Teehaus, das «Korika», übernahm.

Korika verließ Pontocho mit 21 Jahren. Ihr Gönner, ein hoher Regierungsbeamter, hatte sie überredet, nach Tokio zu ziehen. Dort lebte sie viele Jahre lang als seine Geliebte, und als seine Frau starb, zog sie zu ihm und sorgte für ihn wie eine Ehefrau. Er war stolz auf sie und brachte oft Freunde und Kollegen mit nach Hause, wo sie sie bewirtete und mit ihren Geisha-Künsten unterhielt. Daß er Gäste mitbrachte, war ein sehr ungewöhnliches Zeichen seiner Liebe und Verehrung für sie.

Als Korika Pontocho den Rücken kehrte, war sie eine der besten Tänzerinnen dort gewesen. Ihr Geisha-Name war Ichiko. Den Kunden, die in den dreißiger Jahren nach Pontocho kamen, waren die drei unzertrennlichen Freundinnen schon öfters aufgefallen: Die hübsche und immer gut aufgelegte Ichiraku (meine Okasan), Satomi, die wegen ihrer runden Augen als «westliche Schönheit» galt, und die schlanke, elegante Ichiko, das Idealbild einer Geisha aus Kyoto. Von allen dreien war sie die Schönste. Ihr Gönner hatte wirklich Glück gehabt, als er ihre Gunst gewann. Die anderen beiden gratulierten ihr zu ihrem Umzug in die Hauptstadt und zu dem reichen, berühmten Gönner, aber sie beneideten sie noch mehr um ihr Glück, denn es war offensichtlich, daß dieser Mann Korika ebenso liebte wie sie ihn.

Manchmal ruft irgend etwas die Erinnerung an ihren Gönner wach – sie spricht von ihm als ihrem Mann –, und dann werden ihre Augen feucht. Ein alter Gast, der sie beide gekannt hatte, erzählte mir einmal, daß er vor etwa zehn Jahren plötzlich gestorben war, ohne eine Vorsorge für sie getroffen zu haben. In ihren Augen waren sie nach dem Gewohnheitsrecht so gut wie verheiratet, oder vielleicht hatte sie sich auch gar keine Gedanken darüber gemacht, aber seine Familie sah das ganz anders. Für Korika war das ein schwerer Schlag, aber sie dachte nicht daran, sich zu wehren. Sie hatte sich nie viel um praktische Dinge gekümmert – ihr ganzes Leben lang war ihr das von anderen Leuten abgenommen worden. So nahm sie demütig den kleinen Geldbetrag, den seine Familie ihr anbot, und ging. Kinder hatten sie keine gehabt.

Viele, die die beiden jahrelang gekannt hatten, waren über diese Behandlung empört. Ein enger Freund ihres Gönners schlug vor, sie solle nach Pontocho zurückkehren, wo er und einige andere ihr beim Kauf eines Teehauses helfen würden. Dort war sie unter Freunden, konnte weiter Musik machen und ihren Lebensunterhalt mit einer Tätigkeit verdienen, die ihr lag: Ein Haus führen, in das die Gäste gerne kamen. So kehrte Korika zurück nach Pontocho, wo ihre Freundin Michiko die muntere und lebenslustige Besitzerin eines Teehauses war und Satomi eine von Kyotos ältesten Bars besaß. Sie nahm ihren Platz in der Gemeinschaft, die sie vor über zwanzig Jahren verlassen hatte, wieder ein, und neuere Kunden würden niemals vermuten, daß sie jemals woanders gelebt hat. Und doch – oft legte sich spät am Abend, wenn wir alle schon etwas zuviel getrunken hatten, Traurigkeit über ihr Gesicht. Als Tänzerin hat sie die Gewohnheit, ihre Worte mit Gesten des Fächers zu unterstreichen, den sie immer dabei hat, und bei diesen Gelegenheiten hielt sie ihn vor ihr Gesicht, als wolle sie sich Luft zufächeln – damit niemand ihre Tränen sah.

## Satomi

Satomi und Michiko sind viel praktischer veranlagt als Korika, obwohl Satomi in gewisser Hinsicht ein schweres Leben hinter sich hat. Sie verließ die Geisha-Welt noch als Maiko, und zwar nicht, um die Geliebte eines Mannes zu werden, sondern um zu heiraten. Natürlich war es eine Liebesheirat. Niemand arrangiert eine Ehe für eine Maiko. Ihrem Mann gehörte ein kleiner Textilwarenladen am anderen Ende der Stadt. Er hatte Satomi kennengelernt, als sie und zwei Maikos, mit denen sie eng befreundet war, auf der Hochzeit seiner Schwester getanzt hatten. Völlig hingerissen hatte er seinen Vater dazu gebracht, ihm Geld für seine nächtlichen Besuche in Pontocho zu geben, wo die Geishas sich über ihn lustig machten, weil er nur Augen für Satomi hatte und keine andere beachtete.

In der Etikette der Geisha-Bankette gilt so viel Aufmerksamkeit als etwas ungehörig. Man gibt sich ästhetischen Genüssen hin, flirtet, scherzt und lacht. Wirkliche Leidenschaft mag als Unterton vorhanden sein, aber sie darf nicht zu deutlich zutage treten. Die erfahreneren Geishas mokierten sich über den jungen Mann, und auch sein Vater machte ihm Vor-

*Liza Dalby als Ichigiku (links) mit Satomi in einem altmodischen Schulmädchenkostüm*

würfe. Er war alles andere als glücklich über die Vorstellung, eine Geisha zur Schwiegertochter zu bekommen. Andererseits machte Satomi einen bescheidenen und vernünftigen Eindruck, und da sein einziger Sohn drohte, das Geschäft zu verlassen, wenn er sie nicht heiraten durfte, gab der Vater schließlich nach. Er bezahlte Satomis Schulden bei ihrem Haus, und die beiden wurden verheiratet.

Satomi hatte als Ehefrau viel zu lernen. Als Maiko hatte man ihr gesagt, sie solle sich ihr schönes Köpfchen nicht über Geldangelegenheiten zerbrechen. Vor dreißig Jahren noch konnte eine Maiko irgendeinen Laden im Viertel betreten, einige Dinge aussuchen, ohne auch nur einen Blick auf die Preisschilder zu werfen, und sagen: «Schicken Sie die Rechnung an mein Haus.» Maikos faßten Geld nicht einmal an. Zum Teil lag hinter dieser kultivierten Unwissenheit in praktischen Dingen die Absicht, ihnen ein Image zu geben, das der harten Realität des Alltags ein Stück weit entrückt war. Daß Maikos als verzogene und behütete Mädchen, als nette kleine Püppchen auftraten, entsprach dem Bild, das die Kunden von ihnen hatten. Als Kaufmannsfrau jedoch war Satomi nun plötzlich für Haushalt und Buchführung verantwortlich, etwas, auf das sie nie vorbereitet worden war. Ihre Schwiegermutter war, wie nicht anders zu erwarten, überhaupt keine Hilfe.

Mit ihren Freundinnen unter den Geishas durfte Satomi sich nicht treffen. Sie erzählte, daß sie einmal, als sie mit ihrem neugeborenen Sohn im Gion-Schrein war, einige der Geishas sah, mit denen sie in Pontocho oft zusammengewesen war. Sie wußten, daß sie nicht mit ihr sprechen durften, und da sie selbst in Begleitung ihrer Schwiegermutter war, wagte sie es nicht, zu ihnen hinzugehen. In jener Nacht lag sie wach und erstickte ihr Schluchzen mit der Bettdecke.

Ihre Ehe dauerte siebzehn Jahre, und als ihr zweites Kind, ein Mädchen, auf die Oberschule kam, ließ Satomi sich scheiden und kam zurück nach Pontocho. Sie spricht nie über ihr Leben als Hausfrau, und ich weiß nicht, woran ihre Ehe so unwiderruflich gescheitert ist. Ihre Tochter ist jetzt selbst verheiratet und hat Kinder; Satomi ist also Großmutter, obwohl man es ihr nicht ansieht. In ihrer Bar arbeiten Geishas, die mit ihrem Beruf nicht zufrieden waren, und sie selbst sorgt für eine entspannte Atmosphäre westlichen Stils für Kunden, die eine Abwechslung von der in den Teehäusern gebotenen Unterhaltung suchen. Ihre Gäste sind meist im gesetzteren Alter und kommen gerne wieder. Und Parties, die im *Mitsuba* oder in Korikas Teehaus beginnen, enden oft in Satomis Bar.

# Michiko

Am Abend dieses 3. Februar war Satomi auf ein rauschendes Fest im *Mitsuba* eingeladen. Gastgeber war der Drachenklub, dem etwa fünfzehn reiche, weltoffene Bürger von Kyoto angehören. Alle Mitglieder – Geschäftsleute, ein Teemeister, Firmendirektoren, ein berühmter Töpfer und mehrere Inhaberinnen von Teehäusern – sind im selben Jahr des Drachen geboren. Alle paar Monate treffen sie sich in einem der eleganten und gepflegten Teehäuser Kyotos. Setsubun war ein willkommener Anlaß für eine Party, und sie beschlossen, sie im *Mitsuba* stattfinden zu lassen, für den Fall, daß es zu ausgelassen hergehen sollte. Michiko, meine Okasan, gehörte ebenfalls diesem Klub an und war begeistert, ihre Räume zur Verfügung stellen zu dürfen.

Bei den Festen in ihrem Haus spielt meine Okasan hauptsächlich die Rolle der Gastgeberin und ist darauf bedacht, für Freunde und ausgesuchte Gäste eine ganz besondere Atmosphäre zu schaffen. Ansonsten führt sie ein geschäftiges Leben als Dame der Gesellschaft. Sie wählt die Blumenarrangements für die Tokonomas aus, stellt die Menüs zusammen und kümmert sich um Geishas für die Bankette in ihrem Haus. Wie ihre beiden besten Freundinnen hat sie ihre Karriere als Geisha schon früh aufgegeben, aber im Gegensatz zu ihnen hat sie dem Viertel nie ganz den Rücken gekehrt.

Michiko wurde 1916 in Pontocho geboren. Ihrer Mutter gehörte ein kleines Teehaus, und ihr Vater, der Gönner ihrer Mutter aus deren Zeit als Geisha, arbeitete bei einer Handelsgesellschaft. Michiko hätte das Teehaus ihrer Mutter übernehmen können, aber sie wollte lieber eine Maiko werden. Nach Einschätzung aller (einschließlich ihrer selbst) war sie das schönste Mädchen der Stadt.

Ihr erster Gönner, der bei derselben Firma wie ihr Vater arbeitete, ermöglichte es ihr, sich im Alter von zwanzig Jahren vom Geisha-Leben zurückzuziehen. Mit dem kleinen Teehaus ihrer Mutter gab sich ihr Ehrgeiz jedoch nicht zufrieden. Als die Gesellschaft ihres Gönners ein neues Haus für die Bewirtung von Geschäftsleuten gebaut hatte, bewarb sie sich um die Position einer Geschäftsführerin und bekam sie. Man ließ ihr freie Hand, vorausgesetzt natürlich, daß sie immer einige Räume für die Angestellten der Firma freihielt und sich um ihre Unterhaltung kümmerte. Das *Mitsuba* ist ein großes, schönes Haus – genau das, was sie suchte.

1975 hatte Michiko endlich das Geld zusammen, um das *Mitsuba* zu kaufen. Seit vielen Jahren hatte sie darauf hingearbeitet, und schließlich konnte sie die letzte Monatsrate bezahlen. Der Präsident der Firma ist immer noch einer ihrer Stammgäste. Obwohl keine direkte Verbindung mehr zwischen dem Unternehmen und dem Haus besteht, gestattete ihr der Präsident, weiterhin den Namen *Mitsuba* zu führen, der ursprünglich aus dem Markenzeichen der Firma, einem dreifingrigen Blatt, abgeleitet war. Als das Haus endlich ihr gehörte, gab Michiko zur Feier ein riesiges Fest. Die etwa 90 Gäste, die sie in drei aufeinanderfolgenden Gruppen mit einem großen Bankett mit Geishas bewirtete, brauchten nichts zu bezahlen.

Das kleine Teehaus ihrer Mutter wurde von einer Hausangestellten übernommen, die ihr jahrelang treu gedient hatte. Diese Frau ist etwa genauso alt wie Michiko, und die beiden sind eng befreundet. Als junge Mädchen bewohnten sie dasselbe Zimmer und nannten dieselbe Frau «Mutter»: Michiko war ihre Tochter, und das Dienstmädchen war von ihrer Mutter gewissermaßen adoptiert worden.

Auch während des Zweiten Weltkriegs war Michikos Haus geöffnet. Es wurden keine Bombenangriffe auf Kyoto geflogen, und so waren Regierungsbeamte und Fabrikdirektoren aus dem nahegelegenen schwer zerstörten Osaka häufig Gäste im *Mitsuba* und anderen Teehäusern. Durch den Zuzug von Kolleginnen aus Osaka nahm in Kyoto während des Krieges auch die Zahl der Geishas leicht zu.

Nach einer kurzen Flaute zu Beginn der Besetzung durch die Alliierten, als das ganze Land abwartete, was passieren würde, füllte sich das *Mitsuba* wieder mit Gästen. Viele von ihnen waren, eine Zeitlang jedenfalls, hochrangige amerikanische Militärs. Im *Mitsuba* waren sie nur einen Block weit vom Kaburenjo, dem Geisha-Theater von Pontocho, entfernt. Mit Hilfe der rührigen Okasan des «Dai-Ichi», zu jener Zeit die Vorsitzende der Vereinigung der Geishas von Pontocho, war das Theater zu einem Tanzlokal für die GIs umgebaut worden.

Damals verliebte sich Michiko in einen Geschäftsmann aus Tokio, der als Gast eines ihrer Stammkunden in das *Mitsuba* gekommen war. Dieser Mann war in Tokio verheiratet und hatte Kinder. Mit seiner Frau verstand er sich jedoch nicht besonders gut, und daß er in Kyoto etwas mit einer ehemaligen Geisha anfing, verbesserte die Beziehung auch nicht gerade. Das Verhältnis weitete sich aus. Michiko war 32, er war Anfang 40. Mit 37 Jahren bekam sie ein Kind von ihm, einen Sohn, den sie völlig verzog und der der Stolz ihres Lebens war. Ihr Gönner hatte sich inzwischen scheiden lassen und wollte, daß sie nach Tokio zog.

Sie dachte darüber nach. In Kyoto führte sie ein erfülltes Leben. Hier gab es immer Freundinnen und Verwandte, die ihr beim Versorgen des Babys helfen konnten, hier war sie, ohne ihre Lebensweise sehr einschränken zu müssen, die Geschäftsführerin des *Mitsuba*. Kyoto war ihre Heimat, und hier war sie bekannt – recht gut bekannt sogar, und zwar in jenen besseren Kreisen, zu denen sie gehörte und die sie bewunderte. Das alles würde sie aufgeben müssen, wenn sie nach Tokio zog, wo sie und ihr Kind ein kleines Appartement erwartete. Ihr Gönner würde sie von Zeit zu Zeit besuchen, aber in seinem Haus würde sie kaum leben können. Die Wahl fiel ihr nicht schwer: Sie blieb in Kyoto.

Drei- oder viermal im Jahr fuhren sie und ihr Gönner für ein langes Wochenende ans Meer oder in die Berge. Leicht amüsiert sah ich ihr bei den Vorbereitungen dafür zu, denn obwohl sie für die Zeit ihrer Abwesenheit vom *Mitsuba* vieles zu regeln hatte, war sie mit ihren Gedanken offensichtlich schon ganz woanders. Ihre Mädchen trieb sie damit zur Verzweiflung. Schließlich ging sie noch zum Friseur, kam dann nach Hause, um ihren Koffer zu holen und bat eine von uns, einen Wagen zu rufen, der sie zum Bahnhof bringen sollte. Wenn sie dann davonfuhr, standen wir vor dem Haus und winkten ihr nach. Einmal machte das griesgrämige Tantchen eine Bemerkung darüber, wie geschmacklos es sei, wenn eine Frau in ihrem Alter sich derartig aufführe. Diesmal aber war ihre scharfe Zunge meiner Meinung nach etwas zu weit gegangen, und ich sagte ihr, daß sie wahrscheinlich nur eifersüchtig sei. Ich fand es sehr rührend, daß meine Okasan so aufgeregt wie ein junges Mädchen war, wenn sie zu dem Mann fuhr, den sie nach 25 Jahren noch immer liebte.

Von den drei Okasans ist Michiko die einzige, die immer noch eine Beziehung mit einem Mann hat. «Was für ein Glück du hast, Mi-chan», seufzt Korika. Michikos Leben in der Geisha-Welt ist nicht nur in jeder Hinsicht erfolgreich, sondern anscheinend auch glücklich gewesen.

## Blinde Tauben

In der Woche vor Setsubun hatte die Okasan mich zum Kobayashiya mitgenommen, einem Laden, der auf erlesene alte Kimonos spezialisiert ist. Er vermietet sie hauptsächlich an Tänzerinnen, und zwar meistens an Geishas, die für ihren Auftritt einen besonderen Kimono brauchen. Aber auch Amateurinnen, die als Hobby klassischen Tanz studieren, kommen dorthin, wenn sie ein passendes Gewand für eine Aufführung brauchen. Da die meisten Geishas, die an Setsubun im *Mitsuba* eingeladen waren, *nicht* als Geishas

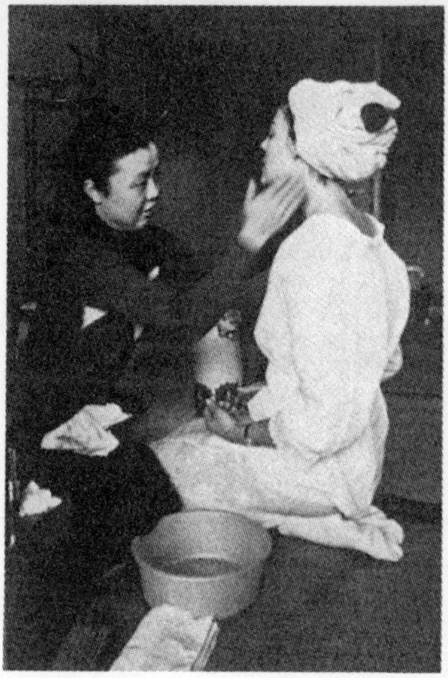

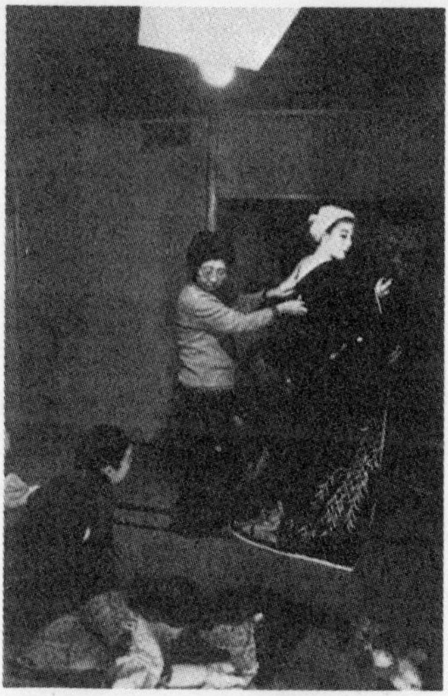

*Links oben:*
*Ichiume (links) trägt die Unterlage für das weiße Make-up der Geishas auf Liza Dalbys Gesicht auf*

*Rechts oben: Die Mutter des «Mitsuba» (Mitte) und Ichiume (links) helfen Liza Dalby beim Anziehen des Festkimonos*

*Rechts: Die Mutter des «Mitsuba» bei den letzten Feinheiten des Make-ups. Die Perücke ist mit Reisähren und einer Taube verziert*

kommen würden, hatte die Okasan beschlossen, daß ich die volle Tracht tragen sollte. Die Leihgebühr für einen Desho-Kimono war nicht billig: 30000 Yen (1975 entsprach das 90 Dollar) für einen Abend – aber im Preis waren zwei Angestellte des Geschäfts mitinbegriffen, die ins Haus kamen und beim Ankleiden halfen. Für einen geringen Aufpreis konnte man auch die Ärmellänge ändern lassen. Wir fanden vier Kimonos, die dem Anlaß angemessen waren, aber nur einer von ihnen war wirklich perfekt.

Auf glänzendem schwarzen Untergrund hingen von der Hüfte herab weiße Weidenzweige über eine schmale goldene Brücke, unter der, am Saum entlang, ein Bächlein anmutig dahinplätscherte. Es war ein herrlicher Kimono, und er paßte mir genau. Wir gaben Anweisung, ihn am Nachmittag des Setsubun-Festes ins Haus bringen zu lassen. Sehr zufrieden machten wir uns dann auf den Weg zum Perückenladen. Es gibt nur zwei solche Geschäfte in Kyoto. Sie beliefern alle Geishas der Stadt mit maßgefertigten Shimadaperücken, die sie bei Bedarf auch wieder aufarbeiten, und stellen spezielle Haarteile her, die die Geishas für die Rollen bei ihren Tänzen benötigen.

Wenn eine Geisha sich die Gunst eines Perückenmachers verscherzt, kann es geschehen, daß er sie bei einem eiligen Auftrag einfach warten läßt. Also wird dieser Mann ständig von Dutzenden von Geishas mit Trinkgeldern, Komplimenten und Schmeicheleien eingedeckt. Tagsüber geht er in den Teehäusern ein und aus, und während der Tanzvorführungen findet man ihn in der Garderobe, in der die Geishas sich für ihre Auftritte umziehen. Die Leute aus dem Kimonoladen und er sind die einzigen Männer, die in einer so intimen, aber völlig unerotischen Beziehung zu den Geishas stehen.

In seinem Geschäft probierte ich mehrere Perücken aus, bis ich eine fand, die bequem saß. Sie sind aus koreanischem Haar gemacht, das auf einem Metallrahmen befestigt ist. Das Haar wird strähnenweise mit Kamelienöl eingerieben und mit einem heißen Spachtel geglättet. Ein Perückenmacher kann eine Perücke in nur zwanzig Minuten völlig überarbeiten, wobei er jede Locke mit einem unsichtbaren Papierbändchen festknotet. Schließlich werden noch ein Schildpattkamm und eine korallenbesetzte Nadel in die Frisur gesteckt. Wir baten den Mann, die fertige Perücke ins *Mitsuba* bringen zu lassen.

Weil das Anlegen dieser Kleidungsstücke eine so komplizierte Angelegenheit ist, hatten es die Mütter für das beste gehalten, unsere Pilgerfahrt an Setsubun etwas abzukürzen. Meine Ältere Schwester Ichiume kam ins *Mitsuba*, um mir beim Make-up zu helfen, das als allererstes gemacht werden mußte. Zunächst verteilte sie eine klebrige Substanz auf meinem Gesicht und Hals, damit die weiße Schminke, die sie danach auftrug, überall gleichmäßig haftete. Diese weiße Paste, die wie dicke Farbe aussieht, ist ungiftig – ein entscheidender Vorteil gegenüber dem früher üblichen *Oshiroi*, von dem die Frauen, die es oft benutzten, eine Bleivergiftung bekamen.

Die Okasan zog mir einen roten Lidstrich und bemalte meine Lippen, die zuvor mit Weiß abgedeckt worden waren, mit Karmesinrot. Ein kurzer Blick in den Spiegel überzeugte mich davon, daß man mit einem kalkweiß geschminkten Gesicht besser nicht lächelt: Die Zähne sehen im Vergleich zu dem strahlenden Weiß immer gelb aus. Plötzlich wurde mir klar, warum man die Maikos immer ermahnte, beim Lachen nicht die Zähne zu zeigen – was ihrem Lächeln etwas Geheimnisvolles gibt.

Inzwischen waren die Männer aus dem Kimonoladen mit einem großen Bündel gekommen, das den Kimono und den Obi enthielt, den wir ausgesucht hatten. Außerdem hatten sie ein besonderes Untergewand mitgebracht, zu dem ein Unterrock aus roter Seide (der nur zu sehen war, wenn ich die Schleppe des Kimonos in meiner linken Hand hielt) und ein rotes Seidenband für den Ausschnitt gehörte, das ebenfalls nur als schmaler, scharlachroter Streifen zwischen meinem weißgeschminkten Nacken und dem schwarzen Kimono zu sehen sein sollte. Alles in allem trug ich also nur drei Farben: Schwarz (Haar und Kimono), Weiß (meine Haut und das Futter des Kimonos) und hier und da etwas leuchtendes Rot.

Als ich an jenem Abend auf die Straße trat, um zu einer Gesellschaft in Korikas Teehaus zu gehen, an der ich teilnehmen sollte, spürte ich, daß die Passanten mich anstarrten. Ich versuchte zu hören, was sie sagten. Nicht einer mokierte sich leise über diese Ausländerin, die sich als Geisha kostümiert hatte. Einige aber hielten mich wegen meiner Größe für einen Mann, der zu Setsubun in eine Frauenrolle geschlüpft war. «Aber trotzdem, er sieht wirklich phantastisch aus», hörte ich einen sagen.

Weil es Neujahr war trug ich als Haarschmuck einige Reisähren, die von ein paar Pflaumenknospen und einer kleinen Taube aus Gips gehalten wurden. Die Taube hatte keine Augen, und Ichiume sagte mir, daß der Mann, der dieser Taube heute abend Augen aufmalen würde, mein zukünftiger Liebhaber sein werde. «Meine Tauben sind immer blind», seufzte sie.

Ichiume war nicht gerade eine hinreißende Schönheit. Sie hatte die Angewohnheit, irgendwelchen neckenden Bemerkungen dadurch zuvorzukommen, daß sie sich selber herabsetzte. Die anderen Geishas wußten, daß sie wütend wurde oder in Tränen ausbrach, wenn jemand sie *Kabocha* («Kürbis») nannte. Ich bedankte mich bei ihr für ihre Hilfe bei meinem Make-up und sagte, wie froh ich sei, eine so nette Ältere Schwester zu haben. Sie antwortete nur, daß es für sie sehr ungewohnt sei, Onesan genannt zu werden (nur die vier Maikos von Pontocho sprachen sie mit «Ältere Schwester» an), nahm ihren Kosmetikkoffer und eilte nach Hause, um sich selber umzuziehen.

## Die kleinen Drachen

Ichiume gehörte zu den drei Frauen, die von einigen Leuten die «Kleinen Großen Drei» von Pontocho genannt werden. Ihre beiden besten Freundinnen waren Ichiteru und Komachiyo, und vor einem Jahr hatten diese drei Maikos «ihre Kragen gewendet» und waren Geishas geworden. Bei den Geishas von Kyoto genießen Tänzerinnen mehr Achtung als Musikerinnen, und Tänzerinnen, die vorher Maikos waren, sind angesehener als Frauen, die diese formale Ausbildung nicht genossen haben. Ichiume, Ichiteru und Komachiyo waren alle Tänzerinnen, und ihre vier Jahre als Maikos öffneten ihnen in der Geisha-Gemeinschaft von Kyoto alle Türen. Als ich sie kennenlernte, waren sie 23 Jahre alt und galten als die zukünftigen tonangebenden Frauen von Pontocho. Die Gemeinsamkeiten zwischen ihnen und den drei Müttern Michiko, Korika und Satomi waren unübersehbar.

Es war schon fast ein zu großer Zufall, daß diese Frauen ebenfalls im Jahr des Drachen geboren waren, 36 Jahre, beziehungsweise drei volle Zyklen, nach den Müttern. Aus diesem Grund wurden sie auch oft zu Gesellschaften des Drachenklubs gerufen. «Kommen die kleinen Drachen heute abend auch?» hieß es.

Die Okasan des *Mitsuba* zeigte ein besonderes Interesse an Ichiume. Ich glaube, sie hegte mütterliche Gefühle für die junge Frau, Gefühle, die über das System der Verwandtschaftsbezeichnungen hinausgingen, durch die die Beziehungen zwischen den Frauen in der Geisha-Welt definiert sind. Sie ließ Ichiume regelmäßig zu den Parties im *Mitsuba* kommen und nahm sie mit, wenn sie nach Tokio fuhr. Obwohl sie nie ein Wort darüber verlor, hatte ich das Gefühl, daß sie sehr froh gewesen wäre, wenn Ichiume eines Tages ihren Sohn geheiratet und das *Mitsuba* übernommen hätte. Das hätte ein schönes Gleichgewicht ergeben: Eine neue Generation wäre in die Fußstapfen der alten getreten.

Ichiume aber war nicht im mindesten verliebt in den mürrischen jungen Mann.

Ihre Freundin Ichiteru ist ebenfalls ein echtes Kind von Pontocho. Wie die drei älteren Frauen hatte auch sie eine frühere Geisha zur Mutter, die jetzt ein Teehaus in Pontocho besitzt. Als ihre Tochter geboren wurde, brach sie die Beziehung zu ihrem Gönner ab, weil sie, wie sie sagte, nicht wollte, daß er ihr in die Erziehung des Mädchens hineinredete. Als «ledige Mutter» zog sie ihr Kind an einem der wenigen Orte in Japan auf, wo das ohne gesellschaftliche Ächtung möglich ist: in der Gemeinschaft der Geishas. Das Mädchen wurde größer und erhielt den Geisha-Namen Ichiteru. Mit ihrer stillen Sinnlichkeit und ihrer Haut, die so fein ist wie die eines weißen japanischen Pfirsichs, ist sie vielleicht die auffallendste Erscheinung unter den jungen Geishas von Pontocho. Als ich zwei Jahre nach meinem Aufenthalt dorthin zurückkehrte, erfuhr ich, Ichiteru sei schwanger und habe sich fürs erste zurückgezogen.

Komachiyo ist nicht in Pontocho geboren. Aus dem, was ich erfuhr, reimte ich mir zusammen, daß ihre Mutter die Geliebte eines reichen Mannes gewesen war, der oft als Kunde in die Teehäuser von Pontocho kam. Sie war keine Geisha, aber darüber hinaus wußte niemand viel von ihr. Als das Kind künstlerische Begabungen zeigte, bezahlte der Vater die Ausbildung in einem Teehaus von Pontocho. Sie wählte eine Geisha namens Komako als Ältere Schwester und wurde unter dem Namen Komachiyo im selben Jahr wie Ichiume und Ichiteru eine Maiko.

Ich lernte Komachiyo nicht so gut kennen wie die anderen beiden, denn als Ichigiku begleitete ich hauptsächlich Geishas aus dem «Dai-Ichi» auf Feste: Ichisen, Ichiko, Ichiteru, Ichiwaka und natürlich Ichiume. Von dem jungen Trio, in das die alte Garde Pontochos so große Hoffnungen setzte, arbeitet nur Komachiyo noch als Geisha. Ichiume ist tot, und Ichiteru wird vielleicht nie in ihren Beruf zurückkehren.

*Die «kleinen Drachen» von Pontocho. Ichiume, Komachiyo und Ichiteru, 1976*

Man sieht immer noch neue Maikos in Pontocho, und immer noch gibt es junge Geishas, aber die Mütter sind trotzdem etwas beunruhigt. Niemand hatte damit gerechnet, daß die Gruppe der Kleinen Großen Drei so früh wieder auseinanderfallen würde. In ihrer Altersgruppe klafft jetzt eine Lücke. Pontocho stand immer in dem Ruf, sich seinen Nachwuchs selbst heranzuziehen, aber auch das hat nachgelassen. Heute gibt es sogar eine zukünftige Maiko aus Nagoya, die Nachhilfeunterricht bekommen muß, um den Dialekt von Kyoto sprechen zu können.

# 8.

# Geisha-Parties

*«Warum betrachtet man Höflichkeit im Westen mit argwöhnischen Augen? Warum hält man Verbindlichkeit für Distanz, wenn nicht gar für Heuchelei und Verstellung? Warum ist eine ‹offene› Beziehung (wie wir das in unserer Gier nennen) für uns erstrebenswerter als eine, deren Grenzen genau abgesteckt sind?»*

*Roland Barthes: ‹L'Empire des Signes› (1970)*

## Das Zashiki

Ein *Zashiki* ist eine Art Gesellschaftszimmer. Wenn Geishas sich unterhalten, taucht dieses Wort häufig auf, weil es auch die Bedeutung eines Engagements durch einen Kunden hat, und das ist schließlich das tägliche Brot einer Geisha. «Heute abend habe ich ein Zashiki» heißt also: «Heute abend muß ich arbeiten.» Manche Geishas haben das Gefühl, daß ihr Berufsleben zwei Seiten hat: Die eine ist Gei, die Kunst, auf die sie stolz sind und die sie in ihren Augen erst zur Geisha macht; die andere ist Zashiki, ihre allnächtliche Arbeit auf den Gesellschaften, für die sie bezahlt werden. Natürlich sind diejenigen Geishas am glücklichsten in ihrem Beruf, bei denen diese beiden Seiten sich decken.

Manche Zashikis sind außergewöhnlich, andere sehr langweilig. Manche sind elegante Bankette, bei denen man jedem Detail große Aufmerksamkeit gewidmet hat, andere entstehen aus dem spontanen Entschluß, noch schnell in dies oder jenes Teehaus zu gehen. Nach meinem Debüt als Ichigiku begannen die Teehäuser von Pontocho mich zu ihren Zashikis zu bitten. Wenn es sich um ein großes Festessen handelte, gab man mir meistens eine Woche im voraus Bescheid, aber oft genug klingelte das Telefon auch erst um neun Uhr abends und ich wurde gefragt: «Könntest du jetzt gleich herüberkommen, Kikuko?» Dann ließ ich alles stehen und liegen, zog mich in aller Eile um und machte eine halbe Stunde später meine Verbeugung in einem Zashiki.[1]

Da ich nicht als professionelle Geisha registriert war, bezahlten die Kunden nicht für meine Dienste, die Okasans jedoch gaben mir gewöhnlich ein Trinkgeld. Das deckte meine Ausgaben für den Friseur – und die waren nicht gerade klein. Zweimal pro Woche mußte ich dorthin gehen, damit meine Frisur für diese kurzfristigen Zashikis in Form blieb. Zuerst nahm ich diese Engagements an, ohne zu wissen, wen ich dort treffen würde. Die Kunden bedrängten die Okasans, mich zu rufen, weil sie neugierig waren. Später, nachdem ich die Stammgäste von Pontocho kennengelernt hatte, wurde ich, wie die anderen Geishas auch, hauptsächlich von Gästen, die mich kannten, auf ihre Gesellschaften gebeten.

## Die Bierzeremonie

Bei einem Zashiki lernte ich auch den Leiter der Urasenke-Teeschule kennen. Sen Soshitsu ist das Idol von Millionen japanischer Frauen, die die Teezeremonie lernen – ein weltgewandter Mann, der oft nach Pontocho kommt. Als ich ihm vorgestellt wurde, bestand er darauf, daß wir uns die Hände schüttelten, statt uns zu verbeugen. Ich dachte daran, wie ich mit sechzehn die Teezeremonie erlernt hatte. Ich lebte damals bei einer japanischen Familie und nahm, zusammen mit ihren beiden Töchtern, Unterricht in Musik, Kochen, Ikebana und der Teezeremonie, die in der örtlichen Urasenke-Zweigschule gelehrt wurde.

Einmal, im Frühling, machten wir eine Klassenfahrt von unserer kleinen Stadt in Kiushu (Japans südlichster Insel) nach Kyoto zum Urasenke-Haus. Das ganze Jahr über fahren Hunderte von Teeklassen aus ganz Japan dorthin, und unsere Klasse war für eine Audienz beim Meister persönlich nicht wichtig genug. Und nun, zehn Jahre später, wurde ich von Großmeister Sen zu einem Wettkampf im Biertrinken herausgefordert.

Es ging nicht darum, wieviel Bier man trinken konnte, sondern wie schnell. Der Meister stürzte einen ganzen Krug in einem einzigen Zug hinunter, ohne ein einziges Mal zu schlucken – ein Trick, der einem Corpsstudenten alle Ehre gemacht hätte. Ich kapitulierte sofort. Da das Zashiki schon vor einigen Stunden begonnen hatte, war die Maiko die einzige der Anwesenden, die sich noch einigermaßen sicher auf den Beinen halten konnte. Es ist unhöflich, nüchtern zu sein, wenn die anderen es nicht sind, und deswegen sollten sich Neuankömmlinge auf einer Party so schnell wie möglich betrinken. Glücklicherweise vertrage ich eine ganze Menge Alkohol, so daß ich gegen Ende des Abends in besserer Form war als die anderen.

Um elf konnte die Besitzerin des Teehauses nicht mehr aufstehen. Ichiko, die Maiko Ichiwaka und ich zogen sie aus, richteten das Bett für sie her und deckten sie zu. Zwei auch nicht mehr ganz nüchterne Geishas brachten die Gäste zu den Wagen, die auf sie warteten, und torkelten dann nach Hause. Im Teehaus wurde es still, nur ein leises Schnarchen kam aus dem Zimmer der Okasan. Wir, die sie ins Bett gebracht hatten, saßen zu dritt im Salon nebenan und aßen Reis mit Tee. Solange sie stand, hatte Ichiko sich nichts anmerken lassen, aber als sie sich setzte, merkte ich, daß auch sie sehr betrunken war.

«Was interessiert dich eigentlich so an Geishas?» fragte sie mich mit vollem Mund. «Geishas sind doch gar nichts Besonderes.» Ichiwaka schlug ihre Augen nieder und aß weiter. Sie hatte eine Serviette über ihren wunderschönen Maiko-Kimono gebreitet. Maikos trinken nichts, weil es ungehörig ist, und nicht, weil sie noch minderjährig sind; die Tatsache, daß Alkohol für Jugendliche verboten ist, ist nebensächlich. Ichiwaka war also nüchtern und fühlte sich etwas unbehaglich – einerseits wegen des wenig damenhaften Schnarchens, das die papierbespannten Türen beben ließ, zum anderen, weil Ichiko ihre Frage in einem recht angriffslustigen Ton gestellt hatte. Ein Dienstmädchen warf einen besorgten Blick herein. «Du sorgst dafür, daß Ichiku gut nach Hause kommt», sagte sie zu Ichiwaka, und zu mir gewandt: «Ist bei dir alles in Ordnung?» Ich versicherte ihr, daß ich zurechtkommen würde.

Auf dem Rückweg ins «Mitsuba» dachte ich noch einmal über Ichikos Behauptung nach, Geishas seien genauso wie alle anderen Frauen. Heute abend hatte sie einen akrobatischen Volkstanz vorgeführt, war vom Teemeister mit kleinen Knabbereien gefüttert worden und hatte sich sinnlos betrunken. Welche «normale» japanische Frau würde so etwas jemals tun? Mir fiel eine Bemerkung ein, die ich eine Woche zuvor von einem Professor für Religionswissenschaften gehört hatte. Er hatte einige Jahre lang in Amerika gelebt. «Japanische Frauen sind im allgemeinen uninteressant», hatte er gesagt. «Sie sind so sehr an das Haus gefesselt, daß sie bei keinem Thema mitreden können. Wir haben in Japan einen echten Bedarf an Frauen, die in der Lage sind, mit Männern auf gleichem Niveau zu verkehren.» – «Das ist der Grund, warum es Geishas gibt», hatte ich erwidert. Er war entsetzt. In seinem ganzen Leben hatte er keine Geisha kennengelernt, und bei seiner Bemerkung hatte er mehr an seine Studentenzeit in Amerika gedacht, wo er gesehen hatte, daß Ehefrauen ihre Männer bei gesellschaftlichen Anlässen begleiten. «Nun», meinte er, «dann sollten Ehefrauen eben mehr wie

Geishas sein, und die Geishas sollten alle heiraten. Vielleicht wäre das Problem damit gelöst.» Insgeheim war ich der Meinung, daß die meisten japanischen Frauen, die ich kannte – und zwar sowohl Geishas als auch Ehefrauen –, sich des Problems, das er da angesprochen hatte, gar nicht bewußt waren.

## Futami, die Kleine Mutter des «Dai-Ichi»

Mitte April 1976 legte, wie nicht anders zu erwarten, ein Streik die japanische Eisenbahn lahm. In jedem Frühjahr streiken die Eisenbahner, mit dem Ergebnis, daß der Verkehr des ganzen Landes zusammenbricht. Während der Streikwochen wurde ich an einem Freitagabend zu einem Zashiki gerufen. Auch Ichiume, Ichiteru und Ichiwaka waren eingeladen. Für uns waren es nur ein paar Schritte bis zum «Dai-Ichi», aber die Gäste aus Osaka verspäteten sich um zwei Stunden. Während wir warteten, sahen wir Fernsehen im Zimmer der Okasan. Sie trug ein zerknittertes Hauskleid, trank Scotch und drückte ständig halb gerauchte Zigaretten im Aschenbecher aus. Offensichtlich hatte sie nicht vor, an diesem Zashiki teilzunehmen. Wir spürten ihre schlechte Laune und sprachen sehr wenig. Aus irgendeinem Grund war sie Ichiume gegenüber besonders kurz angebunden.

Die Gäste, die wir heute abend erwarteten, waren nicht ihre Kunden, sondern die von Futami. Futami arbeitete seit sechs Jahren im «Dai-Ichi». Früher war sie unter dem Namen Ichifumi eine der Geishas von Pontocho gewesen, hatte dann aber aufgehört, um nur noch in diesem einen Teehaus zu arbeiten. Sehr wahrscheinlich würde sie die nächste Okasan sein. Die Geishas nannten sie manchmal die «Kleine Mutter» des Hauses – im Gegensatz zu der «Großen Mutter», die kürzlich gestorben war, und der jetzigen Mutter, die das

Haus danach übernommen hatte und nun die Karten ihrer Patiencepartie auf den Tisch klatschte. Als die Gäste endlich eintrafen, begrüßten wir sie mit einiger Erleichterung.

Der Anlaß für dieses Zashiki war ein Geburtstag. Die Gäste waren zu dritt: Der Gastgeber, der einer von Futamis Stammkunden war, seine Geliebte und sein Freund, der heute seinen Geburtstag feierte. Mit Futami, einer Maiko und mir waren wir fünf Geishas. Die Gäste hatten schon in einem teuren französischen Restaurant in Osaka gegessen, aber das war schon einige Stunden her, und das Geburtstagskind hatte nichts dagegen, dem Festessen einen gebührenden Abschluß zu geben: Reis.

Das Menü, das Futami zusammengestellt hatte, war fertig in Schachteln verpackt von Botenjungen auf Fahrrädern gebracht worden. Selbstverständlich wurde zum Essen warmer Sake serviert. Ichiteru parodierte einige berühmte Kabukispieler, und Futami gab auf ihrem Shamisen übertriebene Versionen verschiedener Musikstile zum besten.

Unser Geburtstagsgast amüsierte sich großartig. Je mehr er trank, desto redseliger wurde er. Schließlich mußten wir uns Anekdoten über seinen sexuellen Werdegang anhören. Er behauptete, die Reize des anderen Geschlechtes schon im zarten Alter von sieben Jahren entdeckt zu haben – damals nämlich bot er der sechsjährigen Nachbarstochter ein paar Sen dafür, daß sie sich vor ihm auszog. Einmal habe er versucht, mit dem schlauchförmigen Korpus einer Seeanemone zu masturbieren, aber sie habe ihn mit ihren Tentakeln gestochen. «Kein Wunder», bemerkte Futami. «Sie hat sich sicher gedacht, was für eine seltsame Beute das ist – ein langer, einäugiger Fisch.»

Als er, ermüdet von dem vielen Sake, schon fast eingeschlafen war, holte sie ihr Geburtstagsgeschenk hervor: ein ins Land geschmuggeltes Pornomagazin aus Schweden. In Japan, wo die Abbildung von Schamhaaren verboten ist, sind solche Hefte schwer zu bekommen. Es geht das Gerücht, daß ein Corps von mit Filzstiften ausgerüsteten Frauen mittleren Alters streng über die Einhaltung dieser Gesetze wacht.[2] Die Nacktfotos im *Playboy* zum Beispiel tragen ausnahmslos diskrete schwarze Balken. Futami hatte die Magazine von einem Kunden, der sie auf seiner Rückreise aus dem Ausland durch den Zoll geschmuggelt hatte. Der derart Beschenkte kam so weit wieder zu sich, daß er in der Lage war, das Heft durchzublättern. Er veranstaltete ein großes Getue, um den unschuldigen Augen der Maiko Ichiwaka den Anblick dieser Ungeheuerlichkeiten zu ersparen. Ichiume und Ichiteru aber zog er damit auf, daß sie immer noch Jungfrauen waren.

Schließlich schlief er mit seinem Kopf auf meinem Schoß ein. Das Zashiki näherte sich seinem Ende. Ichiume übernahm mit Freuden die Aufgabe, ihn zu wecken. Als die Gäste fort waren, machten wir Geishas uns über die Überreste der Speisen her. Auch die Okasan, deren Laune sich inzwischen gebessert hatte, kam aus ihrem Zimmer, um einen Happen zu essen. Wenn die Gäste nach Hause gegangen sind, haben die Geishas das Gefühl, sich einen Drink verdient zu haben. Ihre Arbeit ist getan, ihr Feierabend beginnt. Auch wenn ihr Zashiki bis Mitternacht dauert, kommen Geishas selten vor zwei Uhr morgens ins Bett.

Futami lächelt gern. Sie ist liebenswürdig und rundlich und entspricht im Grunde gar nicht der Vorstellung, die man von einer Geisha hat. Eher wirkt sie wie eine Kindergärtnerin. Tatsächlich wollte sie eigentlich Lehrerin werden. Auf dem Gymnasium war Hauswirtschaft ihr Hauptfach, aber dann hörte sie mit der Schule auf und wurde Geisha. Ihr Vater war unbekannt, und ihre Mutter hatte immer wieder einmal in Vergnügungsvierteln gearbeitet. Als sie selber eine Arbeit brauchte, schien es Futami daher ganz natürlich, sich für die Welt der Geishas zu entscheiden. Ihr Traum von einem Beruf als Lehrerin ist allmählich verblaßt, und mit 39 Jahren ist sie immer noch kinderlos.

Wie alle anderen in Pontocho mochte auch ich Futami sehr.

Sie ist gutmütig, humorvoll und warmherzig. Die Stellung einer Okasan in der Welt der Geishas (die Futami nicht im eigentlichen Sinn innehatte) hat zwei Aspekte. Mit «Mutter» verbindet man Wärme und Fürsorge, genau das also, woran wir bei dem Begriff «mütterlich» denken. Darüber hinaus aber – und das ist in der Geisha-Gesellschaft weit wichtiger – bezeichnet man damit eine Frau, die Autorität hat und Respekt genießt. Wie die Geishas und die regelmäßigen Kunden genau wissen, sind die Mütter in Pontocho die Seele des Geschäftes. Im «Dai-Ichi» begegnet man der Okasan mit Ehrerbietung und Höflichkeit, aber ich bezweifle, daß die Geishas jemals mit ihren Problemen zu ihr kamen. Futami ist viel mütterlicher, obwohl sie nicht die Okasan ist. Sie ist zwar keine Geisha mehr, aber sie hat viele Kunden, die diese Qualitäten an ihr schätzen und gerne in ihrer Gesellschaft sind. Von ihnen erhält sie oft Einladungen zum Abendessen.

Als Ichigiku wurde ich häufiger zu Zashikis ins «Dai-Ichi» gerufen als in irgendein anderes Teehaus. Manchmal rief ein Dienstmädchen im Auftrag der Okasan an, aber weit öfter wurde ich von Futami zu einer Party eines ihrer vielen Stammkunden eingeladen. Man konnte wirklich nicht behaupten, daß sie eine Primadonna sei, und dennoch machte es sich sofort in der Atmosphäre bemerkbar, wenn sie den Raum verließ. Sie konnte ein Zashiki mit Geschichten in Gang halten, die eigentlich nur Plaudereien über ganz alltägliche Dinge waren – aber jeder fand sie unterhaltsam, weil es Futami war, die sie erzählte.

Zu einem von Futamis Zashikis hatte einer ihrer liebsten Kunden seinen früheren Gymnasiallehrer mitgebracht. Dieser Lehrer wiederum kam in Begleitung seiner Frau. Das erschien mir ziemlich ungewöhnlich, denn Ehefrauen hatte ich bei Abendgesellschaften nur dann erlebt, wenn jemand einen Ausländer eingeladen hatte, der mit seiner Gattin nach Japan gekommen war. In Anlehnung an die amerikanische Sitte, daß Ehepaare in der Öffentlichkeit gemeinsam auftreten, hatten dann auch die japanischen Geschäftsleute ihre Frauen mitgebracht. Oft war das das erste Mal, daß sie auf einer Party mit Geishas waren. Ich konnte mir allerdings nicht vorstellen, daß eine Gesellschaft mit Futami eine so steife Angelegenheit werden würde wie die Parties mit Ehefrauen, an denen ich vorher teilgenommen hatte.

Es stellte sich dann heraus, daß sich bei diesem Zashiki alle, einschließlich der Frau des Lehrers, betranken und sentimental wurden. Futami behandelte die Frau so zuvorkommend wie alle anderen Gäste und gab sich alle Mühe, ihr den Aufenthalt so angenehm wie nur möglich zu machen. Ichiume und Mameyuki fühlten sich durch ihre Anwesenheit etwas gehemmt, wie üblich mit den Gästen zu flirten, aber es schien ein Einverständnis zwischen den Frauen zu bestehen, daß dies zum Job der Geishas gehörte.

Ermutigt durch den vielen Sake sagte die Frau des Lehrers plötzlich: «Ich weiß, daß meine Frage etwas ungehörig ist, aber sie interessiert mich schon seit langem, und jetzt, wo ich schon einmal hier bin, möchte ich sie doch stellen.» Ihr Mann sah sie mit leichtem Erstaunen an, als sie fortfuhr: «Diese *Rin no tama*, von denen ich gehört habe – werden sie zum Vergnügen der Frau oder zum Vergnügen des Mannes verwendet?»

Futami legte ihren Kopf auf die Seite und dachte kurz nach. «Das ist eine interessante Frage», sagte sie dann. «Was ist ein Rin no tama eigentlich?» fragte Ichiume.

Ein Rin no tama ist eine hohle Metallkugel, etwas größer als ein Wachtelei. In ihr befindet sich eine zweite, kleinere Kugel, die beim Herumrollen ein leises, klickendes Geräusch macht. Das Rin no tama wird tief in die Scheide eingeführt, wo es zwar keine großen Lustgefühle erzeugt, aber der Frau die Bewegungen des Körpers bewußt macht. «Ich habe es einmal ausprobiert», sagte Futami, «und es war wirklich nichts Besonderes. Das Klicken reizte mich nur zum Kichern. Ich glaube, es dient eher dem Vergnügen des Mannes.

Wahrscheinlich gibt es welche, denen es Spaß macht, es jedesmal klicken zu hören, wenn sie zustoßen.»

Als der Lehrer und seine Frau gegen Mitternacht gingen, verabschiedeten sich die Geishas bei seiner Frau mit Entschuldigungen für die Verlegenheit, in die sie sie gebracht hatten.

«Aber nein, im Gegenteil, ganz im Gegenteil», antwortete die Dame und strahlte.

Im Verlauf dieses Zashikis verließen zwei Geishas die Runde, um zu einer anderen Party zu gehen. An ihrer Stelle erschien Ichiteru. Bei jeder längeren Gesellschaft in einem Teehaus wechseln sich die Geishas spät am Abend ab. Die Mütter wissen meistens ungefähr, welche Geisha gerade wo arbeitet, und wenn ein Kunde aus einer Augenblickslaune heraus eine bestimmte von ihnen haben will, können die Mütter schnell herausfinden, wo sie ist. Sie wird vielleicht nicht immer kommen können, aber meistens kann eine findige Mutter das arrangieren. In dieser Hinsicht haben die Mütter mehr Einfluß auf die Geishas als die Gäste.

Um Mitternacht waren von den Geishas nur noch Ichiteru, Ichisen, Ichigiku und Futami da. Nachdem wir uns von dem Lehrer und seiner Frau verabschiedet hatten, lud uns Futamis Kunde zu *Yakitori* ein, jenen gegrillten Hühnerspießchen, die ein kleiner Snack oder eine ganze Mahlzeit sein können, je nachdem, wieviel man davon ißt. Um ein Uhr morgens hatte jeder von uns fünf eine ganze Menge leerer Bambusspießchen vor sich auf dem Teller. Unser Gastgeber bezahlte, gähnte und bat Futami, ihm ein Taxi zu holen. Wir brachten ihn zum Wagen, aber Futami, Ichisen und ich beschlossen, noch eine Weile in dem Restaurant zu bleiben und etwas zu trinken. Ichiteru stieg zu ihm in das Taxi.

Als sie davonfuhren, fragte ich Futami, ob die beiden ein Verhältnis miteinander hätten. «Ichiteru und Kohda?» schnaubte sie. «Sei nicht albern. Er bringt sie ja nur nach Hause.»

«Ah, ich verstehe», sagte ich. «Aber es würde doch keiner merken, wenn sie jetzt in ein Hotel fahren würden.»

«Nein, das würde herauskommen», erwiderte Futami. «Kohda ist ein alter Freund von mir – ich würde es also auf jeden Fall erfahren.»

Ich hatte nicht vor, mich in Ichiterus Angelegenheiten zu mischen – ich war nur neugierig, wie und wann eine Geisha sich mit ihrem Gönner treffen konnte. Das jedenfalls war sicher: Es war schwer, eine Liebesaffäre geheimzuhalten. Wir bestellten eine letzte Runde Bier und blieben noch eine Weile sitzen. Futami hatte es an diesem Abend nicht besonders eilig, nach Hause zu kommen. Ich hatte den Eindruck, daß sie nicht nur den Großteil der Buchführung für das «Dai-Ichi» erledigte, sondern auch als Blitzableiter für die schlechte Laune der Okasan herhalten mußte. Sie ertrug das gutmütig und geduldig, aber heute abend wirkte sie doch etwas niedergeschlagen. Sie gestand, daß sie sich in Kyoto manchmal fühle wie in einem Aquarium. «Am liebsten möchte ich mir

*Die amerikanische Geisha von Pontocho mit einem Gast bei einer Party*

irgendwo Land kaufen», sagte sie. «Vielleicht in Amerika. Wenn ich in Amerika mein eigenes Teehaus aufmachen würde, wäre die Konkurrenz bestimmt nicht groß.»

«Das würde nie klappen», sagte ich ihr. «Amerikanische Ehefrauen wären empört über Gespräche wie das beim Zashiki heute abend.»

Ichisen nickte. «Ich habe gehört, daß Amerikaner sich bei der kleinsten Kleinigkeit sofort scheiden lassen. Stimmt es eigentlich, daß eine Amerikanerin von den Unterhaltszahlungen dreier Ehemänner leben kann? Das wäre vielleicht keine schlechte Idee ...»

«Das ist einfach lächerlich?» sagte Futami. Ichisen sagte, sie arbeite darauf hin, eines Tages ein eigenes Teehaus zu haben. «Das ist furchtbar viel Arbeit», warnte Futami sie. «Du mußt dich um die Finanzen kümmern, für den einen Gast dies und für den anderen jenes vorbereiten ... Wirklich, als Geisha hast du es einfacher. Ich würde jederzeit mit dir tauschen.» Sie diskutierten noch eine Weile, wer von ihnen die meiste Arbeit leistete, bis wir plötzlich bemerkten, daß wir die letzten Gäste waren. Es war Viertel nach zwei. «Kommt, gehen wir», sagte Futami und trank ihr Glas aus. Draußen war es kühl; wir drängten uns zusammen und warteten an der Ecke auf ein Taxi.

## Allein in Gion

Ich war zwar nach Japan gekommen, um etwas über Geishas im allgemeinen zu erfahren, aber ich mußte feststellen, daß ich mich immer mehr mit Pontocho identifizierte. Je mehr Zashikis ich als Geisha von Pontocho mitmachte, desto mehr fühlte ich mich als Mitglied dieser Gemeinschaft und wurde auch so behandelt. Als ein langjähriger Kunde meiner Okasan mich zu einer Party einlud, an der auch einige Amerikaner teilnehmen würden, sagte ich ohne zu zögern zu. Da zu meinen «Künsten» auch das Dolmetschen gehörte, war ich bei solchen Zashikis schon öfters dabeigewesen. Dieses nun fand in dem eleganten Restaurant *Doi* statt, eines jener wunderschönen alten Häuser, die sich reiche Familien als Sommerresidenzen in den Hügeln östlich der Stadt hatten bauen lassen. Ich war an diesem Abend als Gast eingeladen; alle anderen Geishas kamen aus Gion.

Gion ist etwa doppelt so groß wie Pontocho: Es gibt dort doppelt so viele Teehäuser und doppelt so viele Geishas. Und wahrscheinlich ist dieses Viertel in Japan mehr als doppelt so bekannt wie Pontocho, denn der Name Gion gilt als Synonym für Geishas aus Kyoto. Ich hatte bei meinen Shamisen-Stunden und meinen Interviews einige Geishas aus Gion kennengelernt, aber an diesem Abend sah ich keine bekannten Gesichter. Trotzdem schienen sie alle mich zu kennen, und im Verlauf der Party nutzten einige von ihnen die Gelegenheit und äußerten sich abfällig über Pontocho. Mit übertriebener Höflichkeit, was an sich schon eine Form der Beleidigung ist, machte eine der älteren Geishas eine Bemerkung über meinen Kimono.

Es war das erste Mal, daß ich allein zu einem Zashiki ging. Als Geisha aus Pontocho ärgerte ich mich über die feinen Sticheleien und mußte mich daran erinnern, daß ich Ethnologin war und hier die Möglichkeit hatte, einen Einblick in die größere Geisha-Gemeinschaft von Kyoto zu gewinnen.

«Nur in Gion wird der Inoue-Tanzstil gepflegt», sagte eine der Geishas, mit der ich mich unterhielt. «Um eine echte Geisha aus Gion zu sein, mußt du mit fünf Jahren mit dem Tanzen angefangen haben.» Sie gab die offizielle Version wieder, nach der die Geishas dieses Viertels unerreichte Künstlerinnen sind, geboren in Kyoto und aufgewachsen in einer Atmosphäre strengster Disziplin. Ich wußte von anderen Geishas aus Gion, die ich kennengelernt hatte, daß dies nicht ganz stimmte. Gions Nachwuchs besteht zum Teil aus

Mädchen, die aus anderen Städten stammen, und die dann nach dem Bild einer Geisha aus Kyoto geformt werden. Das war zum Beispiel bei einer Frau der Fall gewesen, die mit mir zusammen Kouta-Unterricht nahm. Sie mußte nur noch kurze Zeit in Gion bleiben und freute sich schon darauf, in ihre Heimatstadt Hiroshima zurückzukehren.

Anfangs hatte es ihr Spaß gemacht, Geisha zu sein, aber weil sie vorher keine Maiko gewesen war, wurde sie von den anderen, die diese formelle Ausbildung genossen hatten, wie eine Geisha zweiter Klasse behandelt. Seit drei Jahren machte sie das schon mit, und nun hatte sie langsam genug davon. Außenstehende bemerken nur selten diese feinen Rangunterschiede in den Hanamachis. Auch in Pontocho bestehen diese Unterschiede bis zu einem gewissen Grad, aber ich hatte den Eindruck, daß sie in Gion wesentlich ausgeprägter sind.

## Ichiriki

Noch einmal hatte ich Gelegenheit, als einzige Geisha aus Pontocho an einem Zashiki in Gion teilzunehmen. Ich hatte einen alten Kunden meiner Okasan, den Generaldirektor eines Verlages aus Tokio, in Pontocho kennengelernt, und er hatte mich eingeladen, am nächsten Abend zu einer Gesellschaft zu kommen, die er im Teehaus *Ichiriki* veranstaltete.

Das *Ichiriki* ist das berühmteste Teehaus Japans. Es ist ein großes altes Gebäude mit schönen dunkelroten Mauern und liegt in der Nähe von Gions Geisha-Theater, einen Block weit vom Gion-Tempel entfernt. In diesem Teehaus gab sich Oishi Kuranosuke, der Anführer der 47 Ronin, den Anschein, ein ausschweifendes Leben zu führen, während er in Wirklichkeit Rachepläne gegen den Mann schmiedete, der für den Tod seines Herrn verantwortlich war.[3] Obwohl ich keine große Lust hatte, als einzige Geisha aus Pontocho einen weiteren Abend in Gion zu verbringen, war ich doch gespannt auf das Innere dieses exklusiven, berühmten Hauses.

Ich erzählte meiner Okasan von der Einladung und meinen Bedenken. «Sei nicht so ein Feigling», sagte sie. «Du bist eigens eingeladen worden, was man von den Geishas aus Gion, die heute nacht hier sein werden, wahrscheinlich nicht behaupten kann.» Ich war trotzdem nervös. Mein Selbstbewußtsein hatte bei meinem letzten Abend in Gion etwas gelitten. «Was soll ich anziehen?» fragte ich sie. Sie lieh mir einen ihrer ungefütterten Kimonos und einen bedruckten Obi. Gefütterte Kimonos und bestickte Obis darf man im Mai nicht mehr tragen, und für die dünnen Sommerkimonos war es noch zu früh. Als ich um halb sieben im «Ichiriki» eintraf, begrüßte mich die Besitzerin an der Tür. Sie war freundlich, und meine Nervosität ließ etwas nach.

Diesmal war ich nicht als Gast, sondern als Geisha gekommen. Zusammen mit den anderen Geishas aus Gion – es waren nur vier – betrat ich den Raum, in dem die fünfzehn Gäste uns erwarteten. Wir verteilten uns etwas ungleichmäßig um den Tisch und begannen Sake für die Trinksprüche einzuschenken. An diesem Abend geschah nichts Besonderes. Die Geishas tanzten nicht einmal. Als das Zashiki ungewöhnlich früh um halb neun beendet war, verschwanden die Geishas aus Gion, um zu anderen Engagements zu gehen. Das war nicht gerade höflich, da für die Gäste aus Tokio der Abend noch keineswegs beendet war und sie nicht wußten, wohin man in Kyoto gehen konnte.

Der Gastgeber winkte mich heran. «Ruf deine Okasan und sag ihr, daß wir alle ins *Mitsuba* kommen.» Ich rief an, aber Tantchen meldete sich und sagte, die Okasan sei ausgegangen. Ich kehrte ins Zashiki zurück und überlegte zusammen mit dem Gastgeber, was wir tun könnten. «Dann gehen wir eben irgendwo anders in Pontocho hin. Such du etwas aus», sagte er. Ich rief bei einigen anderen Teehäusern an, aber nirgends war ein Gesellschaftsraum für fünfzehn Personen frei.

Ich fühlte mich verantwortlich für das Wohl der Gäste – schließlich war der Verleger ein Kunde meiner Okasan. «Mir ist etwas eingefallen», sagte ich zu ihm, «eine sehr interessante Bar. Der Mann, dem sie gehört, ist so eine Art männliche Geisha, wie es sie früher gab.» Ich rief dort an und erfuhr, daß der Zashiki-Raum frei sei. In dieser Bar wurde Gästen, die der Besitzer nicht kannte, der Zutritt verweigert. Es gibt viele Bars in Kyoto, die eher Privatclubs sind, und Unbekannte, die nicht in Begleitung eines Stammkunden kommen, werden nicht eingelassen.

Die Okasan des *Ichiriki* war halb erleichtert, halb verlegen – erleichtert, weil die Gäste nun nicht ziellos in der Stadt herumzuirren brauchten, und verlegen, weil nicht eine der Geishas aus Gion, sondern ich mich ihrer angenommen hatte. Ich war neugierig, warum der Gastgeber dieser Party, der doch angeblich ein treuer Kunde meiner Okasan war, ein Zashiki in Gion arrangiert hatte, besonders, da er doch hier offenbar nicht sehr bekannt war. Auch er hielt anscheinend eine Erklärung für angebracht, denn sobald wir in der Bar eingetroffen waren, nahm er mich beiseite. Zunächst dankte er mir dafür, daß ich ihm geholfen hatte, vor seinen Kollegen, die ihn für einen Kenner Kyotos hielten, das Gesicht zu bewahren, dann sagte er entschuldigend, er habe dies Zashiki im *Ichiriki* veranstaltet, um sie zu beeindrucken. «Das ist nämlich das einzige Teehaus, von dem sie schon einmal etwas gehört haben.»

Mit der Bar hatte ich eine ideale Wahl getroffen. Der Besitzer, der auch für die Unterhaltung der Gäste sorgte, wurde mit dem englischen Lehnwort «Master» angeredet. Ich hatte ihn als *Otoko Geisha* beschrieben, weil er, wie die männlichen Geishas früher, singen und Shamisen spielen konnte und außerdem ein ausgezeichneter Komödiant war. Er hatte Berufsnamen als Dichter für Koutas, *Hautas, Nagautas* und *Kiyomotos* und konnte auch *Gidayus, Tokiwazus* und *Itchu-bushis* vortragen. Am beliebtesten jedoch waren seine

*Dodoitsus*. Das sind kleine Lieder, deren Inhalt in der letzten Zeile mit einem gewagten Wortspiel eine unerwartete Wendung nimmt.[4] Jeweils vor der letzten Zeile machte der Master eine Pause und wartete mit einem durchtriebenen Lächeln darauf, daß jemand rief: «Und dann ...» Ich verstand die Pointe meistens nicht, aber alle anderen brachen jedesmal in schallendes Gelächter aus.

## Der japanische Humor

Die Gruppe, die ich in diese Bar geführt hatte, bestand aus Schriftstellern, Lektoren und Verlegern – alles Leute, die beruflich mit Sprache zu tun hatten und Spaß an den Wortspielen des Masters hatten. Der japanische Humor hat eine große Schwäche für Wortspiele, die wegen der zahlreichen gleichlautenden Wörter auch leichter zustande kommen als im Englischen oder Deutschen. Wortgewandtheit ist für eine Geisha von ungeheurem Vorteil, und letzten Endes wird sie es mit einem solchen Talent weiter bringen als mit einem hübschen Gesicht. Die Tatsache, daß bei Zashikis witzige Unterhaltung eine so große Rolle spielt, machte diese Parties für Ausländer doppelt uninteressant – japanische Witze sind in der Übersetzung so reizlos wie abgestandenes Bier. Aber Langeweile ist nicht nur eine Frage der Sprachbeherrschung. Ein großer Teil des japanischen Humors ist für Ausländer unverständlich oder einfach nur albern.

Was in der einen Kultur witzig ist, findet man in einer anderen geschmacklos, während es in einer dritten auf Unverständnis stößt.[5] Immer wenn die gültigen Normen einer Kultur umgangen werden (nicht wenn sie ganz außer acht gelassen werden – das findet man im allgemeinen gar nicht komisch), ist die Wahrscheinlichkeit groß, daß das die Leute zum Lachen reizt – wenn schon nicht in der Situation selbst, dann doch beim späteren Erzählen. Die japanische Gesellschaft ist eingezwängt in ein enges Korsett von Regeln, die für fast jede Situation ein angemessenes Verhalten vorschreiben. Diese Regeln werden natürlich nicht immer eingehalten; es wäre ein Fehler zu glauben, daß sich Japaner immer rituell und förmlich benehmen, aber das Bewußtsein von der Existenz dieser Regeln ist auch dann vorhanden, wenn sie sie überschreiten. Je genauer diese kulturellen Normen definiert sind und je verbindlicher sie die kleinsten Feinheiten des Verhaltens regeln, desto mehr Möglichkeiten gibt es, durch ihre Umgehung komische Situationen zu schaffen. Natürlich muß man die Regeln kennen, um die Witze verstehen zu können, und das ist auch der Grund, warum so viele Ausländer über die meisten japanischen Witze nur verlegen lächeln können.[6]

Ausländer sind bereit, sich damit abzufinden, daß man von allen Bestandteilen einer Kultur den Humor zuletzt versteht, und daß es kein Fehler ist, einen Witz nicht zu begreifen. Eher stoßen sie sich an den mehr kindischen, slapstickhaften Aspekten des japanischen Humors. Es ist nicht zu bestreiten, daß Japaner, ganz gleich aus welcher gesellschaftlichen Schicht sie stammen, albern wie Schulkinder sind und großen Spaß an ordinären Geschichten und Witzen haben. Je höher ihre Stellung im normalen Leben ist, desto mehr schwelgen sie, wenn es die Situation zuläßt, in Albernheiten und Obszönitäten. Eine solche Situation ist natürlich das Zashiki.

Japanische Männer spielen gern den «ungezogenen Jungen», wenn sie zuviel getrunken haben, und Geishas müssen in der Lage sein, damit fertig zu werden und ein gewisses Maß an wenig geistreichen Anzüglichkeiten über sich ergehen zu lassen. Wenn es ihnen zuviel wird, können sie ihrerseits die strenge Mutter spielen, die ihren Sohn zurechtweist. Auch das scheinen japanische Männer zu lieben – sie führen sich mit dem größten Vergnügen so auf, als seien sie mißratene Kinder. Amerikaner sind meistens entsetzt, wenn sie sehen, daß sich ihre japanischen Kollegen so ganz und gar «unmännlich» benehmen.

Viele Dinge, die Japaner so komisch finden – das Anfassen, die Partyspiele, die albernen Scherze –, erinnern Amerikaner an die Spiele ihrer Kindheit. Während man als Erwachsene von uns erwartet, daß wir eine kritische Distanz dazu einhalten, haben Japaner in dieser Hinsicht keinerlei Skrupel. Ihre fröhliche Ausgelassenheit ist einzigartig, so einfältig und albern sie uns auch erscheinen mag. Nirgendwo haben japanische Männer so viel Freiheit wie in einem Zashiki – selbst wenn es nur die Freiheit eines Kindergartens ist.

## Verabredungen zum Essen

Manchmal begleiten Geishas ihre Kunden in ein Restaurant. Abgesehen davon, daß sie auch hier für ihre Gesellschaft bezahlt werden, sieht das dann wie eine ganz normale Verabredung zum Essen aus. Als meine Okasan einmal verreist war, wurde ich durch ihre Freundin Korika gebeten, zu einem Essen in einem nahe gelegenen Steakhaus zu kommen. Einer ihrer Kunden hatte außerdem sie selbst, Satomi, Ichiume und Ichiteru eingeladen, und wenn meine Okasan dagewesen wäre, hätte er auch sie gern dabeigehabt. Der Abend mit den beiden Müttern, den zwei Geishas und mir würde ihn, außer dem, was Ichiume und Ichiteru bekamen, pro Person fast 50 Dollar kosten.

Wir aßen also in dem Restaurant und beendeten den Abend in der Bar *Satomi*, wo unser Gastgeber Lieder aus seiner Militärzeit sang. Obwohl er sehr großzügig war, fand ich ihn aufdringlich und ziemlich unangenehm. «Hier», sagte er beim Abschied zu mir, «Theatergeld. Magst du Kabuki? Dann sieh dir ein Kabuki-Stück an.» Ich hatte vorher bemerkt, daß er mit Korika gesprochen und sich von ihr einen

Briefumschlag hatte geben lassen. Ich bedankte mich und steckte den Umschlag ein. In Japan öffnet man ein Geschenk nie in der Gegenwart dessen, der es einem gegeben hat. Als ich nach Hause kam, war ich so müde, daß ich erst am nächsten Morgen nachsah, was darin war.

Ich hatte mit etwa 5000 Yen (15 Dollar) gerechnet. Soviel kostet eine Karte für das Kabuki-Theater. Statt dessen enthielt der Umschlag 50000 Yen. Sofort kam mir der Verdacht, daß dies eine «Prämie» für zukünftige Dienste sein sollte. Ich steckte das Geld in den Umschlag zurück und bedauerte, daß meine Okasan nicht da war. Es ärgerte mich, daß er, solange das Geld in meinem Besitz war, wahrscheinlich annahm, seine plumpe Geste habe Erfolg gehabt. Sobald ich einigermaßen sicher war, daß sie nicht mehr schlief, ging ich zu Korikas Teehaus, um mir bei ihr Rat zu holen.

Ich zeigte ihr den Inhalt des Umschlags. «Das ist ein großzügiges Trinkgeld», sagte sie. «Was hast du sonst noch auf dem Herzen?»

Sie schien nicht zu verstehen, also fragte ich sie geradeheraus: «Was erwartet er dafür von mir?» Sie schlug die Hände zusammen und rief: «Aber nein – das hast du mißverstanden! Ich verstehe, was du denkst, aber du brauchst dir keine Sorgen zu machen. Bevor er dir das Geld gab, hat er mich gefragt, ob das in Ordnung sei. Ich wußte zwar nicht, wieviel er dir geben würde, aber ich bin nicht allzu überrascht. Bestimmt hat er keine Hintergedanken gehabt. Er wirft einfach gern mit viel Geld um sich – dadurch kommt er sich wichtig vor. Du hast ihn beeindruckt, das ist alles. Und außerdem hast du dich letzte Nacht schon bei ihm bedankt. Mehr brauchst du nicht zu tun.»

«Ist das wirklich wahr, Okasan?» Ich war immer noch nicht ganz überzeugt, aber sie beruhigte mich noch einmal, und schließlich glaubte ich ihr. Ich habe von diesem Kunden nie wieder etwas gehört. Als meine eigene Okasan ein paar Tage später von ihrer Reise zurückkehrte, erzählte ich ihr die

Geschichte. «Du hättest dich gar nicht so aufregen brauchen», sagte sie, als ich geendet hatte. «Die Mütter, die dabei waren, haben ja alles gesehen. Sie passen schon auf, da kannst du unbesorgt sein. Aber wenigstens bist du zu Korika gegangen, bevor du irgend etwas Unüberlegtes getan hast.»

Beim Zuhören mußte ich wieder einmal darüber staunen, wie sehr die Mütter Vermittlerinnen zwischen Geishas und Gästen sind. Die Mütter haben das Wohl ihrer eigenen Kunden im Auge, aber sie vertreten auch die Interessen der Geishas. Das Geheimnis ihres Erfolgs liegt darin, das Gleichgewicht zwischen diesen beiden zu bewahren. Kritik vom Gast oder von der Geisha brauchen sie sich nur soweit gefallen zu lassen, wie sie auf deren Handeln Einfluß nehmen. Die Mütter passen auf die Geishas auf – schließlich ist eine «Mutter» ja eine Frau, die ihre «Tochter» beschützt, wenn das aus der Sicht des Gastes auch manchmal wie eine Einmischung aussieht.

Ab und zu luden mich Stammgäste von Pontocho zu einem Abendessen ein und vertrauten mir ihre Ansichten über Geishas im allgemeinen und besonderen an. Vielleicht dachten sie, ich sei jemand, der in dieser Gesellschaft lebte, aber nicht zu ihr gehörte, und der ihre lange, manchmal recht komplizierte Beziehung zur Welt der Blumen und Weiden verstand. Einer beklagte sich, er habe den Wunsch aufgegeben, eine Affäre mit einer Geisha anzufangen, weil sich die Mütter ständig einmischten. Derselbe Kunde jedoch zog ein Zashiki mit Geishas einer Bar mit Hostessen vor. Er sagte, er fühle sich bei Geishas wohler, da er wisse, daß man sich um sie kümmere. Bei Hostessen konnte er sich da nicht sicher sein, und der Gedanke, sie könnten einsame Frauen mit tragischen Lebensgeschichten sein, war ihm unangenehm.

Für ihn war ein Zashiki ein klar abgegrenzter Ort der Entspannung, den er säuberlich von seinem Alltagsleben trennen konnte. «Aber Sie sind doch bei allen so beliebt», sagte ich, «daß Sie sicher keine Schwierigkeiten hätten, eine Geisha zu finden, die glücklich wäre, Sie als Gönner zu haben.» – «Nein, nein, ich will keinen Ärger haben», antwortete er. Zashikis mochte er deshalb, weil er dort flirten konnte, ohne große Zugeständnisse machen zu müssen. Er war jetzt ein Mittvierziger mit Familie, der sich in seiner Firma eine gute Position erarbeitet hatte. Eine stürmische Romanze hätte sein Leben nur durcheinandergebracht.

## Cocktails oder Oshaku

Eine japanische Party (*Enkai*) unterscheidet sich gründlich von einer amerikanischen. Wir denken bei dem Wort «Party» an ein Fest, zu dem Männer und Frauen eingeladen werden. Ausnahmen wie der Abschied vom Junggesellenleben am Abend vor der Hochzeit bestätigen nur die Regel. Im Gegensatz dazu kommen zu einem Enkai oft nur Angehörige eines Geschlechts, denn ausgelassen und entspannt sind japanische Männer, beziehungsweise Frauen, am ehesten, wenn sie unter sich sind. Die große Ausnahme hierbei ist eine Geisha-Party.

Eine Gruppe von Geishas mit ihren Gästen ist etwas völlig anderes als ein geselliger Abend mit Ehepaaren bei uns. Zwar wird bei beiden Gelegenheiten Alkohol getrunken, damit die Atmosphäre fröhlich und gelockert ist, aber auf einem japanischen Enkai sieht das anders aus als auf einer westlichen Party. In den Unterschieden zwischen *Oshaku*, der japanischen Art des geselligen Trinkens, und dem amerikanischen Cocktail läßt sich das sehr schön veranschaulichen.

*Shaku* bedeutet «(für jemand anderen Sake) einschenken». In diesem Wort schwingt Geselligkeit mit, die ja eine Bedingung für eine gute Atmosphäre auf einem Fest ist. Für Japaner ist der einsame Trinker, der sich den Sake selber einschenken muß, der Inbegriff der Trostlosigkeit. Erst durch das

Oshaku, die wichtigste Aufgabe der Geisha auf einer Party, kommt die richtige festliche Stimmung zustande.[7] «Sake trinken, den die Ehefrau eingeschenkt hat», ist nicht dasselbe; dieses Sprichwort spielt auf einen Ehemann an, der unter dem Pantoffel steht, und die leise Ironie, die darin mitschwingt, bezieht sich darauf, daß man die Rolle der Ehefrau mit Oshaku für unvereinbar hält. Für eine gesellige Atmosphäre sind in Japan die äußeren Umstände ebenso wichtig wie der Alkoholgehalt der Getränke.

Der bei den Amerikanern so beliebte Cocktail dagegen verkörpert für die Japaner die Eigenarten seiner Erfinder: Wer einen Cocktail trinken will, muß ihn selber aussuchen, das Getränk seiner Wahl wird unpersönlich gemixt und eingeschenkt, und schließlich muß er sich selber darum kümmern, daß sein Glas wieder gefüllt wird.[8] Jeder hat sein persönliches Getränk und ist dadurch von allen anderen abgehoben. Man kann das Eis nicht durch eine einfache Geste brechen, wie zum Beispiel durch das Austauschen von Trinkschalen. Diese Art von Geselligkeit empfinden Japaner meist als unbefriedigend.

Bevor es richtig gemütlich wird, muß man warten, bis der Alkohol seine Wirkung tut. Cocktailparties, bei denen man in gemischten Gruppen herumsteht, sind in Japan bis jetzt nicht sonderlich beliebt.

Nachdem ich in Kyoto ein halbes Jahr lang als Geisha an Zashikis teilgenommen hatte, war ich für einige Tage in Tokio bei den Eltern einer amerikanischen Freundin. Meine Rolle als Ichigiku war mir so vertraut geworden, daß es etwas ungewohnt war, wieder auf Stühlen zu sitzen und Englisch zu sprechen. Eines Abends gaben die Eltern meiner Freundin eine Cocktailparty für drei andere amerikanische Ehepaare, und was sich dabei vor meinen an japanische Verhältnisse gewöhnten Augen abspielte, kam mir wirklich sehr merkwürdig vor.

Mr. H. erfüllte seine Pflicht als Hausherr, indem er die

Drinks mixte und auf einem Tablett servierte. Aus japanischer Sicht war es schon ein bißchen lächerlich, diesen würdigen Herrn etwas tun zu sehen, das bei einem Enkai die Aufgabe einer Geisha gewesen wäre. Mrs. H. war die perfekte Gastgeberin: Liebenswürdig lächelnd unterhielt sie sich mit ihren Gästen. Da ich aber gehört hatte, daß sie vor der Party abfällige Bemerkungen über sie gemacht hatte, war mein Eindruck von ihr nicht der allerbeste.

Auch Geishas setzen vor ihren Kunden ein besonders freundliches Gesicht auf, und dennoch habe ich es bei ihnen nie erlebt, daß sie schlecht über einen Gast sprachen, den sie später freundlich begrüßten. Gegen Ende der Cocktailparty waren alle ziemlich betrunken. Die Frauen küßten sich zum Abschied auf die Wangen und wurden von den Männern lange an die Brust gedrückt, die Männer verabschiedeten sich mit einem kräftigen Händedruck. Wieder fühlte ich mich fremd in meiner eigenen Kultur, denn Japaner berühren sich bei Parties nicht in derselben Weise. Während eines Enkai mag es vorkommen, daß man sich anfaßt, aber beim Abschied zieht man sich wieder zurück. Der Unterschied ist vielleicht deswegen so spürbar, weil für uns Begrüßung und Abschied die einzigen Gelegenheiten sind, bei denen körperlicher Kontakt erlaubt ist – also versuchen wir das Größtmögliche herauszuholen.

## Das wahre Gesicht hinter der gesellschaftlichen Fassade

Ebenso wie bei uns hängt in Japan der Erfolg, den man im Leben hat, oft davon ab, wie gut man es versteht, seine wirklichen Gedanken zu verbergen. Daß eine tiefe Kluft zwischen der inneren Realität und der gesellschaftlichen Fassade besteht, weiß man in beiden Kulturen. Die Art und Weise jedoch, wie man mit diesem Wissen umgeht, ist in beiden etwas unterschiedlich.

Für die Japaner drückt sich dieser Zwiespalt, den sie als Bedingung eines zivilisierten Lebens empfinden, in dem Widerstreit zwischen *Honne* («echtes Gefühl») und *Tatemae* («die gesellschaftliche Notwendigkeit») aus. Nehmen wir beispielsweise eine Szene aus einem Film oder einem Buch: Jeder hat Mitleid mit der Frau, die mit dem Lehrer ihres Sohnes spricht und sich dabei so aufrecht hält – wo wir doch wissen, wie sehr sie trauert, weil ihr Sohn gerade gestorben ist. In Japan wird man sie dafür bewundern, daß sie nicht zusammenbricht und ihre wahren Gefühle zeigt, die der Leser oder Zuschauer gerade dadurch, daß sie verborgen bleiben, um so deutlicher mitempfindet. Japaner wissen, daß Tatemae in gewissen Lebenslagen unerläßlich ist und daß gesellschaftliche Fassaden nichts Verlogenes an sich haben; sie sind vorfabrizierte Muster, die uns in bestimmten Situationen helfen. Man darf eben sein Herz nicht auf der Zunge tragen.

Unsere Kultur dagegen steht in diesem menschlichen Dilemma der gesellschaftlichen Fassade mißtrauisch gegenüber und betrachtet sie, im Gegensatz zu den wahren Gefühlen, als Täuschung. Wir haben den Eindruck, daß Heuchelei im Spiel ist, wenn die Kluft zwischen Honne und Tatemae zu groß wird, und obwohl die gesellschaftlichen Realitäten verlangen, daß wir uns dieser beiden Aspekte bewußt sind, wollen wir doch nicht zu deutlich mit diesem Zwiespalt konfrontiert werden. Das ist einer der Gründe, warum Amerikaner Geishas mißtrauen.

«Ich verstehe nicht, wie du an diesen unaufrichtigen Schmeicheleien Gefallen finden konntest!» wundert sich eine amerikanische Ehefrau, als ihr Mann von einem Enkai mit einem japanischen Kollegen zurückgekehrt ist. Sie stellt sich vor, wie die Geishas ihrem Mann Komplimente machen, und findet ihr Benehmen verwerflich. Das kann doch gar nicht das sein, was sie wirklich denken! Es fällt ihr schwer, zu glauben, daß das, was die Geishas tun, die erforderliche Fassade für ihre Arbeit ist, und daß dem nicht unbedingt Heuchelei zugrunde liegen muß. Auf dem Heimweg von einem Zashiki, an dem auch die Ehefrauen von Ausländern teilnahmen, fragten mich die anderen Geishas verwirrt, warum diese Frauen sie so böse angesehen hätten. Es machte sie unbehaglich – von japanischen Frauen waren sie das nicht gewöhnt. Hinter diesen Feindseligkeiten liegt, glaube ich, die stumme Anklage, daß Geishas davon leben, Männer zu täuschen.

## Ein zwangloses Zashiki

Manche Kunden sind so angenehm wie eingetragene Schuhe. Herr Sato zum Beispiel besucht die Teehäuser von Pontocho seit über zehn Jahren. Er bekommt Kouta-Unterricht beim selben Lehrer wie die Frauen von Pontocho, und die Geishas mögen ihn sehr gern. Herr Sato ist nicht einer von den Gästen, denen sie etwas vorspielen müssen – in seiner Gegenwart können sie ganz offen reden. Ein Stammgast wird manchmal *Oniisan* («Älterer Bruder») genannt, wenn er älter ist, vielleicht auch *Otosan* («Papa»). Das sind jedoch nur nette kleine Gesten. Sato-san dagegen wird wirklich wie ein Älterer Bruder behandelt, ganz ohne Koketterie.

Ich hatte zu ihm dasselbe herzliche Verhältnis wie die anderen Geishas von Pontocho. Als mein Mitschüler beim Kouta-Unterricht hatte er gesehen, welche Schwierigkeiten ich anfangs mit dem Singen hatte. Sein Lob und seine Tips zur Gesangstechnik, die er sich im Laufe der Jahre angeeignet hatte, waren eine große Hilfe für mich gewesen. Im Gegensatz zu vielen anderen Geschäftsleuten mittleren Alters, die einige Kouta-Stunden nehmen, um ihr Image als Kunstliebhaber aufzupolieren, hat Sato ein echtes Interesse an diesen Liedern.

Einmal lud er mich in ein Restaurant ein, und wir sprachen während des ganzen Essens nur über unsere Lieblings-Koutas.

Später schlug er vor, den Abend in Korikas Teehaus fortzusetzen. Wir riefen sie an und gingen hinüber. Korika empfing uns in der Vorhalle. Sie trug eine Baumwollbluse und einen Rock – offenbar sollte es ein recht zwangloser Abend werden. Auf der Suche nach einer Kleinigkeit zu essen, die man zum Bier servieren könnte, durchstöberte sie die Küche, fand aber nur getrocknete Sardinen, die sie über der Gasflamme des Küchenherdes röstete. Sie wußte, daß wir nicht wegen ausgefallener Delikatessen, sondern wegen ihrer Gesellschaft gekommen waren.

Korika rief Kazue an, eine ältere Geisha, deren Spezialität das Shamisen war, und bat sie vorbeizukommen. Kazue verfügte über ein gewaltiges Repertoire. Nachdem ich alle Koutas gespielt hatte, die ich konnte, übernahm Kazue das Shamisen. Es gab kein Lied, das sie nicht spielen konnte. Während einer Pause fragte Sato mich nach meinem Alter, und ich antwortete, ich sei im Jahr des Tiger geboren worden. «Ich bin auch Tiger», sagte Kazue. Ich rechnete kurz nach und kam zu dem Ergebnis, daß sie 61 Jahre alt sein müsse.[9] Bei Unterhaltungen nehmen die älteren Geishas im allgemeinen kein Blatt vor den Mund, und Kazue war hier keine Ausnahme.

Sie legte ihr Shamisen beiseite, und Sato schenkte ihr ein Glas Bier ein. Dann begannen wir drei Frauen, über Männer zu sprechen, als sei unser Gast kein Vertreter eben jener Japaner, um die unser Gespräch sich drehte. Neugierig und vielleicht etwas verwundert hörte Herr Sato zu.

«Ich bin jetzt glücklicher als je zuvor in meinem Leben», sagte Kazue. «Und wollt ihr wissen warum? Weil ich keinen Gönner habe, der mir das Leben schwermacht. Solange ich alleine zurechtkomme, sehe ich keinen Vorteil darin, an einen Mann gebunden zu sein. Entschuldigung, Sato-san.»

Korika pflichtete ihr bei. «Die Frau zieht immer den kürzeren», sagte sie. «Sie muß sich mit allen Dummheiten ihres Mannes abfinden, weil sie letztlich finanziell abhängig und machtlos ist. Als Mann kann man eine Ehefrau, eine Geliebte und vielleicht noch ein paar Verhältnisse nebenbei haben – als Frau wohl kaum. Das ist wirklich äußerst ungerecht. Entschuldigung, Sato-san.»

Sato sagte nichts. Daß die Frauen in seiner Gegenwart so offen sprachen, war ein Zeichen dafür, wie sehr sie ihn mochten, aber obwohl nichts von dem, was sie sagten, ein persönlicher Angriff gegen ihn sein sollte, war ihm das Thema doch sichtlich peinlich.

«Wenn ich es mir aussuchen könnte, würde ich am liebsten entweder als Mann oder als Geisha geboren werden», sagte Kazue. «Da ist man wenigstens frei.»

Korika nickte. «Da hast du recht. Eine verheiratete Frau hat in Japan ein schweres Leben. Michiko sagt, daß Ehefrauen beruhigt sind, wenn sie wissen, daß ihre Männer bei einem Zashiki mit Geishas sind und sich nicht mit ihrer Sekretärin oder einem Barmädchen herumtreiben. Ich glaube aber, eine Frau regt sich immer auf, wenn ihr Mann eine Geliebte hat – auch wenn diese Geliebte eine Geisha ist.»

Kazue kam jetzt richtig in Fahrt. «Sogar in den Künsten sind die Leute an der Spitze immer Männer. Zum Beispiel die Shamisen-Spieler: Ganz gleich, wie gut eine Frau spielen kann – man würde sie nie als größte Meisterin anerkennen.»

«Was erwartest du?» erwiderte Korika. «Das Ganze spiegelt doch nur die japanische Gesellschaft wider.»

Ich warf ein, daß Frauen in der Geisha-Welt doch weit aufsteigen könnten. «Das stimmt schon», gab Korika zu, fügte aber hinzu: «Ich habe aber nicht das Gefühl, daß das die Nachteile, eine Frau zu sein, aufwiegt.» Herr Sato machte eine Bemerkung, die als Kompliment gedacht war: «Die Okasan des *Mitsuba* beispielsweise – was könnte sie alles sein, wenn sie ein Mann wäre! Was für einen Politiker würde sie abgeben!» Die Frage, warum sie als Frau ihr Einfühlungsvermögen und ihre Menschenkenntnis niemals in einer solchen Position würde einsetzen können, kam ihm offenbar gar nicht in den Sinn. Ein wenig später verließen Kazue, Sato und ich Korikas Teehaus und gingen nach Gion. Es war eine herrliche frühe Juninacht, und wir spazierten gemächlich über die Shijo-Brücke. Da Sato sich in Gion nicht gut auskannte, schlug ich eine Bar vor. Als wir dort ankamen, war es elf Uhr, und wir blieben bis zwei Uhr morgens. Kazue war die ganze Zeit heiter und gelöst; nur wenn die Unterhaltung ins Stocken geriet, bemerkte ich, daß ihre Augen müde aussahen.

# *Zweiter Teil*
# Variationen

# 9. Geishas und andere Frauen

*«Geishas sind nicht so gerissen wie die Politiker, die erst Unruhe stiften und sich danach an der von ihnen geschaffenen Situation bereichern. Geishas haben mehr Würde und Anstand als die Mitglieder des Parlaments.»*

*Nagai Kafu: ‹Ude Kurabe› (1937)*

## Vergnügungsviertel

1976 gab es in ganz Japan etwa 17000 Geishas. Die erste Frage, die sich mir bei meinen Studien stellte, war: Wo konnte ich sie finden? Natürlich wußte ich, daß es in Kyoto, der alten Hauptstadt, Geishas gab. Ansichtskarten aus Kyoto zeigen entweder einen Tempel oder lächelnde Maikos und Geishas als Wahrzeichen der Stadt. Aber auch in Tokio gibt es Geishas, auch wenn diese aggressiv moderne Stadt wohl kaum solche Bilder zu ihrer Selbstdarstellung benutzen würde.

Die Geishas von Tokio sind etwas anders als ihre Schwestern in Kyoto. Mit Hilfe eines Fragebogens fand ich heraus, daß es viele regionale Unterschiede zwischen den Geishas in den verschiedenen Teilen Japans gibt. Während sie in Kyoto geschätzte und geachtete Symbole für die Tradition der Stadt sind, spielen sie im Bewußtsein der Zehn-Millionen-Stadt Tokio nur eine kleine Rolle.

In einigen Hanamachis besteht ein stärkeres Gemeinschaftsgefühl als in andern. In Kyoto leben die Frauen meistens auch in demselben Viertel, in dem sie arbeiten. Sie wohnen in einem kleinen Haus oder Appartement, ein paar Schritte von den Teehäusern entfernt, in denen sie die Gäste unterhalten. Da auch ihre Schwestern und die Mütter dort leben, begegnet man sich immer wieder zufällig auf der Straße.

In Tokio dagegen müssen alle Geishas zwar zu einem Hanamachi gehören, sie leben aber im allgemeinen in einem anderen Teil der Stadt und fahren abends zur Arbeit. Es gibt dort etwa zwanzig Geisha-Gemeinschaften – in Kyoto sind es nur fünf. Zu den Gästen der bekanntesten und angesehensten Hanamachis von Tokio gehören wichtige Politiker und Geschäftsleute, die Spitzen der japanischen Gesellschaft.

Tokio ist das Zentrum der wirtschaftlichen und politischen Macht Japans. Die beiden berühmtesten Hanamachis sind Shimbashi und Akasaka. Sie liegen im Bankenviertel der Innenstadt von Tokio und sind Tummelplätze für Reiche und Einflußreiche. Jedermann weiß, daß hier, in den Speisezimmern gepflegter alter Etablissements und oft im Beisein von Geishas, viele politische Intrigen gesponnen und Geschäftsabschlüsse getätigt werden. Allgemein ist man der Ansicht, daß solche Dinge in Japan eben so gemacht werden – obwohl der Ausdruck *Machiai Seiji* («Teehaus-Politik») denselben üblen Beigeschmack hat wie unser Wort «Verfilzung». Einige Hanamachis in Tokio haben ein weit weniger glänzendes Image als Shimbashi und Akasaka – aber das entdeckte ich erst, als ich Geishas und Kunden kennenlernte, die sich in den kleinen Gassen der anderen Geisha-Viertel auskannten.

Die größten und vielfältigsten Geisha-Gemeinschaften Japans sind die von Kyoto und Tokio. Außerhalb dieser Städte gibt es nur *chiho* («provinzielle») Geishas. Die meisten größeren japanischen Städte haben eine Art Hanamachi, aber die

Zahl der Geishas, die dort arbeiten, ist stark zurückgegangen. In der Großstadt Fukuoka auf der Insel Kiushu leben heute nur noch etwa 80 Geishas – das sind etwa genauso viele, wie es in Kyoto allein in Pontocho gibt. In anderen Städten sind die Geishas ganz verschwunden, so zum Beispiel in Saga, der Hauptstadt einer Provinz in Mittel-Kiushu. Sogar die einstmals blühenden Geisha-Viertel von Japans zweitgrößter Stadt Osaka sind fast nicht mehr vorhanden. Der Grund hierfür ist vielleicht, daß die immer noch zahlreichen Kunden lieber in die Teehäuser von Kyoto gehen. Eine Eisenbahnfahrt dorthin dauert nur 45 Minuten. Für Japaner, die lange Fahrten zum Arbeitsplatz gewöhnt sind, bedeutet das fast nichts.

Die verfeinerte Tradition der städtischen Geishas ist also hauptsächlich in Kyoto und Tokio erhalten geblieben; die *größten* Geisha-Viertel findet man jedoch nicht in den Metropolen oder den Provinzstädten, sondern in Urlauberorten. Schon seit Jahrhunderten gibt es in Japan Bade- und Erholungsorte an Stellen, wo sich natürliche Schwefelquellen befinden. Das größte dieser Thermalquellenbäder (*Onsen machi*) ist Atami, das nur eine Stunde von Tokio entfernt auf der Halbinsel Izu liegt. Als ich 1976 dort war, gab es in Atami über 700 Geishas.

Die Frauen in diesen Badeorten werden «Onsen Geishas» genannt. Ein etwas abfälliger Ausdruck, in dem käufliche Liebe und nicht gerade hohe künstlerische Fähigkeiten mitschwingen. Natürlich gibt es auch in diesen Städten noch gute Musikerinnen und Tänzerinnen, aber insgesamt sind diese Geishas in der Öffentlichkeit ziemlich schlecht angesehen. Man nennt sie *Korobi*-(Unterlage-)Geishas, *Shomben*-(Toiletten-)Geishas oder Daruma-Geishas, von denen man sagt, daß sie, wie die Daruma-Puppen aus Pappmaché, beim leisesten Stoß auf den Rücken fallen.

Je mehr ich über die Welt der Geishas, über die Welt der Blumen und Weiden herausfand, desto verwirrender erschien mir ihre Vielfalt. Eines jedoch wurde mir bald klar: Die weitverbreiteten Mißverständnisse über die Verbindung zwischen Geishas und Prostitution haben ihren Ursprung in der Tatsache, daß man die vielen verschiedenen Arten von Geishas wahllos in einen Topf wirft. Einerseits kann man zwar sagen, daß eine Maiko aus Kyoto und eine Onsen-Geisha Teil einer lebendigen japanischen Tradition sind, andererseits jedoch ist es geradezu lächerlich, beide in einem Atemzug zu nennen. Als ich anfing, mich eingehend mit den verschiedenen Eigentümlichkeiten zu beschäftigen, durch die Geishas sich unterscheiden – die Gegend, in der sie arbeiten, das Ansehen ihres Hanamachis, ihr Alter –, merkte ich, daß jede allgemeingültige Aussage über «die Geisha» irreführend sein würde.

## Geishas und Ehefrauen

Die moderne Welt der Blumen und Weiden wirkt wie ein exotischer Garten, der von einer Mauer der Tradition umgeben und für Außenstehende geschlossen ist. Als ich meine Studien aufnahm, wußte ich nicht, ob man mich auf die andere Seite dieser Mauer lassen würde, aber ich beschloß, meine Untersuchung in Tokio zu beginnen. Ein japanischer Freund in den USA hatte mir sein kleines Appartement überlassen. Seine Kusine und ihr Mann, der Redakteur bei einer großen Tageszeitung war, lebten in der Nähe und luden mich oft zum Essen ein. Sie wohnten in einem kleinen, gepflegten Haus in einer ruhigen Straße und gehörten durch ihre Herkunft und ihre Erziehung zur gebildeten oberen Mittelklasse.

Yurikos Vater war Arzt gewesen. Sie war sein einziges Kind, und als er 1970 starb, erbte sie das Haus. Ihr Mann hatte in ihre Familie geheiratet und bei der Eheschließung ihren Nachnamen angenommen.[1] Viele Jahre lebten die beiden gemeinsam mit Yurikos Eltern im selben Haus. Dann starb plötzlich ihr Vater und wenige Wochen später auch ihre Mutter.

Yuriko hatte ihren Eltern immer sehr nahegestanden. Sie hatte ja ihr Elternhaus nie verlassen, nicht einmal, als sie heiratete. Die Trauer über den plötzlichen Verlust beider Eltern war so groß, daß sie nicht in der Lage war, sich um die vielen Dinge zu kümmern, die für die Beerdigung ihres weithin bekannten Vaters erledigt werden mußten. Sie erzählte mir, daß ihr in diesen schweren Tagen einige der Geishas, die ihr Vater seit vielen Jahren gekannt hatte, sehr geholfen hatten.

Da Geishas die Etikette beherrschen und ihre Kunden meist schon älter sind, kennen sie sich sehr gut mit den komplizierten Regeln aus, die für japanische Beerdigungen gelten. Man muß besondere Benachrichtigungen verschicken, Beileidsgeschenke in Form von Geld sorgfältig registrieren und denjenigen, die Geld zum Beerdigungsgottesdienst mitbringen, genau gleichwertige Gegengeschenke geben. Einige Geishas aus dem angesehenen Hanamachi Shimbashi, in dem ihr Vater oft Kunde gewesen war, hatten Yuriko diese Arbeit abgenommen. Sie war ihnen schon früher vorgestellt worden, aber nun hatte sie zum erstenmal persönlich Kontakt zu ihnen.

Zweimal im Jahr hatten die Geishas Yurikos Elternhaus einen Besuch abgestattet: Einmal Anfang Januar, zum Jahresbeginn, und einmal im Hochsommer, wenn Obon, das buddhistische Fest zu Ehren der Ahnengeister gefeiert wird. An diesen beiden Festtagen, die das Jahr in zwei fast genau gleich große Hälften teilen, ist es Sitte, sich gegenseitig zu beschenken. Die Gaben, die die Geishas bei ihren Besuchen mitbrachten, waren nicht für Yurikos Vater bestimmt, der ja ihr Kunde war, sondern für ihre Mutter: Taschentücher, Duftseife, Zucker, ein Stück Stoff. Yurikos Mutter empfing die Geishas im Wohnzimmer, und in ihrer kurzen, aber in einem herzlichen Ton geführten Unterhaltung fielen dann Sätze wie diese: Geisha: «Ich möchte mich für die Besuche Ihres Mannes im letzten Jahr bedanken.»

Ehefrau: «Ich muß mich dafür bedanken, daß Sie sich so gut um ihn kümmern.»

Danach verabschiedeten sich die Geishas und besuchten andere wichtige Kunden, um ihnen ähnliche Geschenke zu bringen und ihnen alles Gute zum Fest zu wünschen.

Bei dieser Gelegenheit kommen also zwei Arten von japanischen Frauen, von denen man meinen sollte, daß sie Gegnerinnen seien, in einem völlig angemessenen sozialen Rahmen zusammen. Die Geisha stattet der Ehefrau einen Höflichkeitsbesuch ab, und die Frau verhält sich ihr gegenüber ebenso freundlich wie gegenüber jeder anderen Person, die zum beruflichen oder gesellschaftlichen Erfolg ihres Ehemannes beiträgt. Obwohl heute die Trennungslinie zwischen der Privatsphäre und der übrigen Gesellschaft nicht mehr so scharf ist wie früher, besteht sie doch immer noch; Geishas und Ehefrauen stehen auf verschiedenen Seiten dieser Linie.

Die Rollenverteilung in Japan weist der Frau eine Stelle im Mittelpunkt des Haushaltes zu. Man erwartet von ihr nicht, daß sie gesellschaftlichen Verpflichtungen gegenüber Kollegen ihres Mannes nachkommt, und tatsächlich überläßt sie diesen äußerst wichtigen Bereich völlig ihrem Mann. Außerhalb des Hauses ist das Reich der Geishas (und das ihrer modernen Gegenstücke, der Barhostessen). Viele japanische Frauen sind sich der Stellung, die sie als Ehefrauen gegenüber den Geishas haben, sehr bewußt. Sie sehen in dieser Beziehung eine gegenseitige Ergänzung, eine Arbeitsteilung, in der keine Seite eifersüchtig zu sein braucht, da sich die eine Identität nicht mit der anderen überschneidet.

Dieses Gefühl einer gegenseitigen Ergänzung, ohne daraus folgende Feindseligkeit, wurde bei meinen Gesprächen mit Frauen, deren Männer regelmäßig in Teehäuser gingen, öfters erwähnt. Eine amerikanische oder europäische Frau würde sich in einer solchen Situation bedroht fühlen und wütend werden. Sie würde sich energisch gegen den Gedanken wehren, daß eine andere Frau ihren Ehemann zu gesellschaftlichen Anlässen begleitet, ihm kleine Dienste erweist und vielleicht sogar ein Verhältnis mit ihm hat. Alle diese Dinge sind in der europäischen und amerikanischen Kultur wesentliche Bestandteile der Rolle einer verheirateten Frau, und ihre Übernahme durch eine andere stellt eine grundsätzliche Gefährdung der Position der Ehefrau dar. Warum verhalten sich dann also die meisten Japanerinnen in dieser Frage so gleichgültig?

Wie nicht anders zu erwarten liegt die Antwort in der kulturell bedingten Definition der Ehefrau und in den Erwartungen, die Japaner in eine Ehe setzen. Das Ziel der Suche nach einem Partner ist nicht, wie bei uns, eine romantische Beziehung, sondern entspringt vielmehr der gesellschaftlichen Überzeugung, daß man in einem gewissen Alter einfach heiraten sollte. Zwar hört man im modernen Japan immer wieder von «Liebesehen» (im Gegensatz zu arrangierten Ehen), aber diese Unterscheidung ist in Wirklichkeit nicht so eindeutig, wie sie erscheinen mag. Selbst ein Ehepaar, das aus Liebe geheiratet hat, hat meistens die Dienste eines Mittelsmannes in Anspruch genommen. Natürlich ist es wünschenswert, daß Mann und Frau sich mögen, aber Romantik ist nicht unbedingt das Fundament einer Ehe.

In Japan ist die Heirat der wichtigste Schritt in das Erwachsenenleben, und jemand, der diesen Schritt nicht tut, gilt als etwas sonderbar und steht am Rande der Gesellschaft. Da das gesellschaftliche Leben einer erwachsenen Frau sehr eindeutig durch ihre Rolle als Ehefrau und Mutter definiert wird, ist es für sie noch ungewöhnlicher, unverheiratet zu bleiben, als für einen Mann, dessen Rolle als Ehemann und Vater nicht so großes Gewicht hat. Mit der Heirat ist unvermeidlich auch die Erwartung verbunden, Kinder zu haben und großzuziehen. Wenn Kinder da sind, wendet sich die Aufmerksamkeit der Frau ganz und gar ihnen zu, und ihre Mutterrolle im häuslichen Leben drängt ihre Rolle als Ehefrau in den Hintergrund. Die anfängliche Unterbetonung der Romantik in japanischen Ehen wird noch verstärkt, wenn sogar der Ehemann anfängt, seine Frau «Mama» zu nennen.

## Verheiratete Frauen gegen Geishas

Vom Standpunkt der westlichen Frauenbewegung aus gesehen, ist eine japanische Frau der Mittelschicht fast völlig in den Fesseln der Häuslichkeit gefangen. Diese Einschätzung zieht jedoch nicht in Betracht, daß eine Japanerin als Ehefrau und Mutter jede nur denkbare gesellschaftliche Bestätigung erfährt. Der Mann überläßt seinen Gehaltsscheck seiner Frau; sie ist für die Einteilung des Haushaltsgeldes zuständig und gibt ihm ein Taschengeld für seine persönlichen Bedürfnisse. Der Haushalt mag ein begrenzter Bereich sein, aber innerhalb der vier Wände herrscht eine japanische Frau ebenso uneingeschränkt wie ein Konzernchef. Mit der Arbeitswelt ihres Mannes hat sie nur selten etwas zu tun, und man erwartet von ihr auch nicht, daß sie eine gewandte Gastgeberin ist. Eher soll sie sich in zurückhaltender Bescheidenheit üben.

Geishas verkörpern genau jene Aspekte der Weiblichkeit, die in der Rolle der Ehefrau gar nicht oder nur am Rande vorhanden sind. Eine verheiratete Frau ist zurückhaltend, während eine Geisha gesprächig ist und geistreiche, gewagte Geschichten erzählt. Wenn eine verheiratete Frau nichts Romantisches oder Sinnliches umgibt, so ist die Geisha im Gegensatz dazu ein Objekt der Phantasie und besitzt eine gewisse sexuelle Anziehungskraft, ganz gleich, ob sie bereit ist, mit einem Mann zu schlafen oder nicht. Eine Ehefrau hat sich dem Haus und der Familie zu widmen – eine Geisha kennt solche Bindungen nicht. Bei all diesen Gegensätzlichkeiten wäre eine verheiratete Geisha tatsächlich ein Widerspruch in sich.

Verheiratete Frauen wie Geishas sind für ihren Lebensunterhalt von Männern abhängig – von Ehemännern oder Kunden. Die Männer dagegen können die Trennungslinie zwischen den beiden Bereichen der Frauenwelt ungehindert überschreiten. Durch all die ungeschriebenen Gesetze ihres Berufes wäre es ungewöhnlich, wenn eine Geisha versuchen würde, einen Kunden zur Scheidung zu drängen, um den Platz der Ehefrau einnehmen zu können. Eine Frau hat wahrscheinlich allen Grund zur Sorge, wenn ihr Mann ein Verhältnis mit einer Barhostess oder einer Sekretärin anfängt. Wenn es sich dabei jedoch um eine Geisha handelt, braucht sie für ihre Ehe wahrscheinlich nichts zu befürchten.

Von den Kunden der Teehäuser sind ohnehin nur wenige in der Lage, sich eine Geisha als Geliebte zu halten. Und obwohl eine Geisha einen Kunden haben mag (oder jedenfalls oft hofft, einen zu haben), mit dem sie eine intime, dauerhafte Beziehung eingeht, wird sie trotzdem darauf achten, sich einen festen Kundenkreis zu erhalten, der sie weiterhin engagiert und für ihre Tanz- und Musikdarbietungen bezahlt. Sie kann viele Kunden haben, aber sie hat niemals mehr als einen Gönner.

Bei dem Gedanken, ihr Vater könnte eine Geliebte gehabt haben, mußte Yuriko lachen; selbst wenn er es gewollt hätte, sei er dazu viel zu beschäftigt gewesen, sagte sie. Bei vielen Geishas aber war er ein beliebter Kunde gewesen, und sie bedauerte, daß er nicht mehr lebte, denn sonst hätte er mich nach Shimbashi einladen und mir einige seiner Freundinnnen vorstellen können. Ich fragte Yuriko, ob sie auch meine, daß Geishas ganz gewöhnliche berufstätige Frauen geworden seien, wie manche Leute glaubten. Sie verneinte das.

Einerseits, sagte sie, stünden Geishas nicht besonders hoch im Ansehen. Schließlich gehören sie zum Dienstleistungsgewerbe, und der sexuelle Aspekt ihres Berufes hat immer wieder zu Spekulationen über ihre Moral geführt. Andererseits sind Geishas Künstlerinnen, und die Künste, die sie beherrschen, sind in der japanischen Gesellschaft hoch geachtet. Dieselben klassischen Tänze oder traditionellen Musikstile, die Geishas lernen müssen, sind Teil der Erziehung von Mädchen aus guten Mittelstandsfamilien, die oft vor ihrer Heirat Unterricht in diesen Künsten nehmen. Obwohl Geishas also in mancher Beziehung gesellschaftlich unter den berufstätigen Frauen stehen, genießen sie in anderer Hinsicht mehr Ansehen.

Es gibt eine Organisation, die den Anspruch vertritt, die Interessen der Geishas zu vertreten. Sie hat versucht, diesem Beruf einen Anstrich von Ehrbarkeit zu geben, indem sie seine weniger schönen Aspekte unter den Teppich kehrte und ihn so darstellte, als sei er eigentlich nicht wesentlich anders als die Tätigkeit einer Sekretärin. Ich habe auch schon gehört, daß die Geishas der Zukunft allen erotischen Beiwerks entkleidet und von der Regierung als Unterhaltungskünstlerinnen subventioniert werden sollen. Mag sein, daß es so kommt – mir scheint jedoch, eine von der Regierung subventionierte Geisha-Welt wäre eine recht fade Angelegenheit.

## Dienen

Zu den Dingen, die bei Geishas am meisten ins Auge stechen, gehört die Tatsache, daß sie nicht heiraten. Obwohl sie Symbole für die japanische Auffassung von Weiblichkeit sind, schlagen sie nicht den Weg ein, den die Gesellschaft vorzeichnet und den gut 98 Prozent der japanischen Frauen gehen. Statt dessen leben sie in Gemeinschaften mit anderen Frauen, die durch ein Ritual zu ihren Müttern und Schwestern geworden sind. Diese Bezeichnungen erinnern an ein Kloster, und im Vergleich zum «normalen» Leben einer Ehefrau und

Mutter ist die Ähnlichkeit zwischen Geishas und Nonnen größer, als es auf den ersten Blick scheinen mag. Beide sind Randgruppen der Gesellschaft, und beide sind von etwas Geheimnisvollem umgeben, das die Neugier gewöhnlicher Menschen weckt. Daß viele Geishas im Alter in buddhistische Klöster eingetreten sind, erscheint Japanern weder seltsam noch unpassend.

Die Geishas verkörpern ein kompliziertes Bild der Weiblichkeit. Ihr Beruf gehört natürlich zum Dienstleistungsgewerbe, dennoch sind sie alles andere als unterwürfig. Die Vorstellung, eine Geisha sei eine einfältig lächelnde Sklavin männlicher Launen, ist ein absurdes Stereotyp, das außerhalb Japans entstanden ist. Geishas sind auch keine besseren Kellnerinnen. Bei Banketten tragen Dienstmädchen, die zum Haus gehören, die Speisen auf. Das Einschenken einer Schale Sake für ihren Kunden ist eigentlich die einzige tatsächliche «Dienst-Leistung», die von einer Geisha erwartet wird, und dies ist eher eine zeremonielle Geste als eine Bedienung – was man schon daran erkennt, daß es sich für einen Gast gehört, zum Dank seinerseits der Geisha eine Schale Sake zu reichen.

Bei persönlichen Begegnungen hat man es in Japan entweder mit Höherstehenden (wörtlich: «die, die über den Augen stehen») oder mit Tieferstehenden («die, die unter den Augen stehen») zu tun. Nur selten trifft man jemanden gesellschaftlich genau Gleichrangigen. Tatsächlich gibt es im Japanischen keinen Ausdruck mit der Bedeutung «jemand auf Augenhöhe».

Diese kleinen Nuancen bilden den Rahmen für das Ritual der Gastlichkeit. Die japanische Etikette verlangt, daß ein guter Gastgeber seinen Gast in jeder Hinsicht über sich selbst stellt. Er muß darauf bestehen, daß der Gast sich auf den Ehrenplatz setzt und zuerst mit Speisen und Getränken bedient wird, und um ihn zu ehren, gebraucht er bei der Anrede besondere sprachliche Wendungen.[2] Gegenüber ihren Gästen, die immer als *Okyakusama* («geehrte Gäste») bezeichnet werden, verhalten sich die Geishas, wie man es von einem Gastgeber erwartet.

Die vornehmste Aufgabe des Gastgebers ist es, eine behagliche und entspannte Atmosphäre zu erzeugen, damit sein Gast sich wohl fühlt. Wenn man eine Geisha fragen würde, was sie bei einem Engagement eigentlich wirklich zu tun hat, würde ihre Antwort sicherlich so ähnlich ausfallen. Eine Geisha aus Akasaka hat es in ihrem Buch so ausgedrückt: «Damit der Abend reibungslos verläuft, müssen wir sein wie Öl.»[3]

Da sie keine Dienstmädchen, sondern Gastgeber sind, erwartet man von Geishas, daß sie im Umgang mit ihren Gästen Initiative, Individualität und Einfallsreichtum zeigen. Sie sollten in der Lage sein, einem schüchternen Gast seine Hemmungen zu nehmen, das Gespräch auf Themen zu bringen, für die ihre Gäste sich interessieren, und die Stimmungsschwankungen zu erkennen, die sich im Verlauf des Abends ergeben können. Durch Unterwürfigkeit läßt sich das nicht erreichen. Ich habe festgestellt, daß Geishas eine bemerkenswerte Selbstsicherheit besitzen; das unterscheidet sie, unter anderem, von gewöhnlichen Barhostessen, von denen man wohl eher annehmen kann, daß sie die schlimmsten Auswüchse der Egos japanischer Männer zynisch ausbeuten. Das Verhältnis zwischen Gast und Geisha beruht auf gegenseitigem Respekt und ist viel weniger einseitig als die meisten Beziehungen zwischen den Geschlechtern in Japan. Geben und Nehmen halten sich meist die Waage, und besonders ältere Geishas lassen sich von einem unverschämten Gast nichts gefallen.

Geishas sind also sehr weiblich, wobei sie allerdings nicht jene Demut und Unterwürfigkeit kultivieren, die man so oft mit japanischen Frauen verbindet. Wohlerzogene, sanftmütige Japanerinnen nennt man *Yamato nadeshiko* («wild wachsende Nelken»). In der Welt der Blumen und Weiden findet man solche zarten Blüten selten. Die Weide aber ist ein sehr passendes Symbol für die Geisha. Sie muß nachgiebig sein und sich, je nach der Windrichtung und der Persönlichkeit des Kunden, anmutig nach allen Seiten biegen können. Geishas sind aber nicht nur bekannt für ihre Verbindlichkeit, sondern auch für ihre große Loyalität gegenüber ihren Gästen, und so war es für die Geishas aus Shimashi ganz selbstverständlich, der erwachsenen Tochter eines verstorbenen Kunden bei den gesellschaftlichen Verpflichtungen zu helfen, die mit seiner Beerdigung verbunden waren.

Ich habe oft festgestellt, daß jeder Japaner eine Meinung über Geishas hat – ganz gleich, ob er schon einmal einer begegnet ist oder nicht. Aus diesen Eindrücken, Meinungen und Vorurteilen entstand für mich das Bild jener Rolle, die die Geisha in der japanischen Gesellschaft einnimmt. Durch Yuriko, eine Hausfrau aus der gehobenen Mittelschicht, wurde ich auf einen Aspekt hingewiesen, den ich von innerhalb der Geisha-Gemeinschaft nicht wahrgenommen hätte. Die Verbindung zwischen Geishas und Ehefrauen und die Gegensätzlichkeit ihrer Positionen zu beiden Seiten der Männer ging mir erst auf, als Yuriko von den persönlichen Erfahrungen ihrer gesamten Familie mit den Geishas von Shimbashi erzählte.

# 10.

# Der Aufstieg von Akasaka

*«Die große Metropole Edo ist kreuz und quer von Kanälen und Wasserwegen durchzogen, und überall benetzt und wäscht das Wasser die vielen Geishas der Stadt. In Yanagibashi blühen sie miteinander um die Wette wie die Schlüsselblumen im Gras. Wer Schach liebt, geht nach Tachibana-cho*, wo er Geishas findet, die so himmlische Musik machen, daß man an die Göttin Benten denken muß, während ihre Schönheit an die Geschichten über Komachi erinnert.»*

*Ryutei Tanehiko: ‹Geisha tora no maki›*

## Der Konkurrenzkampf der Hanamachis

Als Tanehiko seinen Roman in den dreißiger Jahren des 19. Jahrhunderts schrieb, gab es in Edo, dem heutigen Tokio, acht Geisha-Viertel. Unter diesen Hanamachis galt Yanagibashi als das vornehmste. Shimbashi und Akasaka, die heute die beiden besten Geisha-Viertel Tokios sind, existierten um diese Zeit noch nicht.

Zwischen 1830 und 1880 stieg die Zahl der Geishas in Tokio von weniger als 200 auf über 1200 an. Um 1880 machte Shimbashi, das einen kometenhaften Aufstieg erlebt hatte, Yanagibashi den Ruf streitig, das beste Viertel Tokios zu sein. Ein Magazin mit dem Titel ‹*Tokyo gijo*› («Geishas in To-

* (Tachibana-cho war eines der ersten Viertel in Tokio, in dem Odoriko, Tanzmädchen, auftraten. Die Erwähnung von Benten, der Schutzgöttin der Musik und des Tanzes, spielt darauf an. Komachi gilt als Inbegriff einer schönen Frau.)

kio») veranstaltete 1882 eine Umfrage, die zu diesem Ergebnis führte. Auch Akasaka ist darin aufgeführt, aber nur als vorletztes in der fünften Klasse: «In Akasaka geben sich einige Frauen den Anschein, Geishas zu sein, aber sie sind nichts weiter als Prostituierte – und noch dazu illegale.»

Bei den führenden Männern der Meiji-Regierung, die Tokio zu ihrer neuen Hauptstadt gemacht hatte, war Shimbashi das beliebteste Viertel. Sie überredeten auch einige ehemalige Geishas, mit denen sie noch aus der Zeit des Shogunats befreundet waren, von Kyoto nach Tokio umzuziehen. Die meisten dieser Frauen ließen sich in Shimbashi nieder und eröffneten Teehäuser. Seit fast 100 Jahren schon erfreut sich Shimbashi der Förderung durch hohe Regierungsbeamte, die bei der Entstehung aller erstklassigen Geisha-Viertel in Tokio unerläßlich gewesen ist. Bei den engen Beziehungen zwischen Geishas und Politikern ist es kaum verwunderlich, daß Angehörige verschiedener Parteien nicht nur andere Teehäuser und Geishas, sondern überhaupt andere Hanamachis bevorzugen. Dadurch spiegeln Aufstieg und Fall dieser Viertel den der politischen Parteien wider.

Mit Shimbashi verbindet man heute die alte Garde; in den siebziger Jahren des 19. Jahrhunderts aber gingen die reformorientierten jungen Politiker der neuen Regierung dort ein und aus. Für sie haftete Yanagibashi zuviel vom alten Stil der Edo-Zeit an. Obwohl sie Shimbashi nicht ganz und gar ignorierten, bauten nach dem Zweiten Weltkrieg neue Parteien und ihre jungen Führer in gleicher Weise Akasaka von seinen etwas anrüchigen Ursprüngen zu seiner heutigen strahlenden Position auf. Das ehemals so stolze Yanagibashi ist langsam in Vergessenheit geraten, wenn es auch immer noch einige Geishas dort gibt.

Heute steht Akasaka in dem Ruf, das modernste, teuerste und eleganteste aller Hanamachis in Tokio zu sein. Zu seinen Kunden zählen viele führende Persönlichkeiten der liberalen demokratischen Partei sowie andere Regierungsbeamte, die über ein Spesenkonto verfügen. 1975 waren in Akasaka 267 Geishas registriert. Die meisten von ihnen sind jünger als die anderer Hanamachis: Das Durchschnittsalter von Geishas liegt im allgemeinen bei 40 Jahren, aber in Akasaka sind sie vorwiegend Ende Zwanzig oder Anfang Dreißig.

Jede Geisha-Gemeinschaft hat etwas, auf das sie besonders stolz ist; in Akasaka ist es eben die Jugend und Eleganz ihrer Mitglieder. Der Stil einer Geisha muß jedoch im Rahmen der erlaubten Variationsmöglichkeiten betrachtet werden, denn nur dann kann man die Unterschiede zwischen verschiedenen Geisha-Vierteln wirklich beurteilen. So müssen zum Beispiel auch die schicken Geishas von Akasaka bei ihren Engagements einen Kimono tragen – ihre modischen Neuerungen haben sich also innerhalb jener engen Grenzen zu bewegen, die für die traditionelle Kleidung japanischer Frauen gelten.

Grundsätzlich sind Form, Länge und Schnitt des Kimonos festgelegt. Zu einem Kimono für Erwachsene gehört heute ein Unterkimono (von dem nur eine schmales Stück des weißen Seidenkragens zu sehen ist) und der Kimono selber. Die Ärmel reichen bis zum Handgelenk und sind so weit, daß sie bei nach vorne ausgestreckten Armen bis zur Taille oder knapp darüber hinaus herabhängen. Ein Kimono ist im Grunde ein glattes Obergewand ohne irgendwelche Verschlüsse, Abnäher oder Verzierungen. Es wird durch lange Gürtel an den Hüftknochen und der Taille zusammengehalten, die von einem breiten, schweren Obi verdeckt werden. Durch eine Schlaufe auf dem Rücken wird ein Band, das *Obijime*, geführt und anschließend verknotet, damit die Schärpe nicht verrutscht. An diesen grundsätzlichen und nötigen Kleidungsstücken darf nichts verändert werden. Daher konzentriert man sich bei Neuerungen hauptsächlich auf Muster und Farbkombinationen, und gewöhnlich sind es die Geishas von Akasaka, die hier den ersten Schritt tun.

Nicht jeder aber ist der Meinung, daß Akasaka das exklusivste Geisha-Viertel von Tokio ist. «Jung und elegant mögen sie ja sein», werden ältere Geishas aus Shimbashi zum Beispiel sagen, «aber vom Tanzen haben sie keine Ahnung.» Einmal, als ich als Gast mit meiner Okasan und Ichiume zu einem Bankett in Akasaka eingeladen war, wurde ich gebeten, etwas auf dem Shamisen zu spielen – der Inhaberin des Teehauses war es sehr peinlich, zugeben zu müssen, daß es in ihrem Haus kein Shamisen gab. Jedes Teehaus in Kyoto, Shimbashi oder einem anderen konservativeren Hanamachi von Tokio hält natürlich immer zwei oder drei gestimmte Shamisens für alle Fälle bereit. Daß in dem Teehaus in Akasaka so selten nach diesem Instrument gefragt wird, wirft ein bezeichnendes Licht auf den Geschmack der Kunden. Die Kundschaft eines Viertels spielt für die Atmosphäre seiner Geisha-Engagements eine große Rolle. Wenn die Gäste sich nicht sonderlich für Shamisen-Musik oder Tanz interessieren, sehen die Geishas wenig Sinn darin, sich diese Künste anzueignen.

Da Politiker und Geschäftsleute oft Gäste aus dem Ausland nach Akasaka ausführen, gibt es dort einige vornehmlich ältere Geishas, die noch in der Lage sind, ein paar der bekannteren Tanz- und Musikstücke aufzuführen. Allerdings handelt es sich dabei um gekürzte Fassungen, und man hat das Gefühl, daß sie nur präsentiert werden, um den Gästen einen (schwach dosierten) Eindruck von der «traditionellen» japanischen Kunst und Unterhaltung zu geben. Diese Vorstellungen, zu denen die Geishas ihre eigenen Shamisens mitbringen müssen, haben nichts Improvisiertes an sich.

# Prestige und Vorurteile in Akasaka

Als ich in Tokio meine Studien begann, wußte ich nur, daß Akasaka ein berühmtes Geisha-Viertel ist. Anfang August 1975 machte ich mich an einem schwülen Nachmittag auf den Weg zu dem winzigen Büro der Meldestelle von Akasaka, um einem Herrn Watanabe, den die Geisha-Vereinigung von Akasaka als Verwalter dieses Bezirks eingestellt hatte, einige Fragen zu stellen. Ich fand, daß der Raum für die Meldestelle eines so eleganten Viertels wie Akasaka erstaunlich klein und muffig war. Viel später, nach etlichen Interviews mit verschiedenen Kenban-Verwaltern, kam ich zu dem Schluß, daß diese Büros immer ziemlich schäbig waren. Auch die Männer, die dort arbeiteten, hatten einiges gemeinsam. Im allgemeinen waren sie über fünfzig, und es umgab sie eine leicht wehmütige Atmosphäre verblichener Eleganz. Meistens schienen sie sich darüber zu freuen, daß sich jemand für ihr esoterisches Wissen, ihre Ansichten und Erinnerungen interessierte, die oft aus ihrer bewegten Jugend stammten, in der sie ihre Erfahrungen in den Vergnügungsvierteln gesammelt hatten.

Ich erfuhr, daß in Akasaka, wie in den meisten anderen Hanamachis, die Zahl der Geishas abgenommen hatte. In den sechziger Jahren arbeiteten dort noch 300 Geishas – 1975 waren es nur noch 267.

Zwar wird es nie wieder so viele Geishas geben wie früher (in den zwanziger Jahren waren es 80000), aber dennoch haben sie es geschafft, ihren Berufsstand von dem Nullpunkt wieder aufzubauen, der 1944 erreicht war, als alle Bars, Restaurants, Teehäuser und Geisha-Häuser geschlossen wurden und die Geishas zur Arbeit in kriegswichtigen Industriezweigen zwangsverpflichtet wurden. Im Oktober 1945 durften die Geishas wieder arbeiten, aber so viele von ihnen waren entweder aufs Land gezogen oder hatten andere Arbeit gefunden, daß einige Jahre vergingen, bevor sie sich wieder in größeren Gruppen zusammenfanden. Die wenigen Häuser, die 1945 ihre Tore wieder öffneten, beschäftigten meistens *Uchi-Geisha* («Haus-Geishas»), die nur in dem Etablissement arbeiteten, in dem sie auch wohnten, und keine Aufträge durch das Kenban annahmen.

1948 konnten die Geishas von Shimbashi zum erstenmal nach dem Krieg wieder die Azuma Odori, ihre jährlich stattfindenden traditionellen Tänze, aufführen. 1947 gab es jedoch in ganz Japan nur 2478 Geishas, davon 1695 in Tokio. Wenn die Geishas tatsächlich so überholt und zum Untergang verurteilt gewesen wären, wie manche Leute glaubten, dann wäre ihre Zahl nach dem Krieg wohl kaum wieder so gestiegen.

## Disziplin ohne Bestrafung

Die Geisha-Welt hat sich in erstaunlichem Maß erholt. Man wird allerdings einwenden, daß die Anforderungen des Berufes nicht mehr so hoch sind wie einst. Die Minarai-Zeit einer neuen Geisha in Akasaka beträgt im Durchschnitt nur noch sechs Monate. Die kurze Dauer dieser Ausbildung erregt großes Erstaunen bei Ausländern, denen ihre japanischen Freunde versichert haben, daß Geishas, im Gegensatz zur landläufigen Meinung, tatsächlich Künstlerinnen sind und von Kindesbeinen an durch strenge Unterweisung auf ihren Beruf vorbereitet worden sind. Tatsächlich verhindern die modernen Jugendschutzgesetze in Japan eine solche harte Ausbildung, die für Geisha-Schülerinnen vor dem Zweiten Weltkrieg nichts Ungewöhnliches war.

Die Jugend der Geishas, die jetzt Ende Fünfzig oder älter sind, sah sehr anders aus als die jener Mädchen, die heute Geishas werden wollen. Meistens sind sie schon mit elf oder zwölf Jahren in ein Geisha-Haus eingetreten und mußten als

Mägde oder Dienstmädchen für die Geishas und ihre Mütter arbeiten, bevor man ihnen erlaubte, mit vierzehn oder fünfzehn Jahren die Ausbildung zu beginnen. Bis sie wirklich voll ausgebildete Geishas waren, dauerte es dann noch eine ganze Weile. Die meisten Mädchen wurden erst mit achtzehn Jahren Geishas. Während dieser acht- bis zehnjährigen Minarai-Zeit lernten sie Shamisen spielen, singen und tanzen. Wenn sie dann stolz mit der sorgfältig zurechtgemachten Shimada-Frisur, die ausschließlich den Geishas vorbehalten ist, vor die Kunden traten, waren aus ihnen versierte Künstlerinnen geworden.

In der Geisha-Welt von heute aber fängt man erst mit achtzehn Jahren mit der Ausbildung an. Die einzige Ausnahme sind die Maikos in Kyoto, aber nach dem Jugendschutzgesetz müssen auch sie mindestens siebzehn sein. Es gibt zwar Mädchen, die dann schon einige Kenntnisse in den Künsten besitzen, aber meist haben sie sie bis dahin nur als Hobby betrieben. Wenn sie sich dieser Neigungen wegen entschließen, Geisha zu werden, brauchen sie eine ernsthafte, professionelle Ausbildung.

Einzelne, die schon Geishas sind, müssen die verlangten Fertigkeiten von Grund auf lernen, aber alle müssen – ganz gleich, in welchem Maße sie ihre Künste schon beherrschen – fast sofort damit beginnen, an den abendlichen Gesellschaften mit Kunden teilzunehmen. Nur so können sie ein Gefühl für das richtige Verhalten einer Geisha gegenüber ihren Gästen bekommen. Schließlich ist das Zashiki der Ort, an dem eine Geisha ihre Kunst unter Beweis stellt.

Während ihrer Lehrzeit (die je nach dem Viertel zwischen einem Monat und eineinhalb Jahren dauert) stellt sich eine neue Geisha am Anfang eines Engagements dem Kunden als Novizin vor. Die Gäste sind dann eher bereit, nachsichtig über die kleinen Fehler hinwegzusehen, die ihr unterlaufen; der häufigste ist, daß sie vergißt, einem Gast Sake nachzuschenken, weil sie so in das Gespräch vertieft ist. Wenn eine

Ältere Schwester das bemerkt, weist sie sie sofort und vor allen Gästen dafür zurecht. Für erfahrenere Geishas ist das Nachschenken eine ganz automatische Handlung.

Nur die Maikos in Kyoto genießen noch die echte, traditionelle Form der Ausbildung zur Geisha. Die *Han'gyokus,* das Gegenstück der Maikos in Tokio, sind völlig verschwunden.[1] Obwohl sich eine junge Frau heutzutage die grundsätzlichen Regeln der Etikette relativ schnell aneignen kann (und so gleich in der Lage ist, in diesem Bereich als Geisha zu arbeiten), muß sie noch einige Jahre üben, bevor ihre Fähigkeiten als Tänzerin oder Musikerin wirklich vorzeigbar sind. Eine junge Frau aus Tokio, die mehr von den Äußerlichkeiten des Geisha-Berufs als von seinen künstlerischen Aspekten fasziniert ist, kann sich durch die Wahl des Hanamachis, dem sie beitritt, die Ausbildung entsprechend leichter machen.

## Freiheit der Wahl

Wie Elite-Universitäten versuchen, sich ein unverwechselbares Image zu geben, so kultivieren die besten Hanamachis ihren eigenen Stil und eine entsprechende besondere Atmosphäre. Das kam besonders deutlich an jenem Abend in dem Teehaus von Akasaka zum Ausdruck, in dem es kein Shamisen gab. Die Okasan des *Mitsuba* war mit Ichiume und mir nach Tokio gefahren, um ein Theaterstück zu sehen, in dem eine Jugendfreundin, die Schauspielerin Yamada Isuzu, mitspielte. Wir besuchten auch einige Kunden meiner Okasan, die, obwohl sie in Tokio lebten, immer Parties im «Mitsuba» gaben, wenn sie geschäftlich in Kyoto oder Osaka waren. Einer von ihnen, ein Politiker, gab an jenem Abend in Akasaka eine Party für Kollegen und lud uns drei ebenfalls ein – nicht als Geishas, sondern als seine Gäste.

Die Okasan unterhielt sich angeregt und genoß den Abend offenbar sehr, aber Ichiume war ungewöhnlich zurückhaltend und still unter den forschenden Blicken dieser berühmten Akasaka-Geishas, die natürlich neugierig waren auf diese echte Geisha aus Kyoto, die noch dazu früher eine Maiko gewesen war. Gewandtes Auftreten war noch nie Ichiumes Stärke gewesen, aber an diesem Abend machte sie einen noch naiveren Eindruck als sonst. An mir, der Ausländerin, zeigten die Geishas aus Akasaka selbstverständlich ebenfalls ein reges Interesse, aber es gelang mir, ihre neugierigen Fragen abzuwehren und etwas über ihren Hintergrund herauszufinden. Als sich dabei herausstellte, daß von den zwölf Geishas, die an der Party teilnahmen, vier in Gion geboren und aufgewachsen waren, verstummten die übrigen Gespräche am Tisch, und die anderen Gäste hörten verwundert zu, was diese Frauen zu erzählen hatten.

Es war ja wirklich merkwürdig, daß sie, die doch im ehrwürdigen Geisha-Viertel Gion Maikos und anschließend Geishas hätten werden können, ausgerechnet nach Akasaka in Tokio gegangen waren. Sie waren jedoch der Meinung, daß Authentizität und Tradition heutzutage keine Attraktion, sondern eher ein Hindernis darstellen. Im abgeschlossenen Gion, sagten sie, kenne jeder jeden, eine Maiko werde andauernd überwacht und ermahnt, und selbst für eine Geisha gebe es nur wenige Orte, an denen sie wirklich ihre Ruhe habe. Obendrein werde von jeder Geisha erwartet, viel Zeit auf Musik- und Tanzunterricht zu verwenden, und die kleinste Nachlässigkeit ziehe den übelsten Klatsch nach sich. Wenn es auch kein wirkliches Gemeinschaftsgefühl dort gebe, so habe man in Akasaka doch eine größere Privatsphäre und viel mehr persönliche Freiheit. Darum hatten diese Mädchen aus Kyoto ihre beschauliche Heimatstadt verlassen und waren in das schnellebige Tokio gezogen.

## Geisha-Häuser

In Kyoto leben die Geishas meist im selben Haus wie ihre Schwestern und Mütter, in Tokio dagegen mieten sie sich ein Appartement. Manche wohnen sogar in Vororten und fahren zur Arbeit in ihr Hanamachi – für ihre Vorgängerinnen im 19. Jahrhundert wäre das unmöglich gewesen.

Worin besteht dann also die Funktion eines *Okiya*, eines Geisha-Hauses in Tokio? Ein Okiya wird normalerweise von einer älteren ehemaligen Geisha geführt und liegt in unmittelbarer Nähe der Restaurants des Hanamachis. Dort treffen sich die Geishas, um den neuesten Klatsch zu erfahren, Berufserfahrungen auszutauschen oder über ihre alltäglichen Probleme zu sprechen, und dadurch kann die Atmosphäre in einem solchen Haus einer neuen Geisha helfen, eine Beziehung zu diesem Leben zu bekommen. Für eine Anfängerin ist es auch in Tokio von Vorteil, in einem Okiya zu wohnen.

Viele Geishas nehmen sich eine eigene Wohnung, sobald sie einige Erfahrungen gesammelt haben und über einen festen Kundenkreis verfügen. Selbst dann aber lassen sie ihre Kimonos im Okiya und ziehen sich am Anfang ihres Arbeitstages dort um. Das Okiya ist also eine Art zweites Zuhause für die Geishas, die außerhalb des Hanamachis wohnen. Außerdem gibt es eine Vorschrift, die besagt, daß jede Geisha zu einem Okiya gehören muß, ganz gleich, ob sie dort wohnt oder nicht.

Es bestehen also erhebliche Unterschiede zwischen den Geisha-Häusern von Tokio und den Teehäusern von Kyoto. Da die Okiyas räumlich von den Ryotei, den Restaurants, in denen die Geishas arbeiten, getrennt sind, haben Männer praktisch nie Gelegenheit, ein solches Haus von innen zu sehen. In Kyoto erfüllen die Teehäuser oft einen doppelten Zweck: Sie dienen der Bewirtung der Gäste, und gleichzeitig wohnen dort die Geishas. Die Inhaberin eines Okiyas in Tokio hat keine so exponierte Position wie die Mutter eines Teehauses in Kyoto. Mit den Gästen hat sie nur sehr wenig Kontakt – sie kennt sie allenfalls noch aus ihrer eigenen Zeit als Geisha oder hört von ihnen über die Geishas, die bei ihr verkehren.

Für fast jede ältere Geisha kommt irgendwann einmal der Moment, an dem sie das Gefühl hat, daß es an der Zeit wäre, ihren Beruf aufzugeben. Dann braucht sie allerdings dieser Gemeinschaft, die sie so genau kennengelernt hat, nicht den Rücken zu kehren, sondern kann als Inhaberin eines Geisha-Hauses weiterhin hinter den Kulissen eine Rolle spielen. Oft haben diese Frauen außer ihren Kolleginnen ohnehin keine Familie. Die zukünftige Okasan muß bei der Meldebehörde des Hanamachis eine Lizenz beantragen und eine Gebühr bezahlen (in einem Hanamachi beträgt sie 100000 Yen, das waren 1975 etwa 300 Dollar), um ein Geisha-Haus eröffnen zu dürfen. Umgekehrt müssen die Geishas in ihrem Okiya für die Zugehörigkeit in diesem Haus und, wenn sie dort wohnen, auch für Unterkunft und Verpflegung bezahlen.

Zu der Zeit, als ich mit Herrn Watanabe sprach, gab es in Akasaka 158 Okiyas, auf die die 267 Geishas des Viertels ungleichmäßig verteilt waren: Einige Häuser hatten vier oder fünf Geishas, einige nur eine, und ein paar hatten zwar noch ihre Lizenz, im Augenblick aber keine einzige Geisha. In Akasaka ist es üblich, die Genehmigung zum Führen eines Okiya ausschließlich Frauen zu erteilen. Das war auch in den meisten anderen Hanamachis der Fall, in denen ich mich erkundigte, obwohl ich gelegentlich davon hörte, daß ein Mann ein Geisha-Haus führte. Im allgemeinen handelte es sich dann um ein Ehepaar, wobei der Mann nur den Behörden gegenüber als Besitzer auftrat. Trotzdem hat eine solche Praxis den Beigeschmack des Ungehörigen, und in neun von zehn Fällen findet man solche Okiyas in den weniger angesehenen Hanamachis oder in den Badeorten.

# II.

# Großstadt-Geishas

*«Was immer es ist –*
*alle Wünsche, die ihr habt,*
*erfüllt die Weide.»*

*Haiku der Geisha Kokichi aus Shimbashi (um 1935)*

## Das Geisha-Haus Yamabuki

Das erste Geisha-Haus, in das ich eingeführt wurde, gehörte zu dem Viertel Yoshicho in Tokio. Ich war vor vier Wochen in Japan angekommen, und nun war es Mitte August. Kineya Saki, mein junger Shamisen-Lehrer, hatte diesen Besuch arrangiert und begleitete mich, um mich vorzustellen. Er stöhnte unter der Hitze und ärgerte sich, daß er einen ganzen Nachmittag in einem Geisha-Haus verschwenden würde.

Saki interessierte sich eigentlich nur für zwei Dinge: für Musik und sein Motorrad. Geishas rangierten auf seiner Liste ziemlich weit unten. So lange er zurückdenken konnte, waren sie in seinem Elternhaus ein und aus gegangen, um bei seinem Vater Shamisen-Unterricht zu nehmen, und obwohl Geishas und er, zumindest beruflich, einiges gemeinsam hatten, war Saki wesentlich mehr an «modernen» Frauen interessiert.

Eine junge Geisha aus dem «Yamabuki» erwartete uns in

der U-Bahn-Station, um uns durch die verschlungenen Gassen von Nihonbashi zu ihrem Okiya zu führen. Sumi war eine Schülerin von Sakis Vater. Saki hatte mir gesagt, daß das Haus, zu dem sie gehörte, eines von denen sei, in dem die Geishas ihre Kunst ernst nehmen.

Yoshicho ist mindestens so alt wie Shimbashi und wesentlich älter als Akasaka; trotzdem haben viele Japaner noch nie von diesem Hanamachi gehört. Es liegt in einem älteren Teil Tokios, abseits des geschäftigen Ginza-Bezirks, in dem die großen Regierungsgebäude und die Hochhäuser mit den Büros der multinationalen Konzerne stehen. Yoshicho ist vielleicht nicht so angesehen wie Shimbashi, aber es hat eine besondere Atmosphäre, die Kennern gefällt.

Die Geishas in diesem Hanamachi kultivieren das Flair und die feinen Umgangsformen, die bezeichnend für die Bewohner des «Geschäftsviertels» im alten Edo gewesen sein sollen.[1] Nihonbashi, der Teil Tokios, in dem Yoshicho liegt, gehört zu diesem traditionellen Kaufmannsviertel. Lange Zeit war es ein kulturelles Zentrum der städtischen Händler, die gesellschaftlich unter den Samurais rangierten. Die Stammbäume einiger der hier ansässigen Familien lassen sich über mehrere hundert Jahre zurückverfolgen. Ein Stil, fast schon ein Kult verfeinerter Ästhetik umgab den «echten Sohn Edos» und seine ebenso anspruchsvolle Gefährtin, die Geisha. Die Geishas von Yoshicho sehen sich als Bewahrerinnen dieses Stils.

Dieser Teil Tokios hat bei den Bombardements des Jahres 1945 nicht viel Schaden genommen, so daß die Häuser hier nicht im eintönigen Stahlbeton-Stil der Nachkriegszeit gebaut sind. Die älteren Holzhäuser vermitteln einen Eindruck davon, wie Tokio in den zwanziger und dreißiger Jahren ausgesehen haben muß. Altmodische Konditoreien haben immer noch schwere hölzerne Rolläden, die ihre Besitzer herablassen, wenn sie ihr Geschäft schließen. Wenn man durch diese engen Gäßchen schlendert, fühlt man sich in eine frühere Zeit versetzt, und in der Vorhalle des «Yamabuki» verstärkt sich noch das Gefühl, in eine andere Epoche geraten zu sein.

Saki war noch nie in einem Geisha-Haus gewesen. Als Mann hatte er keinen Zutritt zu der privaten, ausschließlich Frauen vorbehaltenen Welt eines Okiya gehabt. Obwohl ihn Geishas angeblich nicht interessierten, nahm die Atmosphäre auch ihn gefangen. Das «Yamabuki» ist halb verborgen hinter einer Hecke von Purpurwinden und macht von außen einen unscheinbaren Eindruck, aber innen ist das Haus erstaunlich geräumig. Da es in Japan für den Gastgeber zum guten Ton gehört, sich für die Beengtheit der Räumlichkeiten zu entschuldigen, auch wenn es sich um ein großes Haus handelt, wehrte Sumi, während sie uns in den Salon im ersten Stock führte, unsere bewundernden Bemerkungen bescheiden ab.

Das «Yamabuki» hat eine Lizenz als Okiya, früher aber war es ein Ryotei, also eine Art Restaurant, in dem die Speisen allerdings nicht zubereitet wurden. In den Geisha-Vierteln ist es üblich, sich das fertige Essen liefern zu lassen. Da das «Yamabuki» ursprünglich ein solches Restaurant war, ist die Einrichtung eleganter als in den meisten anderen Geisha-Häusern. Der Boden der Vorhalle besteht aus poliertem Holz, und die Räume in der ersten Etage sind außergewöhnlich groß und haben herrlich geschnitzte Tokonomas.

Die Inhaberin des «Yamabuki» ist 76 Jahre alt und lebt dort mit vier Geishas. Zwei weitere Geishas gehören ebenfalls zum Haus und wohnen ganz in der Nähe in eigenen Appartements. Es herrscht immer ein reges Treiben im «Yamabuki», aber am lebhaftesten geht es am späten Nachmittag nach halb fünf Uhr zu, wenn die sechs Frauen sich gegenseitig beim Umkleiden für die abendlichen Engagements helfen.

Nach meiner Einführung ins «Yamabuki» ging ich immer wieder alleine dort hin, um mich mit den Geishas zu unterhalten, die gerade dort waren. Auch nachdem ich nach Kyoto gezogen war, fuhr ich mindestens einmal im Monat mit dem Zug nach Tokio. So lernte ich im Verlauf eines Jahres die Mutter und die Geishas des «Yamabuki» recht gut kennen. Erst gegen Ende meines Aufenthalts in Japan merkte ich, daß auch sie mich langsam besser verstanden. Da sie mich in monatlichen Abständen sahen, konnten die Frauen miterleben, wie ich mich durch meine intensive Auseinandersetzung mit der Welt der Geishas veränderte.

Bei meinem letzten Besuch hielt die Mutter des «Yamabuki» offenbar eine Bemerkung dazu für angebracht. «Als wir uns kennenlernten», sagte sie, «warst du so eifrig – all diese ernsthaften Fragen, die wir beantworten sollten. Du hast dich wirklich sehr verändert. Vor allem siehst du nicht mehr wie eine Studentin aus: Deine Frisur und dein Make-up gefallen mir jetzt viel besser, und du bewegst dich sogar anders. Ich würde sagen, daß dir die Ausbildung in Pontocho sehr gutgetan hat. Du würdest eine ausgezeichnete Geisha abgeben – wie schade, daß du jetzt wieder nach Hause fährst!»

## Das Leben einer Geisha

Eines Tages Anfang September saß ich mit ihr auf der Veranda im ersten Stock. Wir tranken eisgekühlten Gerstentee, und ich machte mir Notizen, während sie von ihrer Jugend als Geisha erzählte. Dabei kam sie auch auf die Veränderungen zu sprechen, die sie miterlebt hatte.

«Meine Mutter hatte zwölf Kinder, aber die meisten sind früh gestorben. Von uns Mädchen wurden drei Geishas: Ich, eine ältere Schwester und eine jüngere. Das klingt jetzt sicher merkwürdig, aber wir Kinder wußten nicht, daß unsere Mutter früher ebenfalls eine Geisha gewesen war. Selbst als wir drei diesen Beruf ergriffen, erzählte sie uns nichts davon. Sie sagte es uns erst kurz bevor sie starb.

Mit sieben Jahren wurde meine Mutter als Dienstmädchen in das Haus eines reichen Mannes gegeben, und dort blieb sie, bis sie dreizehn war. Danach kam sie wieder nach Hause, aber ihr Vater war Bauer, und sie hatte sich inzwischen an ein anderes Leben gewöhnt und fühlte sich in ihrem Elternhaus nicht mehr so recht wohl. Sie ging wieder weg, um in Omori Geisha zu werden. Gutes Benehmen und richtige Ausdrucksweise hatte sie ja schon im Haus ihres Herrn gelernt.

Mit siebzehn wurde sie Geisha-Schülerin, und ein Jahr später heiratete sie meinen Vater, der einer ihrer Kunden war. Ihr Geisha-Name war Meiji.»

Die Inhaberin des Yamabuki war im Jahre 1900 geboren worden, dem 33. Jahr der Regierung jenes Kaisers, dessen offizieller Titel «Erleuchtete Herrschaft» auch der Geisha-Name ihrer Mutter gewesen war. Sie selbst hatte drei kaiserliche Regierungen erlebt: Meiji, Taisho (1912–25) und die des jetzigen Kaisers Hirohito, die die Showa-Ära genannt wird. Bei der Schilderung der Veränderungen des Geisha-Berufes, die sie erlebt hat, benutzte sie diese Bezeichnungen als Zeiteinteilung.

«Die Meiji-Geishas waren wirklich etwas Besonderes. Ich glaube, daß viele Geishas damals aus hochgestellten Familien kamen, die in Schwierigkeiten geraten waren. Diese Mädchen hatten Umgangsformen und wußten, wie man auftritt, aber manchmal war es für ihre Eltern schwer, einen geeigneten Ehemann für sie zu finden – sie konnten ja nicht einen Bauern heiraten, und für eine gute Partie waren sie zu arm. Sie hatten jedoch alles, was eine Geisha haben muß, und das war es dann also, was viele von ihnen wurden. Die Anforderungen an Geishas waren viel höher als später.

Damals brauchte man nur sechs Jahre zur Schule zu gehen, und als ich damit fertig war, ging ich in ein Geisha-Haus, um mich ausbilden zu lassen. Ich war dreizehn. Etwa fünf Jahre später, als ich meinen Kragen umgeschlagen hatte, gab es ziemlich viele Frauen, die sich Geishas nannten, aber keinerlei

Ausbildung hatten.[2] Wir nannten sie Taisho-Geishas, und ich glaube, sie haben dem Ansehen des Berufes wirklich sehr geschadet.»

Der Aufsteig der Taisho-Geishas, für die die Mutter dieses Hauses nur derart verächtliche Worte übrig hatte, fand im ersten Jahrzehnt dieses Jahrhunderts statt, als die Zahl der Geishas stark zunahm. Es ist wohl kaum verwunderlich, daß die allgemeinen Ansprüche dabei zurückgingen.

«Die Taisho-Geishas hatten ihre eigene Meldebehörde, die nichts mit dem Kenban der anderen Geishas zu tun hatte, aber das fiel niemandem auf. Viele Geishas waren nicht mehr stolz auf ihren Beruf. Drüben in Mukojima gibt es auch heute noch so etwas wie Taisho-Geishas.[3]

Zu meiner Zeit prahlten wir nicht damit, Geishas zu sein – nicht daß ich mich geschämt hätte, aber es gab keinen Grund, es an die große Glocke zu hängen. Es war einfach besser, zurückhaltend zu sein. Heute ist es natürlich für eine Frau viel einfacher, voller Stolz zu sagen ‹ich bin eine Geisha› – wahrscheinlich, weil es jetzt mehr gibt, die sich selbst für diesen Beruf entschieden haben, und weil die Geishas heute wesentlich mehr Freiheit genießen als früher.

Unter dem alten System konnten Geishas durch Schulden an ihr Haus gefesselt werden. Man *mußte* einfach arbeiten – man hatte gar keine andere Wahl. Heute muß ein Mädchen, das seine Ausbildung beendet hat, seinem Haus verschiedene Auslagen ersetzen. Wahrscheinlich muß sie dafür einen Kredit aufnehmen, aber wenn sie ihre Schulden bezahlt hat, kann sie alle ihre Einnahmen behalten. Außerdem überwacht die Meldebehörde die Kredite des Okiya und bestimmt die Höhe der Zinsen, die gefordert werden dürfen. Ja, die Zeiten haben sich sehr geändert.»

Die alte Dame beurteilte die Veränderungen erstaunlich objektiv. Sie hatte nicht das unter älteren Geishas so verbreitete Vorurteil, daß die jüngeren in den Künsten nicht mehr so bewandert seien wie einst. Die älteste Geisha im «Yamabuki», Chizuru, ist 37 Jahre alt. Die Mutter des Hauses weiß ganz genau, wie wichtig Chizuru den Tanz nimmt und wieviel Zeit und Geld sie darauf verwendet. Sie weiß auch, daß die Kunden heute gar nicht mehr erwarten, die Ausbildung einer Geisha solle zur perfekten Beherrschung mehrerer Musik- und Tanzstile führen. Gegenwärtig ist es für eine Frau ausreichend, nur *eine* der traditionellen Künste ausüben zu können, wenn sie sich Geisha nennen will. Sie kann singen, tanzen oder Shamisen spielen. Es gibt nur wenige Geishas, die in allen drei Bereichen gleich gut sind.

«Als ich mit meiner Ausbildung anfing, mußte ich jeden Tag Stunden nehmen. Heute wird der Unterricht gewöhnlich nur noch an drei oder vier Tagen im Monat abgehalten. Früher mußte man, wenn man die Lehrzeit hinter sich hatte, *Kiyomotos, Tokiwazus* und *Nagautas* singen können. *Koutas* wurden nicht einmal gelehrt – die lernte man auf den Gesellschaften nach dem Gehör. Außerdem wurde erwartet, daß man verschiedene Tanzstile beherrschte. Nein, eine Schülerin hatte es nicht leicht. Die meisten Mädchen brauchten für die Ausbildung fünf Jahre. Auch das ist heute ganz anders: Sumi [22 Jahre alt] hat drei Jahre lang gelernt – für heutige Verhältnisse ist das eine lange Zeit.

Auch die Einstellung zum Beruf ist eine andere geworden. Viele junge Frauen haben sich einfach entschlossen, eine Zeitlang als Geisha Geld zu verdienen, und wenn sie eines Tages die Lust dazu verläßt, werden sie einfach heiraten. Zu meiner Zeit hatten die Geisha-Häuser die Autorität, den Geishas ziemlich genau vorzuschreiben, mit wem sie zusammensein durften, und bei der Wahl ihres Gönners mußten sich die Frauen nach den Wünschen der Mütter richten, auch wenn sie für den entsprechenden Mann gar nicht so viel übrig hatten. Der Konflikt zwischen *Giri* [Pflichtgefühl] und *Ninjo* [Neigung] war ein fester Bestandteil des Lebens einer Geisha. Heute würde es mir nicht im Traum einfallen, den Mädchen in meinem Haus ihren Umgang oder ihre Freunde vorzuschreiben. Sie treffen ihre Wahl selber. Natürlich kommen sie manchmal zu mir und fragen mich um Rat, aber das heißt nicht, daß sie ihn auch befolgen.

Von den Einnahmen aus Engagements kann man leben, aber dann muß man ziemlich kurztreten und kann sich keine Extravaganzen erlauben. Ich glaube, Geishas können nicht sehr gut sparen. Die meisten versuchen, einen Gönner zu finden, um einen kleinen Nebenverdienst zu haben und sich einen höheren Lebensstandard leisten zu können – was hat es schließlich für einen Sinn, Geisha zu sein, wenn man dabei rechnen muß wie eine Hausfrau?»

Ich zeigte der Mutter des «Yamabuki» einige Statistiken über die Altersverteilung unter den Geishas in den zwanziger Jahren. Sie machte eine Bemerkung über den scharfen Knick, den die Kurve beim Alter von 25 Jahren macht.

«Damals konnte eine Geisha mit der Arbeit aufhören, wenn sie einen Gönner gefunden hatte. Wenn sie Glück hatte, bezahlte er ihr eine eigene Wohnung. Dann konnte sie ein sorgenfreies Leben führen und brauchte nur noch Unterrichtsstunden zu nehmen, wenn sie gerade Lust dazu hatte. Natürlich kam sie in Schwierigkeiten, wenn ihrem Gönner etwas zustieß, aber dann konnte sie ja immer noch wieder als Geisha arbeiten. Ich glaube, heute ist es ziemlich ungewöhnlich, daß eine Geisha aufhört zu arbeiten, sobald sie einen Gönner hat.

Einerseits ist es viel teurer geworden, zwei Frauen zu unterhalten – bei der heutigen Wirtschaftslage können sich das nur sehr wenige Männer leisten. Andererseits wollen die meisten Geishas weiter in ihrem Beruf arbeiten. Das ist der Unterschied zu früher: Frauen, die Geishas werden, mögen dieses Leben. Wenn sie dann einen Gönner oder einen Liebhaber finden, kauft er ihnen Geschenke oder nimmt sie auf kurze Reisen mit, und wenn er vermögend ist, gibt er ihnen vielleicht sogar ein Taschengeld. Aber zum Leben reicht das dann nicht.»

## Die Kunst, sich von einer Geisha unterhalten zu lassen

Während wir uns unterhielten, waren Chizuru und Sumi von einem Essen mit einem ihrer Kunden zurückgekehrt. Sie waren zum Swimmingpool in einem der großen Hotels eingeladen worden und wollten ihre Badeanzüge holen. Diese «Verabredung» wurde dem Büro als ganz normales Engagement gemeldet, für das die Geishas auch bezahlt wurden. Da sie nicht rechtzeitig zum Beginn der Bankette wieder zurücksein würden, hatten sie dem Büro gemeldet, daß sie am Abend nicht zur Verfügung stehen würden. Sie arbeiteten also tagsüber und nahmen sich den Abend frei.

Ob im Teehaus, am Swimmigpool oder im Golfclub – der Kunde muß für die Gesellschaft einer Geisha zahlen. Alle Engagements, die nicht in einem der Restaurants oder Teehäuser des Hanamachis stattfinden, in dem die Geisha gemeldet ist, fallen unter die Rubrik «außerhalb». Wenn beispielsweise eine Geisha aus Yoshicho von einem Kunden zu einem Bankett in einem Ryotei in Akasaka bestellt wird, gilt dies ebenso als auswärtige Verpflichtung wie ein Nachmittag am Swimmingpool. Manchen Leuten erscheint es seltsam, daß eine Geisha dafür bezahlt wird, mit einem Kunden schwimmen zu gehen, denn schließlich hat sie genausoviel Spaß dabei wie er. Eine Geisha zum Schwimmen oder auf den Golfplatz mitzunehmen, unterscheidet sich jedoch im Grunde genommen gar nicht so sehr von der alten Sitte, sich die Kirschblüte in Gesellschaft einer Geisha anzusehen.

Chizuru meinte aber, daß diese Art von Einladung, bei der der Mann für die Unterhaltung der Geisha sorgt, in letzter Zeit recht selten geworden sei. Früher einmal konnte man dadurch, daß man eine ganze Gruppe von Geishas zu irgendeinem Ausflug mitnahm, seine Freigebigkeit beweisen, und obwohl diese Art von Vergnügen fast unerschwinglich teuer geworden ist, gilt es auch heute noch als großzügige Geste, wenn jemand mehrere – oder auch nur zwei – Geishas für einen Nachmittag engagiert.

Allgemein hat sich der Kundenkreis der Geishas geändert. Seit Chizuru vor achtzehn Jahren anfing, in diesem Beruf zu arbeiten, hat sie einige Unterschiede bemerkt. Die typischen Kunden der Geisha-Viertel waren damals die Besitzer kleiner oder mittlerer Familienunternehmen, die über das Betriebskapital selber verfügen konnten. Sie hatten keine Spesenkonten und brauchten sich nicht viel Gedanken darüber zu machen, daß sie Firmengelder ausgaben, denn es gab keine klare Unterscheidung zwischen dem eigenen Vermögen und dem des Betriebs. Natürlich konnte ein verschwenderischer Sohn eine Firma ruinieren, indem er das gesamte Kapital in den Vergnügungsvierteln durchbrachte, aber das waren Ausnahmen. Es ist ein großer Unterschied, ob man Geishas mit eigenem Geld und zum eigenen Vergnügen engagiert oder ob man sie zu einem Geschäftsessen auf Kosten der Firma kommen läßt. Solche Gesellschaften mögen die Geschäftspartner beeindrucken, aber nach Chizurus Meinung fehlt ihnen jene persönliche Atmosphäre, die *Geisha asobi*, also die Kunst, sich von Geishas unterhalten zu lassen, erfordert.

Die exklusivsten Teehäuser und die besten Geishas zu kennen ist für ehrgeizige leitende Angestellte von großem Vorteil. Diese Verbindungen und die Fähigkeit, sie einzusetzen, erwartet man von den Männern, die für die höchsten Positionen innerhalb ihrer Firmen ausersehen sind. Oft werden Geisha-Parties für vielversprechende junge Männer nur veranstaltet, damit sie ein Gefühl für das richtige Auftreten in dieser Umgebung entwickeln. Wenn diese Männer ins mittlere Alter kommen und ihnen wirklich verantwortliche Positionen übertragen werden, nehmen sie häufig Gesangstunden. Sie lassen sich ein paar Koutas beibringen, damit sie sich auf Parties von einer Geisha auf dem Shamisen begleiten lassen können. Das beeindruckt ihre Kollegen und animiert die Geishas zu Komplimenten.

Durch ihre geschäftlichen Verpflichtungen entwickeln viele Männer, die sonst nie etwas mit Geishas zu tun hätten, ein echtes Gefühl für Geisha asobi. Wieweit sie sich dem hingeben können, hängt jedoch von der Höhe ihres Spesenkontos ab. Wenn sie von den Positionen zurücktreten, die ihnen diese Ausgaben gestatteten, stellen sie ihre Besuche in den Geisha-Vierteln meistens ein. Manche Geisha-Häuser jedoch haben langjährige Verbindungen mit einer bestimmten Firma. In diesem Fall erwartet der Generaldirektor, wenn er Geishas aus diesem Haus engagiert, daß sein Auftrag bevorzugt behandelt wird. Meistens geschieht das dann auch, allerdings nicht, um dem netten Herrn Tanaka einen Gefallen zu tun, sondern weil er der Chef von Akefusa GmbH ist. Ein paar Jahre später bekommt der neue Generaldirektor denselben Service, und die Gesellschaft bleibt weiterhin ein besonderer Kunde des Geisha-Hauses.

Die selbständigen mittelständischen Familienunternehmen sind im japanischen Wirtschaftssystem immer mehr in die Struktur der großen Konzerne eingebunden worden. Die «Söhne Edos» sind heute eher Angestellte als Besitzer, was sich wahrscheinlich positiv auf die Höhe der Sozialleistungen und die Sicherheit des Arbeitsplatzes ausgewirkt, jedoch die Möglichkeiten, einen angenehmen Nachmittag in Gesellschaft von Geishas zu verbringen, sehr beschnitten hat. Und obwohl die Firmen das Amüsement ihrer Angestellten für eine notwendige und legitime Angelegenheit halten, wäre es doch sehr ungewöhnlich, wenn man es einem Mann gestatten würde, sich eine Geliebte auf Spesen zu halten. Das ist sicher mit ein Grund dafür, daß Geishas nicht aufhören zu arbeiten, selbst wenn sie einen Gönner haben. Die meisten Kunden verfügen einfach nicht über den finanziellen Hintergrund, um eine Frau im großen Stil früherer Zeiten auszuhalten.

Heute sind die Möglichkeiten, ein sorgenfreies Leben zu führen, eben begrenzter. Wenn die Mütter beisammensitzen und ihre Zeit mit der jetzigen vergleichen, kommen sie zu dem Schluß, daß es besser ist, den Beruf nicht aufzugeben. Das Hauptproblem einer Geliebten ist, daß ihr Gönner ihrer überdrüssig werden oder sterben könnte, ohne Vorkehrungen für ihre finanzielle Sicherung getroffen zu haben. Aber sie muß auch jeden Tag aufs neue mit dem psychologischen Problem fertig werden, nur die zweite Frau im Leben des Mannes zu sein. Wenn sie ihren Gönner wirklich liebt, wird die Verzweiflung darüber, daß er verheiratet ist, sie langsam auffressen. Die meisten Antworten der Geishas auf die Frage nach ihrem größten Berufsrisiko gehen in diese Richtung. Irgendwann kommt jede Geisha einmal in eine solche Situation, und da ist es dann nach Ansicht der Mütter viel besser, weiter zu arbeiten, Unterrichtsstunden zu nehmen und Freundinnen zu besuchen, als einfach nur dazusitzen und daran zu denken, daß man den Gönner mit einer anderen Frau teilen muß.

Manche der neuen Kunden sind an Geishas interessiert, weil man mit allem, das nicht nur teuer und exklusiv ist, sondern auch den Stempel der Echtheit trägt, gut angeben kann. Diese Männer haben vielleicht gar keinen rechten Spaß an den Banketten, die sie veranstalten, aber es erfüllt sie mit Befriedigung, ihre Kollegen oder Geschäftsfreunde gehörig beeindruckt zu haben. Meistens verkehren sie wahrscheinlich deswegen in den angesehensten Hanamachis wie Shimbashi in Tokio oder Gion in Kyoto, weil diese Viertel in den jeweiligen Städten der Inbegriff der Geisha-Tradition sind. Chizuru erkennt solche Gäste sofort, obwohl sie, wie sie sagt, nicht oft nach Yoshicho kommen. Die Geishas aus Yoshicho sprechen eher die Kunden an, die lieber in ein Teehaus als in eine Bar gehen, weil sie jene besondere Atmosphäre, die nur eine Geisha-Party erzeugen kann, wirklich zu schätzen wissen.

## Keine Illusionen

Sumi ist 22 Jahre alt, klein, etwas pummelig und hat ein hübsches, rundes Gesicht. Sie lächelt oft und macht einen sanften, ausgeglichenen Eindruck, den ihre Kunden sicher höchst charmant finden. Sie gehört zu den modernen jungen Geishas, die gerne heiraten würden. Schon als kleines Mädchen wollte sie Geisha werden, und sie sagt, sie sei sehr glücklich in diesem Beruf. Trotzdem gefällt ihr die Idee, eines Tages zu heiraten und Kinder zu haben, obwohl sie dabei an keinen bestimmten Mann denkt. «Das wird sie auch noch überwinden», war alles, was Chizuru dazu sagte, und darüber mußte Sumi leise lachen.

Chizuru denkt nicht daran zu heiraten. Vom Eheleben hält sie nicht viel – die rosigen Schilderungen, die die Massenmedien über die Freuden des Daseins einer Hausfrau und Mutter verbreiten, lassen sie kalt. Aber trotz des zynischen Tons, den ihre Stimme bekommt, wenn sie über die Stellung der Hausfrau im modernen Japan spricht, ist sie alles andere als eine Feministin. Sie hat sich mit der Art und Weise, wie Frauen in Japan behandelt werden, abgefunden und macht den Eindruck einer sehr selbstsicheren Person, die auf ihre künstlerischen Fertigkeiten und ihren Beruf stolz ist und sich keinen Illusionen darüber hingibt, daß ihr durch ihre Entscheidung gegen die Konvention und für den Beruf einer Geisha etwas entgangen sein könnte. Sie weiß ganz genau, welche Vorzüge diese Arbeit ihr bietet.

«Am meisten gefällt mir dabei, daß ich mit vielen verschiedenen Leuten zusammenkommen kann. Gibt es irgendeinen anderen Job, der mir als Frau diese Gelegenheit bietet? In Japan jedenfalls fällt mir keiner ein. Ich habe Geschäftsleute, Regierungsbeamte, Schauspieler, Sänger und Sumo-Ringer kennengelernt. Ich glaube, wenn man mit so vielen verschiedenen Menschen spricht, bekommt man einen guten Einblick in die Gesellschaft. Ich habe dadurch viel über das Leben gelernt. Eine Frau, die durch ihre Kinder ans Haus gefesselt ist, hat diese Gelegenheit nicht. Wenn man hart arbeitet, kann man es in der Geisha-Welt weit bringen. Die Hauptsache ist, daß man die Selbstachtung nicht verliert – dann wird man auch von anderen Leuten geachtet.»

Chizuru hat viele Frauen erlebt, die Geishas werden wollten – mit wechselndem Erfolg. Sie erzählte mir von einer Bekannten, die mit ihrer monotonen Arbeit in einer Exportfirma nicht zufrieden war. Chizuru schlug ihr vor, aufzuhören und sich als Geisha ausbilden zu lassen. Jetzt arbeitet sie in diesem Beruf und fragt sich, warum sie nicht schon viel früher auf diese Idee gekommen ist. Aber Chizuru kennt auch andere Frauen, die nicht in der Lage waren, die erforderliche Disziplin aufzubringen. Einige von ihnen gaben ihren Traum vom Geisha-Beruf auf und wurden lieber Barhostess, weil sie dort schneller Geld verdienen konnten.

«Es ist gar nicht so ungewöhnlich, daß eine, die Geisha werden will, aufgibt und als Barhostess arbeitet. Manchmal gibt es auch den umgekehrten Fall – daß eine Hostess beschließt, Geisha zu werden. Aber wenn sie sich einmal an das Leben einer Hostess gewöhnt hat, ist es ziemlich schwer für sie, sich umzustellen und die strenge Ausbildung einer Geisha mitzumachen. Meiner Meinung nach führen Barmädchen wirklich ein angenehmes Leben.

In den ersten paar Jahren verdient eine Geisha normalerweise kaum Geld. Sie lernt noch, hat keinen festen Kundenstamm und muß eine Menge für ihre Kimonos ausgeben. Wohl die meisten Geishas haben zu Beginn ihrer Karriere Schulden. Die, denen es nicht wirklich ernst ist, hören schnell wieder auf. Ich würde sagen, wenn ein Mädchen die ersten drei Jahre durchhält, hat sie gute Chancen, auch die nächsten zehn Jahre dabeizubleiben. Die ersten drei Jahre sind wirklich die schwersten, und wenn man nichts hat, was einen für diese Art von Leben entschädigt, gibt man bald auf.»

Als Chizuru Anfang der sechziger Jahre ihr feierliches Debüt als Geisha in Yoshicho hatte, dauerte es fast den ganzen Tag, bis sie alle obligatorischen Antrittsbesuche in den Ryoteis des Viertels gemacht hatte. In Begleitung einiger Männer vom örtlichen Kenban, die sie in jedem Restaurant vorstellten, stolzierte die durch die engen Gassen von Yoshicho. Mit züchtig niedergeschlagenen Augen, fast wie eine Braut, wurde sie als neue Geisha vorgeführt, und in jedem Haus ließ sie ein kleines Baumwolltuch zurück, auf das kunstvoll ihr Name geschrieben war.

An jenem Abend wurde sie in viele Restaurants gerufen. Sie eilte von einem zum anderen und verbrachte in jedem kaum mehr als zehn Minuten. Überall wurde sie den Gästen vorgestellt und als neueste Geisha der Stadt bewundert. Wahrscheinlich verdiente sie recht gut dabei – die Gäste gaben ihr Trinkgelder und wünschten ihr viel Glück, und außerdem konnte sie nach dem offiziellen Tarifsystem jede angefangene Stunde voll berechnen. An jenem Abend nahm sie in einer Stunde soviel ein wie sonst in vier oder fünf Stunden.

Obwohl man nicht darüber spricht, weiß jeder, daß eine neue Geisha viel Geld in ihr Debüt gesteckt hat. Deswegen sind die Gäste und die Inhaber der Teehäuser und Restaurants in der ersten Nacht großzügig. Die Ryotei-Besitzer geben im allgemeinen entweder beim Nachmittagsbesuch oder abends ein kleines Geldgeschenk. Das ist in japanischen Gemeinschaften allgemein Sitte: So bekommt zum Beispiel ein Kind, das vor einem wichtigen Schritt in seinem Leben steht (etwa dem Eintritt in die Oberschule), von allen Freunden und Nachbarn etwas Geld. Durch diese Geste wird der Empfänger in ein größeres soziales Geflecht eingebunden und bekommt das Gefühl, daß seine neue Rolle nicht nur für ihn selbst von Bedeutung ist. Wie ein Student das Gefühl hat, daß die Familie und die Gemeinschaft, in der er lebt, in seinen Erfolg investiert haben, so wird auch einer neuen Geisha vermittelt, daß sie ihrer Umgebung gegenüber verantwortlich ist.

Tomiko, eine der jüngeren Geishas im «Yamabuki», hatte im vorigen Winter ihren ersten Auftritt als Geisha gehabt. Wie Chizuru war auch sie durch Yoshicho gegangen, um sich überall vorzustellen. Allerdings brauchte sie dafür nur wenige Stunden – ein deutliches Zeichen dafür, daß die Zahl der Ryoteis in Yoshicho abnimmt.

Die Zahl der Geishas ist stark abhängig von den Schwankungen der Wirtschaft. Die Inhaberin des «Yamabuki» sagte, daß die älteren Geishas die ersten seien, die schlechtere Zeiten zu spüren bekämen. Sie kannte mindestens vier Geishas über 50 Jahre, die im Jahr zuvor aufgehört hatten zu arbeiten; sie wurden einfach nicht mehr oft genug engagiert. Die jungen Geishas wissen genau, wie sehr ihr Einkommen von einer positiven Wirtschaftslage abhängt. Sie verfügen über genug Bildung, um ihre finanziellen Angelegenheiten, oft sogar mit beachtlicher Sicherheit, selbst regeln zu können. Für Chizuru war das eine der größeren Veränderungen, die in der modernen Geisha-Welt stattgefunden haben.

«Der Reiz einer Geisha lag zum großen Teil in ihrer Unschuld – oder vielleicht auch ihrer Unwissenheit – in bezug auf praktische Dinge. Sie war ein charmantes Geschöpf, das kaum in der Lage war, allein den Weg zum Friseur zu finden.

Männer kommen in die Teehäuser und engagieren Geishas, um ihre alltäglichen Sorgen zu vergessen, und sie denken gerne, daß das Leben der Geishas von diesen Sorgen überhaupt nicht berührt wird. Für mich ist das ein Problem, über das ich jetzt ganz bewußt nachdenken muß: eine Atmosphäre zu erzeugen, in der, zumindest in gewissem Grade, die Realität nicht vorkommt. Zum Beispiel werde ich wohl kaum mit einem Gast über die Börsenkurse sprechen – außer, ich kenne ihn sehr gut.»

## Eine charakteristische Atmosphäre

Die Arbeit einer Geisha besteht zur Hauptsache darin, eine Atmosphäre zu erzeugen, die den Gästen zusagt. Wenn Geishas über die anderen Frauen in ihrem Beruf im allgemeinen sprechen, interessiert es sie, entgegen meiner Erwartung, nicht so sehr, welche Stellung ein Hanamachi gegenüber einem anderen einnimmt. Vielmehr redeten sie immer wieder über das *Aji*, die besondere Atmosphäre, die jedes Viertel erzeugt. Chizuru erklärte mir, ein echter Kenner könne, wenn er einige Abende mit den besten Geishas jedes Hanamachis verbringe, diese unbeschreibbaren Stimmungen erfassen. Sie wollte nicht behaupten, daß ein Viertel «besser» als ein anderes sei – in jeder Gemeinschaft gebe es rührige und faule Geishas, sagte sie.

Da Japaner sich gewöhnlich der Statusunterschiede sehr bewußt sind, war ich sehr überrascht, daß Chizuru und die anderen Geishas, die ich befragte, nicht sehr interessiert daran waren, wie hoch sie in irgendeinem hierarchischen System standen. Natürlich gibt es einige generelle Unterschiede zwischen den städtischen Hanamachis und zweitklassigen Geisha-Vierteln in ländlichen Gebieten, aber die Geishas selbst beurteilen ihre Welt offenbar nach anderen Kriterien als Außenstehende. Während der Durchschnittsjapaner sagen würde, daß Akasaka eines der besten Hanamachis von Tokio ist, wäre eine Geisha aus einem anderen Viertel, die mehr die mittelmäßigen künstlerischen Fähigkeiten der Geishas in Akasaka im Auge hat, wahrscheinlich nicht dieser Meinung. Aber Chizuru mußte zugeben, daß das einzige, was wirklich zählt, der Geschmack der Kunden ist.

# Bargeld

Chizuru und Sumi mußten zu ihrer Verabredung, aber bevor sie gingen, bat Sumi die Besitzerin des «Yamabuki» höflich, ihr bis übermorgen, dem Zahltag, 10000 Yen (etwa 30 Dollar) zu leihen. Je nach Viertel ist ein- oder zweimal im Monat Zahltag. Die Meldebehörde sammelt die Quittungen der Lokale, in denen die Geishas gearbeitet haben, löst sie ein und gibt jeder Geisha den Betrag, der ihr gemäß ihrer Arbeitszeit zusteht. Wegen dieser monatlichen Gehaltsabrechnung muß das Kenban über jedes Engagement unterrichtet werden.

Bei dieser Art der Zahlungen taucht Bargeld selten auf. Die Kunden der Geisha-Restaurants sind entweder bereits eingeführt oder kommen auf Empfehlung eines Stammgastes. Das Ryotei schickt ihnen die Rechnung später zu – es wäre schließlich ziemlich unhöflich, wenn man sie gleich am Ende eines schönen Abends präsentieren würde. Den Gästen wird von diesen Lokalen also ein zeitlich begrenzter Kredit eingeräumt.

Dieses System basiert natürlich auf Vertrauen und kann nur auf einer persönlichen Ebene funktionieren. Die Ryoteis müssen letztendlich dem Kenban gegenüber für den Teil der Rechnung geradestehen, der als «Unterhaltung durch Geishas» ausgewiesen ist; wenn der Gast seine Rechnung noch nicht bezahlt hat, müssen die Lokalbesitzer den entsprechenden Betrag auslegen. Kein Wunder, daß ihr Motto lautet: «Ichigen-san kotowari» (Nur für Stammgäste).

Die Mutter des «Yamabuki» gab Sumi die 10000 Yen und tat, als mache sie ihr Vorhaltungen wegen ihrer Verschwendungssucht. Sie hat die Geishas in ihrem Haus sehr gern, und daß das auf Gegenseitigkeit beruht, beweist der herzliche Umgangston, der dort herrscht. Erst in den letzten fünf Jahren hat die Mutter junge Geishas aufgenommen, die mit dem Leben im Karyukai noch nicht vertraut waren. Sie gab zu, daß es für sie eine große Lehre war, zu sehen, wieviel von

*Zwei Geishas.*
*Farbholzschnitt von Kitao Shigemasa (1739 – 1820)*

dem, was sie für natürlich und selbstverständlich hielt, für diese Mädchen völlig neu und ungewohnt war.

Ich hatte das Gefühl, daß diese sechsundsiebzigjährige Dame, die ihr ganzes Leben lang nur ein einziges Milieu gekannt hatte, sich außerordentliche Mühe gab, die Probleme von Neulingen zu verstehen. Einige ihrer alten Bekannten stoßen angehende Geishas durch ihre unnachgiebige Haltung und ihr strenges Benehmen vor den Kopf. Die Mutter des «Yamabuki» dagegen erklärt ihren jungen Geishas, wenn ihnen einmal ein Fauxpas unterläuft, ruhig und freundlich, was sie falsch gemacht haben. Das klingt vielleicht nicht sehr außergewöhnlich, aber genaue Erklärungen werden in der Geisha-Welt selten gegeben. Ihre Bereitschaft, das richtige Verhalten von Geishas zu erläutern, zeugt davon, daß sie keinerlei Vorurteile hat.

Zufällig war ich eines Nachmittags gerade im «Yamabuki», als sich eine solche Gelegenheit ergab. Tsuzumi war die neueste Geisha im Haus und hatte, bevor sie ins «Yamabuki» einzog, keinerlei Erfahrungen als Geisha gesammelt. Sie erwähnte gegenüber der Inhaberin beiläufig, daß ein gewisser Herr Nakano ihr am Abend zuvor ein schönes Trinkgeld gegeben hatte. Nakano war ein alter Kunde der anderen Geishas des «Yamabuki», und auch die Mutter kannte ihn gut. Das Trinkgeld – einen knisternden Zehntausend-Yen-Schein in einem schön verzierten Briefumschlag – hatte er Tsuzumi direkt gegeben, aber es war für sie als Mitglied des «Yamabuki» bestimmt und nicht für sie persönlich als die neue Geisha, die Herr Nakano gerade kennengelernt hatte.

Das Problem war, daß Tsuzumi diese Sache nur beiläufig, fast zufällig, erwähnt hatte – dabei hätte sie doch allen anderen im Haus von dem Geld erzählen müssen. Das nächste Mal, wenn eine der Geishas des «Yamabuki» Herrn Nakano traf, mußte sie sich bei ihm für seine Großzügigkeit gegenüber ihrer Jüngeren Schwester bedanken. Herr Nakano würde davon ausgehen, daß alle Geishas des Hauses von seinem Trinkgeld wußten, und mit Sicherheit gekränkt sein, wenn sie es nicht erwähnten. Diese schlechten Manieren würden auf das ganze Haus zurückfallen. Die Mutter erzählte mir später, sie habe nie geglaubt, daß man eine Geisha über solche Dinge aufklären müsse. Ein Mädchen, das in der Atmosphäre des Mizu shobai aufgewachsen ist, kennt natürlich diese Feinheiten der Umgangsformen gegenüber einem Kunden.

Aber ungehöriger als diesen Mangel an gutem Benehmen findet die Mutter des «Yamabuki» die Art und Weise, wie die heutigen Geishas mit Geld umgehen. Für jemanden, der die Depression, die Einschränkungen durch den Krieg und die Inflation der Nachkriegszeit erlebt hat, ist die Selbstverständlichkeit, mit der junge Geishas ihr Geld für Luxusartikel ausgeben, schwer zu verstehen. Sie schätzte, daß ihre Geishas etwa 150000 Yen im Monat verdienten (1975 waren das etwa 450 Dollar), aber das ganze Geld wurde regelmäßig für Kleidung, Taxifahrten (nicht um alles in der Welt würden Geishas mit öffentlichen Verkehrsmitteln fahren, sagte sie), den Friseur, Reisen und Delikatessen verbraucht.[4] «Als Geisha entwickelt man einen teuren Geschmack», meinte sie. «Wenn man sich erst einmal an so ein Leben gewöhnt hat, ist es ziemlich schwer, es wieder aufzugeben und ein Mitglied der bürgerlichen Gesellschaft zu werden. Wenn sie erst einmal verdorben sind, werden aus Geishas nie mehr gute, sparsame Hausfrauen.»

Bevor ich an jenem Nachmittag das «Yamabuki» verließ, verteilte ich noch die Fragebögen, die ich gerade hatte drukken lassen. Ich bat die Geishas, sie auszufüllen und mir zu sagen, ob sie die Fragen für sinnvoll hielten. Beim Durchlesen lachten sie und machten alberne Bemerkungen. Die Frage nach ihren Zukunftsplänen erregte ihr besonderes Interesse. Alle waren sich einig, daß es schön wäre, eines Tages ein eigenes Haus zu führen. Ich glaube, die alte Mutter des «Yamabuki» freute sich insgeheim, das Prestige ihrer

Stellung derart bestätigt zu sehen. Sie genießt das Kommen und Gehen der jungen Frauen in ihrem Haus. Ihr Leben ist sicher nicht gerade ruhig, aber sie hat sich bewußt dafür entschieden.

«Man lebt schließlich nur einmal», sagte sie. «Und wenn man es sich nicht wenigstens ein bißchen aufregend macht, hat man sein Leben verschwendet. Lieber bin ich hier, als eine alte Frau, deren Kinder erwachsen sind, und die nun mit ihrem griesgrämigen alten Mann zu Hause sitzen muß.» Chizuru sah auf und schmunzelte.

# 12.

# Kunst und Leben

*«Sakura, Sakura,*
*wann schlendert man*
*unter den Kirschbäumen umher?*
*Von Ende März*
*bis Mitte April gibt es nur*
*die blühenden Blüten*
*der Sakura.»*

*Text eines Kouta*

## Die Kirschblüten-Dame

Heutzutage sind Geishas die einzigen Japaner, die noch Rikschas fahren. Um die Jahrhundertwende jedoch waren diese Fahrzeuge die gebräuchlichsten Verkehrsmittel innerhalb der Stadt; es gab über 100000 Rikscha-Kulis. Als in den zwanziger Jahren die ersten Straßenbahnen auftauchten und Fahrräder immer beliebter wurden, nahm ihre Zahl jedoch stetig ab. Heute gibt es in Tokio nur noch 25 bis 30 Rikschas. Abends kommen die Rikscha-Kulis, drahtige alte Männer, in die Gasse auf der Rückseite des Tanztheaters, in dem die Shimbashi-Geishas auftreten, und warten auf Kundschaft. Sie bringen die Geishas zu den Restaurants, in denen sie reiche Kunden unterhalten sollen.

Sakurako ist eine junge Geisha aus Shimbashi. Sie ist 1,65 m groß, also größer als die meisten japanischen Frauen, und sie ist hübsch, wenn man sie auch nicht gerade als «gertenschlank» bezeichnen würde. Wenn sie sich eine Rikscha nimmt, hat sie ein schlechtes Gewissen, denn sie ist größer und schwerer als die meisten der Kulis. Im Frühling 1975, genau zu der Zeit, als ich nach Japan ging, um meine Studien zu beginnen, wurde Sakurako Geisha. Sie arbeitete gerade zwei Monate in diesem Beruf, als ich sie auf einer Gesellschaft in einem Restaurant von Shimbashi kennenlernte. Sie hatte nur zwei Monate Minarai gehabt, bevor sie in die Geisha-Gemeinschaft des Viertels eingeführt wurde. Ihre Ausbildungszeit war deswegen so kurz gewesen, weil sie bereits eine ausgezeichnete Tänzerin war. Sakurakos Begeisterung für das Tanzen war der Hauptgrund gewesen, warum sie Geisha geworden war.

*Sakura* bedeutet «Kirschblüte». Durch die Anhängung der Silbe *-ko* wird ein Frauenname daraus, wenn auch ein etwas ungewöhnlicher. Sakurako hat keine besondere Ältere Schwester. Damit wäre sie in Tokio auch eine Ausnahme, denn die ritualisierte Beziehung zwischen Älteren und Jüngeren Schwestern, die in Kyoto ein fester Bestandteil der Welt der Geishas ist, findet man in Japans moderner Hauptstadt nur selten. Sakurako hat sich ihren Berufsnamen selber ausgesucht. Sie fand, daß er ausgefallen war und irgendwie zu ihrer Persönlichkeit paßte. Erst später entdeckte sie, daß sie mit diesem Namen die «4. Generation» in Shimbashi darstellte: Es gab eine Sakurako III., die sich zur Ruhe gesetzt hatte und ein zurückgezogenes Leben in einem kleinen Appartement außerhalb Tokios führte. Und so kaufte Sakurako IV. einen Kuchen und stattete der alten Geisha einen Höflichkeitsbesuch ab.

Die älteren Geishas beklagen sich heute oft darüber, daß die traditionellen Werte von *On* (Dankbarkeit) und *Giri* (Verpflichtung gegenüber der Gesellschaft) den jungen Geishas ebenso fremd sind wie das in der Feudalzeit unter den Frauen übliche Schwarzfärben der Zähne mit Eisenstaub. Die ältere Sakurako war daher sicher sehr gerührt über diese spontane Geste ihrer zufälligen Namensschwester.

## Der Niedergang der moralischen Grundsätze

Obwohl die ältere Generation gerne über die heutige Zeit und besonders über das Benehmen jüngerer Geishas herzieht, ist die Welt der Geishas eines der letzten Bollwerke der traditionellen Auffassung von Pflicht in Japan. Hier dienen On und Giri oft noch als Richtschnur für das Benehmen und das Verhalten. Viele junge Geishas, besonders die, die nicht in diesen Gemeinschaften aufgewachsen sind, empfinden es als altmodisch und einengend, daß die Erwartungen, die man in ihr Betragen setzt, in diese Begriffe gekleidet werden.

Für die ältere Generation dagegen sind diese moralischen Werte die Grundlage der Gesellschaft und der zwischenmenschlichen Beziehungen. Trotz der unterschiedlichen Meinungen über die Bedeutung des Pflichtgefühls im täglichen Leben aber sind die Begriffe On und Giri für die Geishas keine Anachronismen. Eine Anfängerin oder Schülerin, die sie nicht beachtet, setzt ihre Aufnahme in die Gemeinschaft aufs Spiel. Es gibt aber einige Frauen (und zu ihnen gehört auch Sakurako), für die diese altmodischen Auffassungen vom Umgang miteinander zu den positiven Aspekten des Geisha-Lebens gehören.

Sakurako hatte vorher eine konventionellere Karriere begonnen und kann daher die Unterschiede im Lebensgefühl gut beurteilen. Bevor sie mit 26 Jahren Geisha wurde, hatte sie die Hochschule besucht. Ihr Hauptfach war Psychologie. Danach arbeitete sie als Sekretärin – diese Art von Job wird oft an Japanerinnen vergeben, die gerade ihre Hochschulausbildung abgeschlossen haben.

Wie viele Töchter aus gutem Hause hatte Sakurako von früher Jugend an klassischen japanischen Tanz gelernt. Aber im Gegensatz zu den meisten Frauen, die wegen ihres Studiums, wegen ihres Bekanntenkreises oder weil sie heiraten wollen damit aufhören, nahm Sakurako weiter Tanzunterricht. Einerseits begeisterte sie sich für das Tanzen, andererseits aber war sie gezwungen, sich ihren Lebensunterhalt zu verdienen. Sakurakos Eltern machten sich über ihre wachsende Unzufriedenheit mit ihrer Arbeit keine großen Sorgen – sie dachten, ihre Tochter werde ohnehin bald damit aufhören, um zu heiraten und ein Leben als Hausfrau zu führen. Sie waren entsetzt, als sie statt dessen ankündigte, sie wolle Geisha werden.

Sakurako ist eine der Frauen, die einen neuen Typus von Geishas repräsentieren. Im Gegensatz zu vielen Geishas früherer Zeiten, die durch Verwandte in diese Welt eingeführt wurden, stammt Sakurako aus einer Mittelstandsfamilie, die keinerlei Verbindung zum Mizu shobai hat. Sie gibt zu, daß die Romantik des Geisha-Lebens sie seit ihrer Kindheit fasziniert hat, aber im Gegensatz zu den Töchtern von Geishas hatte sie keinen natürlichen Zugang zu dieser Welt. Sakurako hatte alle Möglichkeiten zu Studium, Job und Ehe, die den Töchtern des japanischen Mittelstandes angeblich offenstehen, und dennoch zog sie es vor, Geisha zu werden, anstatt Sekretärin zu bleiben oder gar zu heiraten.

Durch diese Entscheidung war der Konflikt zwischen Leben und Lebensunterhalt gelöst; Sakurako konnte jetzt ihre Leidenschaft für den Tanz mit ihrem Beruf verbinden. Es war auch kein Zufall, daß sie sich für das hochangesehene Hanamachi Shimbashi entschied und in ein Okiya eintrat, das von einer der besten Geisha-Tänzerinnen Tokios geführt wurde. Offiziell war ihr Minarai auf nur zwei Monate begrenzt, in Wirklichkeit aber dauerte ihre Probezeit, besonders in den Augen der älteren, schon lange eingeführten Geishas, viel länger. Auf meine Frage nach ihren größten Anfangsschwierigkeiten im neuen Beruf antwortete sie, am schwersten sei es ihr gefallen, die ständigen kritischen Blicke der älteren Geishas zu ertragen. Noch nie in ihrem Leben hatte sie so sehr darauf achten müssen, ihren Rücken ganz gerade zu halten und ihre Füße ordentlich unterzuschlagen, wenn sie neben einem Kunden auf dem Tatami kniete. Jeder,

der nicht an das richtige Sitzen auf dem Boden gewöhnt ist, weiß, daß die Versuchung, sein Gewicht abwechselnd von einer Seite zur anderen zu verlagern und dadurch ein Bein zu entlasten, fast unwiderstehlich ist.

Die meisten Japaner, die nach dem Krieg geboren sind, fühlen sich in der korrekten Sitzhaltung unwohl. Das liegt hauptsächlich daran, daß Stühle und Sessel in Japan immer mehr in Mode gekommen sind. Wer sich an diese Möbel einmal gewöhnt hat, findet das Sitzen mit untergeschlagenen Beinen unbequem, und während Männer ihre Beine zur halben Lotusstellung verschränken dürfen, bleibt Frauen im Kimono nichts anderes übrig, als ihre Füße unter dem Gesäß leicht hin- und herzuschieben. Und Geishas dürfen nicht einmal das – daran wurde Sakurako ständig erinnert.

Sakurako wußte, daß sie nach den Regeln dieser hierarchischen Gemeinschaft keiner Kritik widersprechen durfte, selbst wenn sie das Gefühl hatte, von einer älteren Geisha zu Unrecht getadelt zu werden. Sie war neu in diesem Beruf und erst kürzlich in die Gemeinschaft aufgenommen worden, und dadurch standen die anderen höher als sie und durften Respekt erwarten. Oft mußte sie sich Ausreden oder Rechtfertigungen verkneifen. Sie war gezwungen, sich in gehorsamem Schweigen zu üben.

Statt sich zu ärgern oder sich zu beklagen, schien Sakurako dies jedoch als Charakterschulung zu verstehen, als eine spirituelle Disziplin, durch die sie nicht nur eine bessere Geisha, sondern auch ein reiferer und wertvollerer Mensch werden würde. Natürlich war das schwer, aber auch das Idealbild der Tänzerin, das sie verfolgte, ließ sich ja nicht ohne weiteres verwirklichen. Wenn sie weiter Geisha bleibt, wird Sakurako eines Tages zu den führenden Frauen in der Hierarchie gehören, und dann wird sie niemand mehr ermahnen, aufrecht zu sitzen. Aber auch dann wird sie wahrscheinlich immer noch Unterricht bei einer Meistertänzerin nehmen, denn Disziplin ist ein fester Bestandteil des Lebens einer Geisha.

## Kunst als Lebensinhalt

Die Generation der Japaner, die während oder kurz vor Beginn des Zweiten Weltkrieges volljährig wurden, glaubt, daß nur sie ein echtes Gefühl für Disziplin hat. Die heute Fünfzigjährigen behaupten, die Jugend sei verweichlicht und habe kein Verständnis für eine harte Ausbildung – wobei sie anscheinend außer acht lassen, daß ein leidenschaftliches und gleichzeitig außerordentlich diszipliniertes Streben nach einem Ideal in jeder Generation selten ist. Und dennoch leitet sich für Sakurako und viele andere Geishas, die ich kennengelernt habe, die Berufsbezeichnung Gei-sha von der Beherrschung der verschiedenen Künste, der Gei, ab.

Diese Künste sind im wesentlichen traditioneller Tanz und Musik. Auch der Unterricht in ihnen ist traditionell und beruht auf der bedingungslosen Unterwerfung des Schülers unter den Lehrer. Die erforderliche Disziplin besteht ebensosehr aus Selbstbeherrschung wie aus der Aneignung der Technik. Da diese beiden Aspekte untrennbar sind, kann man die Künste ein Leben lang studieren, ohne es zu einer Meisterschaft in einem endgültigen Sinn zu bringen.

Sakurako war durch das Tanzen mit Disziplin vertraut, und nach und nach sah sie ein, daß sie auch als Geisha ihren Willen zurückstellen mußte, wenn sie den beruflichen Anforderungen, die an sie gestellt wurden, gerecht werden wollte. Die Kunst einer Geisha ist mehr als nur die Beherrschung ihrer jeweiligen Gei. Für Frauen wie Sakurako macht vor allem die bewußte und wohlüberlegte Entscheidung, Kunst zu ihrem Lebensinhalt zu machen, den Beruf der Geisha so attraktiv.

Das läßt sich natürlich auch umkehren: Wenn Kunst der Lebensinhalt einer Geisha ist, dann muß ihr Leben sich zu einer Kunstform entwickeln. Eine Geisha bemüht sich, von ihrer Kunst so durchdrungen zu sein, daß alles, was sie tut, ein Ausdruck davon ist, einschließlich ihrer Art zu gehen, zu sitzen und zu sprechen. Um dieses Ideal zu verwirklichen, ist ständige Achtsamkeit erforderlich – bis schließlich die Haltung, die man von ihr erwartet, völlig selbstverständlich geworden ist. So hochgestochen es auch klingen mag: Die Disziplin, die eine Geisha sich auferlegt, dient dazu, ihr Leben zu einem Kunstwerk zu machen.

Geishas sind mehr als nur traditionelle Gesellschafterinnen. Sie ziehen sich nicht einfach um sechs Uhr abends einen Kimono an und gehen zur Arbeit; ihr Leben ist vielmehr Bestandteil eines größeren Ganzen. Ihre tatsächliche Arbeitszeit, für die sie bezahlt werden, ist nur der sichtbarste Teil ihres Berufslebens. Im Idealfall bringt eine Geisha in das Zashiki eine Eleganz, die in der besonderen Atmosphäre der Welt der Blumen und Weiden kultiviert worden ist wie eine seltene Orchidee. Alles Ungewöhnliche und irgendwie Geheimnisvolle, das eine Geisha umgibt, rührt daher, daß ihr Leben anders ist als das der übrigen Menschen. Die Mauern, die ihre Welt abschirmen, heißen heute Kunst und Disziplin.

Darin liegt das Ideal der Geishas. Die unerläßlichen Bedingungen des Berufes können in verschiedenen Gemeinschaften und von verschiedenen Geishas natürlich unterschiedlich stark betont werden. Aber je härter an der Vervollkommung der Gei gearbeitet wird und je größer der Zusammenhalt und die Abgeschlossenheit der Gemeinschaft ist, desto wahrscheinlicher ist es, daß die Geishas ihre Arbeit als eine Berufung ansehen, die ihre Zeit, ihre Engergie und das Bewußtsein ihrer selbst völlig in Anspruch nimmt.

Wenn die Gei zugunsten einer glanzvollen Fassade in den Hintergrund tritt und die Gemeinschaft weit verstreut ist, weil viele Geishas nicht in einem Geisha-Haus leben, sondern eigene Wohnungen haben, ist die Tendenz, den Beruf nur als Job zu betrachten, wesentlich ausgeprägter. So ist es nicht erstaunlich, daß die Geishas in der recht konservativen alten Hauptstadt Kyoto sich viel eher ständig der Tatsache bewußt sind, eine Geisha zu sein, und die Grundsätze ihres Lebens danach ausrichten. In Tokio haben die Geishas von Shimbashi wahrscheinlich ein größeres Berufsethos als die von Akasaka.

## Die Berufswahl

Es gibt verschiedene Gründe, aus denen Frauen den Beruf der Geisha ergreifen. Eine Sechzehnjährige, die beschließt, herauszufinden, wie es sich als Maiko leben läßt, stellt dabei andere Überlegungen in den Vordergrund als eine sechsundzwanzigjährige Frau, die weiß, daß sie als Geisha möglicherweise keine Aussichten mehr hat, jemals zu heiraten. Die späten Zwanziger heißen auf japanisch *Tekirei*, «das richtige Alter (zum Heiraten)». Danach schwinden, besonders für Frauen, die Aussichten auf eine Ehe. Natürlich sieht die Tochter einer Geisha diesen Beruf in einem anderen Licht als eine normale Schulabgängerin. Aber eines ist allen Frauen, die Geishas werden wollen, gemeinsam: der Hang zum Künstlerischen. In meinen Gesprächen mit Geishas aus vielen verschiedenen Hanamachis wurde immer wieder das Thema «Kunst» angesprochen.

Heutzutage trifft eine Frau, die beschließt, Geisha zu werden, eine freie Entscheidung; sie ist nicht den gesellschaftlichen Zwängen unterworfen, die in der Vorkriegszeit manche Familien gezwungen haben, ihre Töchter an Geisha-Häuser zu verkaufen. Außer dem Drang, sich künstlerisch zu betätigen, gibt es für ein Mädchen also keinen anderen Grund, Geisha zu werden. Sie kann in einem anderen Beruf mit Leichtigkeit mehr Geld verdienen, ohne dabei so eingeschränkt zu sein.

Die Frage des Nachwuchses hat sich zu einem ernsten Problem des Berufs entwickelt. Heute reizt das Leben einer Geisha nur noch ungewöhnliche Frauen, oft solche mit romantischen oder nostalgischen Neigungen, denen die Geishas in ihren Kimonos gefallen. Aber ein Mädchen, das sich nur danach sehnt, eine Geisha-Perücke und einen schwarzen, im Nacken ausgeschnittenen Kimono zu tragen, wird bald genug davon haben. Wenn sie wirklich Erfolg haben will, müssen diese Äußerlichkeiten auf einer soliden Grundlage, nämlich der Gei, beruhen. Die Situation einer jungen Geisha ist in den Augen der meisten ihrer Freundinnen wahrscheinlich ein Relikt der Feudalzeit – die strengen Konventionen und die Betonung von Verpflichtungen, Geboten und Disziplin, die in den meisten Bereichen der Geisha-Welt tief verwurzelt sind, üben heute nur noch wenig Anziehungskraft auf moderne junge Frauen aus. Nur einige wenige wie Sakurako entschließen sich zu diesem Schritt, weil sie dort etwas Wertvolles und Erfüllendes finden.

Und schließlich braucht eine junge Japanerin sehr viel geistige Unabhängigkeit, um dem Druck der öffentlichen Meinung zu widerstehen, für die der eigentliche Sinn des Lebens einer Frau darin besteht, zu heiraten und Kinder zu bekommen. In praktisch allen Schichten Japans findet man die bürgerliche Vorstellung von der Familie mit ein oder zwei kleinen Kindern, deren Lebensziel es ist, ein eigenes Haus zu bewohnen – und sei es auch noch so klein. Für diese Geistesverfassung haben die Medien eine besonderes Wort geprägt: Eigenheimismus. Das Bild von der Ehefrau als Dame des Hauses (die auf japanisch *Okusan* heißt, wörtlich: «die Frau im Innern») wird in Film, Fernsehen und Illustrierten immer wieder vorgeführt und neu erschaffen. Nach der wunderschönen Hochzeit, dem Höhepunkt des Lebens eines jeden Mädchens, erfolgt die Verwandlung zur Okusan. Fast jede davon abweichende Lebensgestaltung einer Frau wird von der Gesellschaft mit mißbilligenden Blicken betrachtet.

Es ist daher eine folgenschwere Entscheidung, wenn eine junge Frau eine Laufbahn wählt, von der sie weiß, daß sie gesellschaftlich und kulturell der genaue Gegensatz des üblichen Weges ist. Zwar kann eine Geisha Kinder haben (wie es ja auch oft der Fall ist), aber die Tatsache, daß sie nicht verheiratet ist, bedeutet schon einen gewissen Unterschied. Wenn ein Mädchen aus «guter Familie», wie zum Beispiel Sakurako, Geisha werden will, muß sie sich darauf einstellen, daß ihre Eltern ihren Entschluß mißbilligen und versuchen werden, sie davon abzubringen.

Eine berufsmäßig unverheiratete Frau zu werden, die sich so ganz anders kleidet und verhält als eine anständige Okusan, mag für die Töchter anderer Leute das Richtige sein, nicht aber für die eigene. Dabei denken die Eltern natürlich daran, daß eine Geisha oft die Geliebte eines Mannes wird; aber selbst ohne diesen Aspekt – und manche Geishas kommen ja sehr gut ohne einen Gönner zurecht – wären die etwas unklaren Beziehungen der Geishas zu ihren Kunden Grund genug zur Sorge. Geishas haben viel mit Männern zu tun, und je unbefangener sie dabei werden, desto mehr verlieren sie jene Eigenschaften, die eine Japanerin haben soll: Bescheidenheit, Unschuld und Reinheit.

## Zur Geisha geboren

Ich kenne eine Frau, die zwei Töchter hat, von denen eine nie heiratete und Universitätsprofessorin wurde. Die andere wurde Geisha. Die Mutter hatte das Gefühl, bei der Erziehung ihrer beiden Töchter versagt zu haben, weil keine von ihnen geheiratet hatte. Eltern, die dagegen sind, daß ihre Tochter Geisha wird, haben anscheinend nicht nur etwas gegen diesen Beruf an sich einzuwenden, sondern mindestens ebensoviel gegen die logische Folge dieser Entscheidung – die Ehelosigkeit.

Aber es gibt auch andere Eltern. Bei der Auswertung meiner Fragebögen stellte sich heraus, daß die Töchter von Geishas eher darin unterstützt worden waren, selber Geishas zu werden. In Kyoto hatten Geishas, unabhängig davon, ob ihre Mütter in demselben Beruf gearbeitet hatten oder nicht, weniger Schwierigkeiten mit ihren Eltern als ihre Kolleginnen in Tokio. Das mag daran liegen, daß die Geishas von Kyoto in ihrer Stadt ein höheres Ansehen genießen als die von Tokio. Schließlich steht Kyoto in dem Ruf, die ältesten und unverfälschtesten Traditionen zu bewahren.

Im alten Japan blieb der Tochter einer Geisha wahrscheinlich keine andere Wahl, als den Beruf ihrer Mutter zu ergreifen. Der Sohn einer Geisha wurde vielleicht von seinem Vater, ihrem Gönner, adoptiert und von der Ehefrau des Mannes aufgezogen, aber uneheliche Töchter wurden häufiger der Mutter überlassen und wuchsen also in einer vorwiegend von Frauen geprägten Atmosphäre auf. Zweifellos erschien es diesen Mädchen später völlig natürlich, selber Geisha zu werden.

Wenn Geisha-Töchter überhaupt heirateten, dann meistens Männer, die irgendwie mit den Vergnügungsvierteln zu tun hatten. Es gab zwar immer die Möglichkeit, daß ein reicher Gönner sich in eine Geisha verliebte und sie als seine Ehefrau ein angenehmes bürgerliches Leben führen konnte, aber abgesehen von diesen Ausnahmen blieben die Mädchen, die in den Geisha-Vierteln geboren wurden, ihr ganzes Leben lang dort. Vermutlich wurden im späten 19. und frühen 20. Jahrhundert die meisten Geishas im wahrsten Sinn des Wortes in ihren Beruf «hineingeboren».

## Mädchen als Handelsware

In den ersten beiden Jahrzehnten dieses Jahrhunderts nahm die Zahl der Geishas in Japan erheblich zu. Der Nachwuchs aus den eigenen Reihen reichte nicht aus, um die steigende

Nachfrage nach Geishas zu decken, also mußten Mädchen aus anderen Bereichen der Gesellschaft rekrutiert werden. Einer dieser Bereiche waren verarmte ländliche Gegenden. Es gab die berüchtigte Praxis der Schuldsklaverei, bei der der Vater ein Handgeld erhielt, das später mit dem Lohn der Geisha verrechnet wurde.

Anfang des Jahrhunderts lebten Geishas unter den verschiedensten Umständen – von völliger persönlicher Unabhängigkeit (*Jimae*) bis zur buchstäblichen Sklaverei (*Kakae*). Für die jungen Mädchen, die man vom Land geholt hatte, traf meistens das letztere zu. Sie lebten in dem Geisha-Haus, das sie gekauft hatte, und zwar zunächst als Dienstmädchen und dann, wenn die Inhaberin des Hauses fand, daß sie Talent hatten, als Schülerinnen. Schließlich mußten sie dann als Geisha für ihren Unterhalt arbeiten und ihrem Haus vom Essen bis zum Kimono alles bezahlen.

Dies war der Punkt, an dem die Investition, die die Besitzerinnen der Geisha-Häuser in die verängstigten und ungehobelten Bauernkinder gemacht hatten, einen Profit abzuwerfen begann; sie fühlten sich daher berechtigt, alles Geld, das diese Frauen als Geishas einnahmen, zu kassieren. Die Geisha-Häuser, die sich auf diese Weise ihren Nachwuchs heranzogen, gehörten oft skrupellosen Frauen, die ihren Geishas für Essen und Unterkunft Wucherpreise berechneten, um sie in einem Abhängigkeitsverhältnis zu halten.

Wenn eine Frau sparsam war und Glück hatte, konnte es ihr vielleicht gelingen, aus diesem System zu entkommen und sich selbständig zu machen, indem sie ihre Schulden bezahlte. Einige Geishas gründeten sogar gemeinschaftlich verwaltete Häuser, in denen jede die Hälfte ihres Lohnes zur Führung des Haushalts beisteuerte, ansonsten aber völlig unabhängig war. Viele Frauen aber schafften es nicht, sich zu befreien, und waren zu einem traurigen Dasein verdammt. Ein Mädchen, das aus einem Okiya weglief, in dem sie in Abhängigkeit gehalten wurde, wußte, daß sie dadurch ihrer

Familie Schande machen würde, und daß ihr Vater gesetzlich verpflichtet war, das Geisha-Haus für den Verlust zu entschädigen. Nachdem er die schwere Entscheidung gefällt hatte, eine Tochter wegzuschicken, damit der Rest der Familie zu essen hatte, blieb dem Vater nichts anderes übrig, als sie wieder auszuliefern, wenn sie bei ihm Zuflucht suchte. Eine Ausreißerin wurde also doppelt bestraft: erst von ihrem Vater, und später, wenn man sie wieder zurückgebracht hatte, von der Inhaberin des Okiya. Und wenn sie nicht wieder nach Hause ging, sondern versuchte, im Gewühl der Großstadt unterzutauchen, war ihr bald die Polizei auf den Fersen, denn schließlich war sie ja Eigentum des Geisha-Hauses. Ein gekauftes Mädchen hatte von niemandem Hilfe zu erwarten.

## Ein Opfer für die Familie

Eine alte Geisha, in deren Haus auf dem Land ich einige Tage wohnte, erzählte mir, wie sie und ihre Schwester von ihrem Vater für den Rest der Kinder «geopfert» wurden. Sie wurden in ein Okiya in einem heruntergekommenen Viertel Tokios geschickt, wo sie zwei von sechs Mädchen waren, die etwa zur gleichen Zeit gekauft worden waren. Anfangs wurden sie als Gesinde gehalten und durften nicht einmal auf Tatamis schlafen; nachts mußten sie ihre Decken auf den Holzboden ausbreiten. In der Wand des Zimmers, das sie sich teilten, gab es ein Schiebefenster, durch das die Besitzerin des Hauses sie beobachten konnte.

Einmal versuchte sie zusammen mit einer Freundin fortzulaufen. Sie erinnert sich noch daran, wie sie durch die Straßen der Stadt rannten, bis sie an die Felder vor den Toren Tokios kamen. Doch dann wurde ihnen klar, wie hoffnungslos ihre Flucht war; sie setzten sich ruhig hin, flochten Halsketten aus Kleeblüten und warteten darauf, daß man sie wieder einfing.

Es war ein schreckliches Leben für diese Mädchen, die mit zehn oder elf Jahren aus ihrer Familie gerissen worden waren und oft hart arbeiten mußten. Dennoch ging es ihnen immer noch besser als denen, die nicht an Geisha-Häuser, sondern an Bordelle verkauft worden waren. Das war das Schicksal der Mädchen, die nicht gut aussahen, keine rasche Auffassungsgabe besaßen und daher wenig Hoffnungen auf eine spätere Verwendung als Geisha machten. Auf solche wenig versprechenden Mädchen verschwendeten die Geisha-Häuser weder Zeit noch Geld.

Bei ihren Musterungsfahrten durch die verarmten Gebiete taxierten die Einkäufer, bevor die Verträge unterschrieben wurden, zunächst die Anlagen der Mädchen. Wenn sie erst einmal eine Weile als Dienerinnen in den Okiyas gearbeitet hatten, konnte die Besitzerin ihre Talente noch besser beurteilen und entscheiden, ob es sich lohnte, ihnen als Vorbereitung für eine Ausbildung als Geisha Musik- und Tanzstunden geben zu lassen. Manche bekamen keinen Unterricht, sondern wurden weiterhin als Dienstmädchen beschäftigt, und es geschah auch, daß sie an ein Bordell weiterverkauft wurden.

Diese armen Mädchen können einem nur leid tun. Ihr einziger Trost war, daß sie durch Ergebung in ihr Schicksal dem Ideal kindlicher Liebe entsprachen. Das mag läppisch klingen, in ihrer Situation aber bedeutete es eine Menge. Aus der Familie gerissen und in ein unbekanntes Leben in einer völlig neuen Umgebung gestoßen zu werden, ist zweifellos ein traumatisches Erlebnis. Das Versprechen auf gutes Essen und schöne Kleider mögen vielleicht die anfängliche Angst gelindert haben, aber es war noch lange nicht gesagt, daß die Realität den schönen Worten des Agenten auch entsprach. Der nächste schwere Schock kam, wenn die Mädchen, die man zur Prostitution gekauft hatte, begriffen, was man von ihnen erwartete. Die Überzeugung, daß durch dieses große persönliche Opfer Eltern, Brüder und Schwestern nicht mehr zu hungern brauchten, spielte bei der Erhaltung der letzten Reste von Ehre und Selbstachtung sicher eine bedeutende Rolle.

Das Leben derer, die Unterricht in den Künsten bekamen, wurde dadurch nicht unbedingt leichter, denn auch hier herrschte strenge Disziplin. Für das Erlernen dieser Fähigkeiten galt Leiden als unerläßlich. Eine der gebräuchlichsten Methoden hieß *Kangeiko* (Lernen in der Kälte). Die Mädchen wurden im Winter nach draußen geschickt und mußten Shamisen spielen, bis ihre Finger bluteten und ihre Stimmen brüchig wurden. Es gab keine Notenschrift, so daß sie die Stücke perfekt auswendig lernen und nach dem Gehör spielen mußten. Für jeden Fehler bekamen sie einen Schlag mit dem Plektrum auf Kopf oder Hände. Der Tanzunterricht war ebenso streng. Ein falscher Schritt oder eine ungeschickte Bewegung wurde sofort durch einen Schlag mit dem zusammengelegten Fächer der Lehrerin bestraft. Trotzdem brachte der Unterricht eine Abwechslung von der mühseligen Hausarbeit – und die Befriedigung, sich musikalisches Können zu erwerben.

Das ist der Grund, warum die Mädchen, die einem Okiya gehörten, es besser getroffen hatten als die Prostituierten. Mit etwas Talent und Geschick konnten sie sich ihre Ausbildung zunutze machen und es zu einer erfolgreichen, selbständigen Geisha bringen. Die praktische Verwendbarkeit der Künste kommt in einem Satz zum Ausdruck, den Geishas oft zitieren: «Wenn du drei Saiten [also ein Shamisen] hast, hast du auch zu essen.» Ein Mädchen dagegen, das verkauft worden war, um ein Leben als Prostituierte zu fristen, hatte nur die schwache Hoffnung, eines Tages einem Kunden so sehr zu gefallen, daß er ihre Schulden beim Bordell bezahlte und sie dadurch freikaufte. Aber auch hier hatten Geishas die besseren Chancen, von einem Kunden «gerettet» zu werden.

## Die Abschaffung der Schuldsklaverei

Die tragischen Geschichten über Mädchen, die zur Arbeit als Geisha gezwungen wurden, haben sehr zum schlechten Bild dieses Berufes beigetragen. Es gibt immer noch Leute, die glauben, daß Mädchen so zu Geishas gemacht werden. Im heutigen Japan jedoch ist diese Vorstellung wirtschaftlich absurd. Wenn ein Mädchen seine Eltern finanziell unterstützen muß, wäre es für sie einfacher und lohnender, Barhostess zu werden.

Es gibt auch keine Frauen mehr, die durch Schulden unfreiwillig an ein Geisha-Haus gefesselt sind. Diese Art von Abkommen sind 1948 gesetzlich verboten worden. Abgesehen von diesem Verbot und den wirtschaftlichen Gegebenheiten, die das alte System unmöglich machen, gibt es auch keine Familien mehr, die so verarmt sind, daß sie ihre Töchter verkaufen müßten. Eine japanische Bauernfamilie besitzt heute Auto und Farbfernseher und läßt ihre Töchter den Schulabschluß machen.

Ich bezweifle, daß es in den angeseheneren Hanamachis der großen Städte jemals viele gekaufte Geishas gab. Die Mädchen, die von Vierteln wie Gion und Pontocho in Kyoto oder Yanagibashi und Shimbashi in Tokio angezogen wurden, stammten eher aus Handwerker- oder Kaufmannsfamilien und waren in den Städten aufgewachsen. Möglicherweise waren auch sie durch einen Vertrag gebunden, aber ihre Familien waren eher in der Lage, Bedingungen an die Okiyas zu stellen, und konnten in gewissem Maß ein Auge auf ihre Töchter haben. So wie man einen Jungen ein Handwerk lernen ließ, gab man ein Mädchen manchmal in ein Geisha-Haus, damit es später einmal selbständiger war. Ich habe auch den Verdacht, daß hinter den weitaus meisten Fällen von Mädchenhandel eher Bordellbesitzerinnen als Inhaberinnen von Geisha-Häusern steckten. Wenn man über dieses dunkle Kapitel der japanischen Geschichte spricht, wird oft nicht genau zwischen diesen beiden Arten von Etablissements unterschieden.

Ich lernte einige ältere Geishas kennen, die in ihrer Kindheit praktisch Sklavinnen gewesen waren und mir schreckliche Geschichten davon erzählten. Die Frauen, die diese bitteren Erfahrungen hinter sich hatten, stammten nicht aus den besseren Geisha-Vierteln. In den exklusiveren Hanamachis hörte ich von den alten Geishas, die sich zur Ruhe gesetzt hatten, nie solche Geschichten. Meistens waren sie Töchter von Geishas, Teehaus-Besitzerinnen oder anderen Frauen, die in den Vergnügungsvierteln arbeiteten, oder sie stammten aus Familien von Handwerkern und Kleinhändlern. Ich habe nie davon gehört, daß es jetzt noch Geishas gibt, die man zu diesem Beruf gezwungen hat.

Immer noch werden viele Geishas in den Beruf hineingeboren, aber das ist keine Voraussetzung mehr. Und selbst wenn ein Mädchen in einem Vergnügungsviertel geboren ist, muß sie nicht unbedingt Geisha werden. Manche Geishas freuen sich, wenn ihre Töchter denselben Beruf ergreifen wie sie, andere würden es lieber sehen, wenn sie sich für ein bürgerliches Leben entscheiden und heiraten. Auf meine Frage, ob sie dafür wären, daß ihre Tochter Geisha wird, antworteten fast alle, diese Entscheidung liege allein bei dem Mädchen.

## Heiratsaussichten

Wie sind die Heiratsaussichten für die Tochter einer Geisha? Das hängt zum großen Teil von der Ausbildung des Mädchens ab. Die Tatsache, daß ihre Mutter eine Geisha ist, mindert ihre Heiratschancen nur geringfügig. Wahrscheinlich wird sie nicht in die Oberschicht oder in eine Samurai-Familie einheiraten, der Adelstraditionen über alles gehen, aber ein Mädchen, dessen Mutter eine geachtete Geisha in einem angesehenen Hanamachi war, braucht darum allein noch nicht um seine Zukunft zu fürchten.

Wenn die Tochter ins heiratsfähige Alter kommt, arbeitet ihre Mutter oft schon nicht mehr als Geisha, sondern ist die Besitzerin einer Bar, eines Teehauses oder eines Restaurants geworden. Vielleicht bezahlt sie ihrer Tochter ein Studium, um dadurch ihre Heiratschancen oder die Aussichten auf einen guten Job zu verbessern. Die Mutter ist dann also eine Geschäftsfrau und die ehrbare Besitzerin eines exklusiven Etablissements, das ihre Tochter wahrscheinlich erben wird. In diesem Licht betrachtet erscheint die Bemerkung «sie ist die Tochter einer Geisha» gar nicht so negativ.

Einige Frauen wählen diesen Beruf mit dem Hintergedanken, daß sie unter ihren Kunden einen Mann finden werden, aber die meisten Geishas, mit denen ich sprach, schienen der Meinung zu sein, daß das ein schlechter Grund ist, sich für dieses Leben zu entscheiden. Gelegentlich verläßt eine Geisha die Gemeinschaft, um zu heiraten, aber keineswegs so oft, daß eine Frau damit rechnen kann, ihr werde dasselbe widerfahren. Auf jeden Fall würde eine Geisha, die einen Ehemann sucht, den meisten Gästen nicht sonderlich gefallen.

Wenn eine Geisha tatsächlich einen Kunden heiratet, ist die Wahrscheinlichkeit groß, daß ihr Mann ein Witwer mit erwachsenen Kindern ist, der eine Haushälterin und Lebensgefährtin braucht und daher seine Geliebte (die vorher seine «Ehefrau Nr. 2» war) zu seiner zweiten Ehefrau macht. Auf diese Weise gelangen Geishas manchmal in die höchsten Kreise. Nicht wenige Frauen von Politikern und anderen Prominenten stammen ursprünglich aus der Welt der Blumen und Weiden.

Anfang dieses Jahrhunderts heiratete die Geisha Oyuki aus Gion den amerikanischen Millionär George Morgan. Auf einer Weltreise besuchte Morgan im Jahre 1902 auch Kyoto, und zufällig sah er die Aufführung der Miyako Odori, der

Geisha-Tänze von Gion. Die zweiundzwanzigjährige Oyuki fiel ihm auf. Er verlängerte seinen Aufenthalt in Kyoto um Monate und besuchte jeden Abend in Begleitung eines Dolmetschers das Teehaus, in dem sie arbeitete. Schließlich machte er ihr einen Heiratsantrag, und trotz Oyukis Ablehnung blieb er in Kyoto und warb weiter um sie. Oyuki liebte einen Studenten, der etwa in ihrem Alter war und versprochen hatte, sie zu heiraten, sobald er mit seinem Studium fertig war. Sie gab ihm Geschenke und unterstützte ihn finanziell, und er redete ihr zu, den reichen Barbaren noch bei der Stange zu halten, solange dieser bereit war, sie mit Geschenken zu überschütten, die letztlich den Weg in die Taschen des Studenten fanden.

Bis zu seinem Examen änderte sich nichts an diesem seltsamen Dreiecksverhältnis. Aber an dem Tag, den Oyuki herbeigesehnt hatte, erlebte sie ihre schwerste Enttäuschung: Der Student ließ sie sitzen. Vielleicht hatte Oyuki ein schlechtes Gewissen, wenn sie George Morgans Liebe und Geduld mit der Unbeständigkeit des Studenten verglich, an den sie ihr Herz gehängt hatte. So nahm sie den Heiratsantrag schließlich doch an.

Nach der Hochzeit fuhren sie in Morgans Heimat nach New York, aber der Widerstand seiner Familie gegen diese Ehe machte ein Leben dort unmöglich. Die beiden kehrten nach Japan zurück, aber der Krieg mit Rußland hatte begonnen, und im ganzen Land herrschte eine ausländerfeindliche Stimmung.

Oyuki war ständigen Beleidigungen ausgesetzt, weil sie einen Fremden geheiratet hatte. Die beiden verließen das Land wieder; diesmal fuhren sie nach Paris. Dort konnten sie endlich ein relativ ungestörtes Leben führen. Als Morgan 1916 starb, ging Oyuki wieder zurück nach New York, wo sie als seine Witwe freundlicher aufgenommen wurde als zu seinen Lebzeiten. 1948 kehrte sie nach Japan zurück und lebte bis zu ihrem Tod in Kyoto.

Oyuki Morgans Geschichte ist berühmt. Sie war eine Madame Butterfly ohne falsches Pathos, und zwischen ihrer Jugend und ihrem Tod in Kyoto lag ein sehr ungewöhnlicher Lebensweg. Es ist aber nicht die «Geschichte des Erfolgs einer Geisha», denn einem solchen Leben läßt sich nicht nacheifern. Geishas kommen mit vielen reichen und berühmten Leuten zusammen, und gelegentlich führt das auch zur Heirat, aber kaum ein Mann sucht in den Geisha-Vierteln nach seiner zukünftigen Ehefrau.

Geishas über dreißig haben meistens den Gedanken an Heirat (oder den heimlichen Wunsch danach) aufgegeben. Für viele von ihnen ist das Leben der typischen japanischen Ehefrau langweilig und einengend, und sie sagen, daß sie niemals bereit wären, für die bürgerliche Wohlanständigkeit eines Lebens als verheiratete Frau ihre Unabhängigkeit aufzugeben. So geht es auch Sakurako. Wenn eine Rikscha vor ihrem Okiya vorfährt und sie unter dem lackierten Verdeck Platz nimmt, muß das Wissen, daß alle Leute auf der Straße sich nach ihr umdrehen, ein prickelndes Gefühl für sie sein.

# 13.
# Geishas auf dem Lande

*«Ist es eine zarte Blüte*
*oder ein Schmetterling?*
*Was es auch ist – es erfreut mein Herz,*
*was ich ganz kurz nur sehe.*
*Refrain:*
*Wenn es ein seichter Fluß ist,*
*hebt eure Röcke bis zum Knie,*
*aber wenn das Wasser tiefer wird,*
*müßt ihr sie noch höher heben.*

*Meinen Körper habe ich*
*von Vater und Mutter.*
*Doch das, was ich ihnen nicht zeige,*
*zeige ich jetzt dir.*
*Refrain:*
*Wenn es nur ein seichter Fluß ist,*
*hebt eure Röcke bis zum Knie,*
*aber wenn das Wasser tiefer wird,*
*müßt ihr sie noch höher heben.»*

*‹Der seichte Fluß›*

## Atami

In dem Seebad Atami leben mehr Geishas als in irgeneinem anderen Hanamachi in Japan. Es gibt dort über 300 Geisha-Häuser mit über 700 Geishas. Da die Fahrt mit dem Super-Express von Tokio nur eine Stunde dauert, ist Atami ein beliebtes Ausflugsziel. Am Strand ist ein riesiger Vergnügungspark gebaut worden, und etwas landeinwärts stehen in den Hügeln Hotels jeder Größe und Kategorie. Schwefelgeruch liegt in der Luft, denn Atami ist ein Onsen mit vielen heißen Quellen. Aus Erdspalten dringt Dampf, und die Bergbäche sind heiß und versorgen alle Häuser mit Badewasser.

Für die Reisenden auf der alten Tokaido-Straße, die von Edo zur alten Hauptstadt Kyoto führte, war Atami ein beliebter Rastplatz. Jahrhundertelang lockten die Frauen, die in Tee- und Badehäusern arbeiteten, Kunden an. Atami war also immer schon eine Touristenstadt. Fast jeder, der dort lebt und arbeitet, hat irgendwie mit dem Fremdenverkehr zu tun.

Ich fuhr am 1. Juli nach Atami. In Kyoto war ich inzwischen als Ichigiku, die amerikanische Geisha, bekannt und hatte fast jede Nacht ein Engagement. Die Okasan machte schon Witze darüber, was für eine beliebte Geisha aus mir geworden war. Aber im Juli ist das Geschäft schlecht, und viele Geishas nutzen die Gelegenheit für einen kurzen Urlaub. Das tat ich also auch: Ich kehrte der verfeinerten Atmosphäre von Kyoto für einige Tage den Rücken, um mir das erdigere Hanamachi der Badestadt Atami anzusehen.

Mein Ziel war das «Koyomi», ein kleines Geisha-Haus, in dem Kikugoro lebte. Sie war 65 Jahre alt, Musikerin und kannte meine Okasan in Kyoto über einen gemeinsamen Kunden. Ich hatte mich mit ihr in einem großen Hotel verabredet, das alle Taxifahrer in Atami kannten und das nur ein paar Schritte von ihrem Haus entfernt lag. In der Hotelhalle kam eine untersetzte Frau in einem blau und weiß gemusterten *Yukata* lächelnd auf mich zu. Ich mochte sie auf Anhieb; ihre herzliche Art war ganz anders als die steife Zurückhaltung der Geishas in Kyoto.

In Japan bietet man Besuchern als erstes eine Schale Tee an, aber in Atami lädt man sie zu einem heißen Bad ein – zu jeder Tageszeit übrigens. Das Bad, in das ich gleich nach meiner Ankunft geführt wurde, nahm fast ein Drittel der ersten Etage von Kikugoros kleinem Haus ein.

Das große Becken floß von heißem Wasser über, das in einem beständigen Strahl aus einem Rohr in der Wand kam. «Es gibt auch einen Kaltwasserhahn, für den Fall, daß es dir zu heiß ist», sagte Kikugoro. Kaltes Wasser zum Trinken, Kochen und Baden mußte von einem Tank heraufgepumpt werden. Das Quellwasser enthielt soviel Mineralien, daß meine Seife fast gar nicht schäumte.

Nach dem Bad lieh mir Kikugoro einen ihrer vielen Yukatas, der wie fast alle anderen blau-weiß gemustert war. Ausländer würden einen Yukata wahrscheinlich als Baumwollkimono bezeichnen, aber für Japaner ist es gar kein Kimono, sondern ein Bademantel (was tatsächlich die wörtliche Übersetzung des Wortes «Yukata» ist). Allgemein gilt die Regel, daß man einen Yukata nicht in Gegenwart einer höhergestellten Person tragen darf. Ausnahmen gibt es nur in Badeorten wie Atami, wo man mit einem Yukata für fast jede Gelegenheit korrekt gekleidet ist.

Japaner fahren nach Atami, um sich zu vergnügen und auszuspannen. Schon gleich nach dem ersten Bad, wenn sie sich ihren Yukata anziehen, passen sie sich an die ungezwungene Atmosphäre des Ortes an, und gehetzte Büroangestellte verwandeln sich in unbekümmerte Urlauber. Hier richtet sich die Kleidung nicht nach der Stimmung, sondern sie erzeugt sie. Die Ausgelassenheit der Parties hat ihren Grund auch darin, daß formelles Benehmen im Sinn der Etikette in einem Yukata unmöglich ist.

Aus demselben Grund tragen Geishas bei der Arbeit nie Yukatas. Sie sollen sich ja nicht mit den Kunden entspannen.

Sogar in Atami erscheinen die Geishas immer in Seidenkimonos, wie es sich für sie ziemt, ganz gleich, was man über Ausschweifungen auf manchen Festen hört. In ihrer Freizeit aber tragen sie ihren Yukata ebenso selbstverständlich wie die anderen Einwohner des Ortes.

Als ich aus dem Bad kam, war es drei Uhr nachmittags. Kikugoro machte sich gerade fertig, zum Shamisen-Unterricht zu gehen, und fragte mich, ob ich sie zur Geisha-Schule von Atami begleiten wollte. Die Schule ist in einem phantastischen Gebäude mit allerlei Säulen und Giebeln untergebracht, das nach dem Vorbild des Kabuki-za-Theaters in Tokio erbaut worden ist. Auf der riesigen Bühne ist genug Platz für über 100 Tänzerinnen. Die Geishas von Atami treten oft in großen Gruppen auf und zeigen eher choreographierte Versionen japanischer Volkstänze als klassische Solotänze oder Pas de deux. Der Tanzunterricht gleicht einem Massendrill, und die Musik dazu kommt von Schallplatten.

Der Raum, in dem die Shamisen-Stunden stattfinden, ist wesentlich kleiner als der Zuschauerraum. Der Unterricht wird einzeln abgehalten. Obwohl alle Geishas in Atami zumindest die einfachen Volkstänze beherrschen, haben relativ wenige von ihnen ein Instrument gelernt. Im Gegensatz zu Kyoto, wo Tänzerinnen angesehener sind als Musikerinnen, verdient eine Shamisen-Spielerin in Atami ein Drittel mehr als andere.

## «Der seichte Fluß»

Kikugoro arbeitet jeden Tag außer sonntags ab sechs Uhr abends in einem Hotel und trägt ihren Namen in ein Buch ein, wie ein Arbeiter, der die Stechuhr drückt. Die meisten der Geishas in Atami sind in einem Hotel beschäftigt und treten jeden Abend ihren Dienst an, als seien sie Angestellte. In Atami gelten andere Regeln als in den kleineren Geisha-Vierteln der Städte.

Das Kenban führt eine Kartei der registrierten Geishas, die regelmäßige Beiträge zahlen. Es kümmert sich auch um Lehrer und arrangiert Gruppenauftritte von Geishas. Das Kenban dient jedoch nicht als Vermittlungsstelle zwischen Kunden, Okiyas und Geishas. Angesichts der Größenverhältnisse in Atami – es gibt Parties mit 400 Gästen, und 70

Geishas auf einem Bankett sind keine Seltenheit – ist das Kenban dazu personell gar nicht in der Lage. Statt dessen haben die Hotels und Gasthäuser ihr eigenes System zur Versorgung ihrer Gäste mit Geishas entwickelt.

Nur selten verlangt ein Kunde nach einer bestimmten Geisha. Die Gäste in Atami sind Touristen, die wenig Erfahrung mit Geishas haben und lieber alles dem Hotelmanagement überlassen. Die Geishas, die sich jeden Abend zur Arbeit melden, wissen nur, daß ein Fest stattfindet, ihre Kunden aber kennen sie nicht.

Der Verdienst der Frauen wird nicht gesondert berechnet; die Gäste entrichten einen Pauschalbetrag für einen Abend mit Geishas. Im Vergleich zu der Art der Bezahlung von Stadt-Geishas, bei denen im allgemeinen die Hälfte des Lohns aus Trinkgeldern besteht, ist dieses System sehr nüchtern. In Badeorten wie Atami behandeln die Kunden die Geishas wie Kellnerinnen, und in Japan ist es nicht üblich, Kellnerinnen ein Trinkgeld zu geben.

Die Kundschaft, an deren Erwartungen sich die Geishas von Atami angepaßt haben, besteht hauptsächlich aus kleinen Angestellten oder Arbeitern, die nur für ein Wochenende gekommen sind. Die meisten Parties sind riesig: Klassentreffen, Betriebsausflüge und Vereinsfeiern. Es gibt nur wenige Abende im kleinen Kreis, an denen lediglich ein paar Geishas teilnehmen.

Geisha-Parties in Atami sind ziemlich anstößig. Die Hotelmanager behaupten zwar, die Geishas seien Künstlerinnen, gleichzeitig aber nähren sie die wildesten Phantasien der Gäste über das, was ihnen an einem solchen Abend geboten wird. Unter dem Vorwand, Gäste aufklären zu wollen, die die Kunst, sich von einer Geisha unterhalten zu lassen, noch nicht so ganz beherrschen, hat ein Gasthaus sogar eine kleine Broschüre mit dem Titel ‹*Über den Umgang mit Geishas*› ausgelegt. Der Gast wird sicher mit Interesse die folgende «Unterhaltung» lesen:

Geisha E: Als wir noch junge Schülerinnen waren, ließ man uns auf Parties manchmal *‹Der seichte Fluß›* spielen. Dann mußten wir unsere Röcke ganz hochheben.

Geisha A: Als ich noch ein Mädchen war, haben sie mich mit *‹Seichter Fluß›* zum Weinen gebracht.

Geisha D: Die Shamisen-Spieler hörten nicht auf, bis wir unsere Röcke ganz hochgehoben hatten. Sie fingen ganz langsam an und spielten *‹Der seichte Fluß›*, und dann spielten sie schneller und schneller, höher und höher.

Geisha B: Die Gäste sahen uns grinsend zu und sagten: «Und die Haare? Wir wollen die Haare sehen!»

Geisha A: Sie wollten unsere Muschis sehen. Wir durften nicht aufhören, und die ganze Zeit tranken sie Sake und warfen uns lüsterne Blicke zu.

Frage: Hattet ihr denn keine Slips an?

Geisha D: Nein, wir waren ja Tänzerinnen, und da durfte sich der Gummizug des Slips nicht unter dem Kimono abzeichnen.

Geisha B: Als ich «Der seichte Fluß» tanzen mußte, schämte ich mich so, daß ich wegrannte und mich auf der Toilette einschloß.

Frage: Hast du es den Gästen gezeigt?

Geisha B: Ich mußte ja. Die Shamisens spielten einfach weiter.

Geisha D: Die kleinen Mädchen konnten einem leid tun – manche hatten noch nicht einmal Haare.

Frage: Und was taten sie da?

Geisha D: Vor einer Party nahmen sie Pinsel und Tusche und malten sich die Haare auf.

Als ich eine der Geishas fragte, ob *‹der Seichte Fluß›* immer noch so beliebt sei, antwortete sie, sie habe es nie erlebt, daß diese Nummer in Atami aufgeführt wurde. Auch Kikugoro behauptete, die Melodie nicht zu kennen. Trotzdem hoffte sicherlich jeder Gast, der die Broschüre gelesen hatte, daß *‹Der seichte Fluß›* im Programm des Abends enthalten sein würde. Auf der letzten Seite des Heftchens versuchte man dann allerdings doch noch, sich einen seriösen Anstrich zu geben, denn dort stand, die Gäste sollten darauf achten, daß ihre Geishas die Abzeichen trugen, die sie als Mitglieder der Geisha-Vereinigung von Atami auswiesen. Sonst könnte es ja passieren, daß sich Frauen einschlichen, die den hohen Anforderungen an eine Geisha nicht entsprachen!

## Geishas von zweifelhaftem Ruf

Für die meisten ist «Onsen-Geisha» nur eine andere Bezeichnung für «Prostituierte». Das hat gute Gründe, obwohl es zwischen diesen beiden noch einige Unterschiede gibt. Zu einer Party mit Onsen-Geishas gehören Fummeleien, schmutzige Witze und Prahlen mit sexuellen Großtaten. Da sie ohnehin schon ihren Yukata tragen, der auch als Nachtgewand dient, und sie später nur noch einige Etagen höher in ihr Hotelzimmer kriechen brauchen, können sich die Gäste hemmungslos betrinken. Auch die Tatsache, daß die Geisha-Parties in denselben Hotels und Gasthäusern stattfinden, in denen die Kunden abgestiegen sind, beflügelt die Phantasien der Männer.

Gerade dadurch aber ist es gar nicht so einfach, mit einer Geisha zu schlafen, selbst wenn sie einverstanden ist. Auf diesen wilden Festen betrinken sich viele Männer derart, daß sie – wenn sie überhaupt noch den Gedanken daran fassen können – zu Sex gar nicht mehr in der Lage sind. Ein anderes Problem besteht darin, ein ungestörtes Plätzchen zu finden. Große Gruppen, die nach Atami kommen, schlafen meistens gemeinsam in einem oder mehreren großen Zimmern. (Wenn Frauen dabei sind – zum Beispiel bei einem Betriebsausflug die Sekretärinnen –, bekommen sie natürlich eigene Zimmer.) Wegen seiner zehn bis fünfzehn Zimmergenossen kann ein Mann eine Geisha daher nicht einfach mit auf sein Zimmer nehmen. Um den neugierigen Blicken seiner Freunde zu entgehen, müßte er sich mit ihr davonschleichen und ein anderes Hotel nehmen.

Die meisten Geishas halten von solchen Kunden nicht viel. Sie machen eine deutliche Unterscheidung zwischen einem Gönner und einem Freier, der nur eine Nacht bleibt. Jeder weiß natürlich, daß es passiert, aber Frauen, die wahllos mit ihren Kunden ins Bett gehen, werden von den anderen Geishas mit Verachtung gestraft und mehr oder weniger deutlich geschnitten. In Atami gibt es unterschiedliche Register für langjährige, bewährte Geishas wie Kikugoro und solche, die noch kein ganzes Jahr dort arbeiten. In der zweiten Gruppe gibt es eine ungeheure Fluktuation. Manche dieser Geishas waren gestern noch Barhostessen oder Kellnerinnen und werden sicher nicht lange Geishas bleiben.

Im Vergleich zu Stadt-Geishas haben die Geishas von Atami geringere Chancen, unter ihren Kunden einen Gönner zu finden. Sie genießen nicht den Schutz durch andere Frauen in der Rolle von Müttern oder Älteren Schwestern, die sie geeigneten Männern vorstellen könnten. Nur selten begegnen sie einem Touristen zweimal im selben Jahr. In Atami kommen und gehen die Kunden wie der Wind.

## Ein böses Schicksal

Eines Tages war Kikugoros Schwester zum Abendessen da. Auch sie war eine Shamisen-Spielerin und hatte in Atami unter dem Namen Tamafune gearbeitet. Einige Jahre zuvor hatte sie einen Schlaganfall gehabt, und danach litt sie immer wieder unter plötzlichen Ohnmachten und unkontrollierbaren Zuckungen. Nachdem sie einen solchen Anfall auf einem Bankett gehabt hatte, legte der Besitzer des Gasthauses ihr eindringlich nahe, sich zur Ruhe zu setzen. Sie hat nur wenig Geld, und obwohl Kikugoro und sie noch zwei Brüder und zwei Schwestern haben, stehen die beiden sich von allen Geschwistern am nächsten. Wenn Tamafune nach Atami kommt, bleibt sie lange als Gast in Kikugoros Haus. Das «Koyomi» hat eine Lizenz als Okiya, aber im Augenblick lebt dort keine andere Geisha außer Kikugoro. Die beiden Schwestern kommen großartig miteinander aus.

Nachdem wir die Teller abgeräumt hatten, rauchten wir Zigaretten, tranken Tee und warteten auf Kikugoro. Bei solchen Gelegenheiten, sagte Tamafune, wenn sie allein auf ihre Schwester warte, wünsche sie sich, sie hätte Kinder gehabt. Vor ihrem Schlaganfall hatte sie ein sechzehnjähriges Waisenmädchen aufgenommen. Sie war zu ihr wie eine Mutter und hoffte, sie eines Tages adoptieren zu können. Wenn alles gutgegangen wäre, hätte sie Tamafune im Alter unterstützen können, aber aus allem, was dann geschah, schloß sie, daß das Mädchen unter einem schlechten Stern geboren war.

Das Mädchen hatte in Atami gelebt, und so war es nur natürlich, daß es Geisha werden wollte. Sie nahm drei Monate lang Tanzunterricht und erschien dann eines Abends einfach mit anderen Geishas auf einem Bankett. In Atami findet keine Einführungszeremonie für neue Geishas statt. Tamafune ging manchmal zu denselben Festen wie sie und versuchte sie davon abzuhalten, zuviel zu trinken, aber ihre «Tochter» wollte nichts davon hören. Bald kam sie jede Nacht betrunken nach Hause und ließ ihre Kimonos zerknittert herumliegen. Freundinnen warnten Tamafune, sie sei nichts weiter als ein Hure. Dann fing sie eine Beziehung mit einem Mann an, einem Gangster, wie es hieß, und wurde schwanger. Tamafune unterstützte sie weiterhin – mit dem dicken Bauch konnte das Mädchen ja nicht mehr arbeiten – und zahlte auch die Arztrechnungen für die Entbindung.

Als das Kind geboren war, brannte das Mädchen mit dem Vater durch. «Sei froh, daß sie weg ist», sagten Tamafunes

Freundinnen, die nicht verstehen konnten, daß die alte Frau so traurig war. Tamafune sorgte für das Kind. Sie hatte keine Ahnung, wo ihre «Tochter» war, bis eines Abends die Polizei anrief, um ihr mitzuteilen, das Mädchen sei tot. Die Beziehung mit ihrem Liebhaber war in die Brüche gegangen, und sie hatte sich in einem Anfall von Depression vor einen Zug geworfen. Wenig später kam die Familie des Mannes und holte das Kind.

«Wahrscheinlich habe ich sie verzogen», sagte Tamafune. «Ich dachte immer nur daran, wie schwer ich es in meiner Jugend hatte und wollte es ihr leichter machen. Als ich in ihrem Alter war, wurde immer nur an mir herumgemäkelt. Nein, ich konnte ihr einfach nicht böse sein. Vielleicht hätte das auch gar nichts geändert. Irgend jemand sagte mir, sie sei manisch-depressiv gewesen und hätte ärztliche Behandlung gebraucht. Ich hätte mich darum kümmern sollen, aber damals wußte ich das einfach nicht. Wahrscheinlich war es ihr Schicksal, so zu enden, und vielleicht sollte ich mir deswegen keine Vorwürfe machen.»

«Hast du nie daran gedacht zu heiraten?» fragte ich sie.

«Ja, es wäre wahrscheinlich schön, jemanden zu haben, der mir Gesellschaft leistet», antwortete sie, «aber als ich noch jung war, hatte ich einfach keine Lust auf eine Ehe. Sobald ich genug verdiente, um davon leben zu können, genoß ich mein Leben als Geisha. Ich glaube, die dreißiger Jahre meines Lebens waren die schönsten. Später wurde mir dann die Gei immer wichtiger. Ich übte viel auf dem Shamisen und trat auch ein paarmal im Jahr öffentlich auf. Parties begannen mich zu langweilen, aber damit mußte ich mir meinen Lebensunterhalt verdienen.»

Seit ihrem Schlaganfall kann Tamafune nicht mehr Shamisen spielen. Als während der letzten Regenzeit die Resonanzdecke aus Katzenhaut wegen der Feuchtigkeit einen Riß bekam, brachte sie das Instrument nicht einmal zum Reparieren. Kikugoro möchte ihre Schwester immer wieder überreden, ihr Shamisen zu verkaufen, aber das bringt Tamafune nicht über sich. «Wahrscheinlich sterbe ich ohnehin bald – da kann ich es genausogut behalten. Die Ärzte haben mir erklärt, was ein Schlaganfall ist, aber ich glaube, er macht einfach einen Riß im Gehirn – wie bei meinem Shamisen.»

## Ein anerkannter Beruf

Am nächsten Morgen ging Kikugoro mit mir zum Kenban. Ich sollte mir den Tanzunterricht ansehen und sowohl die Leiterin des Meldebüros als auch die Vorsitzende der Geisha-Vereinigung von Atami kennenlernen. Beide waren ältere Frauen, die früher selber Geishas gewesen waren.

Kikugoro war einmal Leiterin der Abteilung des Kenban gewesen, das öffentliche Auftritte organisiert. Dieser Posten wird immer mit einer aktiven Geisha besetzt, die sich dann um die Planung der Musik- und Tanzstücke auf großen Banketten zu kümmern hat. Das ist ein angesehener, aber schlechtbezahlter Job, der mit viel Zeitaufwand verbunden ist, und auf die Dauer fand Kikugoro ihn zu anstrengend. «He», rief sie einigen Frauen zu, die an einem niedrigen Tisch saßen und Tee tranken, «hier ist jemand, der sich mit euch unterhalten möchte.» Sie stellte mich der Gruppe vor, und wie schon am vorigen Tag, als ich Kikugoro kennengelernt hatte, hatte ich das Gefühl, daß hier ein ungezwungener Umgangston herrschte.

In Koyoto hatte es viele Monate gedauert, bis einige der Geishas soviel Vertrauen zu mir gefaßt hatten, daß sie mit mir über sich selbst sprachen. Ich staunte über die Offenheit der Geishas in Atami. Vielleicht ist würdevolle Zurückhaltung dort einfach nicht so üblich wie in Kyoto, oder vielleicht lag es auch daran, daß ich von der allseits bekannten und beliebten Kikugoro vorgestellt worden war; jedenfalls rückten die Frauen zusammen, schenkten uns Tee ein und erzählten freimütig von ihrem Leben als Geishas in Atami.

Die Vorsitzende der Geisha-Vereinigung sagte, es gebe zwar viele Geishas in Atami (sie schätzte etwa 800), aber wie in allen anderen Hanamachis sei ihre Zahl in den letzten Jahren zurückgegangen. In den sechziger Jahren seien über 1000 Geishas in Atami registriert gewesen. Ich fragte sie, ob sie glaube, daß Geishas heutzutage ganz normale berufstätige Frauen seien.

«Ja – im guten wie im schlechten Sinn», antwortete sie. «Im guten, weil es jetzt viel mehr persönliche Freiheit in diesem Beruf gibt, im schlechten, weil das künstlerische Niveau gelitten hat. Die Frauen, denen die Geisha-Häuser gehören, können ihre Mädchen nicht mehr so beaufsichtigen wie früher.

Ich zum Beispiel hatte selber einmal ein Okiya, und ein Mädchen dort beschloß, ihr Mizu-age selber in die Hand zu nehmen. Also ging sie los und bot sich für Geld an. Der höchste Bieter bekam den Zuschlag. Können Sie sich das vorstellen? Das kann ich Ihnen sagen: Heutzutage gibt es keine Mädchen mehr, die sich verkaufen, damit ihre Familie keinen Hunger leiden muß.

Die Frauen hier kommen aus allen Teilen des Landes, aber die meisten sind aus Kiushu. Das ist eigentlich schon immer so gewesen. Ich bin selber aus Kiushu; mit 30 kam ich nach Atami. In meiner Familie gab es nie Geishas – die wenigsten hier in Atami sind Töchter von Geishas –, und so wußte ich also nicht, worauf ich mich einließ.»

Sie lachte. An ihrer ganzen Art war zu erkennen, daß ihr das Leben in Atami gefiel. Eine andere ehemalige Geisha, die Leiterin des Kenban, erzählte mir, wie ihre eigene Tochter Geisha geworden war:

«Eines Tages, als sie etwa im richtigen Alter war, sprach ich mit ihr darüber und sagte: ‹Warum probierst du es nicht einfach mal aus?› Sie fragte mich, was sie dabei zu tun hätte, und ich sagte: ‹Du mußt tanzen, Sake einschenken und dich mit den Gästen unterhalten.› Meine Tochter hatte früher schon bei öffentlichen Tanzvorführungen mitgemacht, und sie war immer gern zum Unterricht gegangen, also dachte ich mir, es würde ihr Spaß machen, Geisha zu werden.

Nach ihrem ersten Abend mit Gästen gab man ihr einen Umschlag mit Geld. ‹Nein, das ist nicht nötig›, sagte sie und gab ihn wieder zurück. Den Hotelbesitzer traf fast der Schlag. ‹Warum nicht?› fragte er, und sie antwortete: ‹Wenn ich auf der Bühne tanze, muß meine Mutter eine Menge Geld dafür bezahlen, und hier kriege ich es doch umsonst.›»[1]

«Und wie lange blieb das so?» fragte eine der anderen Frauen. «Nicht sehr lange», antwortete die Mutter. «Jetzt ist sie genauso geldgierig wie die anderen Geishas. Wenn sie auf einer Party ist, geht sie früh und verlangt trotzdem den vollen Lohn.»

Kikugoro war ebenfalls der Meinung, daß so etwas heute für viele Geishas typisch ist. «Die jungen Geishas sind berechnender als ihnen guttut», sagte sie. «Früher lag der gewisse Charme der Geishas gerade darin, daß sie ganz anders waren als die Frauen ihrer Gäste – sie waren nicht knauserig und geldgierig. Der Unterschied zwischen Ehefrauen und Geishas verwischt sich, und das ist nicht gut.»

«Das stimmt», sagte die Leiterin des Kenban. «Früher, als die Geishas noch gar nichts über Geld und Finanzdinge wußten, war das auch nicht gerade gut, aber jetzt geht es wirklich zu weit. Wenn sie zu einem Bankett gehen, ist es geradeso, als würden sie ihren Taxameter anstellen.»

Die Frauen waren sich einig, daß das Leben einer Geisha für junge Frauen viel einfacher geworden ist, und zwar hauptsächlich deshalb, weil sie sich selbst für diesen Beruf entscheiden können. Aber trotz aller Verbesserungen, die sie anführten, hatten sie immer noch den Eindruck, daß ihr Beruf in den Augen vieler Leute völlig ungerechtfertigt einen schlechten Ruf genoß.

Eine Geisha erzählte, daß ihr Sohn, als er sich für das College anmelden wollte, Hemmungen hatte, ihren Beruf in die entsprechende Spalte einzutragen. «Was du tust, ist gesellschaftlich nicht gerade sehr angesehen», sagte er. Entrüstet hatte sie ihm geantwortet: «Zum Steuerzahlen ist er jedenfalls angesehen genug.»

Beim Frühstück hatte ich Kikugoro gefragt, ob sie mir einen Kimono leihen und mich zu ihrer Arbeit mitnehmen würde. Ich war neugierig, wie ein Bankett in Atami aus der Perspektive einer Geisha aussah. Wenn ich es mir zutraute, hatte sie geantwortet, habe sie nichts dagegen, aber sie würde es mit dem Kenban absprechen müssen. Jetzt brachte sie, bevor wir gingen, die Angelegenheit zur Sprache. Die verantwortlichen Frauen berieten sich kurz. «Es gibt keine Regelung für einen solchen Fall. Wir werden Sie also nicht bezahlen können», sagten sie schließlich.

«Das macht nichts», antwortete ich. «Auf das Geld kommt es mir nicht an.»

## Ichigiku in Atami

Nachmittags ließ ich mir in einem Schönheitssalon die Haare waschen und legen. Nachdem wir uns umgezogen hatten, gingen wir zu dem Hotel, in dem Kikugoro arbeitete. Sie meldete sich zum Dienst und bekam ihren ersten Auftrag: ein Bankett für 100 Leute, das in einem der Säle des Hotels stattfand. Ich stand mit einer Gruppe von Geishas vor der geöffneten Tür und sah zu, wie andere Geishas in volkstümlichen Kostümen auf einer Bühne am Ende des Saales einen Tanz aufführten. Während des Programms aus Tänzen und Liedern, das etwa zwanzig Minuten dauerte, aßen die Gäste ungeniert weiter und unterhielten sich laut. Nachdem die Tanzgruppe abgetreten war, betraten wir mit Bier- und

Sakeflaschen in den Händen den Saal. Kikugoro und zwei andere ältere Geishas mit Shamisens blieben auf der Bühne, um auf Wunsch Lieder für die Gäste zu spielen.

In fast jedem japanischen Mann steckt ein Unterhaltungskünstler, der nach ein paar Schalen Sake und einigen ermunternden Worten zum Vorschein kommt. An Abenden wie diesem werden einem alle möglichen Gesangsdarbietungen zugemutet: Volkslieder, Chansons, Marschlieder und Schnulzen. Auf der Bühne des Saales war ein Mikrofon aufgebaut, damit die Gäste Imitationen ihrer Lieblingssänger zum besten geben konnten – mit Tremolo an den richtigen Stellen und den entsprechenden Gesten.

Während einer Pause kam Kikugoro von der Bühne und wurde vom Hotelmanager beiseite genommen. Der Gastgeber dieser Party dachte offenbar, ich sei Reporterin oder etwas in dieser Richtung, und meine Anwesenheit machte ihn nervös. Anstatt zu langen Erklärungen anzuheben, übertrug mir Kikugoro die Aufsicht über zwei jüngere Geishas, die zu einer noch größeren Party mit fast 200 Gästen geschickt werden sollten. Ich sollte dort bleiben, bis Kikugoros Engagement vorbei war und mich dann mit ihr in der Hotelhalle treffen.

Eine ganze Abteilung einer Industriefirma aus Tokio feierte in einem Saal in der ersten Etage des Hotels ihr jährliches Sommerfest. Es waren viele jüngere Leute dabei, sowohl Männer als auch Frauen, von denen allerdings keine so recht den Mut gehabt hatte, sich auch einen Yukata anzuziehen – die Gelöstheit ihrer männlichen Kollegen machte sie ohnehin etwas nervös. Als wir eintraten, war die Party in vollem Gange. Gäste wie Geishas gingen um die niedrigen Tische herum und schenkten Getränke ein. Nachdem die anfängliche Steifheit über Bord geworfen worden war, flirteten jetzt überall Männer in Yukatas mit den anwesenden Frauen und prosteten ihnen zu.

Das Gelage in diesem Raum hatte keinerlei Ähnlichkeit

mit den Gesellschaften, die ich von den Teehäusern in Pontocho gewöhnt war. Die Zahl der Teilnehmer war gewaltig. In Kyoto nehmen an einem Abend mit Geishas selten mehr als 50 Gäste teil, und meistens sind es viel weniger: Vier oder fünf Männer lassen ebenso viele Geishas kommen. In Kyoto führten ein oder zwei Tänzerinnen klassische Stücke auf den Tatamis am unteren Ende des Raumes auf – hier tanzten 65 kostümierte Geishas in Formation auf einer Bühne. Eine Geisha aus Kyoto wäre entsetzt gewesen über den Anblick, der sich meinen Augen bot. Um Punkt halb acht jedoch standen alle Geishas auf und gingen.

Die Touristengruppen in den Hotels haben die Wahl zwischen einem Bankett mit oder ohne Geishas. Meistens wollen sie Geishas dabeihaben. Alle Parties beginnen um sechs Uhr, und die Geishas bleiben bis halb acht. Diese eineinhalb Stunden sind der «erste Abschnitt» des Abends, die Mindestzeit, für die man Geishas engagieren kann. Danach müssen die Kunden sich entscheiden, ob einige der Frauen bleiben sollen. Von diesem Zeitpunkt an werden sie halbstundenweise bezahlt. Im Gegensatz zu den städtischen Hanamachis, wo über Geld nicht gesprochen wird, wissen die Kunden in Atami ganz genau, wieviel sie über einen bestimmten Zeitraum für eine bestimmte Anzahl Geishas bezahlen müssen. Sie sind für klare Verhältnisse.[2]

Diese unterschiedliche Einstellung zum Geld macht sich in der Atmosphäre einer Geisha-Party stark bemerkbar. In den besseren Vierteln ist man bemüht, ein Gefühl der Verbindlichkeit herzustellen: Die Geishas sollen sich freuen, ihre Gäste kennenzulernen, und umgekehrt. Die besten Gesellschaften sind die, auf denen sich beide Parteien großartig zu unterhalten scheinen; darum vermeidet man sorgfältig jede Erwähnung der Tatsache, daß die Geishas für ihre Anwesenheit bezahlt werden. Die finanzielle Seite des Abends wird später erledigt.

Bei den Geishas von Atami trifft das Bild vom Taxameter

den Nagel auf den Kopf, und zwar nicht so sehr, weil die Geishas hier besonders kaltschnäuzig und berechnend wären, sondern mehr, weil die Kunden sie so unpersönlich behandeln. Das Heftchen *‹Über den Umgang mit Geishas›* gibt den Touristen sogar den Rat, aus der Zeit, für die sie die Geishas bezahlt haben, so viel Vergnügen wie möglich herauszuholen. Abgesehen von der Anzüglichkeit, die in diesem «Ratschlag» enthalten ist, wirft dieser Satz ein bezeichnendes Licht auf die finanziellen Erwägungen, die in Atami mit dem Engagement von Geishas verbunden werden. In Pontocho oder Shimbashi würden die Frauen das als üble Beleidigung auffassen.

Wir verließen die Party und kehrten in die Hotelhalle zurück, wo uns der Manager die nächsten Aufträge gab. Ich ging mit Kikugoro in einen anderen Raum, in dem sich bereits etwa zwölf Geishas um das Wohl der Gäste kümmerten. Kikugoro setzte sich auf die kleine Bühne und begann zu spielen. Gemessen an dem üblichen Umfang der Gesellschaften in Atami war diese hier klein: Es waren nur etwa zwanzig Männer, aber sie machten es den Geishas wirklich schwer. Die Frauen versuchten zusammenzubleiben, damit keine von einem der Gäste in die Ecke gedrängt werden konnte. Auch ich hielt mich lieber in der Nähe der anderen Geishas. Unglücklicherweise stach ich einem besonders ungehobelten Gast ins Auge. Er setzte über den niedrigen Tisch und versuchte, mich von hinten zu umfassen. Die anderen Geishas erstarrten, und Kikugoro, die immer noch auf der Bühne saß, bekam einen wütenden Gesichtsausdruck. Der Mann war sehr betrunken, und da er gar nicht mehr richtig hörte, was ich sagte, zog ich schließlich einen kleinen Fächer aus meinem Obi und schlug ihm damit zweimal auf den Kopf. Höchst erstaunt ließ er mich los. Die Geishas lachten nervös.

Die Atmosphäre entspannte sich etwas. Vor sich hinmurmelnd wankte er zur Bühne und rief Kikugoro zu: «He, alte Frau! Spiel ‹Kuroda Bushi›! Ich will singen.» Sie spielte die

Einleitung zu diesem getragenen Trinklied, aber er verpaßte seinen Einsatz. «Du spielst das falsche Tempo», fuhr er sie an. Kikugoro setzte ihr Shamisen ab. «Das kommt Ihnen nur so vor, weil Sie kein musikalisches Gehör haben», antwortete sie ruhig. Der Gast wurde blaß. «Laßt eine Geisha kommen, die Shamisen spielen kann», brüllte er.

Inzwischen war der Manager eingetreten, der davon gehört hatte, daß sich hier etwas zusammenbraute. Kikugoro ging auf ihn zu und sagte so laut, daß es alle hören konnten: «Zeigen Sie mir eine Geisha in Atami, die besser Shamisen spielt als ich. Ich würde sie gerne kennenlernen.» Sie war drauf und dran, den Raum zu verlassen.

Der Manager nahm sie beiseite und beruhigte sie. Der Gast, der sie beleidigt hatte, saß mit trotzigem Gesicht auf seinem Platz, aber immerhin schien ihm klar zu sein, daß er zu weit gegangen war. Einige seiner Kameraden versuchten, ihn aufzumuntern. Kikugoro blieb der Form halber noch ein paar Minuten, während ich unbemerkt den Raum verließ und draußen auf sie wartete.

An den Türpfosten gelehnt stand ich da und lauschte dem betrunkenen Grölen und dem Gelächter, das aus den Gesellschaftsräumen drang. Ein Mädchen mit einem Tablett voller Bierflaschen kam vorbei. Sie warf mir einen Blick zu und fragte: «Na, wie gefällt es dir?»

«So etwas habe ich noch nie erlebt», antwortete ich. «Ich glaube, ich könnte es keine Woche hier aushalten.»

«Man gewöhnt sich daran», sagte sie und öffnete die Schiebetür. Ich warf einen Blick in den Raum und sah, daß der unangenehme Gast auf dem Boden eingeschlafen war. Die Party hatte sich beruhigt, und Kikugoro machte sich fertig zu gehen.

In der Hotelhalle erfuhren wir, daß man auf einer anderen Gesellschaft nach einer Shamisen-Spielerin verlangte. Kikugoro war belustigt, als ich ihr sagte, ich hätte genug gesehen. Ich setzte mich zu einer Gruppe Geishas, die für den Abend

Schluß gemacht hatten und in einer Ecke der Hotelhalle Tee tranken. Eine von ihnen war auch auf der letzten Party gewesen und erzählte den anderen von dem Zwischenfall mit dem Fächer. «Ich kann solche Gäste nicht ausstehen», sagte eine. «Das hast du gut gemacht. Vielleicht ist ihm das eine Lehre.» Sie hob den Arm und versuchte, einen Fleck wegzureiben, den ein Gast gemacht hatte, als er sie mit seinen fettigen Fingern am Ärmel zog.

«Ihr müßt wirklich eine ganze Menge über euch ergehen lassen», sagte ich. «Was für eine anstrengende Arbeit!»

«Es ist ja nicht immer so schlimm», antwortete eine der jüngeren. «Ich finde das besser, als Sekretärin zu sein. Solange ich weiß, daß ich um zehn Uhr hier herauskomme, werde ich mit allem fertig. Wenn ich nicht arbeiten will, kann ich mir auch jederzeit frei nehmen, ohne daß ich irgendeinen Chef fragen müßte. Ich finde, diese Arbeit hat viele Vorteile. Nachteile gibt es schließlich bei jedem Job – man muß nur lernen, damit umzugehen.»

«Ja, wie zum Beispiel mit Rechnungen für die Reinigung», bemerkte eine andere finster.

Sie fragten mich, wie mir das Leben in Kyoto gefalle, und ich lud sie ein, mich zu besuchen, wenn sie einmal dort seien. Zwei von ihnen waren noch nie in Kyoto gewesen. Sie sagten, sie hätten das Gefühl, gar keine richtigen Japanerinnen zu sein, solange sie diese Stadt nicht gesehen hatten. Ein paar Minuten nach zehn Uhr erschien Kikugoro mit ihrem Shamisen, und wir gingen nach Hause.

Am nächsten Tag fuhr ich mit dem Zug nach Kyoto zurück. Tantchen machte sich gleich über den getrockneten Fisch her, den ich ihr mitgebracht hatte – eine Spezialität, für die Atami berühmt ist. Die Okasan gab mir eine Liste von Leuten, die während meiner Abwesenheit für mich angerufen hatten. «Hoffentlich hast du dich in Atami gut erholt», sagte sie.

*Dritter Teil*

# Die Feinheiten des Lebens

# 14.
# Drei Saiten

*«Wenn du drei Saiten hast,*
*hast du auch zu essen.»*

*Geisha-Sprichwort*

## Das Shamisen

*Tsuyu* setzte mit einem Donnerschlag und einem plötzlichen Wolkenbruch ein. Am 9. Juni wachte ich um Viertel vor sechs Uhr morgens auf; von meiner Zimmerdecke tropfte Wasser. Im Juni beginnt die Regenzeit. Tsuyu, das japanische Wort dafür, kann man als «Pflaumenregen» oder auch als «Schimmelregen» lesen: der Regen, der kommt, wenn die Pflaumen reif und gelb gesprenkelt sind, und der ein ideales Klima für Schimmel ist. Die Luft ist warm und so feucht, daß nichts ganz trocken wird. In Küchen, Badezimmern und Kammern breitet sich der Schimmel aus, und Kimonos, die man nach dem Tragen nicht auslüftet, bekommen in den vom Schweiß feuchten Falten Stockflecken.

Der Tsuyu schadet Kleidern, knusprigen Lebensmitteln, Nerven – und Shamisens. Der Korpus dieses Instruments besteht aus einem hölzernen Rahmen, der auf der Vorder- und Rückseite mit Tierhaut bespannt ist. Für die teureren Shamisens werden Katzenhäute verwendet, bei den billigeren Übungsmodellen nimmt man Hundehaut. Die hohe Luftfeuchtigkeit während der Regenzeit läßt diese Haut oft an einer Schwachstelle reißen, so daß das Shamisen nicht mehr zu gebrauchen ist.

Ich hatte ein altes Nagauta-Shamisen, das ich nach Japan mitgebracht hatte. Im Vergleich zu anderen Arten von Shamisens, auf denen andere Lieder gespielt werden, hat dieses Instrument einen relativ dünnen Hals, so daß ich mir zum Üben ein größeres Shamisen mit dickeren Saiten leihen mußte, als ich anfing, Kouta-Unterricht zu nehmen. Mein eigenes lag in einer grünen Satinhülle auf dem Schrank in meinem Zimmer.

An einem grauen, nebligen Tag Mitte Juni hörte ich plötzlich etwas knallen. Ich überlegte kurz, woher das Geräusch gekommen sein mochte, und las weiter in meinem Buch. Einige Tage später beschloß ich, wieder einmal mein eigenes Shamisen hervorzuholen. Als ich es aus der Hülle nahm, sah ich den großen Riß in der Bespannung. Ich war überrascht, und irgendwie fühlte ich mich auch schuldig. Zwar wußte ich, daß die hohe Luftfeuchtigkeit für den Schaden verantwortlich war, aber dennoch schien es mir, daß mein Shamisen vor Eifersucht geplatzt war, weil ich ständig im selben Raum auf einem anderen Instrument gespielt hatte.

Geishas nennen ihre Shamisens liebevoll *O-shami*, und mir wurde plötzlich bewußt, wieviel von ihrer Einstellung zu diesem Musikinstrument ich übernommen hatte. Das Shamisen war immer schon das Wahrzeichen ihres Berufs, die «drei Saiten», mit denen diese Frauen ihren Lebensunterhalt verdienten. Noch in der Nachkriegszeit mußte jede Geisha-Schülerin lernen, wie man darauf spielt, und trotz der üblichen Unterscheidung zwischen Tänzerinnen und Musikerinnen nehmen manche Geishas Shamisen- und Gesangsunterricht, um ihr Verständnis für den Tanz zu vertiefen – auch wenn sie nie für Gäste spielen werden.

Trotz solcher Verirrungen wie Gitarre spielenden Geishas (einer kurzlebigen Idee, mit der man in den sechziger Jahren jüngere Kunden anlocken wollte) ist und bleibt das Shamisen *das* Instrument der Geisha-Welt. Ursprünglich stammt es aus China und wurde 1560 über Korea nach Japan eingeführt. Innerhalb von 100 Jahren wurde es zu seiner heutigen Form entwickelt und war das Erkennungsmerkmal des neu entstandenen Berufsstandes weiblicher Künstlerinnen, der Geishas. Wo es Geishas gab, gab es auch Shamisens.

Auf ihnen wurde die Musik der städtischen Kaufmannsklasse gespielt, von deren Geld die Vergnügungsviertel hauptsächlich lebten. In der Oberschicht – also bei den Samurais und dem kleinen Kreis der Adligen – waren die wehmütigen, sentimentalen Lieder, die zur Begleitung der Shamisens gesungen wurden, verpönt. Die dreizehnsaitige *Koto*, die Ähnlichkeit mit einer Harfe hat, galt (und gilt in weiten Kreisen auch heute noch) als ein weit vornehmeres Instrument als das Shamisen mit seinem schwirrenden, vibrierenden Klang. Das schlechte Ansehen des Shamisens färbte zwangsläufig auf die ab, die es spielten. Aber wie viele andere offiziell geächtete Kunstformen der Edo-Zeit war Shamisen-Musik lebendig und originell. Trotz gelegentlicher Verbote durch die Regierung wurde sie überall gespielt.

Auch im heutigen Japan ist das Shamisen ebenso beliebt wie Klavier, Violine, Gitarre und traditionelle japanische Instrumente wie die Koto und die hauchige, klagende *Shakuhachi*.

Das Shamisen ist nicht, wie seine Vorläuferin, die *Biwa*, in Gefahr, zu verschwinden. Nicht nur die Geishas werden es vor diesem Schicksal bewahren – auch bei jüngeren Japanern ist dieses Instrument im Augenblick sehr beliebt. Einige Stilrichtungen der Shamisen-Musik aber werden nur noch von ein paar alten Geishas beherrscht.

Am häufigsten hört man heute Tokiwazus, Kiyomotos und Nagautas.[1] Von diesen wiederum bieten nach allgemeiner Ansicht die Nagautas (lange Lieder) für Anfänger den besten Einstieg und werden bei weitem am meisten gespielt. Daher fangen höhere Töchter und junge Geishas beim Shamisen-Unterricht erst einmal mit Nagautas an.

## Geishas als Musikerinnen

Das Erlernen von Musik ist in Japan kein intellektueller Vorgang; es erfordert ein feines Gehör, die Fähigkeit zum Nachspielen und ständiges Üben. Obwohl für das Shamisen verschiedene Notierungssysteme entwickelt worden sind, lernen die meisten Geishas dieses Instrument auf die hergebrachte Weise – nach Gehör. Lernen heißt, sich etwas einzuprägen, und so werden die Kompositionen, im Gegensatz zu Stücken, die einfach nach einer Vorlage gespielt werden, zu einem Teil des musikalischen Empfindens einer Geisha.

Ich hatte vorher schon Nagautas nach Noten gelernt und konnte fast alles vom Blatt spielen. Das half mit allerdings wenig, da ich mich beim Spielen der Shamisen-Melodie nicht auf das Singen konzentrieren konnte. Für sich allein genommen ist die Melodieführung auf dem Shamisen nutzlos. Sie ist nur eine Begleitung für die Stimme, und abgesehen von ein paar melodiösen Zwischentakten ist sie ohne die Melodiestimme musikalisch reizlos. Beim Üben benutzte ich immer noch meine Bücher, aber wenn ich zu meiner Shamisen-Lehrerin ging, ließ ich sie zu Hause.

Ich stellte fest, daß es ein großer Unterschied war, ob man als Geisha Shamisen spielte oder zum Vergnügen. Ihre ganze Virtuosität zeigen Geishas, wenn sie bei Tanzvorführungen und Konzerten mit einem einstudierten Programm öffentlich auftreten. Beim Zusammenspiel mit Kolleginnen können sie sich ganz und gar auf die Interpretation der Stücke konzentrieren. Für ihre Auftritte auf Banketten aber muß eine

Geisha auch noch eine andere Fähigkeit erlernen. Ein Gast, der Kouta-Unterricht gehabt hat, kann sie beispielsweise bitten, ihn zu begleiten, und sie muß sich den Anschein geben, seiner Interpretation zu folgen, während in Wirklichkeit sie es ist, die das Stück strukturiert.

Die Schwierigkeiten, die damit verbunden sind, bekam ich schon bei der ersten Gelegenheit deutlich zu spüren. Eine andere Geisha und ich sollten einen Kunden bei einem Teil eines Nagautas begleiten, von dem ich überzeugt war, daß ich es vorwärts und rückwärts konnte. Er war jedoch kein Profi und sang das Lied auf eine Art, die ich noch nie zuvor gehört hatte. Ich war völlig aus dem Konzept gebracht und bekam erst kurz vor dem Ende des Stückes den Anschluß wieder. Als die anderen Gäste höflich Beifall spendeten, wurde ich puterrot. Nachher sagte einer der Kunden zu mir: «Anscheinend tust du nur so, als könntest du Shamisen spielen.» Natürlich konnte ich ihm unmöglich sagen, daß der Grund meines Versagens die unorthodoxe Singweise des Gastes gewesen war.

Eine Geisha mußte die Stücke so genau kennen, daß sie sie durch eingestreute Rufe und geschickte Spielweise strukturieren kann, selbst wenn der Gast die eigentliche Form sehr stark verändert.[2] Ich hatte bis dahin lediglich mit meiner Lehrerin oder fortgeschrittenen Gesangsschülerinnen geübt, und das war nichts im Vergleich zu den Schwierigkeiten, die sich auftaten, wenn man einen Amateur durch gekonnte Begleitung zu einem hervorragenden Sänger machen sollte.

Mein Respekt vor den Geisha-Musikerinnen und den ungeahnten Schwierigkeiten, mit denen sie zu kämpfen hatten, wuchs. Ich war zwar in der Lage, auf Banketten Koutas zu singen und mich selbst auf dem Shamisen zu begleiten, und einige Male spielte und sang ich, während Ichiume und Ichiteru tanzten, aber ich war musikalisch längst nicht so versiert wie die älteren Geishas. Der unsicheren Stimme eines Gastes durch mein Spiel Halt zu geben, war der schwierigste Teil jener Gei, die ich mir aneignen wollte.

Sonderbarerweise sind Kunden oft der Meinung, daß die Zashiki-Gei, die Künste also, die von Geishas auf Festen vorgeführt werden, minderwertiger sind als ihre sorgfältig einstudierten Darbietungen auf der Bühne. Zashiki-Gei wirken einfach und spontan, ihre Virtuosität ist fast beiläufig, und daher unterschätzen viele Gäste, die kein geschultes Gehör haben und nicht auf die Feinheiten der Bewegungen achten, diese kurzen Stücke. Viele Geishas aber sind der gegenteiligen Meinung. Mit viel Übung kann jeder eine hervorragende Bühnenshow präsentieren, aber in der intimen Atmosphäre eines Teehauses fallen selbst kleine Fehler auf. Wenn diese Vorstellungen ein Erfolg sind, dann nicht durch Kostüme, Kulissen oder Make-up, sondern durch das pure Können der Tänzerin mit ihrem Fächer oder der Sängerin mit ihren «drei Saiten».

Von einer Geisha, die ein Shamisen zu einer Party mitbringt, erwartet man, daß sie in der Lage ist, einen Gast bei allem, was er singen will, zu begleiten; schließlich ist sie ja Berufsmusikerin. Aber während die Tänzerinnen (oder im Fall eines Konzertes die Sängerinnen) immer Beifall bekommen, nehmen die Shamisen-Spielerinnen in der Hierarchie merkwürdigerweise einen tieferen Rang ein. Junge Mädchen werden meistens nicht Geishas, weil sie dieses Instrument spielen wollen. Es erfordert jahrelange Übung bis zu seiner Beherrschung, und als Begleitmusikerin im Hintergrund kann man wenig Berühmtheit erlangen.

Geishas haben ihre eigene Theorie, warum die einen Frauen *Jikatas* («die Sitzenden») und andere *Odorikos* (Tänzerinnen) werden. Sie sagen, daß man große Frauen nicht gern als Tänzerinnen auf die Bühne läßt. Ein auffallender Größenunterschied würde die Proportionen stören. Einige Frauen haben auch nicht den gewissen Drang zur Selbstdarstellung, den man haben muß, wenn man im Rampenlicht stehen will, und sitzen lieber am Rand der Bühne unter den Musikerinnen. Kazue zum Beispiel, eine kleine und recht unscheinbare ältere Geisha aus Pontocho, hatte einfach nicht die graziösen Bewegungen, die man von einer Tänzerin erwartet. Auch die Tatsache, daß die Tänzerinnen meist jünger sind, beweist, wie sehr die Musikerinnen im Bewußtsein der Öffentlichkeit eine Nebenrolle spielen.

Als im Mai 1956 die *‹Tänze vom Kamo-Fluß›* in Pontocho aufgeführt wurden, sah ich mir das Programm sechsmal an. Das Hauptstück mit dem Titel *‹Die Liebe einer Schlange›* war eine kabukiartige Geistergeschichte. An bestimmten Stellen gab es dramatische Rhythmen und geheimnisvolle Harmonien, die den Zuschauern Schauder den Rücken hinunterlaufen ließen. Die musikalische Untermalung wurde hin und wieder von kurzen Dialogen der Tänzerinnen unterbrochen, aber ansonsten wurde die Geschichte hauptsächlich von den Geisha-Musikerinnen am Rand der Bühne erzählt. Sie traten jeden Tag auf, und am Ende des Monats waren sie heiser und hatten dunkle Ringe unter ihren Augen.

Die *‹Tänze vom Kamo-Fluß›* waren jeden Tag ausverkauft; wegen der großen Nachfrage mußte das Festival um drei Tage verlängert werden. Die meiste Aufmerksamkeit galt natürlich den Tänzerinnen, aber ich bewunderte die Sängerinnen und Shamisen-Spielerinnen noch mehr. Ich hatte Ende April schon die berühmten Miyako Odori von Gion gesehen. Die Musik dort war viel konventioneller als in Pontocho, und die Tänze wurden im langsamen *Kyomai*-Stil unter der Choreographie des berühmten Inoue Yachiyo aus Gion aufgeführt.

Das Theater von Gion ist größer als das von Pontocho und zieht mehr Touristen an. Eine der Hauptattraktionen ist der Tanz der Maikos, die in herrlichen, mit blauen, roten und rosa Blumenmustern bedruckten Kimonos auftreten. Was die Touristen nicht wissen, ist, daß sich unter den Maikos einige Hochstaplerinnen befinden: Oberschülerinnen in Perücken, die man dazugenommen hat, um das Ereignis imposanter zu gestalten.

Ich sah mir die Miyako Odori mit meinem Freund Tokizo an, einem Musiker, der auch Unterricht in der Tokiwazu-Richtung der Shamisen-Musik gibt. Unter seinen Schülerinnen waren einige Geishas aus Gion, und so bekam er immer Karten für die Tänze. «Jedes Jahr dasselbe», sagte er – aber jedes Jahr ging er doch wieder hin.

## Divertimenti

In der Pause machte mir Tokizo einen merkwürdigen Vorschlag. Er und sein Vater, ein hervorragender Meister auf dem Gebiet der Tokiwazus, planten für Ende Juni ein Konzert mit ihren Schülern. Er fragte mich, ob ich dabei Shamisen spielen wolle. Ich war verwirrt; schließlich wußte er, daß ich noch nie Tokiwazus gespielt hatte. Das sei unwichtig, sagte er. Er wollte ein Potpourri aus Instrumentalstücken zusammenstellen, die sowohl zum Nagauta- als auch zum Tokiwazu-Repertoire gehörten. So etwas war natürlich ungewöhnlich, andererseits aber auch etwas, was viele Leute interessieren würde.

Ich war damit einverstanden, es zu versuchen. Uns blieben noch sechs Wochen, die Stücke auszusuchen, zusammenzustellen und zu proben. Einige Male pro Woche übte Tokizo mit seinen Schülern das Programm, und ich besuchte ihn, wann immer ich Zeit hatte. Diesen Unterricht hielt er vormittags und nachmittags in einem Salon im zweiten Stock eines alten Teehauses in Gion ab. Wenn gerade eine andere Schülerin bei ihm war, wartete ich unten und trank mit der alten Besitzerin des Hauses Tee.

Nirgendwo war ein Stäubchen zu finden, und dennoch hatten die Räume etwas von der verwelkten Pracht vergangener Tage, und die Ruhe schien nicht zu einem Teehaus zu passen. Ich fühlte mich dort sehr wohl.

Tokizo kann stundenlang mit gekreuzten Beinen sitzen und seine Gesangsschülerinnen auf dem Shamisen begleiten oder für die Mädchen singen, die Shamisen lernen wollen. Als er drei Jahre alt war, begann sein Vater, ihm Unterricht zu geben, und jetzt kann er fast das gesamte Tokiwazu-Repertoire auswendig. Er ist groß und dünn – eigentlich sieht er nicht so aus, wie man sich einen traditionellen Musiker vorstellt. Nur seine rechte Hand gibt ihn als professionellen Shamisen-Spieler zu erkennen: An der Innenseite des untersten Gelenks seines kleinen Fingers, der Stelle, auf die die Kante des Plektrums drückt, hat er eine dicke Schwiele. Ich selber hatte dort nur eine kleine Druckstelle, und ich fragte mich, wie lange er wohl schon spielte, daß er eine derartige Hornhaut bekommen hatte.

Bei unserer ersten Besprechung stellten wir eine Auswahl unserer liebsten Shamisen-Stücke zusammen. Jedes von ihnen hat einen besonderen Namen, und jedem ist ein symbolischer Gefühlsinhalt zugeordnet. Ein Kenner der traditionellen Musik, der unserem Potpourri zuhörte, würde also durch eine ganze Reihe von Stimmungen geführt werden; daher bemühten wir uns, die Stücke so zu arrangieren, daß das Ergebnis nicht nur ein musikalisches, sondern auch ein gefühlsbetontes Ereignis war.

Das Konzert wurde ein großer Erfolg. Auch meine Okasan war mit ihrer Freundin Korika gekommen. Nach der Aufführung setzte ich mich zu ihnen, und Korika schlug mir ihren zusammengelegten Fächer immer wieder leicht auf das Knie, um ihre Bewunderung zu unterstreichen. Meine Freundin Motoko, die den Okasans Gesellschaft leistete, war ebenfalls begeistert. Sie hatte ein ganz besonderes Interesse am Shamisen.

# Motoko

Einige Wochen vor diesem Konzert hatte mich eine junge Frau angerufen, die in einer der Zeitungen von Kyoto einen Artikel über mich gelesen hatte. Sie fragte mich, ob sie mich besuchen dürfe. Auch sie spiele Shamisen, und wir könnten uns doch über japanische Musik unterhalten. Am nächsten Tag lernte ich Motoko kennen. Eine Schachtel mit teurem Gebäck in der Hand, stieg sie die schmalen Stufen zu meinem kleinen Appartement neben dem ‹*Mitsuba*› herauf. Sie war groß, und ihr schulterlanges blauschwarzes Haar hatte sie weder in eine Dauerwelle legen noch mit dem damals sehr beliebten Henna färben lassen. Bevor sie kam, hatte ich für die Aufführung geübt – mein Shamisen, ein Kassettenrecorder und verschiedene Blätter mit Liedtexten lagen auf den Tatamis herum. Sie sah sich kurz um, und dann unterhielten wir uns, als wären wir alte Freundinnen.

Nach etwa zehn Minuten wurde sie plötzlich rot und legte ihre Handflächen auf den Boden. «Ich muß mich entschuldigen», sagte sie, «ich habe ganz vergessen, mich vorzustellen. Mein Name ist Toribe Motoko.» Sie überreichte mir die Schachtel mit dem Gebäck. Auch ich verbeugte mich, aber eigentlich waren diese Formalitäten zwischen uns schon überflüssig geworden. Genau wie ich war Motoko schon von dem Moment an von Shamisens fasziniert gewesen, als sie den Klang dieses Instrumentes zum erstenmal hörte. Ihre Eltern bestanden jedoch darauf, daß sie Koto-Unterricht nahm, und so spielte sie erst einige Jahre auf diesem Instrument, bevor sie begann, sich selbst Shamisen beizubringen. Im Gegensatz zu meinen Freundinnen unter den Geishas oder sogar meinen Nagauta-Lehrern hatte Motoko Musik studiert und war in der Lage, auf verschiedene Aspekte der musikalischen Struktur der Stücke hinzuweisen.

Schließlich kamen wir auf Geishas zu sprechen, und wie sich herausstellte, war das der eigentliche Grund für Motokos Besuch. Sie glaubte, daß ihr dieser Beruf gefallen könnte, wußte jedoch nicht, wie sie da hineinkommen sollte und bat mich um meinen Rat. Die Ironie dieser Situation ließ mich lachen – eine Japanerin kam mit dieser Frage ausgerechnet zu mir!

Die Inhaberin der Pension, in der Motoko wohnte, war früher einmal eine *Shikomi* in Gion gewesen und hatte Motoko von der schlechten Behandlung, dem strengen Unterricht und ihrer peniblen und nie zufriedenen Herrin erzählt. Motoko hatte auch schon einmal einen Ferienjob gehabt, bei dem sie Eintrittskarten im «Gion Corner» verkaufte, einer Touristenattraktion von Kyoto, wo leicht konsumierbare Versionen der Geisha-Künste gezeigt werden. Besonders beliebt sind die Tänze der Maikos, bei denen sowohl Maikos aus Pontocho als auch aus Gion auftreten.

Motoko hatte sich ihre Meinung über den Charakter dieser beiden rivalisierenden Geisha-Viertel bereits gebildet. Für sie war das berühmte Gion kalt und arrogant, während das etwas weniger bekannte Pontocho ihr freundlicher erschien, mehr wie eine Familie. Das, was sie vom Leben der Geishas wußte, sprach ihre theatralische Ader an; andererseits hatte sie verschiedene Dinge gehört, die ihr angst machten. Über diesen Zwiespalt wollte sie mit mir reden.

Als sie gerade wieder aufbrechen wollte, erhielt ich einen Telefonanruf von einem der Teehäuser, also wartete sie noch, während ich mir einen Kimono anzog, und begleitete mich dann durch Pontocho. Wir verabschiedeten uns vor dem Teehaus, in dem ich erwartet wurde, und ich versprach, für sie zu tun, was ich konnte. Zwei andere Geishas, eine Maiko und die Okasan des Hauses, saßen mit zwei Gästen in dem Raum, der auf den Kamo ging. Die Fenster waren ganz geöffnet und gaben den Blick auf die Berge auf der anderen Seite des Flusses frei, deren Konturen in der Abenddämmerung verschwammen. Unten rauschte der Fluß dahin. Der Juniregen hatte ihn anschwellen lassen.

Motokos ungewöhnliche Bitte beschäftigte mich so, daß ich ihren Besuch erwähnte. Zu meiner Überraschung sagte die Okasan: «Warum hast du sie nicht mitgebracht?» Die anderen Geishas pflichteten ihr bei und sagten, ich hätte sie diesen beiden netten Kunden ruhig vorstellen können. Es war ein angenehmer, ruhiger Abend, und zweifellos hätten die Unterhaltung, die Musik und die Atmosphäre Motoko sehr beeindruckt. Wenn es so etwas wie einen Ausbildungsvertrag gäbe, würde sie ihn wahrscheinlich auf der Stelle unterzeichnet haben.

Die Party endete gegen zehn Uhr. Ich ging zurück zum *‹Mitsuba›*, wo meine Okasan und ihre frühere Jüngere Schwester in ihrem Privatzimmer fröhlich beisammensaßen und Bier tranken. Ich erzählte ihnen von Motoko. «Bring sie doch mit, wenn sie dich das nächste Mal besucht», sagte die Okasan. Sie nannte mehrere Teehäuser, die ihrer Meinung nach eine neue Geisha mit Freuden einstellen würden, besonders wenn sie schon Shamisen spielen konnte. Motoko würde in Pontocho keine Schwierigkeiten haben, Geisha zu werden. «Bring sie nächste Woche zur Tanzaufführung im Gion-Theater mit», rief mir die Okasan nach, als ich ging. «Da können wir sie Korika und einigen anderen Müttern vorstellen.»

## Gesucht: Geishas

Die exklusivsten Geisha-Viertel machen keine Reklame; die Teehäuser werben nicht um Kunden, und die Geisha-Vereinigung sucht nicht durch Zeitungsanzeigen nach neuen Geishas. In die angeseheneren Hanamachis kommen Frauen, die diesen Beruf ergreifen wollen, durch eigene Initiative oder durch die Beziehungen ihrer Familie, nicht durch den Stellenmarkt in den Zeitungen.[3]

Das Kenban und die Mütter in diesen Vierteln wissen natürlich, daß es Frauen wie Motoko gibt, die nie an sie herantreten würden, weil das Hanamachi einfach wie eine abgeschlossene Gesellschaft erscheint. Trotzdem sind sie nicht bereit, solche Frauen durch Anzeigen anzuwerben.

Der Bedarf an jungen Geishas ist jedoch so groß, daß die Mütter sich alle erdenkliche Mühe geben, ein Mädchen zu ermutigen, das die Absicht hat, Geisha zu werden. Eine attraktive junge Frau mit Hingabe und künstlerischen Ambitionen ist der Wunschtraum aller Mütter. Nach dem, was ich ihnen von Motoko erzählt hatte, waren sie sehr begierig, sie kennenzulernen, und als ich sie in der nächsten Woche auf dem Konzertabend vorstellte, waren sie sehr angetan. Motoko wiederum schien ihre Gesellschaft, das Programm und die Tatsache, daß die meisten Zuschauerinnen Geishas waren, sehr zu genießen.

Aber immer noch war sie unentschlossen. Ihr Interesse galt in erster Linie der traditionellen Musik – soviel stand fest; sie konnte sich jedoch nicht entschließen, ob sie das Shamisen in seiner ursprünglichen Umgebung, also im Geisha-Milieu, spielen sollte, oder ob sie dieses Instrument auf der Musikhochschule studieren sollte. Am liebsten wäre sie eine Musikstudentin geworden, die abends als Geisha arbeitet, aber das war in Kyoto unmöglich. Und überhaupt lag die Akademie für traditionelle Musik, die sie besuchen wollte, in Tokio. Obwohl sie also ihre Entscheidung hinauszögerte, blieben die Mütter sehr geduldig und versuchten nie, sie zu drängen.

Es vergingen einige Wochen. Eines Sonntagsmorgens bekam ich einen Telefonanruf von Sakurako, meiner Freundin aus Shimbashi, die für einen Tag in Kyoto war. Ich hatte sie lange nicht gesehen und war neugierig, wie es ihr jetzt ging, ein Jahr, nachdem sie begonnen hatte, als Geisha zu arbeiten. Wir verabredeten uns für den Nachmittag im Kunstmuseum. Sakurako war gesprächig und selbstsicher. Wir sprachen viel über unsere Erfahrungen.

Sakurako stammte aus ähnlichen Verhältnissen wie Motoko. Beide waren selbständige junge Frauen aus Mittelstandsfamilien, die nicht viel von Geishas hielten, und beide waren von den traditionellen Künsten fasziniert: Bei Sakurako war es der Tanz, bei Motoko die Musik. Niemand war besser geeignet als Sakurako, Motoko vom Leben einer Geisha zu erzählen. Ich rief Motoko an und frage sie, ob sie mit uns zu Abend essen wolle.

Auch ohne in ein exklusives Teehaus zu gehen, kann man die Atmosphäre von Pontocho genießen. Mehrere Etablissements am Flußufer sind in Restaurants umgebaut worden. Das ‹*Uzuki*›, dessen Neonreklame ein Kaninchen vor der Scheibe des Vollmondes zeigt, ist ebenso elegant (und teuer) wie das frühere Teehaus dieses Namens, aber das ehemalige ‹*Yamatomi*› ist jetzt ein Restaurant, in dem japanische Pfannkuchen und gebratene Nudeln serviert werden, zu Preisen, die sich auch Studenten oder normale Familien leisten können. Wir drei gingen also dorthin und setzten uns an einen Tisch auf der breiten Veranda hoch über dem Flußufer.

In Shimbashi gehörte Sakurako immer noch zu den neuen Gesichtern und hatte sich den bekannteren und älteren Geishas gegenüber bescheiden zu verhalten. Für uns aber war sie die Ältere Schwester, die viele Geschichten über gute und schlechte Gäste erzählen, Bemerkungen über den Status der Geishas machen und Motoko Ratschläge geben konnte. Bei ihr fühlte sich Motoko unbefangener. Sie erkannte sich selbst in Sakurako wieder, und die Schwierigkeiten, von denen sie erzählte, klangen in ihren Ohren glaubwürdiger als die Versicherungen der älteren Frauen. Die Mütter, für die das Geisha-Leben so natürlich und selbstverständlich wie das tägliche Essen war, konnten Motokos Zweifel wahrscheinlich gar nicht ganz nachvollziehen.

Geishas haben kein Interesse an Theorie. Wenn eine Geisha ihre Gei beherrscht, ist sie ganz davon durchdrungen. Jede Art von Unterricht, die sich nicht an dem traditionellen Weg orientiert, bei dem der Meister lehrt und die Schüler bedingungslos gehorchen, ist ihr irgendwie suspekt. Sakurako hatte Verständnis für Motokos Wunsch, Musik zu studieren und gleichzeitig als Geisha zu arbeiten, aber sie hielt es für unwahrscheinlich, daß so etwas in Shimbashi geduldet werden würde. Diese beiden Arten des Lernens sind völlig verschieden voneinander, und eine Geisha, die auch Studentin war, würde deplaziert wirken.

Trotzdem hatte Sakurako das Gefühl, daß Geishas in Shimbashi ausgezeichnete Bedingungen vorfinden. Den Unterricht erteilen herausragende Meister ihres Faches, und allgemein ermuntert man junge Geishas in Shimbashi, ihrer Gei viel Zeit zu widmen. Nur eines sollte Motoko beachten: Sie mußte größte Sorgfalt auf die Wahl ihres Okiyas verwenden, denn wenn sie einmal in einem aufgenommen war, konnte sie nicht mehr wechseln. Es war sehr wichtig eine Okasan zu finden, die großen Wert auf Musik und Tanz legte; Unterrichtszeiten und Bankette würden sich manchmal überschneiden, und eine Mutter, die darauf bestand, daß jedes Engagement angenommen wurde, konnte es einer jungen Geisha schwermachen.

Für Sakurako hatten sich die Dinge gut entwickelt. Sie mochte das Haus, in dem sie lebte, und die Geisha, die es leitete. Außerdem hatte sie das Gefühl, daß sie in ihren Künsten Fortschritte gemacht hatte. «Leicht ist es allerdings nicht», warnte sie Motoko, die ihr aufmerksam zuhörte. «Du solltest einmal mit Oyumi reden. Ihr gehört das Okiya, in dem ich wohne.»

## Schwesterlicher Rat

Einen Monat, bevor ich Japan verließ, rief Motoko an und sagte, sie habe sich endgültig entschlossen, Geisha zu werden – allerdings lieber in Tokio als in Kyoto. Als ich ein letztes Mal nach Shimbashi ging, kam sie daher mit, um Sakurakos Okiya einen Besuch abzustatten. Da Oyumi, die Besitzerin, immer noch als Geisha arbeitete, nannten alle sieben Geishas, die zu dem Haus gehören, sie nicht «Mutter», sondern «Ältere Schwester». Oyumi war damals mindestens Ende sechzig, eine kleine, drahtige Frau, die ständig in Bewegung war – wie ein kleiner Vogel. Obwohl es ihr schwerfiel, sich ruhig hinzusetzen, nahm sie sich doch eine Stunde Zeit für Motoko, Sakurako und mich.

Oyumi ist zu beschäftigt mit ihrem Amt als Vizepräsidentin der Geisha-Vereinigung von Shimbashi, wo sie Tanzunterricht für Fortgeschrittene gibt, und mit ihrer eigenen Arbeit als Geisha, um sich mit störrischen Geishas in ihrem Haus abzugeben. Infolgedessen gibt es bei ihr auch keine solchen Frauen. Sakurako ist die Jüngste im Haus, und bevor sie einziehen durfte, mußte sie Oyumi erst davon überzeugen, daß es ihr mit ihrem Wunsch, Geisha zu werden, wirklich ernst war. Oyumi kümmert sich nicht um Nachwuchs, aber wenn sie von einer vielversprechenden jungen Frau ernsthaft darum gebeten wird, nimmt sie sie vielleicht auf. Mit nüchternen Worten sagte sie Motoko, worauf sie vorbereitet sein mußte.

Ein Mädchen, das Geisha werden wollte, konnte zwischen zwei Möglichkeiten wählen. Entweder gab sie sich von Anfang an völlig in die Hand ihres Okiyas, sie wohnte dort, benutzte die Kimonos, die ihr vom Haus zur Verfügung gestellt wurden, und bekam von der Inhaberin ein Taschengeld. In diesem Fall gingen alle ihre Einnahmen und Trinkgelder direkt an das Okiya, bis diese ersten Ausgaben gedeckt waren. Das dauerte gewöhnlich etwa drei Jahre.

*Eine Geisha zupft ihr Shamisen mit den Fingerspitzen. Sie hat ein Stück vom seidenen Ärmel ihres Unterkimonos über ihren Daumen geschoben, der den Hals des Instruments umfaßt.*
*Aquarell von Ito Shinsui (1932)*

Oyumi hielt nichts von dieser Regelung, weil ihr das einfach zuviel Arbeit war. Ihre normale Buchführung kostete sie schon Zeit genug. Das alte System der erzwungenen Verschuldung und der daraus resultierenden Zwangsarbeit ist mittlerweile verboten, aber die Geisha-Häuser sind bemüht, in dieser Hinsicht auch nicht den Schatten eines Verdachtes aufkommen zu lassen; die Verträge mit neuen Geishas und die wöchentlichen Zahlungen müssen daher sorgfältig und detailliert festgehalten werden. Zur eigenen Sicherheit verlangt das Okiya meistens einen Bürgen, bevor es ein Mädchen zu diesen Bedingungen aufnimmt.

Die andere Möglichkeit besteht darin, von Anfang an als selbständige Geisha zu arbeiten. In diesem Fall ist eine Frau für ihre Finanzen selbst verantwortlich. Sie kauft ihre eigenen Kimonos und braucht nur eine Gebühr für ihre Zugehörigkeit zu einem Okiya zu entrichten. Ob sie auch dort leben will oder nicht, ist wieder eine andere Frage; wenn sie es möchte, braucht sie dann nur für Essen und Unterkunft zu bezahlen. Alle ihre Einnahmen gehören ihr – allerdings ist sie auch für ihre Rechnungen selbst verantwortlich. Eine Geisha kann mit etwa 200000 Yen im Monat rechnen (also etwas über 600 Dollar). In den ersten Jahren jedoch, sagte Oyumi, bleibe nach Abzug der Ausgaben auch für eine selbständige Geisha nicht viel übrig.

Die ganze Mühe lohne sich allerdings nur, betonte Oyumi, wenn eine Frau entschlossen sei, mindestens drei Jahre lang als Geisha zu arbeiten. So lange würde es nämlich dauern, bis sie sich die nötige Professionalität ganz und gar angeeignet hätte.

Auf unserem Rückweg nach Kyoto war Motoko recht ernüchtert. Zum erstenmal schien sie die Ernsthaftigkeit einer Geisha wie Oyumi voll abschätzen zu können. Sie konnte nicht einfach das Leben einer Geisha einige Monate lang ausprobieren – das wäre gegenüber Frauen wie Sakurako, Oyumi oder meiner Okasan, die sie beraten hatten, nicht fair gewesen.

Ich wollte in ein paar Wochen abreisen, aber Motoko versprach mir, mich über die weitere Entwicklung auf dem laufenden zu halten. Im nächsten Herbst bekam ich eine Postkarte, in der sie schrieb, sie habe sich mit einem jungen Mann aus der Heimatstadt ihrer Eltern verlobt. In einem Postskriptum fügte sie jedoch hinzu, daß sie weiter Shamisen spielen wolle.

# 15.
# Geschmack

*«Im Fallen*
*sind die Kirschblüten*
*noch schöner. Ist irgend etwas von Dauer*
*in dieser schmerzerfüllten Welt?»*

*‹Erzählungen von Ise›, Kap. 82 (9. Jahrhundert)*

## Die schwebende Welt

Nach buddhistischer Anschauung ist die Welt, die wir sehen, leidvoll, traurig und bejammernswert. So ist es tröstlich, daß die Welt auch ein Trugbild ist und daß die wirkliche Realität woanders existiert. Daß das *Ukiyo*, die «schmerzerfüllte Welt» in dem Gedicht so vergänglich ist wie Kirschblüten, ist eine Tatsache, die wir nie vergessen sollten.

600 Jahre später taucht das Konzept des Ukiyo wieder in der japanischen Geschichte auf, diesmal aber in veränderter Form. Das Wort wird immer noch «Ukiyo» ausgesprochen, aber für die erste Silbe wird ein anderes Schriftzeichen verwendet, dessen Bedeutung nicht mehr «traurig», sondern «schwebend» ist. Hinter diesem Begriff des Ukiyo, der schwebenden Welt, steht der Gedanke, daß das Leben zwar unbefriedigend und vergänglich ist, daß wir aber, da wir es ja nun einmal leben müssen, die weltlichen Freuden, die es uns bietet, ebensogut genießen können.

*Diese Ukiyofrau!*
*wie zierlich sie*
*ihre Kleider wechselt.*

Als dieses Haiku im 17. Jahrhundert geschrieben wurde, hatte «Ukiyo» schon die Bedeutung «modern», «weltlich» und «elegant». Der ursprünglich metaphysische Gehalt des Wortes hatte sich gewandelt, so daß es nun auf einen nur zu sinnlichen Aspekt der Gesellschaft angewendet wurde: Die schwebende Welt der Edo-Zeit war die Welt des Theaters und der Vergnügungsviertel.

Im Westen kennt man sie hauptsächlich aus Farbholzschnitten. Die Bewohner dieser Halbwelt, die auf den Bildern dargestellt sind, waren Schauspieler, Kurtisanen, Geishas und Prostituierte. Sie bildeten eine Kaffeehaus-Gesellschaft mit kultiviertem Stil, nur daß ihr Lieblingsgetränk nicht Kaffee, sondern Tee war. Die Nostalgie, die die heutigen Japaner für jene Zeit empfinden, hat viel mit dem Ukiyo zu tun.

Literatur, Musik und besonders die Malerei, die hervorragendsten kulturellen Leistungen Japans in den 250 Jahren der Shogunatsherrschaft, sind die Kunstformen, die hauptsächlich von der Kaufmannsklasse in den Städten gefördert wurden. Manche Japaner empfinden Geishas als seltsame Relikte jener schwebenden Welt von einst, als eine Schaumflocke, die die letzte Welle zurückgelassen hat.

Obwohl das Ukiyo der Vergangenheit angehört, werden in der Geisha-Gesellschaft von heute noch immer Wörter verwendet, die mit dem Wasser zu tun haben. Frauen, Wasser und Sinnlichkeit sind Begriffe, die sich in der japanischen Geschichte immer wieder miteinander verbunden haben. Das kommt auch heutzutage in dem Wort zum Ausdruck, mit dem die Welt der Bars und Nachtklubs, der Sänger, Schauspieler und Alleinunterhalter bezeichnet wird: Mizu shobai, das Wasser-Geschäft.

Das Mizu shobai von heute ist nicht ganz so romantisch wie die schwebende Welt von früher. Aber obwohl es auch seine dunklen Seiten hat und sich Verzweiflung und betrügerische Machenschaften breitgemacht haben, besitzt es zweifellos doch Glanz und Anziehungskraft. Die Welt der Geishas ist heute nur noch ein kleiner Bereich des Wasser-Geschäfts, und meistens gehören die Geishas zu den Spitzen des Mizu shobai. Im Gegensatz zu den moderneren Unterhaltungskünsten haben sich die Geishas etwas von der Ästhetik des alten Ukiyo bewahrt, einer Ästhetik, die im 17. und 18. Jahrhundert tonangebend für die Mode war.

Stil war alles in der schwebenden Welt. Für die modischen Männer und Frauen in den Städten war eine Geschmacksverirrung ebenso demütigend wie für einen Samurai die Kränkung seiner Ehre. Und wer bestimmte diesen Stil? Meistens waren es die Frauen in den Vergnügungsvierteln und die Schauspieler auf der Kabuki-Bühne, Leute, die auf den untersten Stufen der offiziellen sozialen Hierarchie standen, die man aber in Wirklichkeit fast überall bewunderte und nachahmte.

In jener Zeit waren die Vergnügungsviertel wahrscheinlich der einzige Bereich dieser durch Erlasse geteilten Gesellschaft, in dem Geld wichtiger war als die Herkunft. In japanischen Geschichtsbüchern werden diese Viertel oft als «Sicherheitsventil» bezeichnet – und zwar nicht für unterdrückten Sex, sondern für die Klassenzugehörigkeit. Die täglichen Widersprüche zwischen Status und Reichtum in jener Gesellschaft, in der Kaufleute offiziell zur untersten Klasse gehörten, obwohl sie in Wirklichkeit die Wirtschaft des Landes beherrschten, waren in diesen Vierteln aufgehoben.

Die Kaufleute mochten zwar reich sein, aber sie waren dennoch einer Regierung unterworfen, die argwöhnisch darauf achtete, daß die Vorrechte der Samurais unangetastet blieben. Die Beamten versuchten vergeblich, die Städter durch Verordnungen im Zaum zu halten, durch die bis ins kleinste Detail festgelegt war, was die Angehörigen einer jeden Klasse essen, anziehen und besitzen durften und wie sie zu bauen und ihre Häuser auszustatten hatten. Einem Mann, der seinen Reichtum allzu offen zur Schau stellte, konnte es passieren, daß sein gesamter Besitz konfisziert wurde. Das Haus eines Kaufmanns sah daher von außen recht unscheinbar aus, innen jedoch war alles vom Feinsten. Er trug vielleicht einen einfachen, schmucklosen Wollkimono – der jedoch mit bester Seide gefüttert war. Reichtum zeigte sich nur in winzigen Kleinigkeiten.

## Iki

Ein wichtiger Beitrag dieser städtischen Kaufleute und Handwerker zum öffentlichen Leben war die Entwicklung einer Ästhetik der Untertreibung: einer gewissen Art von Eleganz, die die Geishas am besten verkörperten. In ihrer ganzen Art lag *Iki*, ein gewagtes und dennoch verführerisches Gefühl für Stil, in dem eine ganze Lebensphilosophie zum Ausdruck kam. Iki verschmolz Gefühle mit ästhetischen Idealen, es beeinflußte alle Künste der Zeit grundlegend und machte das Leben selbst zu einem Kunstwerk des Geschmacks. Die Heldinnen dieses kulturellen Ideals waren die Geishas.

Im frühen 19. Jahrhundert war es das höchste Lob für jede Geisha, wenn es hieß, sie sei Iki. Um diese Zeit hatten die Yujos den Anschluß an diesen Stil bereits verloren. Modebewußte Leute machten sich nur noch lustig über ihre bunten, dick wattierten Kimonos, ihr maskenhaftes Make-up und ihre gestelzte, phrasenhafte Ausdrucksweise. Auch die *Shirotos*, die «nicht-professionellen» Frauen, waren nicht Iki: Die Züchtigkeit junger Mädchen oder die Bescheidenheit einer Hausfrau war zwar schicklich, aber nicht sehr interessant.

Der Stil, den Geishas kultivierten, bewegte sich auf dem schmalen Grat zwischen gegensätzlichen ästhetischen Kategorien, und um die Balance zu halten, verwendeten Geishas unendlich viel Zeit darauf, ihrer Kleidung, ihren Umgangsformen und ihren künstlerischen Fertigkeiten den letzten Schliff zu geben.

Trotz dieses Aufwandes war Iki alles andere als gekünstelt. Man strebte nach einfacher Eleganz. Geishas trugen ein kunstvolles und leichtes Make-up, während verheiratete Frauen gar keine und die Yujos zu dicke Schminke auflegten. Geishas trugen Kimonos mit einem geschmackvollen, durchgehenden Muster im *Komon*-Stil oder vielleicht auch ein einfarbiges oder breit gestreiftes Gewand, und ihre Obis wurden mit einem einfachen Knoten gebunden. Goldene Drachen zwischen mit Silberfäden gestickten Wolken oder über Blumen flatternde Schmetterlinge entsprachen mehr dem Geschmack der Yujos. Die verführerische Wirkung der Kleidung einer Geisha war nur angedeutet, aber nie zur Schau gestellt.

Außer in der Vermeidung greller Überladenheit kam Iki auch in gewagten, unkonventionellen Dingen zum Ausdruck. Die Geishas des Hanamachis Fukagawa in Tokio wurden wegen ihrer Kleidung zum Sinnbild für Iki. Sie trugen eine Art weiter Jacke, ein *Haori*, über ihrem Kimono, was ihnen eine Art männlicher Eleganz verlieh – dasselbe, was Frauen heute durch das Tragen von Anzügen erreichen. Diese Mode wurde so berühmt, daß man mit dem Ausdruck «Haori-Geishas» Frauen bezeichnete, die einen selbstbewußten, raffinierten Stil pflegten, Frauen, die nur von ihrer Kunst lebten.[1]

Die Geishas von Fukagawa waren auch berühmt dafür, daß sie nie Tabis trugen. Das Bild des kalten, weißen Fußes einer Geisha, der in einer schwarzgelackten Sandale steckte und einen Schritt aus dem Haus in den Schnee machte, war der Inbegriff von Iki. Obwohl hierbei natürlich auch ein erotisches Element mitschwang, war es eigentlich erst die Charakterstärke, die dies wirklich Iki werden ließ.

Die Grundlage von Iki war die Erotik. Das Vielsagende einer losen Strähne in einer ansonsten perfekten Frisur, ein schmaler roter Streifen am Kragen eines schwarzen Kimonos, ein Shamisen, das beiläufig in die Hand genommen und nur mit den Fingerspitzen gezupft wird – so äußert sich die klassische Vorstellung von Iki, und all das gehört natürlich auch zu den Geishas.

Iki schloß auch Verbindlichkeit ein, eine verfeinerte Verbindlichkeit allerdings, nicht die blinde Ergebenheit der Jungen oder den Eifer der Unerfahrenen. Mitte des 19. Jahrhunderts warnten Romanciers ihre Leser, daß eine Yujo zusammen mit ihrem Körper auch ihre Freundschaft verkaufe; die Treue einer Geisha dagegen sei echt. Iki bedeutete Kultiviertheit ohne Abgestumpftheit, Unschuld ohne Naivität. Um Iki zu sein, mußte eine Frau schon etwas erlebt haben und das Süße wie das Bittere der Liebe kennengelernt haben. Junge Mädchen besaßen diese Eigenschaft nur selten. Es waren die Frauen in den mittleren Jahren, die Iki sein konnten.

Es handelte sich nicht um ein abstraktes Ideal, dem die Geishas nacheiferten. Die Geishas selber bestimmten, was Iki war, und das ist auch heute noch ein wichtiger Teil ihres Selbstverständnisses. In ihren Memoiren erinnert sich die Inhaberin eines berühmten Teehauses von Shimbashi, des «Kikumura», an eine ältere Geisha, die für sie und ihre Freundinnen ein Vorbild an Iki war:

«Kiyoji sagte immer, eine Geisha dürfe nie ihr Iki vergessen. Daher empfing sie an den Tagen, an denen sie ihr graues Haar färbte, nie ihren Gönner. Eines Tages wollte er sie an einem solchen Tag besuchen, und sie gab ihm irgendeine lahme Ausrede und sagte, es gehe nicht. Er wurde eifersüchtig, weil er dachte, sie träfe sich mit einem anderen. Schließlich sagte sie ihm den wahren Grund – wir mußten alle sehr lachen ... Als Kiyoji starb, stellte sich heraus, daß sie kaum einen Pfennig mehr besaß; trotzdem hatte sie sich gerade einen neuen Kimono machen lassen.»

In ihren Erinnerungen betont Shinohara Haru, wie wichtig es für eine Geisha ist, unter allen Umständen den Schein zu wahren und ihn durch reine Willenskraft zu etwas Realem zu machen. Bei einem Bankett war es schon immer Sitte, daß die Geishas sich umzogen. Wenn die Party halb vorüber war, erschien ein Diener und sagte: «Zeit zum Umziehen, meine Damen», und dann verließen die Geishas den Raum und wechselten ihren Kimono. Einmal, als sie keinen zweiten Kimono zum Wechseln besaß, hatte Kiyoji dem Diener statt dessen eine zusammengerollte alte Jacke gegeben. Als die Zeit zum Umziehen gekommen war, sagte sie nonchalant: «Ach, ich glaube, heute werde ich mir diese Mühe nicht machen.» Das war die Geisha-Version des Sprichwortes von dem verarmten Samurai, der einen Zahnstocher benutzt, obwohl er gar nicht gegessen hat.

## Unterricht in Iki

Heutzutage mag eine Frau, die Geisha wird, schon einige Kenntnisse über stilvolles Benehmen besitzen, aber das bedeutet nicht, daß sie nicht noch einiges dazulernen kann. Meistens erlangt sie Iki durch den Umgang mit anderen Geishas und nicht durch besondere Anweisungen, wie sie sich zu verhalten hat. Als ich Ichigiku war, bekam ich jedoch einmal Unterricht in Iki von einem Meister auf diesem Gebiet, dem Kabuki-Spieler Tamasaburo.

Bando Tamasaburo V. ist ein *Onnagata*, ein Spezialist für weibliche Rollen. Von allen modernen Kabuiki-Spielern hat Tamasaburo wahrscheinlich die meisten Verehrer in ganz Japan. Ich traf ihn auf einem Bankett, das ihm zu Ehren vom Tamasaburo-Fan-Club von Kyoto gegeben wurde, an dem ich als Geisha teilnahm. Meine Okasan hatte mir vorher eingeschärft, mich mit ihm nicht über Tanzen zu unterhalten, da er ohnehin schon oft genug darüber reden müsse. Als ich neben ihm saß, fragte ich ihn daher nach dem ungewöhnlichen seidenen Anzug, den er trug. Er war aus grauen und weißen Seidenstreifen zusammengesetzt, die ein sich wiederholendes Pfeilmuster bildeten. Er sagte, er habe den Anzug selber entworfen, als ein modisches Experiment. Mit Tanzen verdiente er sein Geld, aber Stil war seine Leidenschaft.

Es war früher Sommer, und im Bankettraum des *‹Mitsuba›*, in dem diese Party stattfand, war es recht warm. Während wir uns unterhielten, nahm ich einen kleinen Fächer aus meinem Obi und wedelte mir damit Luft zu. Nach einigen Minuten berührte Tamasaburo meine Hand. «Ich will dir etwas zeigen. Gib mir deinen Fächer» sagte er. Alle Augen richteten sich neugierig auf uns. «Du hältst deinen Fächer auf eine merkwürdige Art», sagte Tamasaburo. Er setzte sich aufrecht hin, hielt den offenen Fächer so, daß der Daumen außen lag, und bewegte ihn aus dem Handgelenk hin und her. «So fächelst du dir Luft zu. Nur ein Mann hält einen Fächer auf diese Art.» Er schob seine Beine etwas zur Seite, beugte den Kopf leicht nach vorn und hielt den Fächer so, daß der Daumen nach innen zeigte. Dann bewegte er den ganzen Unterarm langsam, fast träge hin und her. «So sollte eine Frau ihren Fächer halten. Das ist viel mehr Iki, findest du nicht?» Ich war ganz seiner Meinung, und seine Bewunderer, die an diesem Bankett teilnahmen, natürlich auch. Die anderen Geishas zogen ihre Fächer hervor und waren sehr erleichtert, als sie feststellten, daß sie sie richtig hielten. Es war etwas, das ihnen vorher noch nie bewußt gewesen war und das ich nicht einmal bemerkt hatte.

## Die großen Auftritte

Den Schein zu wahren bedeutet auch, daß man viel Geld für stilvolle Dinge ausgibt. Eine geizige Geisha ist ein Widerspruch in sich. Iki erfordert große Ausgaben, und das macht diesen Beruf so teuer. Eine Geisha fährt nicht erster Klasse mit der Eisenbahn, weil sie den Luxus der etwas breiteren Sitze braucht, sondern weil sie sich schämen würde, in der zweiten Klasse gesehen zu werden. Sie wirft ihre kaum getragenen Tabis weg, die eine sparsame Hausfrau bleichen und stärken würde, weil man sie eigentlich noch monatelang tragen kann. Sie gibt ihr Geld für neue Obis aus, obwohl sie schon eine ganze Schublade voll davon hat. Aber wirklich große Summen steckt eine Geisha in ihre Auftritte. Für die Programme, die in so berühmten Theatern wie dem Kabukiza in Tokio und dem Nationaltheater aufgeführt werden, erhalten Geishas nicht nur keine Gage – sie machen sogar Schulden, um sie zu finanzieren.

Besonders für die Tänzerinnen ist ein solcher Auftritt die Krönung ihres Lebens als Geisha. Eine perfekt einstudierte Nummer ist der dramatische Höhepunkt einer jahrelangen Ausbildung und sichert einer Geisha einen dauerhaften Ruhm in jenem kleinen Kreis, auf den es ankommt und der hauptsächlich aus anderen Geishas besteht. Jüngere Geishas treten dabei nicht auf. Diejenigen, die sich diese Extravaganzen leisten, sind meistens Geishas Ende Zwanzig oder älter, die bereits einen Berufsnamen als Tänzerinnen haben. Geishas sind zu solchen Auftritten, in die sie ja immerhin unglaublich viel Arbeit, Zeit und Geld investieren müssen, nicht verpflichtet, und einige Frauen machen sich diese Mühe auch nicht. Andererseits ist es aber auch sehr Iki.

Die meisten Geishas in Pontocho lernen den japanischen Tanz nach der Onoue-Schule und nehmen Stunden beim *Iemoto*, dem Großmeister, persönlich. Onoue Kikunojo II. ist noch ein junger Mann. Obwohl er in Tokio lebt, fährt er einmal im Monat nach Pontocho, um dort Unterricht zu geben. Auf diesen Fahrten begleiten ihn oft seine Mutter, die früher selber einmal Tänzerin war. Die älteren Geishas haben bereits bei seinem Vater gelernt, und manche von ihnen haben schon getanzt, als er noch gar nicht geboren war. Dadurch hat er Schwierigkeiten, sich durchzusetzen. Als ich bei den Proben zusah, tat er mir jedesmal leid, wenn ihn seine Mutter mit ihren Kommentaren unterbrach. Er war ein sehr netter junger Mann, und die Geishas flirteten mit ihm, um ihn etwas aufzumuntern.

Als ich in Kyoto war, beging man den dreizehnten Todestag seines Vaters. Ende Januar gab es in Tokio eine Gedächtnisaufführung mit den hervorragendsten Schülern der Onoues. Unter den Mitwirkenden waren einige Meistertänzer anderer Schulen, die durch ihre berufliche Abstammung mit Kunojo in Verbindung standen. Vierzehn Geishas aus Shimbashi sollten tanzen, und auch vier Geishas aus Pontocho – Miyufuku, Hisayuki, Mameyuki und Ichisono – waren unter ihrem Berufsnamen als Tänzerinnen im Programm aufgeführt.

Miyofuku und Hisayuki, beide Ende Sechzig, waren in ihrer langen Karriere als Geisha immer schon gemeinsam aufgetreten. Ichisono aber war erst 28 und Mameyuki 32 Jahre alt, und sie standen erst zum drittenmal mit so berühmten Geishas auf einer Bühne.

Am Abend des 28. Januar waren die Teehäuser von Pontocho ungewöhnlich leer, weil über ein Drittel der Geishas nach Tokio gefahren war, um ihre beiden jungen Kolleginnen im Kabuki-za-Theater zu bejubeln. Auch ich saß mit meiner Okasan, einem ihrer Kunden und dessen Familie in einer Loge. Da meine Okasan in ihrer Geisha-Zeit selbst Tänzerin war, ist sie eine begeisterte und kritische Zuschauerin. Nach einer guten Vorstellung ist sie ganz aufgeregt und spricht davon, daß sie das Tanzen als Hobby wieder aufnehmen will. So weit kommt es jedoch nie, denn erstens hatte sie vor einigen Jahren einen leichten Herzanfall, und ihr Arzt sagt, daß das Tanzen sie zu sehr anstrengen würde, und zweitens ist sie etwas dick geworden. Eine solche Vorstellung als Zuschauerin zu erleben ist für sie wahrscheinlich gerade aufregend genug.

An diesem Abend tanzten Mameyuki und Ichisono die dramatische Geschichte zweier Liebender, die nach ihrem gemeinsamen Selbstmord als Schmetterlinge wiedergeboren werden. Als der letzte Ton verklungen war und der Beifall aufrauschte, hörte man hier und da im Theater von anderen Geishas aus Pontocho die Rufe «Ichisono!» und «Mameyuki!». Bei Kabuki-Stücken sind solche begeisterten Zwischenrufe aus dem Publikum üblich, aber hier hatte ich sie nicht erwartet.

In der Pause versammelten sich Geishas aus Pontocho in der Lobby, um über den Auftritt zu sprechen. Man war sich einig, daß er gelungen und seine Plazierung vor einigen langsameren Nummern sehr günstig gewesen war. Einige gutgekleidete Geschäftsleute gratulierten den Geishas und den Müttern zu dem hervorragenden Eindruck, den Pontocho gemacht hatte. Ichiume nahm die Komplimente für Ichisono und Mameyuki entgegen, die erschöpft waren und sich in ihren Garderoben ausruhten.

Die Garderoben in japanischen Theatern sind die reinsten Durchgangsstraßen. Während der ganzen langen Vorstellung herrscht ein reges Kommen und Gehen von Freunden, Verwandten und Bewunderern. Die Tänzerinnen wiederum müssen allen, die extra wegen ihres Auftritts gekommen sind, ein kleines Geschenk geben. Einige Geishas aus Pontocho standen in Mameyukis und Ichisonos Garderobe und gaben Besuchern eingepackte Holzschächtelchen mit Konfekt aus Kyoto. Die Süßigkeiten, die in Anlehnung an das Thema des Tanzes die Form von Schmetterlingen und Gräsern hatten, waren bei einer Konditorei in der Nähe von Pontocho bestellt worden.

Dieser Auftrag hatte Mameyuki und Ichisono noch am wenigsten gekostet. Auf der Rückfahrt nach Kyoto fragte ich die Okasan, wieviel die beiden schätzungsweise ausgegeben hatten. «Ich weiß, daß es mehr als 500 000 Yen waren», antwortete sie. Das waren etwa 1 500 Dollar. Was hatte eigentlich soviel gekostet?

Bei einem Auftritt wie diesem ist alles teuer. Zunächst einmal mußte das Kabuki-za-Theater für den Nachmittag und Abend gemietet werden. Diese Summe wurde von allen Teilnehmern gemeinsam getragen. Dann mußte jede Tänzerin Musikerinnen für ihr Stück stellen. Ichisono und Mameyuki bezahlten Flugtickets, Hotelzimmer, Gagen und Trinkgelder für sechs Sängerinnen und Shamisen-Spielerinnen, die für einen Tag von Kyoto nach Tokio gekommen waren. Die Gebühr für die Kostüme, die sie sich in einem Kimonoladen in Kyoto geliehen hatten, machte noch einmal einige hundert Dollar pro Stück aus. Daß die Zucker-Schmetterlinge insgesamt über 150 Dollar gekostet hatten, fiel dann kaum noch ins Gewicht. Wie können sich Geishas bei diesen Ausgaben eine solche Aufführung eigentlich leisten?

Das ist nur dadurch möglich, daß wohlhabende Kunden der Teehäuser als Mäzene auftreten. Wer zu den *intimen* Gästen gehören will, kauft ganze Partien von Theaterkarten. Eine Karte kostet offiziell etwa 4000 Yen (ca. 12 Dollar). Ein Kunde, der glaubt, er könne sich 20 Karten leisten, kauft sie der Geisha zu einem höheren Preis ab. Natürlich kann er sie zu ihrem normalen Preis an seine Freunde und Arbeitskollegen weiterverkaufen, aber ein so häufiger Gast in den Geisha-Vierteln wird sie wohl eher verschenken. Durch eine solche Geste unterstreicht er seine Großzügigkeit und seine selbstlose Förderung der Künste.

Für große Auftritte wie diese ist Stil unerläßlich. Sie sind vom Anfang bis zum Ende verschwenderisch, und eine Geisha, die sich erst einmal auf ein solches Unternehmen eingelassen hat, sieht wenig Sinn darin, hier und da etwas einzusparen. Einer der Gründe, warum es für eine Geisha Iki ist, an solchen Tanzvorführungen teilzunehmen, ist eben genau der, daß sie keinen offensichtlichen Nutzen haben. Obwohl eine Frau sich in Geisha-Kreisen einen Namen machen und die Bewunderung einer winzigen Gruppe kunstverständiger Gäste erlangen kann, verdient sie deswegen nicht mehr. Im Gegenteil: Es kann sein, daß sie sich tief verschulden muß. Eine Geisha tanzt eben nicht, um einen Nutzen daraus zu ziehen.

## Geishas bevorzugt

Da Geishas von allen Frauen am meisten Iki sind, wissen sie auch Gäste zu schätzen, die Stil haben. Der Kundenkreis der Teehäuser beschränkt sich heute weitgehend auf ältere und wohlhabendere Männer, Geschäftsleute aus verschiedenen Branchen, deren Geschmäcker sich allerdings sehr unterscheiden. Manche von ihnen behandeln die Geishas, als seien sie nur das Zubehör einer exklusiven Atmosphäre, in der ihr eigenes Image besser zur Geltung kommt. Insgeheim verachten die Geishas solche Gäste.

Die Atmosphäre in einem Teehaus sollte anders sein als die einer Bar. Es ist nicht übermäßig zynisch, wenn man sagt, daß eine Barhostess nicht mehr ist als ein bewegliches Möbelstück. Der Inhaber wählt sie danach aus, wie gut sie in die Stimmung der Bar paßt. Geishas lassen sich eine derart unpersönliche Behandlung nicht gefallen. Sie gehen davon aus, daß ein Kunde sie engagiert, weil ihm an ihrer Gesellschaft liegt. Ein Gast mit Stil ist für Geishas jemand, der ihre Künste zu würdigen weiß, geistreich und charmant ist und sie ebenso unterhält wie sie ihn.

In einer Situation, in der einer für die Gesellschaft des anderen bezahlt, mag es widersinnig erscheinen, daß das Verhalten von Gästen und Geishas alles andere als einseitig ist. Das ist einer der Gründe, warum so viele Geishas und so wenige Barhostessen Iki sind. Niemand fragt einen Stuhl, ob es ihm recht ist, daß sich jemand auf ihn setzt; und genauso haben auch Hostessen kaum Einfluß darauf, an welchen Tisch sie geschickt werden. Eine Geisha dagegen kann, sobald sie ihre Schulden bezahlt und sich unabhängig gemacht hat, frei darüber entscheiden, zu welchem Bankett sie gehen und welche Kunden sie unterhalten will. Gerade diese Unabhängigkeit finden Gäste, die Stil haben, reizvoll.

Es ist schon seltsam, daß der Begriff Iki nur in den kleinen Enklaven der Geisha-Viertel eine Rolle spielt. Im modernen Japan wird das Wort kaum gebraucht. Die internationale Jugendkultur hat auch dort Fuß gefaßt, und überall herrscht die damit verbundene Mode vor, die dem genauen Gegenteil von Iki entspricht. Teenager schmieren sich dick mit Sonnenöl ein und legen sich an Japans überfüllte Strände, um braun zu werden; Geishas tragen Sonnenschirme und verwenden für ihr Gesicht Salben aus dem Kot von Nachtigallen, um ihre Haut möglichst weiß zu machen. Daß die Geishas die Ästhetik des Iki weiterhin kultivieren, macht sie für junge Japaner nur um so exotischer. Den Geschmak für Iki muß man, ebenso wie den für Kaviar, erst entwickeln.

# 16.
# Kimonos

*«Wenn der Farbton eines Kimonos nicht der Jahreszeit entspricht, wenn er im Frühling nicht zu den Blumen paßt und im Herbst nicht zur Färbung des Laubes, dann war die ganze Mühe so vergeblich wie der Tau.»*

*‹Abenteuer des Prinzen Genji›,*
*Kap. 2 (11. Jahrhundert)*

## Kimono-Sprache

Zu den Dingen, durch die sich Geishas von anderen Japanerinnen unterscheiden, gehört der Kimono. Die Damen des Mittelstandes, die ihr traditionelles Gewand ein- oder zweimal im Jahr anläßlich einer Hochzeit, eines Examens oder vielleicht einer Abschiedsfeier anziehen, tragen es nicht mit der Grazie der Geishas. Sie fühlen sich unwohl in dem ungewohnten Kimono, und das sieht man ihnen an.

Für ein ungeschultes Auge sehen die Kimonos einer Geisha kaum anders aus als die der Durchschnittsjapanerin. Die prächtige schwarze Robe mit dem tiefen Rückenausschnitt, deren Saum auf dem Boden schleift, ist die offizielle Berufskleidung der Geisha, aber eigentlich trägt sie sie nicht sehr oft. Meistens zieht sie einen in eher gedeckten Farben gehaltenen knöchellangen Kimono mit dreiviertellangen Ärmeln an. Die kleinen Unterschiede, durch die sich die Kimonos der Geishas von denen anderer Frauen unterscheiden – Ärmelweite, Farbe, die Art, wie der Obi gebunden wird –, stechen auch Japanern nicht sofort ins Auge. Diese Details und die Selbstverständlichkeit, mit der Geishas dieses Kleidungsstück tragen, fallen nur denen auf, die in der Kimono-Sprache bewandert sind. Ein Kenner beherrscht das ganze Vokabular, das je nach Region, sozialer Herkunft, Alter und Beruf der Trägerin variiert. Er wird eine Geisha sofort erkennen.

In den Elementen, die zum Kimono gehören, kommt tatsächlich ein sozialer Code zum Ausdruck. Das fiel mir erst zu Beginn meiner Karriere als Geisha auf, als ich unabsichtlich einige dieser Elemente miteinander vermischte. Bevor ich mit Hilfe einiger größerer Geishas in der Nachbarschaft eine passende Gaderobe zusammengestellt hatte, besaß ich nur einen einzigen Kimono, den mir Yuriko, meine Freundin aus Tokio, gegeben hatte. Er war in einem wunderschönen dunklen Orange gehalten, mit einem Muster aus Trauerweidenzweigen in Braun und Gold. Sie hatte ihn vor vielen Jahren, bevor sie geheiratet hatte, einige Male getragen. Inzwischen war sie zu alt für diese Farbe, und außerdem, sagte sie mir, trage sie ohnehin keine Kimonos mehr. Sie bezweifelte, daß sie überhaupt noch in der Lage war, den Obi richtig zu binden.

Ich sagte mit Freuden zu, als meine Okasan mich fragte, ob ich bei einer Party im ‹*Mitsuba*› aushelfen wolle. Bei dieser Gelegenheit wollte ich meinen einzigen Kimono tragen. Als sie mir beim Ankleiden half, bemerkte sie, er sei zwar sehr schön, aber für künftige Engagements völlig ungeeignet. Mein Kimono entspräche dem Stil einer eleganten Dame der Gesellschaft, nicht dem einer Geisha. Für diesen einen Abend aber würde es schon gehen. Sie lieh mir einen hellgrünen Obi, der mit blaß-beigen Orchideen bedruckt war, und gab mir einen alten Obi-age, den sie vor vielen Jahren als Geisha-Schülerin getragen hatte.

Der Obi-age war aus reiner weißer Seide und hatte ein meliertes Fächermuster, das durch eine als *Kanoko* bezeichnete Färbetechnik erreicht wird. Die Okasan legte ihn über den Knoten, mit dem der Obi auf dem Rücken gebunden wird, und band ihn vorne zusammen. «Ich zeige dir jetzt einen kleinen Trick, damit der vordere Knoten nicht verrutscht», sagte sie. «Alle Geishas binden ihren Obi-age so.» Sie machte in das eine Ende einen Knoten, wobei sie darauf achtete, daß das rote Fächermuster nach vorne zeigte, und zog das andere Ende durch die so entstandene Schlaufe. Danach glättete sie die schmale Schärpe und schob sie unter den Obi, so daß nur noch ein kleiner weißer und roter Streifen zu sehen war. Damals dachte ich daran, daß die Mädchen bei uns manchmal den Spitzenrand ihres Unterhemdes im Ausschnitt sehen lassen. Da der Obi-age eigentlich zur Unterkleidung gehört, war ich damit nicht einmal so weit von der Wahrheit entfernt.

In dieser Aufmachung ging ich also zu der Party. Später am Abend lernte ich in einer Bar zwei College-Lehrer kennen, und im Verlauf der Unterhaltung erzählte ich ihnen, warum ich in Japan war. Der Barkeeper hatte mit einem halben Ohr zugehört und rief plötzlich: «Ah, jetzt weiß ich auch, was mich an Ihnen so irritiert hat. Sie sagten, Sie seien Studentin, und man sieht es Ihnen auch an, daß Sie eine unverheiratete Frau aus guter Familie sind – Ihr Kimono paßt ganz genau dazu. Aber ich glaube, Ihre Schärpe, irgend etwas in der Art, wie sie gebunden ist, kam mir etwas seltsam für eine junge Dame vor. Irgendwie hat mich das an Geishas erinnert.» Da ich noch gar nichts Genaues über das Thema meiner Studien gesagt hatte, war ich verblüfft über die scharfe Beobachtungsgabe des Mannes.

Die verschiedenen Elemente meiner Aufmachung paßten also nicht zusammen, aber gerade das symbolisierte meine seltsame Position recht gut. Ich war keine junge Dame aus gehobenen Kreisen und auch keine Geisha, aber da meine Kleidung von beidem etwas hatte, bot ich für jemanden, der auf solche Dinge achtete, einen ungewöhnlichen Anblick. Der Barkeeper hatte die Einzelheiten richtig interpretiert, aber der Gesamteindruck verwirrte ihn – nicht zu Unrecht.

## Wer trägt einen Kimono?

*Mono* heißt «Sache», und zusammen mit dem Wortbestandteil *Ki* von *Kiru* («tragen») bedeutet Kimono ursprünglich einfach «ein Kleidungsstück». Nicht alle Kleidungsstücke sind jedoch auch Kimonos. Die wichtigste Unterscheidung, die heute gemacht wird, ist die zwischen *Yofuku* («westliche Kleidung») und *Wafuku* («einheimische Kleidung»). Die meisten japanischen Frauen tragen westliche Kleidung und folgen dabei der jeweils neuesten Mode. Manche besitzen nicht einmal mehr einen Kimono, und viele, wie zum Beispiel auch meine Freundin Yuriko aus Tokio, wissen gar nicht mehr, wie man sie trägt. Ich kann mir keinen gesellschaftlichen Anlaß vorstellen, von dem Frauen ausgeschlossen wären, weil sie keinen Kimono tragen.

Die meisten Frauen besitzen einen schwarzen, mit dem Familienwappen bemalten Kimono, den sie aber nur zu hochoffiziellen Anlässen anziehen. Oft war er das Kernstück ihrer Aussteuer. In Familien ist es üblich, den Mädchen einen reich verzierten, langärmeligen Kimono im *Furisode*-Stil für das Neujahrsfest zu kaufen, so daß die Japanerinnen häufig auch einen solchen noch in ihren Schränken hängen haben. Durch den seltenen Gebrauch dieses Kleidungsstücks sind japanische Frauen mit der richtigen Art, einen Kimono zu tragen, fast ebensowenig vertraut wie eine Ausländerin. Sie seufzen erleichtert, wenn sie endlich den steifen Obi ablegen und wieder bequeme westliche Kleidung anziehen können.

Als sich mein Blick für die Feinheiten des Kimonos geschärft hatte, war ich mehr und mehr überrascht, wie viele

Frauen in ihm völlig ungraziös wirken. Besonders gut läßt sich das am Neujahrsfest beobachten. Junge Mädchen, die das ganze Jahr über Turnschuhe tragen, trippeln plötzlich in den traditionellen Zoris umher, die zu ihren langärmeligen Kimonos passen. Sie lassen die Arme baumeln und knicken in den Knien ein, wie sie es gewöhnt sind, wenn sie Röcke tragen. Frauen über Fünfzig wirken im Kimono nicht so unbeholfen; sie haben ihn wahrscheinlich schon als Kinder getragen und bekommen jedesmal, wenn sie ihn anziehen, nostalgische Gefühle.

Wohlhabende Frauen sind jetzt gerade dabei wiederzuentdecken, daß der Kimono ihnen die Möglichkeit bietet, sich von der Menge abzuheben. Nicht Cacharel-Röcke und Dior-Blusen wie ihre Freundinnen, sondern Wafuku zu tragen ist für sie ein modisches Hobby geworden. Eine Frau, die es sich sehr überlegen würde, ob 200 Dollar ein angemessener Preis für ein Kleid sind, hätte keine Probleme, die Ausgabe des fünffachen Betrags für einen Kimono zu rechtfertigen. Ein Kimono ist immerhin eine Investition. Er kommt nicht aus der Mode, er braucht nicht geändert zu werden, wenn man zugenommen hat, und man kann ihn der Tochter vererben. Und was den Kampf um den Status anbelangt: Selbst die raffiniertesten westlichen Kleider kosten selten mehr als 1000 Dollar, während man für einen Kimono ohne weiteres das Mehrfache dieses Betrags ausgeben kann, ohne aufgedonnert zu wirken. Daß er die Möglichkeit bietet, Reichtum und gleichzeitig bewußte Zurückhaltung zu zeigen, macht den Kimono für dieses Gesellschaftsspiel ideal geeignet.

Abgesehen vom Preis stößt das Tragen von Kimonos im heutigen Japan trotzdem auf viele Probleme. Eigentlich gehört er zu einem anderen, langsameren Lebensstil. Dieser Lebensstil existiert noch hier und da, allerdings meist nur unter besonderen Umständen – wie zum Beispiel in der Welt der Geishas. Es gibt nicht viele, die einen Kimono als praktisches Kleidungsstück für das tägliche Leben bezeichnen würden.

## Tatamis und Stühle

Der Kimono war einst Teil eines kulturellen Ganzen, das jeden Aspekt des täglichen Lebens einschloß. Es bestand eine gegenseitige Wechselwirkung zwischen ihm und einem weiblichen Schönheitsideal, das bestimmte Körperteile (Nacken, Knöchel und Hüften) betonte und andere (Taille, Beine und Busen) außer acht ließ. Kaum verwunderlich, daß der Kimono einer Figur schmeichelt, die man bei japanischen Frauen sehr oft findet: ein langer Oberkörper und lange Oberschenkel, aber ein kleiner Busen und kurze Unterschenkel. Kulturell bedingte Schönheitsideale scheinen jedoch irgendwie den Körperbau zu beeinflussen; nach dem Ende des Krieges faßte auch in Japan die westliche Vorstellung Fuß, lange Beine und ein großer Busen seien attraktiv, und seltsamerweise sieht man immer mehr Frauen, die diesem Ideal entsprechen. Das läßt für den Kimono nichts Gutes ahnen.

Auch der Architektur des traditionellen japanischen Hauses war der Kimono perfekt angepaßt. Viele Verrichtungen des täglichen Lebens wurden im Knien an niedrigen Tischen ausgeführt. In Japan trägt man im Haus keine Straßenschuhe – das wäre dasselbe, als würde man bei uns die Füße auf den Tisch legen. Die Böden waren so sauber, daß die Kimonos auf dem Boden schleifen konnten; die Länge der Schleppe war wichtig für die Proportionen und sorgte für ein elegantes Erscheinungsbild. Heutzutage muß man sich die Festkimonos der Geishas ansehen, um einen Eindruck von dieser Wirkung zu bekommen. Die modernen Kimonos haben eine Falte an der Taille und reichen nur bis zu den Knöcheln. Der Schnitt ist nicht fließend, sondern röhrenförmig und wirkt etwas steif.

Der Zusammenhalt der kulturellen Elemente, zu denen auch der Kimono gehörte, hat sich mittlerweile aufgelöst. Die Einführung des Stuhles hat hierzu am meisten beigetragen. Weder im ästhetischen Sinn noch von der Sitzhaltung her, die es erfordert, verträgt sich dieses Möbelstück mit dem Kimono.

Natürlich sitzen Frauen, die Kimonos tragen, auch auf Stühlen, aber dieses Kleidungsstück eignet sich nicht gut dazu; am besten läßt es sich darin auf dem Boden knien. Wenn Amerikaner oder Europäer auf dem Boden sitzen, fühlen sie sich im allgemeinen entspannter als auf einem Stuhl. Für Japaner aber ist ein Stuhl viel bequemer als die aufrechte Körperhaltung, die sie einnehmen müssen, wenn sie auf einem Tatami sitzen.

Wenn wir Japanern zeigen wollen, daß wir ihre Etikette respektieren, und uns bei einer Teezeremonie oder einem traditionellen Bankett auf den Boden setzen, schlafen nach einer halben Stunde unsere Beine ein, und unsere Knie werden weich wie Pudding. Wir können uns damit trösten, daß junge Japaner sehr ähnliche Probleme haben. Unsere Ermüdung rührt zum Teil daher, daß unser Rücken ohne die Stütze einer Lehne langsam in sich zusammensackt. Röcke rutschen hoch, Hosen sind überall zu eng, Gürtel schneiden in unsere Taille ein. Der Kimono aber, der beim Sitzen auf einem Stuhl unschöne Falten wirft und seine Trägerin dazu zwingt, auf der äußersten Kante zu sitzen, gibt dem Rücken durch den Obi Halt und wird in der Sitzhaltung, für die er gedacht ist, fast bequem.

Am besten kommt ein Kimono bei der Rückenansicht einer knienden Frau zur Geltung. Der Rückenteil des Obi, der heute meist mit einer großen, flachen Schleife gebunden wird, weist oft ein großes eingewebtes oder aufgemaltes Muster auf. Diese Schleife ist etwa 30×30 Zentimeter groß und bildet einen geschmackvollen Kontrast zu der Farbe des Kimonos. Die ausgewogene Schönheit dieses Anblicks hat mich immer wieder beeindruckt. In einem Stuhl ist die Schleife des Obis nicht nur den Blicken entzogen, sondern auch äußerst hinderlich, da sie es verhindert, daß man sich anlehnt.

Die Tatsache, daß die Rückseite eines Kimonos ästhetisch so wirkungsvoll gestaltet ist, hängt meiner Meinung nach damit zusammen, wie traditionelle japanische Räume eingerichtet sind, wie Frauen (wie zum Beispiel die Geishas) sich bewegen und wie sie bei festlichen Anlässen von den Gästen wahrgenommen werden. Bei Banketten werden niedrige, schmale Tische zu einer Hufeisenform zusammengestellt, an deren Außenseite die Gäste auf flachen Kissen Platz nehmen. Dadurch hat jeder einen Nachbarn, aber kein direktes Gegenüber.

Die Sitzordnung ist hierarchisch: Die Ehrenplätze befinden sich vor der Tokonoma, während auf den Plätzen, die dem Eingang am nächsten liegen, die Gäste mit den sozial tieferen Rängen sitzen. Meistens wissen die Japaner über ihren Status sehr genau Bescheid, so daß das Problem, wer wo Platz nimmt, mit einem Minimum an höflichen Einwänden gelöst wird. Wenn alle sitzen, kann das Bankett beginnen. Danach jedoch kann man wieder aufstehen und in der Mitte des Raums Platz nehmen, um jemandem zuzuprosten oder sich zu unterhalten. Dieser Teil ist eine Art Niemandsland, da er ja von den anderen Plätzen, deren Position durch den Status bestimmt wird, umgeben ist. Hier kommt dann auch gelöstere Stimmung auf.

Wenn Geishas bei einem Bankett dabeisind, bewegen sie sich oft in diesem Teil des Raums und knien sich gegenüber den Gästen hin, um sie zu bedienen. Dabei kehren sie denen, die an der anderen Seite des Raums sitzen, den Rücken zu. Als ich das erste Mal bei einem traditionellen Bankett zu Gast war, bemerkte ich, was für einen schönen Anblick die Rükken der Geishas boten. Bei genauerer Betrachtung ist es wohl kaum ein Zufall, daß dieses Bild aus der Perspektive des Gastes so reizvoll ist.

## Die geschichtliche Entwicklung des Kimonos

Seit 1200 Jahren, seit die Hofdamen in der Nara-Zeit den Vorläufer des Kimonos von der chinesischen Tang-Dynastie übernahmen, hat sich sein Aussehen kaum verändert. Die Zahl der Roben, die man übereinander trug, hat sich verringert: In der Heian-Zeit (794–1185) hatte man zwölf ungefütterte Kimonos an, heute sind es nur noch zwei, nämlich das Unterkleid (*Nagajuban*) und der eigentliche Kimono. Alle möglichen Materialien wurden verwendet, von Hanf und Baumwolle für die Kimonos der Bauern (für die ein solches Kleidungsstück ein Luxus war) bis zu den prächtigen, kostbaren Seidenstoffen für die Kimonos, die die Hofdamen, die Frauen der Samurais und schließlich auch die Frauen der Kaufleute und die teuren Prostituierten trugen.

Kimonos wurden immer schon von einem Gürtel gehalten. Bei den Damen der Heian-Zeit mit ihren zwölflagigen Gewändern bestand er nur aus einer schmalen Kordel. Modische Ambitionen beschränkten sich auf die Farbkombinationen an Ärmeln und Brust, den Stellen, an denen auch die unteren Kimonos zu sehen waren.

Auch als die höfische Sitte, mehrere Kimonos übereinander zu tragen, verschwunden war, blieb der Obi weiterhin relativ einfach. Die Samurais, die im 13. Jahrhundert die Herrschaft über das Land übernahmen, verachteten die kaiserliche Hauptstadt Kyoto wegen ihrer Dekadenz. Zwölf Lagen von Kimonos galten als Symptom der Verweichlichung, und die Frauen dieser Kriegerklasse trugen nur einen, höchstens aber zwei oder drei übereinander, die an der Hüfte von einer unauffälligen Schärpe zusammengehalten wurden.

In der Edo-Zeit, die 1600 begann und Japan zweieinhalb Jahrhunderte lang inneren Frieden brachte, veränderte sich das Aussehen der Kimonos kaum, die Breite der Obis jedoch und die Art und Weise, wie sie gebunden wurden, richteten sich nach der sozialen Stellung ihrer Trägerin und nach dem Trend der Mode. Das vielleicht bemerkenswerteste Beispiel hierfür war der vorne verknotete Obi, an denen die hochrangigen Yujos zu erkennen waren. Zeitgenössische Darstellungen zeigen, daß diese Schärpen bis etwa 1800 recht dünn und geschmeidig waren. Danach kamen schwere, steife Wirkstoffe in Mode, und von da an wurden die Obis immer raffinierter und waren schließlich ebenso wichtig wie der Kimono selbst. Die heutige Kombination von Kimono und Obi ist ein Ergebnis dieser Entwicklung – manchmal scheint der Kimono nur ein passender Hintergrund für den Obi zu sein.

Die Obis, die man heute trägt, sind so breit, daß praktisch die ganze Taillenpartie von festgewebtem Stoff umschnürt ist. Eine Frau kann keinen schmaleren Obi tragen, ohne den Eindruck zu erwecken, sie kleide sich in der Mode einer anderen Zeit. Auch in der Frage, wie hoch oder wie tief sie den Obi bindet, bleibt ihr nur wenig Spielraum. Einige Zentimeter können den ganzen Gesamteindruck verändern. Außerdem besteht ein Zusammenhang zwischen der Höhe des Obis und der Keuschheit seiner Trägerin. Eine ordentliche Hausfrau bindet ihn unterhalb ihres Busens, und bei jungen Mädchen, dem Inbegriff jungfräulicher Reinheit, sitzt der Obi am höchsten, damit man nicht sieht, daß sie schon einen Busen haben.

Die kühlen Schönheiten auf den Farbholzschnitten von Utamaro mit ihren weichen, tiefsitzenden Schärpen unterscheiden sich sehr von den Kimonoträgerinnen der heutigen Zeit. Elegante, fließende Kimonos sieht man jetzt nur noch an Geishas, da sie keinen besonderen Wert darauf legen, bürgerlich auszusehen. Sie tragen ihre Obis relativ tief, was ihrer Aufmachung etwas erstaunlich Sinnliches gibt. Sie lassen an der Brust auch einen breiteren weißen Streifen sehen, und ihre Kragen sind im Nacken weiter ausgeschnitten als die der meisten anderen Frauen.

*Links oben: Kimono der Heian-Zeit. Man trug zwölf ungefütterte Kimonos übereinander, die mit einer dünnen Schnur zusammengehalten wurden*

*Rechts oben: Kimono der Edo-Zeit. Anfang des 17. Jahrhunderts trug man über zwei bis drei Kimonos tief auf den Hüften eine schmale Schärpe*

*Rechts: Ein moderner Kimono mit Obi. Er macht eine recht steife, röhrenförmige Figur*

## Kimono-Schulen

Heute bilden Geishas wahrscheinlich die einzige fest umrissene Gruppe von Frauen in Japan, die jeden Tag ganz selbstverständlich einen Kimono tragen. Anfängerinnen lassen sich von ihren Müttern oder Schwestern beim Ankleiden helfen. Durch deren Vorbild und ständiges Üben lernen sie bald, wie man sich richtig bewegt. Frauen, die nicht in dieser Umgebung leben und für die Kimonos nur ein Hobby sind, können Unterricht in einer der erst neuerdings eingerichteten Kimono-Schulen nehmen. Diese leben davon, daß es viele Frauen gibt, die zwar die Mittel und den Wunsch haben, einen Kimono zu tragen, nicht aber das nötige Wissen und Selbstvertrauen. Zum Unterrichtsstoff gehört das Tragen einfacher Kimonos ebenso wie die Technik des kunstvollen Obi-Knotens.

Indem sie eine bestimmte Art, dieses Kleidungsstück zu tragen, kultivieren und diese zu einem Ideal erheben, versuchen die Kimono-Schulen den Eindruck zu erwecken, nur sie allein besäßen den Schlüssel zum Erfolg. In einer Werbebroschüre einer solchen Schule heißt es, ältere Frauen sollten ihren Kimono «mit Würde» tragen, während Frauen im mittleren Alter «gesetzt» und junge Mädchen «nett und ordentlich» in ihrem Kimono aussehen sollten. Das alles leitet sich von den Vorstellungen ab, die das Bürgertum vom einstigen Kleidungsstil der Oberschicht hat – insbesondere von den ziemlich strengen Traditionen der Samurais, bei denen Kleidung und Verhalten der Frauen nur dazu dienten, ihre Ehrbarkeit zu unterstreichen. Daß der Kimono immer schon und auch heute noch sehr sexy und verführerisch sein kann, wird von diesen Schulen anscheinend bewußt übersehen.

Es stimmt zwar, daß die meisten Frauen mit Hilfe einiger sorgfältig plazierter Polster im Kimono eine bessere Figur machen können, aber das, was die Kimono-Schulen empfehlen, macht aus Frauen formlose Zylinder. Ein um die Taille gewickeltes Handtuch, ein V-förmiges Kissen zur Vergrößerung der Oberweite, ein Korsett, mit dem der Busen eingeschnürt wird, und ein Kissen, das die Wölbung der Wirbelsäule ausfüllt, sind nur einige Hilfsmittel, die die Schulen als unerläßlich für das Tragen von Kimonos anpreisen. Allerlei Klammern und Gummibänder werden angeboten, die verhindern sollen, daß die Kragen verrutschen und der Ausschnitt sich zu weit öffnet. Diese Dinge sind jedoch nur ein Ersatz für die Natürlichkeit, die man sich erwirbt, wenn man einen Kimono oft trägt. Geishas schaffen es auch ohne diese Utensilien, immer ordentlich auszusehen.

Als ich damit begann, Kimonos zu tragen, verwendete ich hier und da ein Handtuch oder Taschentücher als Polster und befestigte meinen Unterkimono mit Klammern. Als ich mich dann aber mit der Zeit daran gewöhnt hatte, meine Bewegungen an die Einschränkungen anzupassen, die dieses Kleidungsstück erfordert, stellte ich fest, daß ich auf Klammern und Polster verzichten konnte, ohne unordentlich zu wirken. Wer zum erstenmal einen Kimono trägt, bindet den Obi meistens so fest, daß er die Atmung behindert und den Magen einschnürt – und dennoch löst er sich nach paar Stunden. Eine Geisha aber weiß, wie man den Obi so bindet, daß er nicht verrutscht und trotzdem nicht beengt. Eine meiner Freundinnen zum Beispiel, eine etwas mollige Frau, erzählte mir, daß sie zu Einladungen immer einen Kimono trage, damit sie mehr essen könne.

## Eine neue Kleidung muß man lernen

Mehr als uns zu schützen oder zu wärmen dient unsere Kleidung dazu, etwas über uns auszusagen. Erst im Ausland wird uns klar, daß wir mit unserer gewohnten Garderobe auch einen Teil unserer selbst ablegen. Ein so anspruchsvolles Gewand wie der Kimono zum Beispiel erfordert eine völlig andere Persönlichkeit, und wie beim Lernen einer Fremdsprache dauert es eine ganze Weile, bis wir unsere Befangenheit überwunden haben.

Als ich damit anfing, als Geisha auf Parties zu gehen, rief mir das sarkastische Tantchen im *‹Mitsuba›* immer wieder nach: «Du hoppelst herum wie ein Kaninchen.» Ich konzentrierte mich dann so auf meine Bewegungen, daß ich ganz vergaß, wohin ich eigentlich bestellt war. Nach und nach bewegte ich mich immer natürlicher, aber ich entdeckte, daß ich im Kimono ein anderer Mensch war. Es ist kein Zufall, daß die relativ kleinen Gesten der japanischen Körpersprache dem Kimono angepaßt sind, aber ich war doch überrascht, als mir nach einer Weile bewußt wurde, wie schwer es mir fiel, Englisch zu sprechen, wenn ich als Geisha gekleidet war. Die amerikanische Körpersprache eignet sich einfach nicht für den Kimono.

Man muß sich ziemlich konzentrieren, wenn man ständig zwischen westlicher und japanischer Kleidung wechselt. Nur wenige Geishas können das; die meisten wirken in Kleidern und Röcken recht unbeholfen. Die älteren Geishas, die mir abends auf einer Party durch ihre Eleganz und ihre Grazie aufgefallen waren, sahen am nächsten Tag, wenn ich sie in zweiteiligen Kostümen auf der Straße traf, eher plump aus. Geishas machen auch in westlicher Garderobe so kleine Schritte, als trügen sie Zoris. Diese Gehweise mit einwärts gedrehten Füßen, bei der ein Kimono leise raschelt, sieht in Kleid und Schuhen nur X-beinig aus. Es ist, als trügen sie unsichtbare Kimonos, als würden ihre Gesten durch die langen Ärmel behindert.

Fast alle Geishas, die ich kenne, haben eine Schwäche für Kimonos und sammeln sie mit Begeisterung. Sie haben weit mehr als die nötige Anzahl von Kleidern für jede Jahreszeit, die eine Geisha als Arbeitskleidung besitzen muß. Bei den Ausgaben der Geishas sind Kimonos der größte Posten. Eine

Frau, die gerade erst mit diesem Beruf angefangen hat, muß mindestens zehn Kimonos und Obis kaufen, um für jede Jahreszeit das Passende zu haben. Diese Grundausstattung kostet etwa 10000 Dollar. Die meisten jungen Geishas müssen daher Schulden machen, um sich überhaupt eine geeignete Garderobe anschaffen zu können.

Zu Engagements erscheinen Geishas ausschließlich in Seidenkimonos, die ganz bestimmten Anforderungen entsprechen müssen. Obwohl heute in erster Linie zwischen traditioneller und westlicher Kleidung unterschieden wird, gibt es innerhalb der ersten Kategorie eine strenge Einteilung, die bestimmt, zu welchem Anlaß welcher Kimono getragen werden darf.

## Die Kimono-Grammatik

Die grundlegendste Unterscheidung, die bei Kimonos gemacht wird, ist die zwischen *Fudangi* (Alltagskleidung) und *Haregi* (Gesellschaftskleidung). Die formellen Kimonos tragen ein Familienwappen, und der gebräuchlichste Typ ist der *Homongi* (wörtlich: «die Kleidung, die für einen Besuch angemessen ist»). Durch Fudangi und Haregi wird eine Einteilung in zwanglose und formelle Anlässe vorgenommen, und da für eine Geisha jedes Engagement ein formeller Anlaß ist, trägt sie dabei meistens Homongis oder andere Kimonoarten, die auf etwa derselben Stufe stehen. Homongis sind immer aus Seide, aber nicht alle Seidenkimonos sind auch Homongis. Bei der Arbeit tragen Geishas niemals Fudangis (d. h. Kimonos aus Wolle, Baumwolle oder Seidentaft).

Wie in jeder Hierarchie gibt es auch im Formellen graduelle Abstufungen. Da die Kleidung eines der gebräuchlichsten Mittel zur Unterscheidung von alltäglichen und festlichen Anlässen ist, gibt es dementsprechend viele Möglichkeiten, dies durch den Kimono zum Ausdruck zu bringen.

Die Webart und das Muster bestimmen, welchen Rang ein Gewand in der Kleidungshierarchie einnimmt. Auch bei den Seidenkimonos ist ein *Ori*, ein «gewebter» Kimono, bei dem der Faden vor der Verarbeitung gefärbt wurde, etwas anderes als ein *Some*, bei dem erst der fertige Stoff gefärbt wurde. Abgesehen von einigen Ausnahmen gehören die gewebten Kimonos zur Alltagskleidung, während die gefärbten Stoffe für elegantere Kleider verwendet werden.

Mit Wappen bemalte Kimonos werden nur bei ganz besonderen Anlässen getragen. Seidenkimonos ohne Wappen stehen unter den Homongis, je nachdem, welcher Art das Muster ist und wo es erscheint. Mit einem *Tsukesage* zum Beispiel ist man, außer bei großen Feierlichkeiten, eigentlich immer richtig gekleidet. Das Muster wird schon im Ballen gefärbt und hat eine klare Vorder- und Rückseite, deren Trennungslinie entlang der Schulter verläuft. Die Motive befinden sich hauptsächlich am Oberkörper und am Saum. Jede Geisha besitzt viele Kimonos dieser Art. Die Parties, zu denen sie gerufen wird, sind unterschiedlich formal, und darum muß sie für jeden Anlaß die richtige Garderobe haben. Fudangis wären absolut unpassend, aber in einer kleinen, zwanglosen Gesellschaft ist ein Kimono mit Wappen ebenso fehl am Platz.

Eine Stufe tiefer als der Tsukesage steht der *Komon*-Kimono, der ein durchgehendes, kleines Muster hat. Diese Art von Kimono kann durch den Obi, den man dazu trägt, etwas auf- oder abgewertet werden. Einen Komon kann eine Geisha zu einer kleinen Party mit Stammgästen tragen.

Es gibt noch zahlreiche andere Arten von Kimonos, aber zusammen mit den einfarbigen *Iromuji*-Kimonos sind die hier genannten heute am gebräuchlichsten. Das festliche Gewand – das man beispielsweise zu einer Hochzeit trägt – ist ein Kimono mit fünf Wappen. Für Geishas ist das Äquivalent dazu ihr *Desho*, ein schwarzer Kimono mit langer Schleppe und fünf Wappen, der am Saum ein eingefärbtes und besticktes Muster hat.

Der Anlaß, zu dem es getragen wird, ist aber nur einer der Gesichtspunkte, die bei der Überlegung, ob ein Kleidungsstück angemessen ist, in Erwägung gezogen werden müssen. Ein anderer ist das Alter. Junge Frauen tragen leuchtende Farben, die mit zunehmendem Alter jedoch gedeckter werden sollten. Auch die Ornamente am Saum der Festkimonos sind dem Alter der Trägerin angepaßt: Je höher das Muster hinaufreicht, desto jünger ist die Frau, die es trägt. Aber obwohl diese beiden Elemente eine sehr feine, dem Alter entsprechende Abstufung ermöglichen, spielen sie erst in zweiter Linie eine Rolle. Das wichtigste Kriterium ist der Schnitt der Ärmel – er markiert den Unterschied zwischen einem Mädchen und einer verheirateten Frau.

Ein *Furisode*-Kimono mit weiten Ärmeln ist eine Festkleidung für junge Mädchen. Einen solchen Kimono trägt eine Braut bei ihrer Hochzeit. Wenn die Arme locker herabhängen, reichen die Spitzen der Ärmel bis zu den Knöcheln. Der Furisode ist ein klassischer Kimono für Maikos. Wenn ein Mädchen in das Erwachsenenleben eintritt, gewöhnlich also wenn sie heiratet, trägt sie von da an einen *Tomesode*-Kimono, dessen Ärmel bis knapp unter die Hüfte reichen.

Früher trugen Frauen ab Anfang Zwanzig einen Tomesode-Kimono, weil eine unverheiratete Frau in diesem Alter allgemein als unnatürlich angesehen wurde. Eine zweiundzwanzigjährige Geisha, die immer noch Jungfrau war, hätte man ebenso merkwürdig gefunden. Da es heutzutage nichts Ungewöhnliches ist, daß eine Frau mit 25 Jahren noch Jungfrau ist, gehört zum Eintritt in das Erwachsenenleben noch einiges mehr als nur sexuelle Erfahrung. Irgendwann um das 23. Lebensjahr herum legen die meisten Frauen ihre Furisodes ab, und auch die Maikos, ob Jungfrauen oder nicht, tragen dann den Tomisode-Kimono.

Auch wenn sie nicht verheiratet sind, sehen Frauen über zwanzig in Furisode-Kimonos ein bißchen lächerlich aus. Das gilt auch für die Maikos, die oft erst mit 21 oder 22 Jahren Geishas werden und bis dahin diese Jungmädchenkleidung tragen müssen.

Früher durften Maikos erst in die Geisha-Gemeinschaft eingeführt werden, wenn sie ihre erste sexuelle Erfahrung gemacht hatten und von ihrem Gönner mit einer kompletten neuen Garderobe ausgestattet worden waren.[1] In der Welt der Geishas galt eine Frau erst dann als erwachsen, wenn sie mit einem Mann geschlafen hatte. Dieses Ereignis wurde dann gefeiert und fand meistens in einem Alter statt, in dem andere Frauen heirateten, also etwa mit achtzehn Jahren. Durch ihre Beziehung zur Sexualität der Frau hat die Länge der Ärmel eine große symbolische Bedeutung. Lange, schwingende Ärmel stehen für Unschuld und Reinheit und sind die richtige Kleidung für junge Mädchen. Für eine Frau dagegen, die bereits sexuelle Erfahrung gemacht hat, gehört es sich nicht, einen Furisode-Kimono zu tragen.

In der Geisha-Welt von heute gibt es das Mizu-age, die «Entjungferungszeremonie», nicht mehr. Junge Geishas suchen sich meistens erst Mitte oder Ende Zwanzig einen Gönner, und bis dahin haben sie ihre jungfräuliche Ausstrahlung bereits verloren, auch wenn sie im medizinischen Sinn noch unberührt sind. Aus diesem Grund haben sie dann ihre Maiko-Kimonos und -Frisuren auch schon lange abgelegt. Für Geishas wie auch für die Gesellschaft im allgemeinen existiert oft eine Diskrepanz zwischen dem Kimono einer Frau und den Kriterien, die sie zu einer Erwachsenen machen.

Ein weiterer Gesichtspunkt für die Wahl eines Kimonos ist die Jahreszeit. Wie die traditionellen Haikus sollten auch Kimonos eine erkennbare Beziehung zur Jahreszeit haben. Außer durch Farben und Muster wird dies durch drei verschiedene Arten von Kleidung zum Ausdruck gebracht.

Von September bis April sollten Frauen gefütterte Kimo-

*Dieses Werbeplakat für die Kamogawa-Tänze zeigt junge Geishas in formeller Kleidung. Schnitt und Stil dieser Kimonos sind seit zweihundert Jahren unverändert. Ichiume ist ganz links im Bild*

nos tragen, die *Awase* genannt und meistens aus schwerem Crêpe de Chine hergestellt werden und mit leichterem Crêpe oder mit Seidenmousselin gefüttert sind. Vor zwanzig bis dreißig Jahren war rotes Futter in Mode, aber heute bevorzugt man Beige, Weiß, Pastellfarben oder Bokashi (ineinander übergehende Farben).

Da Awase-Kimonos acht Monate lang getragen werden, besitzen die meisten Frauen von diesen mehr als von den ungefütterten *Hitoe*-Kimonos, die man nur im Mai oder vielleicht noch im Juni anzieht, oder von den leichten *Ro*-Kimonos, die die richtige Kleidung für Juni bis August sind. Ein guter *Ro*-Kimono kostet manchmal mehr als ein normaler Awase, aber die besten Awase-Kimonos sind die teuersten, die man überhaupt kaufen kann.

Die ungefütterten Hitoe-Kimonos sind heute nicht mehr

so gefragt. Es gibt kaum Frauen, die sich eine so große Garderobe an Kimonos zulegen, daß der Kauf eines Kleidungsstükkes, das man nur zwei Monate im Jahr tragen kann, gerechtfertigt wäre. Diese Kimonos, die nicht gefüttert und daher auch nicht sehr teuer sind, stellen wegen der Kürze der Jahreszeit, zu der sie passen, trotzdem einen Luxus dar.

Japaner weisen oft darauf hin, wie sehr der natürliche Gang der Jahreszeiten die Entwicklung ihres ästhetischen Gefühls beeinflußt hat. Umgekehrt aber werden auch dieselben Kategorien (zum Beispiel die Jahreszeiten) auf die Erscheinungen in der Natur angewendet, von denen sie abgeleitet sind. Ganz gleichgültig, wie heiß es im Mai ist – es ist völlig unmöglich, einen Sommerkimono anzuziehen, denn der Sommer beginnt ja erst im Juni.

Blumen, Vögel und Insekten werden oft auf Kimonos dargestellt. Im Gegensatz zu abstrakten Mustern oder glückverheißenden Symbolen wie zum Beispiel Fächern haben diese Bilder aus der Natur meist eine jahreszeitliche Bedeutung.

Manche sind einem ganz bestimmten Monat zugeordnet – Kiefer dem Januar, Pflaumen dem Februar, Iris dem Mai –, aber die meisten passen zu einer ganzen Jahreszeit: Kirschblüten zum Frühling, kleine Forellen zum Sommer, Ahornblätter zum Herbst.[2] Wenn eine Frau nur einige Kimonos besitzt, tut sie gut daran, keine zu kaufen, auf denen bestimmte jahreszeitliche Symbole deutlich zu sehen sind, denn schließlich will sie eine Garderobe haben, die sie fast das ganze Jahr über benutzen kann. Allerdings steigert gerade die Tatsache, daß bestimmte Kimonos nur zu einem einzigen Monat im Jahr passen, ihren Wert. Geishas jedoch tragen immer Kimonos und brauchen also in dieser Hinsicht keine Zurückhaltung zu üben.

Auch Farben können eine bestimmte Jahreszeit symbolisieren. Jeder Monat hat seine bestimmte Farbkombination, die meist nach den Pflanzen benannt ist, die in dieser Zeit blühen. Die Farbe für Januar zum Beispiel ist blaßgrün auf purpurrot. Diese Kombination heißt «Kiefer». Die Farbzusammenstellung für Oktober ist rosa und schieferblau und heißt «Kleebusch». Obwohl die Namen dieser Kombinationen – Kiefer, Pfirsich, Zikadenflügel, Beifuß, usw. – eine gewisse Beziehung zur Natur widerspiegeln, haben die Farben selbst mit dem Namen wenig zu tun.

Nur wenige Japaner wissen heute noch genau, welche Farben zu welcher Jahreszeit gehören. Aber die Künstler, die die feinsten Seidenkimonos mit der Hand bemalen oder färben. kennen die überlieferten Grundsätze, und es gibt immer noch Kenner, die in der Lage sind, diese Symbolik des langsamen, kaum merklichen Wandels der Jahreszeiten zu würdigen.

Kimonos sind für Geishas ein Mittel, mit dessen Hilfe sie versuchen, aus ihrem Leben ein Kunstwerk zu machen. Nicht nur für ihren Tanz, ihren Gesang oder irgendeine andere Art von Gei, die sie ausüben, ist der Kimono so wichtig, sondern auch für ihr Bestreben, ihr Leben ästhetisch anspruchsvoll zu gestalten. Die Ausgaben, in die Geishas sich stürzen, wenn sie Kimonos kaufen, erregt oft Kopfschütteln, aber sie tun das ja nicht, um auf der Höhe der Mode zu bleiben. Die westliche Mode bestärkt die Frau in ihrer Individualität; sie ermutigt die Frau, immer weiter nach der «genau richtigen» Kleidung zu suchen, die ihr die letztlich unerreichbare persönliche Note verleiht. Innerhalb der akzeptablen Grenzen dessen, was «in» ist, will man sich von der Menge abheben und muß dabei unausgesetzt mit einer sich ständig wandelnden Mode Schritt halten.

Der Kimono entspricht einer anderen Auffassung von Geschmack. Es kommt nicht darauf an, sich von seiner natürlichen und gesellschaftlichen Umgebung abzuheben, sondern mit ihr in Einklang zu sein und sich der Jahreszeit und dem Anlaß anzupassen. Ob ein Kimono angemessen ist oder nicht, wird nach äußerst verzweigten Kriterien entschieden, und während einige der Regeln sehr streng sind (in einem Wollkimono geht man nicht auf eine Gesellschaft, die Kimonos von verheirateten Frauen haben keine langen Ärmel, Ro-Kimonos dürfen nur im Hochsommer getragen werden), gewähren der Anlaß, das Alter und die Jahreszeit dennoch einen breiten Spielraum.

Innerhalb dieses Rahmens bringt der persönliche Geschmack durch die Kombination verschiedener Elemente die Individualität einer Frau zum Ausdruck. Natürlich erfordert eine so feine Gradeinteilung nicht nur sehr viel Fingerspitzengefühl, sondern auch die Beherrschung der Kimono-Sprache – und beides ist heute durchaus nicht selbstverständlich. Schlechter Geschmack zeigt sich in Kimonos ebensooft wie in irgendwelchen anderen Dingen. Aber wenn alles stimmt und man eine Frau trifft, die alle Details ihrer Aufmachung sorgfältig aufeinander abgestimmt hat, kann der Effekt – Harmonie von Zeit, Ort und Person – geradezu überwältigend sein.

# 17. Rückblicke

*«Alle betrachteten von weitem die Drachen-Jungfrau,*
*die nun ein Buddha war.»*

*Aus dem Lotos Sutra*

## Der Tempel der Großen Tugend

Im Sommer legt sich eine fast greifbare Stille über Kyoto. Das Leben scheint immer langsamer zu werden, und der ständige Gesang der Zikaden ist das akustische Gegenstück zu der drückenden Schwüle des Tages. Die Morgenstunden aber sind angenehm, und mit Ausnahme der Geishas, die wie gewöhnlich ausschlafen, stehen viele Leute früh auf, um die kühlere Tageszeit zu nutzen. In den Zen-Tempeln findet die erste Meditation um vier Uhr morgens statt, die nächste um sechs Uhr und eine dritte um neun Uhr. In der heißen Mittagszeit ruht man auch dort aus.

Eines frühen Morgens im Juli, als ich durch den Garten des ‹*Mitsuba*› ging, wurde ich von einem Schwarm Tauben aufgeschreckt, der aus einem Busch neben dem Tor aufflatterte. Das vertraute Geräusch brachte mir die Erinnerung an den ersten Sommer, den ich in Kyoto verbracht hatte, wieder deutlich vor Augen. Ich war damals neunzehn und auf der

Suche nach einem Heilmittel für meinen jugendlichen Weltschmerz und nach dem Sinn des Lebens. Zusammen mit anderen jungen Japanern und Ausländern betrieb ich Zazen (Meditation im Sitzen) im Koto-in, einem der kleineren Tempel, die zu dem Tempelkomplex Daitoku-ji, dem Tempel der Großen Tugend, gehören.

Die dicken, weiß gestrichenen Mauern der Meditationshalle und der Morgentau auf den ausgefransten Blättern einer Bananenstaude im Garten fielen mir wieder ein. Wenn ich die erste war, scheuchte ich beim Öffnen des Tores eine Eidechse, die sich auf dem Torflügel sonnte, oder einige Tauben auf. Damals wußte ich nichts von Pontocho oder Gion, und in den neonerleuchteten engen Gassen der Vergnügungsviertel im Zentrum der Stadt war ich nie gewesen.

Auch 1970 hatte ich am Ufer des Kamo gelebt, aber dort, weiter nördlich, floß er ruhig dahin und war nachts nicht von Laternen erleuchtet. Jetzt, sechs Jahre später, hatte ich kaum Gelegenheit, mit der Straßenbahn in den nördlichen Teil der Stadt zu fahren und einen Spaziergang zu den beeindruckenden Gebäuden des Daitoku-ji zu machen. Ich hatte mein Leben damals auf die notwendigsten Dinge reduziert – heute dagegen war ich eingebunden in zahllose Kleinigkeiten des täglichen Lebens: Ich nahm Unterricht, ging zu Banketten und hatte den verschiedensten Leuten gegenüber Verpflichtungen. Sosehr ich damals den weltlichen Dingen entrückt gewesen war, sosehr war ich heute in sie verstrickt.

An einem Nachmittag im Juli geriet ich in der Innenstadt von Kyoto in einen Verkehrsstau. Ich sah über den Fluß nach Pontocho und dachte gerade, was für ein schönes Bild das doch war – die Teehäuser auf der anderen Seite des Flusses waren halb von den wiegenden Zweigen der Weiden verdeckt –, als zwei buddhistische Mönche an der Schlange wartender Autos vorbeigingen. Sie trugen steife schwarze Baumwollkimonos, Strohsandalen und weite, spitze Hüte aus dicht geflochtenem Schilf, die aussahen wie Körbe und ihre Gesichter fast ganz verdeckten. Es waren Zen-Mönche auf ihrem Bettelgang (*Taku-hatsu*), der nach den Ordensregeln dieser Sekte vorgeschrieben ist. Irgend etwas an ihnen erregte meine Aufmerksamkeit. Ich kurbelte das Fenster herunter und beugte mich hinaus, um besser sehen zu können. Als sie ihre Hüte abnahmen, war ich fast sicher und rief: «Chris!» Überrascht fuhr der erste Mönch herum. Es war einer meiner alten Mitbrüder aus dem Daitoku-ji.

Chris war vor sechs Jahren nach Japan gekommen. Damals sprach er kein Wort Japanisch, aber er war fest entschlossen, sich ganz dem Zen zu widmen. Etwa zwölf Leute aus dem Westen, die ich in Kyoto kannte, hatten denselben Gedanken gehabt. Nur wenige von uns hielten länger als ein Jahr durch. Ich verließ den Tempel nach vier Monaten, um eine japanische Universität zu besuchen, und viele andere gingen nach Indien oder Nepal. Bis zu dem Moment, wo mir einer der beiden kahlgeschorenen Mönche so bekannt vorgekommen war, hatte ich keine Ahnung gehabt, daß Chris immer noch in Kyoto war. Nachdem er vier Jahre lang seine Entschlossenheit bewiesen hatte, war ihm gelungen, was höchstens ein halbes Dutzend andere Ausländer geschafft hatte: Er war in den Orden aufgenommen worden.

Verdutzt traten die beiden Mönche an mein Taxi. Ich trug zwar eine Geisha-Frisur, aber Chris erkannte mich dennoch sofort. Da es sich nicht gehörte, daß wir auf der Straße miteinander redeten, schrieb ich, als sich die Autoschlange wieder in Bewegung setzte, meine Telefonnummer auf eine Visitenkarte und sagte: «Ruf mich doch einmal an, wenn du kannst. Ich bin noch einen Monat in Kyoto.» Er steckte die Karte in die Falten seines weiten Kimonos und strich sich mit der Hand über seine Haarstoppeln. Dann hob er die zusammengelegten Hände zum buddhistischen Gruß, und als das Taxi über die Brücke fuhr, sah ich, daß die beiden Mönche wieder ihre Hüte aufbanden. Niemand wäre auf die Idee gekommen, daß einer von ihnen kein Japaner war.

Anfang der nächsten Woche wurde ich um sechs Uhr morgens von der tiefen Stimme eines Zen-Mönchs geweckt, der die Straße unter meinem Fenster entlangging und dabei ein langgezogenes Mantra sang. Ich fuhr aus dem Bett, rollte meine Matratze zusammen und stopfte sie in den Schrank. Jeden Moment mußte es klingeln – aber es rührte sich nichts. Etwas später kamen noch einige andere Mönche durch die Straße, aber Chris war nicht dabei. Ich fragte die Okasan, was es mit ihnen auf sich habe, und sie antwortete, um diese Jahreszeit machten die Mönche aller Zen-Tempel ihre Runden. Sie hielten sich aber an bestimmte Routen und bettelten nur bei Gemeindemitgliedern. Die Familie der Okasan gehörte zu einer anderen buddhistischen Sekte, und daher kam keiner dieser Mönche zum ‹*Mitsuba*›. An diesem Tag eilte ich jedesmal ans Fenster, wenn ich einen Mönch kommen hörte, aber ich sah immer nur einen dieser spitzkegeligen Hüte um eine Ecke verschwinden. Eines Nachmittags gegen ein Uhr klingelte es schließlich an meiner Tür, und ich ging hinunter, um diesen ungewöhnlichen Zen-Mönch zu begrüßen.

«Ich wußte gar nicht, daß du noch hier bist», sagte ich zu Chris. Er setzte sich auf ein Tatami und legte einen Fuß auf den Oberschenkel des anderen Beines. In dieser Halblotos-Stellung wirkte er so entspannt wie andere Leute mit übereinandergeschlagenen Beinen. Er war heiter und gelassen. «Du siehst gut aus», sagte ich. «Deine Übungen scheinen dir gutzutun.»

«Und dir scheint dein Leben auch zu bekommen», antwortete er lachend und warf einen Blick auf mein Shamisen und einen Kimono, den ich zum Lüften aufgehängt hatte. Wir waren beide etwas befangen in den Rollen, die wir spielten: Ein Zen-Mönch und eine Geisha – und keiner von beiden war Japaner. Vor sechs Jahren hatten wir einmal einen ganzen Nachmittag in einem Café verbracht, in dem ausschließlich Platten von Bob Dylan gespielt wurden. «Es ist inzwischen geschlossen, glaube ich», sagte er. «Aber in letzter Zeit habe ich sowieso nicht mehr viel Gelegenheit zum Musikhören.»

Nach kurzer Zeit war der getragene Ruf seines Mitbruders wieder unter dem Fenster zu hören, und es war Zeit für Chris zu gehen. «Hör mal», sagte er, «am Fünfzehnten veranstalten wir im Tempel ein *Somen*-Fest. Wir machen ganze Fässer davon, und jeder, der kommt, kann davon essen.» Somen sind japanische Fadennudeln, die im Sommer kalt gegessen werden. «Die Mönche machen Lampions und verschenken sie», fuhr er fort. «Du bist herzlich eingeladen, und deine Geisha-Freundinnen ebenfalls.» Er trat aus der Tür und band seinen Hut fest. «Auf Wiedersehen, Kikuko – bis zum Fünfzehnten.» Er holte Luft, sang das Mantra der bettelnden Mönche und ging die Straße hinunter. Da sich für den 15. Juli niemand im *‹Mitsuba›* angesagt hatte, beschloß die Okasan, mich zu dem Fest zu begleiten.

## Lampions

Bon ist das wichtigste buddhistische Fest in Japan. Es trägt verschiedene Namen. Laternenfest, Totenfest, buddhistisches Allerseelenfest. Am 13. Juli (oder August, je nachdem, nach welchem Kalender man sich richtet) besuchen die Seelen der Vorfahren ihre Familien und werden mit Speisen und Blumen am buddhistischen Hausaltar geehrt. Am 15. oder 16. Juli bittet man sie dann wieder höflich, zurück ins Jenseits zu gehen.

Dazu zündet man Feuer oder Laternen an, die ihnen den Weg erleuchten sollen. Am Abend des 16. August werden in Kyoto auf verschiedenen Hügeln große Feuer angesteckt, die die Form glückverheißender Symbole haben, zum Beispiel eines Bootes oder des traditionellen eckigen Torbogens. Das größte Feuer sieht aus wie das Schriftzeichen «Dai» («groß») und brennt auf einem Hügel im Osten der Stadt, der danach Daimonji genannt wird. Aus ganz Japan kommen Touristen nach Kyoto, um den Anblick eines ganzen Hügels in Flammen zu erleben.

Woanders läßt man abends Papierlampions mit brennenden Kerzen den Fluß hinuntertreiben. Man glaubt, daß die Seelen dem hüpfenden, flackernden Strom der Lichter folgen und die Städte und Dörfer wieder verlassen, um in die Geisterwelt zu ziehen. Manchmal werden die auf dem Altar dargebotenen Speisen in ein Lotosblatt gewickelt und auf die kleinen Flöße gelegt, damit die Geister eine Wegzehrung haben und nicht hungrig in der Welt der Menschen bleiben müssen.

Somen wird hautpsächlich im Sommer gegessen. Dazu fischt man die fadendünnen weißen Nudeln aus dem Eiswasser, in dem sie serviert werden, und taucht sie in verschiedene dünne Soßen. Es ist das traditionelle Essen für das Bon-Fest, weil es zur Jahreszeit paßt und auch dem Anlaß angemessen ist. *So* heißt «einfach», «unverändert» und bezeichnet in der chinesischen Küche die vegetarischen, buddhistischen Speisen. *Men* heißt «Nudeln».

Chris hatte mir empfohlen, etwa um fünf Uhr nachmittags zum Tempel zu kommen, bevor alle Lampions vergeben waren. Die Mönche hatten mehrere Tage damit verbracht, sie herzustellen. Jeder hatte seine eigenen Ideen dabei gehabt, und dementsprechend vielfältige Formen gab es zu sehen. Die meisten Laternen waren viereckig und bestanden nur aus einem mit Reispapier beklebten Balsaholz-Rahmen, aber andere waren sechseckig oder hatten die Form von Booten. Eine war sogar auf einem Floß aus Bierbüchsen befestigt. Die Lampions standen in der Meditationshalle, in der man für die Besucher geflochtene Matten auf dem Steinboden ausgelegt hatte. Als die Okasan und ich eintraten, waren schon viele Leute in der Halle und suchten sich die Laternen aus, die sie mit nach Hause nehmen wollten. Wir stellten Schildchen mit unseren Namen vor zwei recht einfach gearbeitete Lampions; die ausgefalleneren waren bereits vergeben.

Ich sah den jungen Mönch, der mit Chris an dem Tag zusammengewesen war, an dem ich ihn wiedergesehen hatte, und begrüßte ihn. Im selben Moment kam Chris über den langen Holzgang an der Außenseite des Gebäudes auf uns zu. Ich stellte die beiden Männer meiner Okasan vor, und sie bat sie, bei ihrem nächsten Bettelgang im *‹Mitsuba›* Rast zu machen. «Sie werden doch manchmal auf die Toilette gehen müssen», sagte sie. «Natürlich kann ein Mönch sich nicht an irgendeine Wand stellen, also kommen Sie lieber ins *‹Mitsuba›*, wenn Sie müssen.» Sie bedankten sich bei ihr. Chris hatte Küchendienst und mußte wieder an seine Arbeit gehen. Sein Freund brachte uns zum Eßsaal der Mönche, wo das Somen serviert wurde.

Hier saßen ganze Familien: Männer in Hemdsärmeln, Frauen in Sommerkleidern, kleine Jungen in kurzen Hosen und kleine Mädchen in bunten Yukatas. Es war eine fröhliche, gelockerte Gesellschaft, und nichts deutete auf die Strenge hin, die man in einem Zen-Tempel erwartet. Menschen drängten sich im Saal, setzten sich hin und wurden bedient. Wenn sie fertig gegessen hatten, wurde die nächste Gruppe eingelassen. Die Atmosphäre war weder ehrfürchtig noch feierlich – die Gäste schlangen das Essen ebenso schnell hinunter, wie die Mönche es servierten.

Der Steinboden des Tempels unter dem weit überstehenden Dach strahlte eine angenehme Kühle aus, und im Licht des späten Nachmittags leuchtete der eingefriedete Garten in sattem Grün. Das Moos und die Steine waren gerade erst mit Wasser besprengt worden. Kurz vor Einbruch der Dämmerung gingen wir wieder. Nachdem wir unsere Laternen geholt hatten, verließen die Okasan und ich den Tempel und nahmen uns ein Taxi.

«Sollen wir unsere Laternen nicht auf dem Kamo schwimmen lassen?» fragte ich. Ich kannte diesen Brauch nur vom

Hörensagen. «Niemand macht das auf dem Kamo», antwortete sie.

«Wir können uns doch kleine Flöße basteln, wenn wir wieder zu Hause sind», schlug ich vor. Ich hatte im Schuppen einige flache Stücke Holz gesehen. Die Okasan gab mir ihren Lampion und sagte, ich solle sehen, was sich machen ließe.

Mit Reißnägeln und Bindfäden befestigte ich die zerbrechlichen Papiergebilde auf den Holzstücken, sicherte die Kerzen mit Nägeln, damit sie nicht umfielen, und brachte das Ganze nach nebenan ins «Mitsuba». Die Okasan hielt die Sache für versuchenswert, und so gingen wir zum Hinterausgang hinaus an den Fluß. Viele Leute saßen an der Uferpromenade auf Bänken oder spazierten auf und ab.

Ich setzte unsere Laternen auf das Wasser, aber sie wurden immer wieder ans Ufer getrieben. «Nein, so wird es nicht gehen», sagte die Okasan. Ich raffte meinen Rock, fischte die Flöße aus dem Wasser und watete zur Mitte des Flusses, wo die Strömung stärker war. Diesmal trieben sie, auf den Wellen tanzend, davon. Die Leute am Ufer klatschten Beifall. Es sah aus, als lieferten sich die beiden Lampions ein Wettrennen – erst lag der eine vorn, dann der andere. Schließlich übernahm einer die Spitze und hielt sie.

Die Okasan und ich gingen am Flußufer mit. Knapp oberhalb der Sanjo-Brücke fällt der Fluß etwa eineinhalb Meter tief über eine künstliche Stufe. Das wird das Ende unserer Laternen sein, dachte ich, während sie ruhig auf den kleinen Wasserfall zutrieben. Das war natürlich auch der Grund, warum niemand Laternen auf dem Kamo aussetzte, um den Geistern den Weg nach Hause zu zeigen. Der erste Lampion fiel über die Stufe hinunter, aber zu unserer Überraschung tauchte er wieder auf. Zwar brannte die Kerze nicht mehr, aber das Floß war nicht umgeschlagen und trieb gemächlich weiter. Die zweite Laterne überstand den Fall unbeschadet. Ihr Licht brannte noch, und sie folgte der ersten das lange, ungefährliche Stück bis zur nächsten Stufe vor der Shijo-Brücke.

Die Menge am Flußufer war auf das kleine Drama aufmerksam geworden, und Beifallsrufe ertönten, als die beiden Lampions wieder auftauchten. Die Okasan machte Sprünge wie ein junges Mädchen. Wir gingen jetzt schneller, die Teehäuser von Pontocho lagen hinter uns. Auf der Shijo-Brücke standen Leute und zeigten mit den Fingern auf das Licht, das den Fluß hinuntertrieb – die Laterne, deren Kerze erloschen war, konnten sie in der Dunkelheit nicht sehen. Bei dieser Brücke war der Wasserfall höher als bei der vorigen, aber die Okasan und ich hofften, daß unsere Flöße auch diesen Sturz irgendwie überstehen würden. Sie gingen hoffnungslos unter – nicht das kleinste Überbleibsel kam wieder zum Vorschein. Trotzdem erfüllte uns die Endgültigkeit, mit der sie vom schwarzen Wasser verschluckt worden waren, mit einer gewissen Genugtuung.

Etwa eine Woche später hörte ich bei Tagesanbruch wieder die Mönche in unserer Straße. Diesmal zog ich mir die Decke über den Kopf und schlief ein. Fünf Minuten später klingelte das Telefon. «Kikuko, hier sind ein paar Freunde von dir», sagte das Tantchen nicht gerade gut gelaunt und legte wieder auf. Ich fuhr in einen alten Kimono, den ich als Morgenmantel benutzte, und eilte hinaus. Chris und sein Freund saßen auf der Eingangstreppe des *‹Mitsuba›* als sei ein Besuch um fünf Uhr morgens das Selbstverständlichste von der Welt. «Guten Morgen. Wir wollten eigentlich nur die Toilette benutzen», sagte er. Die Okasan schlief noch, und so hatten sie Tantchen geweckt, damit sie ihnen das Tor öffnete. «Könntest du so nett sein, den Mönchen eine Tasse Tee zu machen, Tantchen?» fragte ich sie. Ich hatte es nie zuvor gewagt, sie um einen Gefallen zu bitten. Sie murmelte mißmutig vor sich hin, aber nach einem kurzen Blick auf die beiden jungen Männer in Mönchskleidung ging sie in die Küche, um Wasser aufzusetzen.

Sie tranken hastig ihren Tee, standen dann auf und verbeugten sich kurz. Ich brachte sie noch bis ans Tor. Das war das letzte Mal, daß ich Chris sah. Zwei Wochen später kehrte ich in die Vereinigten Staaten zurück, um meine Dissertation zu schreiben. Nach genau zwei Jahren – es war wieder Mitte Juli – kam ich noch einmal auf einen Besuch nach Pontocho. Ich ging zum Tempel der Großen Tugend und fragte einen Mönch, der im Gemüsegarten arbeitete, nach Chris. Der Mönch sagte mir, er sei weggegangen, vielleicht nach Kiushu – aber das wisse er nicht genau.

## Querströmungen

In den zwei Jahren meiner Abwesenheit war viel Wasser unter den Brücken von Pontocho hindurchgeflossen. Ich entzündete ein Räucherstäbchen zum Gedenken an Ichiume, meine junge Ältere Schwester, und lernte Ichimomo kennen, die im kommenden Herbst als neue Maiko vorgestellt werden sollte. Zum erstenmal präsentierte meine Okasan eine Geisha aus ihrem eigenen Haus – wenn man Ichigiku, die amerikanische Geisha, mitzählte, war es allerdings genaugenommen das zweite Mal. Geschäftig bereitete die Okasan die Maiko-Garderobe der zukünftigen Ichimomo vor.

Während meines Besuchs ließ man mich als Geisha zu mehreren Parties kommen. Ich lieh mir einen Sommerkimono von der Okasan und folgte den Einladungen gerne. Allerdings waren meine Beine nicht mehr an die korrekte Sitzhaltung gewöhnt, und als ich einmal kurz den Raum verließ, um sie zu strecken, traf ich in der Halle Ichimomo, die genau dasselbe tat. Ihr fiel das Knien auf dem Boden noch schwerer als mir. Sie sprach mich im Dialekt von Kyoto an, aber ich merkte, daß ihr das noch recht große Mühe machte. Sie war eine entfernte Verwandte der Okasan und hatte bis dahin in Nagoya gelebt. Der erste Teil ihrer Ausbildung bestand darin, den leisen, singenden Tonfall zu lernen, der in Kyoto gesprochen wird.

Sie war siebzehn Jahre alt und litt unter der Bevormundung durch die Mütter und die anderen Geishas. «Ich brauche bloß den Mund aufzumachen, und schon sagen sie, ich sei vorlaut», klagte sie mir ihr Leid. Das konnte ich mir gut vorstellen. Ichimomo hatte gar nicht wirklich die Absicht, Geisha zu werden. Sie war damit einverstanden, zwei Jahre lang eine Maiko zu sein, aber danach wollte sie aufhören und ihren Freund heiraten. Sie machte kein Hehl daraus, daß ihr ein Familienleben lieber war als ein Leben im Mizu shobai, aber sie hatte sich überreden lassen, daß es vielleicht ganz interessant sein könnte, ein paar Jahre lang eine Maiko zu spielen. Die Okasan war davon überzeugt, daß sie ihre Meinung ändern und länger bleiben würde, aber wenn ich mir Ichimomo anhörte, hatte ich da meine Zweifel.

Meine Okasan hat ihr ganzes Leben im Mizu shobai verbracht. Die Wechselfälle des Schicksals, von denen die Welt der Geishas betroffen war, haben auch sie manchmal schwer mitgenommen, aber sie hat es immer wieder geschafft, sie zu überwinden. Ihr Erfolg liegt in der Energie, mit der sie sich irgendwelcher Projekte oder Schützlinge wie Ichimomos und meiner annimmt. Sie verschwendet keine Zeit damit, über Geschäfte nachzugrübeln, die zum Untergang verurteilt sind. Ich wußte, daß sie enttäuscht sein würde, wenn es zum unvermeidlichen Bruch mit Ichimomo kam, aber andererseits wußte ich auch, daß sie weitermachen und es noch einmal mit jemand anderem probieren würde. Mir gefiel der Gedanke, daß sie Gefallen an der amerikanischen «Tochter» in ihrem Haus gefunden haben könnte und jetzt darum eine dauerhafte Beziehung dieser Art suchte.

Gegen Ende meines Besuchs fuhren wir noch zusammen zu dem Krankenhaus, in dem Ichiumes Okasan lag. Nur ein leeres Grundstück, auf dem einige verkohlte Balken herumlagen, erinnerte noch an das «Hatsuyuki», und seine Besitzerin war eine gebrechliche alte Frau, die mit untergeschlagenen Beinen auf ihrem Krankenhausbett saß. Sie war sehr mager und blaß und schien all ihren Kummer in sich hineinzufressen. Als ich sie sah, traten mir Tränen in die Augen. Auch andere Geishas und einige Verwandte besuchten sie an diesem Tag. Auf dem Krankenhausflur konnte man sie weinen hören.

Wir blieben etwa eine Stunde, dann verbeugte ich mich zum Abschied vor Ichiumes Mutter, und sie erwiderte die Verbeugung von ihrem Bett aus. Auf dem Rückweg nach Pontocho sagte die Okasan, der Sohn der kranken Frau sei gerade mit einer der Maikos durchgebrannt. Diese Nachricht würde ihr das Herz endgültig brechen, und deswegen hatte ihr auch noch niemand davon erzählt.

Meine Okasan und die anderen Mütter wußten genau, welche Tragödie sich im «Hatsuyuki» zugetragen hatte. Und sie wußten auch von ähnlichen Dingen: von der Teehausbesitzerin, die sich erhängt hatte, von Dreiecksaffären und Intrigen, von den Gefühlen, die in der Welt der Geishas, wo Romantik zum Geschäft gehört, stärker zu sein scheinen als anderswo. Jeder muß hin und wieder Schicksalsschläge hinnehmen, aber die Geishas segeln in stürmischeren Gewässern als die meisten anderen, und meine Okasan ist für mich wie die schwimmenden Lampions, die wir Mitte Juli den Kamo hinuntertreiben ließen.

# Anmerkungen

## Vorwort

1. Rund ein Viertel der Frauen zwischen 25 und 35 Jahren (von denen die meisten verheiratet sind) ist berufstätig.
2. In vielen Firmen ist dies für Sekretärinnen und weibliche Angestellte die obere Altersgrenze. Man nennt sie «Büroblumen» und erwartet von ihnen, sich taktvoll aus dem Berufsleben zurückzuziehen, wenn sie heiraten oder die 30 weit überschritten haben. Obwohl dies immer noch die gängige Praxis ist, haben seit 1966 mehrere Frauen in dieser Frage gegen ihre Arbeitgeber geklagt und das Verfahren gewonnen.
3. Diese Geisha-Viertel sind in Tokio: Akasaka, Asakusa, Mukojima, Oimachi, Shimbashi und Yoshicho. In Kyoto: Gion, Higashi Shinchi, Kamishichiken und Pontocho. Andere Hanamachis waren Atami, Hakata, Nagoya und Tamazukuri. Viele der aufgeführten Namen von Personen und Etablissements sind erfunden.
4. Minarai kommt in diesem Fall dem Konzept der beobachtenden Teilnahme sehr nahe, allerdings mit dem entscheidenden Unterschied, daß sie ein fester Bestandteil der Ausbildung von Geishas ist.

## 1. Kapitel

1. Der Begriff «doppelte Registrierung» stammt aus der Zeit, als die Prostitution in Japan noch legal war. Sowohl Prostituierte als auch Geishas brauchten zur Ausübung ihres Berufes eine Lizenz. Da eine doppelte Registrierung nicht er-

laubt war, ist dies ein abwertender Ausdruck für Geishas, die mit ihren Kunden schlafen.

2. Im Gegensatz zur «Mutter» eines Teehauses darf eine Geisha nicht verheiratet sein.

## 3. Kapitel

1. Der *Kaimyo* ist ein buddhistischer Name, der der Seele des Toten gegeben und auf den Grabstein geschrieben wird.
2. Das Zeichen *Ichi* heißt eigentlich «Markt» oder «Stadt», im Zusammenhang mit einem Namen spielt diese Bedeutung jedoch nicht automatisch eine Rolle.

   Bei der Gründung einer Filiale oder Tochtergesellschaft ist die Übernahme des ersten Zeichens aus dem Namen des Stammhauses in Japan gebräuchlich. Wie auch bei Personennamen wird dadurch die Beziehung zwischen den Namensträgern und die Kontinuität zum Ausdruck gebracht.
3. Ebenso wie beim Ritual des Sansan-Kudo haben die Geishas meiner Meinung nach die Riten und Formeln der Hochzeitszeremonie nicht einfach kopiert. Eher sind Heirat und Ritual der Schwesternschaft Ausdruck für dasselbe Konzept der Schaffung von Verwandtschaftsbeziehungen.
4. In Kyoto kann ein Teehaus (*Ochaya*) auch als Geisha-Haus (*Okiya*) dienen, während in Tokio diese Häuser immer getrennt sind.
5. Auch dies hat eine Parallele in der Hochzeitszeremonie: Die Braut tauscht Schalen mit den Eltern ihres Mannes, um zu zeigen, daß sie als gehorsame Schwiegertochter die Regeln des Hauses beachten wird.
6. Nach Auskunft einer Geisha, mit der ich darüber sprach, gibt es zwei Versionen dieser Zeremonie. Wenn eine Frau die Gemeinschaft verläßt, ohne zurückkehren zu wollen (z. B. wenn sie heiratet), verteilt sie «roten Reis». Wenn sie sich aber, für den Fall, daß ihre Pläne scheitern, die Möglichkeit einer Rückkehr offenlassen will, überreicht sie eine Schüssel mit einfachem weißen Reis.
7. Um bekanntzugeben, daß sich ihr Status verändert hat, ver-

schickt sie dreieckige Briefchen, auf die in der Mitte die Schriftzeichen *Hiki* und *Iwai* gedruckt sind. Daneben steht etwas kleiner der Satz: «[Geishaname] heißt jetzt wieder [Geburtsname].»

8. Wenn die Mutter eines Teehauses Geishas zu einer Gesellschaft kommen läßt, bevorzugt sie diejenigen, die in ihrem Haus ausgebildet worden sind. Geishas wiederum entscheiden sich bei Engagements, die zeitlich gleich liegen, für das Haus, in dem sie gelernt haben.
9. Diese Praxis erinnert an die Rolle des «Haus-Schülers», den es in vielen Bereichen der traditionellen Künste gibt. Der Lieblingsschüler darf im Haus des Meisters wohnen, wo er alle möglichen Hausarbeiten verrichtet und dafür die Gelegenheit hat, durch seine Nähe zum Meister etwas vom Wesen seiner Kunst zu erfassen.

## 4. Kapitel

1. Der bekannteste der Meiji-Herrscher, die eine Geisha heirateten, war Katsura Kogoro (1833–77), der später unter dem Namen Kido Takayoshi aus Choshu bekannt wurde.
2. Ein Sprichwort lautet: «Eckige Eier und die Ehrlichkeit einer Yujo sind Dinge, die es nicht gibt.»
3. Das eine Tokioter Viertel, das dieser Vereinigung nicht beitrat, war Yoshiwara, das ehemalige Viertel der Prostituierten.
4. «Tora no maki» bedeutet «Handbuch» oder «Zunftbuch». In vielen Handwerken oder Kunstrichtungen gab es diese Bücher, die in mehrere Bände unterteilt waren. Das höchste Wissen vermittelte der Tiger-(Tora-)Band. Für Geishas gab es diese Bücher nicht; der Titel ist nur eine halb scherzhafte Anspielung.

## 5. Kapitel

1. Zwischen 1930 und 1934 erhöhte sich die Zahl der Jokyus von etwa 50000 auf über 100000. Die Zahl der Geishas nahm von über 80000 im Jahre 1929 auf etwa 72000 im Jahre 1934 ab.
2. Obwohl für die Geishas alle Kunden geehrte Gäste sind, ist bei Gesellschaften in den Teehäusern meistens einer von ihnen der Gastgeber für einen anderen, der *sein* Gast ist. Dieser sitzt auf dem Ehrenplatz vor der Tokonoma, während der Gastgeber (der die Rechnung bezahlt) seinen Platz unterhalb von ihm hat.

## 6. Kapitel

1. Das Verbeugen ist eine schwierige Kunst. Je nach der Person, dem Anlaß usw. kann die Form dieser Begrüßung unendlich fein abgestuft werden, von einer kleinen Verneigung vor einem Bekannten auf der Straße bis hin zum Knien, wobei die Hände flach auf dem Boden liegen und der Kopf tief herabgebeugt wird. Je länger die Stellung eingehalten wird, desto ehrerbietiger ist die Verbeugung.
2. Keine Slips zu tragen gilt in Japan als ebenso gewagt wie bei uns. Es ist vielleicht nicht so überraschend, daß die Weigerung, Unterwäsche zu tragen, oft als Symbol für die befreite Frau angesehen wurde. Interessanterweise aber trat in den dreißiger Jahren die japanische Feministin Tsukamoto Hamako für das Tragen von Slips als einen Schritt zur Emanzipation ein. Sie forderte die japanischen Frauen auf, dieses westliche Kleidungsstück zu übernehmen und sich so von der Sorge zu befreien, ein hochgerutschter Kimono könne sie lüsternen Blicken preisgeben.

   1932 brach in einem großen Warenhaus in Asakusa ein Feuer aus, bei dem zahlreiche Kundinnen ums Leben kamen, obwohl die Feuerwehr rechtzeitig mit Sprungtüchern zur Stelle war. Offenbar hatten die Frauen Angst, ihre Kimonos könnten sich beim Springen öffnen oder sie selbst könnten beim Landen einen unschicklichen Anblick bieten. Tsukamoto nahm dieses Ereignis zum Anlaß, die Frauen dazu aufzurufen, Unterwäsche zu tragen und ihre Hemmungen im allgemeinen zu überwinden.

3. Trinken gehört so sehr zur Arbeit einer Geisha, daß man es als Berufsrisiko bezeichnen kann. Selbst Frauen, denen Alkohol aus Gesundheitsgründen verboten ist, müssen wenigstens so tun, als würden sie mittrinken. Geishas helfen einander mit beachtlichem Einfallsreichtum, ihre Abstinenz zu verbergen. Beim Austausch der Schalen müssen sie dem Gast mit einem Schluck zuprosten, aber danach landet der meiste Sake in der Schüssel mit Spülwasser, die auf dem Tisch steht. Bei älteren Geishas akzeptiert man eher, daß ihnen Alkohol aus gesundheitlichen Gründen verboten ist. In diesem Fall darf eine jüngere Frau stellvertretend für sie die Schale leeren.

4. Die 12 bis 15 Zentimeter hohen Sandalen aus Holz gehören zusammen mit dem auf eine besondere Art gebundenen Obi zu den markantesten Kleidungsstücken der Maikos. Da ihre Frisur sie außerdem noch ein paar Zentimeter größer erscheinen läßt, kann es sein, daß eine Maiko ihren Kunden überragt.

## 7. Kapitel

1. Gebäude, Plastiken, Gemälde und andere Kunstwerke können in Japan zu wichtigen Kulturschätzen erklärt werden. In diesem Fall stellt die Regierung Mittel für ihre Erhaltung und Pflege bereit. Auf ähnliche Weise können Künstler aus verschiedenen Bereichen durch eine finanzielle Unterstützung und die Ernennung zum Lebenden Nationalheiligtum geehrt werden.

## 8. Kapitel

1. Die meisten Teehäuser in Pontocho verfügen nicht über ausreichend große Räumlichkeiten für Bankette; die Parties in den Teehäusern sind kleine Gesellschaften, die oft erst nach den formellen Banketten stattfinden.
2. Amerikaner, die sich die Erwachsenenprogramme des japanischen Fernsehens ansehen, sind über das Ausmaß der Freizügigkeit erstaunt (die Mädchen tragen zwar Slips, aber die Busen sind nackt) und kommen zu der Überzeugung, daß Japan ein Paradies für Voyeure sei. «Wenn so etwas schon im Fernsehen kommt, was müssen dann erst die anderen Medien bringen?» fragen sie sich. Aber das ist ein Fehlschluß. Zum Beispiel zeigen die meisten modernen Drucke der alten erotischen Farbholzschnitte nur ekstatische Gesichter über grau übermalten Unterkörpern, in Kinofilmen sind die Geschlechtsorgane in Nacktszenen schwarz abgedeckt, und Oshimas ‹*Im Reich der Sinne*› ist im Heimatland des Regisseurs noch nie in der ungekürzten Fassung gezeigt worden.
3. Die 47 Ronin waren Gefolgsleute des Daymio Asano Takuminokami, der 1701 durch seinen Widersacher Kira Kozukenosuke zum Selbstmord gezwungen wurde. Unter Anführung von Oishi Kuranosuke nahmen sie ein Jahr später Rache an Kozukenosuke und töteten ihn. Da sie ihre Hand gegen einen Oberen erhoben hatten, verlangte der Ehrenkodex der Samurais, daß sie nach der Tat Harakiri begingen. In Japan gilt auch heute noch die Treue über den Tod hinaus als hohe Tugend – dementsprechend beliebt ist die Geschichte von den 47 Ronin. (D. v. G.)
4. Dodoitsu sind kurze Gedichte. Sie bestehen aus drei Zeilen mit jeweils sieben Silben und einer Endzeile mit fünf Silben. Die Themen sind meist Beziehungen zwischen den Geschlechtern, die mit drastischen Worten beschrieben werden. Der Name ist abgeleitet von Dodoitsubo Senka (1796 bis 1852), einem Musiker und Komödianten, der diese Gedichtform populär gemacht hat.
5. Das japanische Wort für «witzig» ist *okashii*. Es hat dieselbe Doppelbedeutung wie unser Wort «komisch».

6. Ein Freund erzählte mir die folgende Geschichte als Beispiel für typisch japanischen Humor: In einem öffentlichen Badehaus ertönt plötzlich der Ruf «Feuer!» Panik bricht aus – es ist keine Zeit mehr, die Kleider zu holen. Nackt stürzen die Badenden auf die Straße, und dort halten sie sich ihren Waschlappen – vor das Gesicht. Ein anderer Witz: Der Herr beschließt, seinen treuen Diener durch einen freien Tag zu belohnen. «Sag mir, was du am liebsten möchtest, und du wirst es von mir bekommen», verspricht er ihm. Der Diener überlegt. «Am zweitliebsten», sagt er schließlich, «hätte ich gern eine Flasche Sake.»
7. Geisha-Schülerinnen heißen in Japan *Oshakusan.* Oshaku ist das erste, was sie lernen, und selbst wenn sie bis dahin noch keine andere Gei beherrschen, können sie wenigstens Sake einschenken.
8. Der japanische Schriftsteller Doi Takeo schreibt in seinen Erinnerungen an eine Amerika-Reise, er sei immer wieder gefragt worden, was er essen oder trinken wolle. Für ihn zeuge jedoch die westliche Sitte, jedem Gast diese Entscheidung selber zu überlassen, von einer Art Gedankenlosigkeit. Als Japaner sei es für ihn wahre Höflichkeit, wenn ein Gastgeber sich die Mühe mache, für seinen Gast das Richtige auszusuchen.
9. Der Zyklus der Tierzeichen wiederholt sich alle zwölf Jahre. 1950, das Jahr, in dem ich geboren wurde, stand unter dem Zeichen des Tigers, also war alle zwölf Jahre davor ebenfalls ein Tiger-Jahr.

## 9. Kapitel

1. Dies ist in Japan nichts Ungewöhnliches. Wenn eine Familie keine Söhne hat, die den Namen weitertragen, sucht man für eine der Töchter einen Ehemann, der bereit ist, den Familiennamen zu übernehmen. Dieser ist dann ein *Muko yoshi*, ein «adoptierter Bräutigam».
2. Im Japanischen gibt es besondere Substantive, Verbendungen und Redewendungen, mit denen der Sprecher seine un-

tergeordnete Stellung gegenüber dem Angesprochenen zum Ausdruck bringen kann. In dieser *Keigo* (höfliche Sprache) gibt es für bestimmte Wörter zwei Formen: Die *Kenjoge* oder unterwürfige Form und die *Sonkeigo* oder ehrerbietige Form. Man kann sich denken, daß ein japanischer Gastgeber seinem Gast gegenüber ausgiebigen Gebrauch von der Keigo macht.

3. Emigiku Kanzaki: *‹Ich, eine Geisha›*.

## 10. Kapitel

1. Han'gyoku und Oshaku waren in der Gegend von Tokio gebräuchliche Bezeichnungen für Geisha-Schülerinnen. Gyoku ist abgeleitet von einem umschreibenden Ausdruck für den Lohn, den Geishas erhalten: *Gokudai* (Schmuckgeld). Die Geisha-Schülerinnen erhielten nur die Hälfte (*Han*) des Lohns einer Geisha, daher also Han'gyoku.

## 11. Kapitel

1. Im Geschäftsviertel der Stadt (*Shitamachi*) lebten hauptsächlich Kaufleute und Handwerker. Ihr Stil, eine selbstbewußte Kultiviertheit, die an Snobismus grenzte, ist in diesem Viertel auch heute noch auszumachen. Ihre Kleidung war von genau berechneter Lässigkeit mit leichten erotischen Untertönen, und sie machten kein Hehl daraus, daß sie das Leben in vollen Zügen genossen. Der Shitamachi-Stil hob sich nicht nur von der rustikalen Ungeschliffenheit der Bauern ab, sondern auch von dem steifen Verhaltenskodex der Samurais.
2. Das Umschlagen des Kragens ist ein Synonym für das Erreichen des Status einer Geisha. Wenn eine neue Geisha der Gemeinschaft des Hanamachis vorgestellt wird, schlägt sie einen Teil des weißen Kragens ihres Unterkimonos um, so daß ein kleines Stück ihrer roten Unterwäsche zu sehen ist.
3. Mukojima ist ein altes Hanamachi, das gegenüber der In-

nenstadt von Tokio am Flußufer des Sumida liegt. In der Blütezeit des Vergnügungsviertels Yoshiwara setzten Gäste oft mit der Fähre nach Mukojima über, um sich mit den Geishas dieses Viertels weiter zu vergnügen.

4. Zum Vergleich: 1975 betrug das Anfangsgehalt eines Hochschulabsolventen monatlich etwa 70000 Yen (ca. 210 Dollar). Ein leitender Angestellter in einer großen Stahlfirma verdiente monatlich etwa 300000 Yen (900 Dollar). Das Einkommen der Geishas ist auch im Vergleich zum Gehalt der meisten berufstätigen Frauen recht hoch.

## 13. Kapitel

1. Für einen Auftritt müssen die Tänzerinnen eine Bühne mieten und die Leihgebühr für ihre Kostüme, die Gage der Musiker und ein «Trinkgeld» für ihre Lehrer aus der eigenen Tasche bezahlen. Dabei kommen schnell einige hundert Dollar zusammen.
2. Der Lohn einer Geisha wird nach Einheiten berechnet, die «Stäbchen» genannt werden. (Früher wurden Geishas nach der Anzahl von Räucherstäbchen bezahlt, die während ihrer Gegenwart abgebrannt waren.) In Atami zählt die erste Party von 18 Uhr bis 19 Uhr 30 drei Stäbchen. Ein Stäbchen wird mit 1220 Yen bezahlt (etwa 4 Dollar). Der inoffizielle Rekord in Atami wird von einer fleißigen Geisha gehalten, die es in einem Monat auf 200 Stäbchen, also etwa 800 Dollar, brachte. Außerdem erhält jede Geisha von dem Gasthaus oder Hotel für jeden Abend, den sie dort arbeitet, 800 Yen als «Fahrgeld».

## 14. Kapitel

1. Der balladenhafte Musikstil (*Gidayu*) ist noch sehr lebendig, wenn er auch hauptsächlich von professionellen Musikern gepflegt wird, im Gegensatz zum mehr lyrischen Stil, den

auch viele Amateure spielen. In den Kouta-Schulen wird auf den Gesang mehr Wert als auf die Begleitung gelegt, und niemand würde Unterricht in Kouta-Shamisen nehmen, ohne vorher die Lieder singen zu können.

2. Um dem Sänger eine Orientierungshilfe zu geben, ruft die Shamisen-Spielerin leise «iya» oder «iyo» an den Stellen, an denen eine neue Gesangszeile anfängt.
3. Einige der größeren und mehr kommerziell ausgerichteten Hanamachis (z. B. die der Badeorte wie Atami) suchen Nachwuchs durch Inserate in Zeitungen und Zeitschriften.

## 15. Kapitel

1. Als die Geishas von Fukagawa damit begannen, Haoris zu tragen, war das Iki, weil sie damit eine neue Mode kreierten. In den dreißiger Jahren, als immer mehr Frauen diese Mode übernahmen, hörten die Geishas auf, ein Haori zu tragen. Heute kann man das Haori als «Mantel» über den Kimono ziehen, aber Geishas verwenden dieses Kleidungsstück nur selten.

## 16. Kapitel

1. Angesichts der Kosten, die heute damit verbunden wären, wird diese Sitte nicht mehr eingehalten. Statt dessen wird eine Maiko zu ihrem 21. Geburtstag von ihrem Haus (oder, in einem mir bekannten Fall, von ihrer Familie) mit einer neuen Garderobe von Tomesode-Kimonos ausgestattet. Ihre reich bestickten Furisode-Kimonos sind meistens Eigentum des Geisha-Hauses, zu dem sie gehört, und werden für zukünftige Maikos aufbewahrt.
2. Für Frühling und Herbst gibt es viel mehr Muster als für Sommer und Winter. Oft tauchen auf Sommerkleidung Symbole für fließendes Wasser auf, aber diese Motive sind nicht unbedingt nur auf den Sommer beschränkt. Auch stili-

sierte Schneeflocken sind beliebt, aber nicht nur für Winterkimonos. Zum Winter gehört jedoch auf jeden Fall das Neujahrsfest, zu dem man Kimonos trägt, die mit Kranichen, aufgehenden Sonnen und der glückverheißenden *Shochikubai*-Kombination (Kiefer, Bambus, Pflaume) verziert sind.

# Worterklärungen

*Aji:* Stimmung, Atmosphäre
*Awase:* Gefütterter Kimono
*Bon:* Buddhistisches Allerseelenfest
*Bonchi:* Von Bergen umgebenes Becken
*Butsudan:* Buddhistischer Hausaltar
*Chaya:* Siehe Ochaya
*Chidori:* Regenpfeifer; das Geisha-Viertel Pontocho führt diesen Vogel in seinem Wappen
*Chonin:* Eigentlich: Stadtbewohner. In der Feudalzeit bezeichnete man damit die Klasse der Kaufleute
*Daimyo:* Lehnsherr
*Danna:* Gönner einer Geisha
*Dansu Geisha:* In den zwanziger Jahren eine Geisha, die westliche Gesellschaftstänze beherrschte
*Desho:* Festlichster Kimono einer Geisha
*Dodoitsu:* Witziges Liedchen voller derber Anspielungen, das zur Shamisen-Begleitung gesungen wird
*En:* Metaphysische Verbindung zwischen Menschen
*En musubi:* «Die Verknüpfung zweier Schicksale», ein gebräuchlicher Ausdruck für Heirat
*Enkai:* Festmahl, Bankett
*Fudangi:* Alltagskleidung
*Furisode:* «Hängende Ärmel»; Kimono für junge, unverheiratete Mädchen
*Gei:* Kunst
*Geiko:* Bezeichnung für Geishas in Kyoto
*Geisha asobi:* Abendgesellschaft mit Geishas
*Gidayu:* Balladenhafter Stil der Shamisen-Musik
*Giri:* Pflicht, Verpflichtung
*Gyukudai:* «Schmuckgeld», eine Bezeichnung für den Lohn der Geishas
*Haiku:* Kurzes Gedicht aus drei Versen zu fünf – sieben – fünf Silben
*Hakoya:* Diener, der früher den Shamisen-Koffer der Geisha trug

*Hakujin:* Amateurprostituierte, die Ende des 19. Jahrhunderts in Kyoto arbeiteten
*Hanamachi:* «Blumenbezirk», Geisha-Viertel
*Haori:* Über dem Kimono getragene Jacke
*Haori Geisha:* Geishas aus dem Tokioter Geisha-Viertel Fukagawa, die wegen ihrer Eleganz berühmt waren
*Haregi:* Festkleidung
*Hauta:* Kurze, lyrische Lieder, die zur Shamisen-Begleitung gesungen werden
*Hiki iwai:* Verabschiedung einer Geisha aus ihrer Gemeinschaft
*Hitoe:* Ungefütterter Kimono
*Hokan:* Komödiant, der früher in den Vergnügungsvierteln Prostituierte und ihre Kunden unterhielt
*Honne:* Echtes, aufrichtiges Gefühl; die «innere Realität»
*Iki:* Schick, Eleganz
*Iromuji:* Einfarbiger, ungemusterter Kimono
*Itchu-bushi:* Stilart der Shamisen-Musik, die heute selten geworden ist
*Jikata:* «Die Sitzenden»; Shamisen-Spielerinnen
*Jimae:* Unabhängigkeit, Selbständigkeit (einer Geisha)
*Jokyu:* Serviererinnen in den Kaffeehäusern der zwanziger und dreißiger Jahre
*Kaimyo:* Name, der Buddhisten nach ihrem Tod verliehen wird
*Kakae:* Strenges Dienstverhältnis, praktisch gleichbedeutend mit Sklaverei
*Kangeiko:* «Unterricht in der Kälte»; eine Disziplinierungsmaßnahme, die zur Charakterbildung beitragen sollte
*Kanoko:* Geschecktes Stoffmuster, das durch Umwickeln des Stoffes vor dem Färben erzielt wird
*Karma:* Das durch vergangene Taten bewirkte Schicksal des Menschen
*Karyukai:* «Welt der Blumen und Weiden», eine gebräuchliche Bezeichnung für die Welt der Geishas
*Kenban:* Meldebüro der Geisha-Viertel. Jedes Hanamachi hat sein eigenes Kenban
*Kiseru:* Lange Pfeife aus Bambusholz
*Kiyomoto:* Eine der verbreitetsten Stilrichtungen der Shamisen-Musik

*Komon:* Durchgehend gemusterter Kimono

*Korobi Geisha:* «Unterlage-Geisha», Prostituierte

*Koshimaki:* Unterkleidung; ein langes, dünnes Tuch, das um die Hüften gewickelt wird

*Koto:* Harfenähnliches Instrument mit dreizehn Saiten

*Koto hajime:* Der 13. Dezember; an diesem Tag beginnt man mit den Vorbereitungen auf das neue Jahr

*Kouta:* Kurzes, lyrisches Lied

*Kyomai:* Traditioneller Tanzstil, der in Kyoto entstanden ist

*Kyu shogatsu:* Neujahrstag nach dem alten Kalender

*Machiai:* Veraltete Bezeichnung für Etablissements in Tokio, in denen Geishas Gesellschaft leisten

*Maiko:* Bezeichnung für Geisha-Schülerinnen in Kyoto

*Mantra:* Mystische Silben, deren Rezitation die Meditation erleichtert

*Minarai:* Lernen durch Beobachtung

*Mizu shobai:* «Das Wasser-Geschäft», das Geschäft der Vergnügungsviertel

*Mizu-age:* Die erste sexuelle Erfahrung einer Geisha-Schülerin

*Muko yoshi:* «Adoptierter Bräutigam»; ein Mann, der bei der Heirat den Namen seiner Frau übernimmt

*Nagajuban:* Unterkimono

*Nagauta:* Die heute verbreitetste Gattung lyrischer Shamisen-Musik

*Ninjo:* Menschliches Gefühl, Neigung

*Obi:* Breite Schärpe aus schwerem Stoff, die über dem Kimono getragen wird

*Obi-age:* Dünne Seidenschärpe, von der nur ein schmaler Streifen über den Obi hinaussteht

*Ochaya:* Teehaus

*Ochazuke:* Tee mit gekochtem Reis

*Odoriko:* Eine Geisha, die sich auf traditionellen Tanz spezialisiert hat

*Okasan:* «Mutter», Anrede der Geisha für die Inhaberinnen der Teehäuser

*Okiya:* Geisha-Haus

*Okusan:* Höfliche Anrede für eine Ehefrau

*On:* Dankesschuld

*Onesan:* Ältere Schwester
*Oniisan:* Älterer Bruder
*Onsen:* Badeort, Kurbad
*Oshaku:* Jemandem etwas zu trinken, gewöhnlichen Sake, einschenken
*Oshiroi:* Weiße Schminkpaste
*Otosan:* Vater
*Risshun:* Der erste Frühlingstag nach dem alten Kalender
*Ro:* Leichter Sommerkimono
*Ronin:* Herrenloser Samurai; die «47 Ronin» waren Samurais, die ihre Treue bewiesen, indem sie den Tod ihres Herrn rächten
*Ryotei:* Das heute gebräuchliche Wort für Machiai; Restaurants in Tokio, in die man Geishas kommen lassen kann
*Sakura:* Kirschblüten
*Sansan-kudo:* «Dreimal drei, neunmal»; der rituelle Austausch von Sakeschalen in einer Heiratszeremonie oder bei der Knüpfung des Bandes der Schwesternschaft unter Geishas
*Sekihan:* Gedämpfter Reis mit roten Bohnen; ein Essen, das an Festtagen serviert wird
*Seppun:* Küssen
*Shakuhachi:* Bambusflöte
*Shamisen:* Dreisaitiges Musikinstrument ohne Bünde
*Shiho mairi:* Die Sitte, am alten Neujahrstag im Frühling bestimmte Tempel zu besuchen, um Glück und Segen im neuen Jahr zu haben
*Shikomi:* Ein junges Mädchen, das an ein Geisha-Haus oder an ein Bordell verkauft wurde
*Shiroto:* «Amateur», im Gegensatz zu Kuroto: «Profi»
*Shitamachi:* «Innenstadt»; der Teil von Edo (dem heutigen Tokio), der früher hauptsächlich von Kaufleuten bewohnt war
*Shochikubai:* Kiefer, Bambus und Pflaume; die mit dem Neujahrstag verbundenen glückverheißenden Symbole
*Shokubyo fujin:* Berufstätige Frauen
*Shomben Geisha:* «Toiletten-Geisha», Prostituierte
*Tabi:* Socken, bei denen der große Zeh abgeteilt ist
*Taiko-mochi:* Trommler, Gaukler

*Takuhatsu:* Der von einigen buddhistischen Sekten vorgeschriebene Bettelgang

*Tatami:* 90 cm × 180 Zentimeter große Bodenmatten aus Reisstroh

*Tatemae:* Die «äußere Fassade», hinter der man seine Gefühle verbirgt

*Tekirei:* Das «richtige Alter», in dem junge Männer und Frauen heiraten sollten

*Tofu:* Sojabohnenquark

*Tokiwazu:* Balladenhafte Stilrichtung der Shamisen-Musik

*Tokonoma:* Eine Nische im Raum, die mit einem Blumenarrangement und einem Rollbild geschmückt ist

*Tsukesage:* An Schultern und Saum verzierter Kimono

*Tsuyu:* Die Regenzeit im Mai und Juni

*Uchi Geisha:* «Haus-Geisha»; eine Frau, die in einem Haus fest angestellt ist und keine Engagements nach außerhalb annimmt

*Ukiyo:* «Die schwebende Welt»; Bezeichnung für die Halbwelt im feudalen Japan

*Wafuku:* Japanische Kleidung, im Gegensatz zu Yofuku: westliche Kleidung

*Yamato nadeshiko:* «Wildwachsende Nelke», Symbol für eine wohlerzogene junge Dame

*Yofuku:* Westliche Kleidung

*Yujo:* Prostituierte

*Yukata:* Baumwollkimono, Bademantel

*Zashiki:* Festsaal; außerdem die Bezeichnung, die Geishas für ihre Engagements verwenden

*Zashiki gei:* Musik- und Tanznummern, die Geishas bei Banketten für ihre Gäste aufführen (im Gegensatz zu Vorstellungen auf der Bühne)

*Zen:* Japanische Sekte des Buddhismus

*Zori:* Japanische Sandalen

# Inhalt

## Lebenserinnerungen bei rororo

## Bewegte Leben, bewegende Berichte

**Ulla Lachauer**
**Paradiesstraße**
*Lebenserinnerungen der ostpreußischen Bäuerin Lena Grigoleit*
3-499-22162-4

**Eva Jantzen/Merith Niehuss**
**Das Klassenbuch**
*Geschichte einer Frauengeneration*
3-499-13967-7

**Hermine Heusler-Edenhuizen**
**Du mußt es wagen!**
*Lebenserinnerungen der ersten deutschen Frauenärztin*
3-499-22409-7

**Tania Blixen**
**Jenseits von Afrika**
3-499-22222-1

**Ruth Picardie**
**Es wird mir fehlen, das Leben**
3-499-22777-0
Bevor ich gehe. Eine junge Frau nimmt Abschied von ihrem Leben.

**Marjorie Shostak**
**Nisa erzählt**
Ein authentischer, «mit heftigem Temperament vorgetragener Bericht» (Der Spiegel) über das Leben einer afrikanischen Nomadenfrau und zugleich das Porträt einer faszinierenden Kultur.

3-499-23050-X

B 33/1